大雅

为一种品格注脚

文德勒诗歌课

The Odes of John Keats

约翰·济慈的颂歌

［美］海伦·文德勒　著

Helen Vendler

许淑芳　译

广西人民出版社

献给玛格丽特·斯图尔特

致 谢

一生中能有这么一段时光，济慈的文字和思想始终萦绕心怀，我认为是一种天大的恩惠（只有写过济慈相关著作的人才能完全懂我心境）。我很感谢那些在本书撰写过程中给予过我帮助的人们。我首先感谢已故的道格拉斯·布什：他为《济慈诗选》撰写的精彩导读，将我从对济慈的粗浅认知（一份来自我母亲的遗赠）带入了更深入的阶段；也正是他收藏的济慈活人面模让我第一次看见了济慈的脸。沃尔特·杰克逊·贝特曾送给我一个济慈活人面模，和道格拉斯·布什那个制作于同一时间；本书是在这个面模的精神引领下写成的（正如济慈把饰有流苏的莎士比亚画像称作他的精神主宰一样）。肯庸学院英语系曾邀请我去做约翰·克劳·兰瑟姆纪念讲座，那次讲座促使我开始写这本书；在肯庸度过的那一星期快乐时光留存在了这些书页里。我还想感谢普林斯顿大学，这些内容是在普林斯顿的高斯研讨班上讲授的；肯庸、普林斯顿和其他大学的听众都给了我帮助，让我完善了最初的书稿。谈论《秋颂》那一章是1982年我在贝勒大学做比尔·罗素讲座时宣读的。汉普斯特德的济慈博物馆和哈佛大学的霍顿图书馆是我和所有济慈研究者都要感谢的两大资料库。本书主要完成于我担任国家人文科学基金会高级研究员期间，另外，波士顿大学为我提供了学术假、研究经费和印刷费；在担任剑桥大学丘吉尔学院的海外研究员期间，我完成了大部分撰写工作。我特别感谢丘吉尔学院的院长威廉·霍桑爵士，以及乔治·斯坦纳和扎拉·斯坦纳，感谢他们对我的盛情款待。

我感谢哈佛大学出版社允许我引用杰克·斯蒂林格编辑的《约翰·济慈诗选》（1978）中的正文和注释：读者如想进一步了解本书中标有"斯蒂林格的注释"的条目中提及的相关著述，应参阅该书。经允许，济慈的书信引自由海德·E. 罗林斯编辑、哈佛大学出版社出版的济慈书信集（1958）。我对华莱士·史蒂文斯诗集的引用得到了阿尔弗雷德·A. 克瑙夫的惠允。范妮·布劳恩的玻璃干版肖像照经汉普斯特德的"济慈故居暨博物馆"馆长许可而复制，济慈临摹的索西比奥斯花瓶经罗马的济慈-雪莱纪念馆馆长许可而复制，埃尔金大理石雕的两块残片经大英博物馆许可而复制，卡诺瓦的《丘比特和赛吉》经卢浮宫许可而复制，而济慈的遗容面模经英国国家肖像馆许可而复制。

最后，我想感谢那些每天滋养我心灵的契友，尤其是本书的题献对象玛格丽特·斯图尔特。我的许多想法最初都是她的。

我认为

真理是最好的音乐。

——《恩底弥翁》第四卷，772—773

它们会解释自身——就像所有诗歌

都不该有评论。

——济慈写给弟弟乔治的信

1818 年 1 月 2 日，《书信集》第二卷，21

批评是一件真事吗？

——济慈阅读约翰逊博士关于《皆大欢喜》的评论时

所写的旁注①

---

① 本书引文，若无特别说明，均为译者翻译。

目　录

引　言

谁为我找来了颂歌的堂皇，

像阿特柔斯，因负重而强壮？

——《致查尔斯·考登·克拉克》，62—63

约翰·济慈的颂歌属于这样一类作品，在其中，英语得到了终极体现。在我们之后数个世纪它们仍将吸引人们去评论，每一代人都会走向它们，就像济慈曾想象的那样，一代又一代的观者会来到希腊古瓮前，发现它永远是人类的朋友。我们对这些颂歌的看法是由几个批评流派塑造而成的，在讨论我们所知道的东西之前，我想说说我是本着怎样的精神加入这一学习和思索的队伍的。

保罗·瓦莱里曾说，他翻译维吉尔的牧歌时用了这样的方法："以看待法语诗歌——无论是自己的还是别人的——的批评眼光（去看它们）……而且，我认为，不要仅仅把一件作品看作是已完成之作，而是要去想象它迄今依然在流动着，这样可以最大限度地和作品的生命息息相通，因为作品死于完成。当一首诗驱使人们满怀激情地去读它时，读者会在刹那间感到自己就是这首诗的作者，这时候他便知道这是一首好诗了。"[1] 尽管瓦莱里补充说，这种做法可能会显得"轻率和冒昧"，但他依然为自己辩护，称自己是不断涌现的诗行的创作者。不管这种做法是好是坏，我怀着同样的冲动读诗，用创作之手"沿着诗行去感受"。事实上，我知道对理解一首诗歌助力最大的，莫过于用手一笔一画地写下它，并幻想自己正在创作它——决定用这个词而不是另一个；一块块内容这样安排而不是那样；这里延展，那里岔开；这样组合各种感受；那样收尾。

因此，这本书是对这些颂歌的猜想性重建，猜想它们是如何被发明、被想象、被按顺序排列和被修改的。当然，这里只能谈及极少数创作问题。我再次引用瓦莱里的话：

> 想一想一个人说出最短的可理解的句子时他内心必须经历的一切，然后推算一下在诗人面前的一张白纸上形成一首济慈的或波德莱尔的诗所需的一切。
>
> 再想一想，在所有艺术中，我们的艺术也许是协调了最多独立成分或因素的：声音、感官、真实的和想象出来的、逻辑、句法，以及内容和形式的双重发明。[2]

一首诗中的每组关系都在吸引人们评注，诗与诗之间的相互关系亦然。对诗人来说，一首诗的完成是对另一首诗的激发，同一类型的诗歌之间更是如此。但这种激发既不是直接得到实现，也无法从已完成的作品中轻易察觉出来。我决不敢奢望我在这里提出的所有猜想都拥有同等的准确性；不过，猜测这些颂歌为何会呈现出如今的面貌，并推测出颂歌之间的先后顺序，就是把它们再一次呈现给他人的心灵。当然我们可以说，诗歌已把自身呈现给所有读者，就像乐谱把自身呈现到每个人的眼前一样。然而，（借用瓦莱里的另一想法）就像乐谱需要一位演奏大师或指挥家来诠释一样，文本也有赖于人们对它的"演绎"，拙劣的呈现会使文本变成一团糨糊，就像它会使乐谱颠三倒四一样：

> 因此，根据定义，演奏大师是这样一个人，他能赋予原本只是任各色人等以及他们无知、笨拙或不够格的理解力摆布的

文本以生命和真实的存在。演奏大师让作品变得有血有肉。[3]

　　一部作品如何经评论而变得血肉丰满，并不像在表演中那么直观。不过，瓦莱里是把二者相提并论的，他批评那些回避作品内在生命的诗歌讨论，即对作品中精确而讲究的选择、一连串本能的和有意识的运动、专横的控制和不间断的无序冒险、感受力的运用、作品和传统之间的持久角力都避而不谈的做法。通常，只有在一首诗中看到那些未被选中的，我们才能理解那些已被选中的。隐藏在印刷出来的诗句下的"擦除部分"，往往可以从它之前或之后的诗歌、传统上的某首母体诗，或被规避的常用语的表达程式中推断出来。如果如我所相信的那样，对济慈创作这些颂歌时的"作者工作"进行研究能为理解他的心灵和艺术提供新启示，那么从这个视角去解读这些颂歌便不会有错了。人们普遍同意，经典文学作品能容下五花八门的阐释，因为一部作品总是回应那些向它提出的问题，而这些问题又总是在所预设的概念框架和语境背景下提出的。我在此提出"作者选择"的概念框架和由济慈经典作品（外加一些济慈的思想来源）构成的语境背景。

　　诗人的首要选择是对主题的选择。叶芝曾说："我寻找一个主题，但是白费力气；/ 我每天都在找它，找了大约六星期。"[①] 这让我们得以瞥见诗人为第一个也是最关键的一个选择——主题的选择所付出的长久努力。（当然，主题的选择可能是，也常常是发生在初步选定节奏之后，霍普金斯和瓦莱里都曾说过类似的话。）事实上，最初让我困惑的正是济慈对颂歌主题的选择：为什么他会先写一种品性（怠惰），接着写一位女神（赛吉）、一只夜莺、一只古瓮、一种情绪（忧郁），最后写一个季节（秋天）呢？通常的评论会使这些选择看起来像是出于偶然：源于李树上的一只夜莺、对海顿工作室

① 引自叶芝《马戏团动物的逃亡》。（凡本书出现的脚注，若无特别说明，均为译者注。）

的一次拜访，或一次前往圣克劳斯的散步；但我相信一个艺术家的选择从来不是偶然的，尽管导致其发生的动因可能看起来是这样。

随后的一系列创作选择（视角，自我表征的方法，比例分配，作品的篇幅和结构型式［structural shape］，措辞的层次，话语的语域①，作品开端、延宕和收尾的方式，等等），对艺术家都具有形而上学的意义和伦理意义，对我们来说也是如此。这些意义是否能够完全恢复，这是个有争议的问题。在我看来，务实的批评应该是假设它们能被恢复——假设我们能够重新弄明白，济慈为何会做出我们在这些颂歌的最终形式中看到的那些创作选择。大多数艺术家都有一张有限的指意"字母表"，他们用这张字母表写作，并对熟悉的元素（如塞尚的山或苹果、夏尔丹的厨房用具）进行重新编排，创造出新的意义。我们用以鉴赏新的编排的基本语境是这种新创造出现之前的全部作品。因此，我用来理解济慈颂歌的语境是他之前写的作品；不过，我认为每首颂歌最重要的语境是其他颂歌所构成的整体，这些颂歌之间共享着一种特殊的联系，而且每当济慈回到颂歌这种形式，他都会回顾先前所做的努力，并把每首新颂歌作为评论以往颂歌的一种方式。我们可以说，每首颂歌既解构了它的前辈（们），又合并了它（们）。每首颂歌都是对先前的"解"的否定；但是如果没有先前已经构建的，如今我们称之为济慈式的风格的支持，任何一首颂歌都无法实现其自身短暂的稳定。济慈一次又一次按自己的目的去塑造颂歌，是在实践一种内在的自我批评；而本书也相当于一种内在批评，通过这种批评，"一首诗证明另一首诗和诗歌整体"（华莱士·史蒂文斯语）。我在这里讲述的故事发生在济慈艺术生命中短短的七个月间——1819 年 3 月至 9 月，从他开始构思《怠惰颂》到他完成《秋颂》。我必须诚实地补充，严格说来，我讲述的这个逐步演进的故事并不属于我。准确地讲，它是一个隐含在史蒂

---

① 语域，指语言使用的场合或领域，由英国语言学家韩礼德提出。

文斯作品中的故事。

随着我对史蒂文斯的诗歌越来越熟悉，我能从他的许多诗句背后听见济慈颂歌的回声。当我回头重读济慈时，这些回声一直萦绕在我耳际，如此之多，以至于我无法一一列举[4]。在史蒂文斯的暗中引导下，我开始把这些颂歌看作是一整个漫长而英勇的想象工程，在其中济慈以一种持续的、审慎的、稳步提升的、雄心勃勃的方式探究他自己提出的敏锐问题，包括创造力的条件、艺术可采用的形式、艺术（包括诗歌艺术）的等级、诗歌内部的文类等级、艺术与自然秩序的关系，以及艺术与人类的生死的关系等问题。同时，济慈也用这些颂歌来研究各种各样的形式问题：抒情诗中可能出现的结构型式——从简单的结构到最复杂的复调发明——所隐含的意义，在一首颂歌中突出某种修辞格所带来的形式上的结果，第一人称、第二人称和无人称自我表征的效果。我认为，济慈还在颂歌中展现了一种长期存在的内部冲突，即感官生活及其合宜的语言与思想生活及其合宜的语言（寓言式的、命题式的，或具象性的）之间的冲突。最后，济慈在颂歌中试着提出了一种"救赎系统"（《书信集》第二卷，103），对此，他怀有宗教般的真诚。

当然，我的许多论断并不新鲜，并且，因为有关济慈的评论比其他任何英国作家（可能莎士比亚除外）的评论都要多得多，我对前辈们的感激之情也就非同寻常了。在接下来的各章里，许多优秀成果被吸收进我们对济慈的理解之中，这一点我将不再赘述。第一代济慈研究专家主要关注的是勘定济慈的文本和传记——这项工作今天依然还在继续。我们现在有一套杰克·斯蒂林格整理的可靠的诗歌文本。另有米莉安·阿洛特和约翰·巴纳德编写的两套注释本，帮助我们了解济慈的创作来源以及他作品中的典故，尽管很多典故依然有待挖掘。海德·罗林斯对济慈的信件和济慈交往圈的相关文献做了不可或缺的、意义深远的编撰工作，他的工作促成了三部几乎同时出现的现代传记的编写，它们是沃尔特·杰克逊·贝特的批评性传记、艾琳·沃德的精神分析性生平，以及罗伯特·吉廷斯翔实、可靠的记述。（所有这些成果都有赖于早期错讹较多、风格怪异，但富有价值的传记，包括艾米·洛威尔所撰写的那本，她的遗赠构成了哈佛大学霍顿图书馆有关济慈研究的核心收藏。）

　　济慈批评是个复杂的故事，它跟济慈道德观的认识史交织在一起。"未受良好教育的济慈"，甚至"不道德的济慈"的观念，曾导致批评界对他采取一种屈尊俯就的姿态，甚至阿诺德也没能免俗；艾米·洛威尔撰写济慈传记的一个非常美国式的目的便是，确立济慈作为一名更伟大的作家（和一个更高尚的人）的地位，而不是像英国批评家们那样，对一个没有受过大学教育、出身阶层不明的作家抱有戒心。有关济慈是否可以作为思想家和精神导师的争论也在很长时间内分走了批评界的注意力。米德尔顿·穆里具有强烈主观性的释义工作对济慈诗歌的文类特征和篇章结构几乎未加留意；而随后的著述（如索普的《约翰·济慈的心灵》）也都停留在为济慈做必要的辩护上，以证明他是一位阅读广博、有哲学深度的诗人。后来对济慈的经典研究——以对颂歌的长篇论述为主——更加专业化，但依然以主题为重点，（随着二十世纪的研究深入）在哲学之外增加了心理学角度，论述一些得到明确界定的问题：济慈与艺术和艺术品的关系（伊恩·杰克）；与生长和形式的有机世界的关系（布莱克斯通）；与浪漫主义的关系（布鲁姆的《先知派诗人》、德曼的《〈济慈选集〉序》）；与宗教的关系（瑞恩和夏普）；结合书信研究济慈的社交生活（里克斯）；与他那个时代的有关感觉、思想和本质的思想的关系（斯佩里）；与形而上学思辨的关系（瓦塞尔曼）；与神话的关系（埃弗特）；与辩证符号的使用的关系（帕金斯）；与变形的关系（格拉德曼）；等等。那些讨论诗歌技巧的书（雷德利和贝特的《济慈的风格发展》）主要关注韵律结构和诗节形式等细微层面，而不是文类、比例和修辞这样的宏观层面。

　　一本对我来说非常有价值的书——约翰·琼斯的《约翰·济慈

的真理之梦》——以现象学方法探讨济慈，从非凡的共情能力，以及感觉的措辞和济慈对真理之"梦"的追求之间的斗争角度研究济慈的感觉之诗。任何一个像我这样对济慈最细微的遣词造句怀有兴趣的人，都不可能不受琼斯的影响，他对济慈的感受方式和观看方式有着不可思议的领悟，在探究这些难以捉摸的现象时他灵活地摸索出了一条智性之路。琼斯出色地强调了济慈在感觉领域的成就，而我想强调济慈在诗性"思考"方面取得的成就——尽管我所说的济慈的"思考"最终指的是语言中体现出来的感觉的架构排序。我必须再次引用瓦莱里的话：

> 凭着心不在焉和想入非非，一个人是不可能把如此珍奇和罕见的安排强加给语言的。一个真正的诗人的真实状况应与做梦状态尽可能地不同。我在其中看到的只是意志坚定的探究、思想的柔软、灵魂对精致的羁绊的认同，以及牺牲的不断胜利。
>
> 正是那想要记下梦境之人，不得不保持极度清醒……
>
> 谁要是谈论精确和风格，他就在谈梦想的反面；谁要在作品中看到它们，他就必须能想象，作者为抵抗思想的不断消散所付出的所有艰辛和时间……而一个人所觊觎的猎物越是惊疑不定，越是难以捕捉，就越需要有思想和意志介入，使它永远处于逃逸状态，又永远在场。[5]

也许正如琼斯所言，就这些词通常的意义而言，济慈一生中的大部分时间，做感觉的诗人，要优于做思想的诗人。不过，琼斯对济慈在把握瞬间的共感方面所做的努力十分赞赏，哪怕他做得最糟的时候，也比他在诗歌架构方面做出的努力更得琼斯之心。我愿意这么认为：我在本书中所做的工作是追索济慈走向"思想之诗"的脚步，即便在这一过程中，用上了一小部分琼斯针对济慈在感觉之路上的探索所取得的结论性成果。

有三位批评家的研究思路和我在这里所做的研究有些相通。约翰·霍洛维在《绘图镜》中有关济慈颂歌的短文里，最先提出这些颂歌构成了"一个统一的序列"。不过，霍洛维随后把这些颂歌视为特定情绪的种种表达，而没有把它当作一个序列——后写的颂歌是先前颂歌的发展、反驳或强化。斯图亚特·斯佩里在《诗人济慈》中正确地指出，这些颂歌一般都是分开单首阅读的，而"最近试图建立一个基础，将这些颂歌作为一组作品来读，以弄清不同颂歌之间是怎样相互联系又相互定义的，但这些尝试不如分开阅读来得成功"。斯佩里撰写的谈论这些颂歌的有益而简短的文章，建议我们把它们当作济慈的反讽感和"消极感受力"的最佳体现来读。斯佩里主要探讨他在这些颂歌中看到的心理态度，并深入解读了主题方面的细节；他同时也关注哪些方面做得成功或不成功。我更关心的是济慈想要体现什么、构建什么，以及用什么样的技法手段来实现这些，而不是宽泛的主题学问题或局部的成功和失败问题。斯佩里没有就这些颂歌不断变化的主题的先后顺序的成因进行讨论，在我看来，他把《怠惰颂》放到最后，便无法梳理出令人信服的颂歌序列了。他同意（我认为是错误的）斯蒂林格的观点，认为这些颂歌有相对统一的型式——飞入超然状态中，然后从超然状态回落——尽管斯佩里认为是降落进反讽里，而不是落进普通的日常现实中。第三位在某种程度上预示着我的研究的批评家是吉莉安·比尔，她在一篇短文中提出，这些颂歌在一定程度上与艺术有关，而《夜莺颂》尤为明显，是济慈对音乐艺术的沉思。我同意她的看法，不过她的文章没能指出该如何进一步发展这一观点。[6]

长期以来人们都把济慈的思想和情感作为批评重点，忽视了（尽管这么说可能会显得古怪）把济慈作为一位诗人来研究。我的意思是，忽视了把济慈作为一个以建筑学形式对语言进行难以言喻的复杂表述的制造者来研究，在这些作品中，"制作的意图"控制着所说的内容，"意象的运演本身包含着主题的全部事实"[7]。没有一个济慈研究者会忽视济慈的意象，但通常都是从意象的主题性意义方面去思考它们，而不是把它们作为一张网的一个部分，这张网由交缠在一组持续变动的关系中的几股力量合成。我相信，济慈的意象系统是紧凑的（虽然华丽），而勾画出这一系统的基本要素，并从各种不同的变体中把它们识别出来是有益的。例如，我们可以说，园丁"幻想"（Fancy）、夜莺、已故的古瓮雕刻家，都是同一元素（富有创造力的艺术家）的变体；又如《夜莺颂》中的葡萄酒、《忧郁颂》中"喜悦"葡萄，以及《秋颂》中的最后几滴苹果汁，都从"仙露"（elixir）转化而来，而这仙露曾在《海披里安的覆亡》中出现（作为透明的果汁），这些发现有助于理解济慈的想象力的工作方式。每首颂歌都诞生自先前的颂歌，部分是通过此类意象变形来实现的；当我们看清济慈选择了什么意象来变形，又把它们转化为什么样的新形态，我们便明白了自己处于济慈诗意宇宙的什么位置。

济慈的语言是如此多样，迫使我们分出许多"子语言"。我采用的分法包含古典神话语言、十八世纪的寓言式语言、建筑形式语言，以及自然感觉的语言。我认为济慈选择一种语言或抑制一种语言都是有一定的理由的。关于这个问题，杰弗里·哈特曼在研究十八世纪寓言诗时做得更深入，是我在济慈研究中无法望其项背的。哈特曼的两篇富有启示的文章（论述《海披里安的覆亡》和《秋颂》的）讨论了济慈在史诗和颂歌写作中对寓言式言语技巧的继承和原创性背离。[8] 不过，我最感兴趣的是作为作者的济慈所做出的决定：何时使用十八世纪的寓言式措辞，又是出于何种原因弃用。这些颂歌如此频繁地变换其语体风格（而且常常是出于某种目的），让我们不得不细加斟酌。

济慈怀着极大的审慎在这些颂歌中使用的修辞格，我们可以用很多方式去描述，而我仅仅触及了这个复杂问题的表面，我在本书中提出的观点是，每首颂歌都由一个形象或一种修辞手法（不一定是经典修辞格）来主导，甚至由它来构成。例如，当我说重复是

《赛吉颂》的构成性修辞时，我并不是说这首颂歌中没有其他处于从属地位的修辞手法，只是说在《赛吉颂》中，事物不断被重复，主题上和语言上均运用重复手法，而如果我们识别出一首颂歌中反复出现的主导修辞，它将有助于我们看清这首颂歌的型式。这些修辞可以是隐喻性的（如在上面这个例子中），也可以是语法方面的（如，就我所见，《希腊古瓮颂》的构成性修辞是发问。正是问题在颂歌中不断出现，组织起了这首颂歌的型式），或者句法方面的（《秋颂》的支配性修辞是列举，即列清单）。尽管这样的描述很粗糙，但我相信它们是有用的。想从探索性的概念中获得它们本身所并不具备的精确性是错误的。我提出"构成性修辞"这一概念，只是因为在我自己看来它是能带给人启发的进入诗歌之道。我相信这些修辞是有意味的形式（如重复意味着对重现的信心，发问则是智识困惑在形式上的相应表现，而列举意味着一种丰盛感）。任何一首颂歌的意义不仅取决于基本意象的嬗变，还取决于措辞的语域和其主导修辞通过形式传达出来的意义。

最后，济慈颂歌的意义还取决于其结构设计所传达的内容，我在本书中称之为型式。如我所言，斯蒂林格认为单一的"上升-下降"型式便可概括济慈的所有颂歌；他的曲线图描绘出一个夹在低起点和低终点之间的峰顶。作为这种形式的变体，斯佩里谈到了这些颂歌的"抛物线型式"。不同于他们提出的简单模型，我认为每首颂歌都用了不同的型式；如果说本书有任何一个部分让我有信心的话，那就是有关颂歌结构的讨论，以及这些结构和每首颂歌的内容、艺术观如何相匹配的讨论。这些讨论通向本书的终点：在《秋颂》中济慈做出了重大发现，他发现了一种结构性复调的形式，几种结构形式（structural form）——每一种都是独立的，每一种都富含意义，每一种都贯穿整首颂歌——相互重叠，形成一张多重效果交错的羊皮纸。瓦莱里曾将这一至高成就和较为简单的型式相区分：

　　诚然，在抒情诗中我们可以找到许多例子，其发展只让人想到简单的图形和容易理解的曲线。然而，那些都属于非常初级的类型。

　　当我谈到创作时，我脑子里想的是这样一些诗篇，它们试图通过在各部分之间引入"和声"关系、对称、对比、对应等，去与音乐的高度复杂性相媲美。[9]

所有这些结构型式，像所有修辞一样，都传达着形式所具有的意义。斯蒂林格和斯佩里提出的那种由满怀憧憬的外逃和返家的归途所构成的型式，我们也许已习以为常；从早晨到夜晚或是从青春到年老的衰退型式，我们也同样熟悉。然而，正如瓦莱里所说，这类型式只是最初级的；我想要指出的是，还存在很多其他值得注意的型式。总之，我希望通过提请人们注意济慈意象使用上的嬗变、所写题材的先后顺序、遣词造句方面的变化，以及对结构型式的创造，扩展大家对济慈诗歌手法的认识。为了避免所有问题挤作一团，我通常会先概述一首颂歌的题材对济慈的重要性何在，它在颂歌序列中处于何种位置，以及它的结构型式和构成性修辞是怎样的；做完这些我才会回过头去，考虑一些更细节的问题，如语言的使用、句法或比例调节在语境中产生的效果等。

　　当然，把这些颂歌作为一个序列来处理（中间插入了一章谈论墨涅塔①的脸作为过渡，因为缺了它便无法弄明白从"忧郁"女神到"秋天"女神的变迁），我最终想思考的是它们的人文意义，以及它们告诉了我们哪些是济慈对于人类困境和自己作为艺术家的困境的看法。现在人们普遍承认济慈的沉思和构建中包含着复杂性，但这种复杂性还没有落实到颂歌的遣词造句层面上去做全面而具体的

① 墨涅塔，《海披里安的覆亡》的主要人物，相当于希腊神话中的摩涅莫叙涅。在希腊神话中，她是乌拉诺斯和该亚的女儿，十二提坦之一，掌管记忆，传说她与宙斯同寝九昼夜而生下九位缪斯女神。

分析。当然，那些广为接受的对济慈颂歌的解读差不多都是正确的：多亏长久以来的批评传统，我们现在大致了解了济慈所关注的问题。但我认为我们还没有完全看清济慈对艺术的看法，在这个方面我希望纠正人们对两首核心颂歌《夜莺颂》和《希腊古瓮颂》的一些错误认知，我把它们看作是对音乐这门非具象艺术和雕塑这门具象艺术的思考。我认为这些颂歌包含了一组有关感官的受控实验[①]：在《赛吉颂》中济慈抑制了所有感官，在《夜莺颂》和《希腊古瓮颂》中他各保留了一种感官，抑制了其他感官，他允许"低级感官"进入《忧郁颂》，而在《秋颂》中他重建了完整的感官综合体。我还提出，颂歌中所有受敬拜的对象都是女性神灵（里昂·沃尔多夫正从精神分析的角度探讨这一观点）[10]，而从年轻的"诗歌精灵"[②]到收割者"秋天"的变迁体现了济慈在概念探索方面取得的重大进步。

本书提供的解读完全是相互依存的。有关《夜莺颂》《希腊古瓮颂》和《秋颂》的解读，对通常的理解提出了很多质疑（当然，这些章节也必定会对他人已论述过的诸多方面做出评论）。当我读到艾伦·泰特对《秋颂》下的断语时，我产生了论战冲动，而那份冲动也正是创作本书的缘起。他说《秋颂》"风格上近乎完美，但它所言甚少"[11]，而我认为《秋颂》已道尽所有。我很清楚，关于诗歌如何"言说"，我和泰特有着不同的理解。他所理解的"言说"是命题式的；他喜欢《夜莺颂》，因为它"至少努力去说出诗歌所能说的一切"。泰特并不完全信任济慈的"图像性"自然（他如此称呼）。

不过，对我来说是很清楚的，《秋颂》是通过我当时称之为搭配组合的方式来"言说"的——济慈称之为（在他赞美弥尔顿时）"部署"。过了一段时间我开始认识到，《秋颂》还通过它的意象活动、交叠的结构，以及对暗示性措辞的精妙探索来"言说"。我在这里所

① 受控实验，通过对某些影响实验结果的因素加以控制，系统地操纵实验条件，观测与这些实验条件相伴随现象的变化，从而确定条件与现象之间的因果关系。
② 《怠惰颂》里的三个形体之一。

做的全部努力可以看作是对泰特看待《秋颂》的方式的辩驳。如果不考虑颂歌所用的手法，那么对其内容的解读也只可能是空洞的。但这些手法只能根据语境来确定，而济慈经典诗歌中没有哪一首诗比《秋颂》的语境更丰富。例如，只有我们认识到济慈在前四首颂歌中绝对禁止出现除鲜花以外的任何东西，认识到《忧郁颂》引入"喜悦"葡萄，在顺应现实方面迈出了多大的一步（尽管诗人允许葡萄在舌头上爆裂以满足人欲），我们才会明白《秋颂》中出现的水果意味着什么；《秋颂》里的水果虽然遭到碾压[①]、不复原形，但它们并没有被吃掉。同样，我们只有想到在《秋颂》之前济慈一直藏身于幽境或圣所，才能理解《秋颂》"向外寻找"的意义。一方面允许果实出现，另一方面决心走进收割后的空旷田野，前者代表从道德上承认了不可避免的牺牲过程，后者代表慷慨地接纳整个世界，把它作为成长的土壤和艺术的领地，而不只是接受世界的某个部分，这二者共同构成了济慈英勇无畏的创作选择。

　　这些只是随机选取的例子。如果情况理想的话，本书的读者读到最后一章时，会因前几章的累积而获得一种感觉，体会到最后一首颂歌中的每个词都蕴藉深厚。济慈创作这首颂歌时的高度匠心，以及他对所有写作手段沉稳有力的运用，使他对颂歌这一文类的持续操练臻于古典式的完美境界，造就了文化和语言的伟大结晶。正如颂歌序列所表明的，济慈探索这一诗体的历程结出了他自己都不曾期望的硕果。

---

① 　指把苹果榨成苹果汁。

一

婆娑的树影，迷离的光线：《怠惰颂》

这热烈的倦怠。

——《恩底弥翁》第一卷，825

多么幸福啊，这孕育之旅！多么怡人而勤勉的怠惰啊！躺在沙发上瞌睡并不妨碍它。

——《书信集》第一卷，231

在这种柔弱状态下，脑神经和身体的其余部分都很放松，而幸福达到了这样的程度，快乐不含一丝诱惑，痛苦也不会难以承受地皱眉。无论"诗歌""雄心"，还是"爱情"，他们从我身边经过时都神态自若：他们看起来更像希腊瓶上的三个形体——一男二女——除了我再无人能识破他们的伪装。这是唯一的幸福；而且是身体优势压倒"心智"的罕见例子。

——1819年3月19日《书信集》第二卷，78—79

By John Keats.

　　一天早晨，我看见面前有三个形体①，
　　　　他们垂着头，携着手，侧过了脸庞；
　　一个挨着另一个，举步安详，
　　穿着透明的晶鞋，典雅的素装。

　　　　　　　　——《怠惰颂》，1—4

---

① 原文为"figure"，指希腊瓶上雕刻的三个身影。屠岸译为"形象"，但鉴于本书后文需
　将"character"也译为"形象"，为避免混淆并突出"figure"所蕴含的视觉轮廓感，此
　处改译为"形体"。

怠惰颂①

"它们既不辛劳，也不纺织。"②

一天早晨③，我看见面前有三个形体，

　　他们垂着头，携着手，侧过了脸庞；

一个挨着另一个，举步安详，

　　穿着透明的晶鞋，典雅的素装；

他们走过，像石瓮表面的浮雕，

　　石瓮转动着，可以看到另一面；

　　　他们又来了；石瓮再旋转一程，

翻过来，最初见到的影子又来到；

　　我觉得他们很奇特，正如深谙

　　　菲迪亚斯④的艺术者见到了希腊瓶。

影子们！我怎么不认识你们？怎么——

　　你们这样悄悄地戴着面具来？

这可是暗地里精心装扮的计策

　　要偷走我怠惰的时光，再把它丢开

而毫不费力？倦睡的时刻在发酵；

　　无忧无虑的云彩在慵懒的夏日

① 本篇《怠惰颂》翻译采用屠岸译本，此为通行译本。为与文德勒的阐释相对应，部分引诗在屠本的基础上做了适当修改，对差异明显的改动已加注说明。
② 这句题词引自《圣经·马太福音》，屠岸译本未译。
③ 原文为"one morn"，屠岸译为"一早"，易引起歧义，这里改为"一天早晨"。
④ 菲迪亚斯，公元前490年—前430年，古希腊著名雕刻家、建筑师，主要作品有雅典卫城的三座雅典娜像和奥林匹亚的宙斯像，原作均已无存，但有很多复制品传世。

困住我的眼；我脉搏越来越缓慢；
痛苦不刺人，欢乐没鲜花炫耀：
　你们呵，为什么不化掉，让我感知
　　谁也没来干扰我，除了那——虚幻？

他们第三次走过，经过时，他们
　每人不时地把面孔转向我片刻；
然后褪去，我渴望去追随他们，
　苦想生翅膀，我认识他们三个；
第一位，美丽的姑娘，名叫爱情；
　　第二位，正是雄心，面色苍白，
　永远在观察，用一双疲惫的眼睛；
第三位，我最爱，人们骂她越凶狠
　我越爱，是个最不驯服的女孩——
　　我知道她是我的诗歌之精灵。

他们褪去了，真的！我想要羽翅：
　傻话！什么是爱情？它在哪里？
还有那可怜的雄心！从一个男子
　小小心灵阵发的热病中它跃起；
呵诗歌！——不，她没有欢乐，至少
　对于我，不如午时甜甜的睡眠，
　　不如黄昏时惬意的懒散游荡，
但愿呵，来一个时代，避开烦恼，
　让我永远不知道月缺月圆，
　　永远听不见常理的繁忙喧嚷！

他们又来了；——唉！这是为什么？

朦胧的梦境装饰了我的睡眠；

我灵魂是一块草地，上面撒满了

鲜花，颤动的阴影，折射的光线：

晨空布满了阴云，但没下阵雨，

虽然晨睫挂着五月的甘泪；

打开的窗户紧挨着葡萄藤新叶，

让新蕾的温馨和鸫鸟的歌声进入；

影子们！时候到了，让我们说再会！

你的衣裙没沾上我的泪液。

再见吧，三鬼魂！你们不能够把我

枕着阴凉花野的头颅托起来；

我不愿人们喂我以赞誉，把我

当作言情闹剧里一只羊来宠爱！

从我眼前褪隐吧，再一次变做

梦中石瓮上假面人一般的叠影；

再会！在夜里我拥有幻象联翩，

到白天，我仍有幻象，虽然微弱；

消逝吧，鬼魂们！离开我闲怠的心灵，

飞入云端去，不要再回来，永远！[1]

济慈生前未发表的《怠惰颂》，如布莱克斯通所说，是其他伟大颂歌的种子。[2] 虽然这首诗迟至 5 月才写成，或许只比《希腊古瓮颂》略早一点，因为它们拥有相同的诗节① （后来在《忧郁颂》中再次用到），但触发他写作的经验发生在三月，参阅济慈 1819 年 2 月 14 日至 5 月 3 日间的日记式书信，可以看到 3 月 19 日那天他对此有所记录。他在那封信中勾勒了这首颂歌的缩略图景：

> 今天早晨，我处在一种类似于怠惰的心绪之中，漫不经心的。我琢磨着汤姆逊《怠惰城堡》中的一两节诗歌……无论"诗歌""雄心"，还是"爱情"，他们从我身边经过时都神态自若：他们看起来更像希腊瓶上的三个形体——一男二女——除了我再无人能识破他们的伪装。
> ——《书信集》第二卷，78—79

那个春天的晚些时候，济慈三番五次地回想起三月的经历，以至于后来在"五月的甘泪"中复活了那种体验；然而，颂歌的核心依然是三月的倦怠，当"爱情""雄心"和"诗歌"三个动机乔装成希腊人从他眼前经过时，诗人不愿被他们从神秘的怠惰心境中唤醒。[3]

《怠惰颂》不太舒服的结构使查尔斯·布朗搞错了诗节的顺序，因为他大概是从散页上转抄的，虽然他后来做了更正；只有一首特别平静的诗才可能让人犯这类错误。事实上，这首诗似乎没有任何明显的进展：诗歌开始时，济慈是懒散的；诗歌结束时，他依然是懒散的。那些扰人清净的形体的来访似乎没有带给他任何改变，一个处在胚胎期的诗人拒绝出生，安卧在前意识存在的子宫里。

然而，《怠惰颂》提供了两种相互冲突的结构型式让我们细察：

---

① 都是每个诗节十行，韵式为 ababcdecde。

第一种归于说话者，或许可以用"踌躇"这个叶芝式的词语①来恰当地称呼它；第二种归于瓮上的形体，它持续重现，与第一种形成对抗，比第一种更加有力。这首诗的确记录了济慈心绪的踌躇——从慵懒到渴望，从自责到纵情（我们稍后会看到，这种纵情被语言强化了），但不断复现的回归才是诗中更强有力的结构型式：那三个寓言式的雕塑形体一而再地闯入济慈变幻的梦中。从某种意义上讲，这首诗永远不会——也从不希望——从那种舒缓自在、不紧不慢的希腊队列的景象中回过神来，雕塑的优美形态完全征服了诗人。

> 一天早晨，我看见面前有三个形体，
> 　　他们垂着头，携着手，侧过了脸庞；
> 一个挨着另一个，举步安详，
> 　　穿着透明的晶鞋，典雅的素装；
> 他们走过，像石瓮表面的浮雕，
> 　　石瓮转动着，可以看到另一面；
> 　　他们又来了；石瓮再旋转一程，
> 翻过来，最初见到的影子又来到；
> 　　我觉得他们很奇特，正如深谙
> 　　菲迪亚斯的艺术者见到了希腊瓶。

　　第一诗节的一切都在强化这三个跟"美惠三女神"如此相像的艺术形体的执着和力量。他们不是独行，而是结伴同行；他们手牵着手，作为一个整体自我呈现；他们动作一致，衣着相同；乍一看，甚至似乎性别都是一样的。回归的主题不断得到强调："一个挨着另一个，举步……""他们走过……""他们又来了；……再……一程，／最初见到的影子又来到"。这首诗以多种修辞方式——通过呼

---

① 叶芝写有诗歌《踌躇》。

唤那些形体，通过让他们的回归重复发生，通过把他们（一次在场、一次缺席）列举为"爱情""雄心"和"诗歌"，通过两次与他们告别，通过恳求他们褪隐，通过命令他们消逝——重复着这种萦回不去的、有魔力的出场和回归。整首诗构建在他们持续的重现之上，如我前面所说，他们使得这首诗在结构上成了一首"复现之诗"。

济慈对几位莅临者的称谓不断变化着（在他眼里，他们最初是"形体"，接着是"影子"，然后是"幽灵"，最后成了"幻影"），他的态度也随之发生着变化，而他们始终保持着其沉静的希腊形式，当他们最终向济慈露出真容时，便成了史蒂文斯诗中那位楼梯上的伊达尔戈①，"那一片朦胧的阴影凝视着你，也逼着你回视它"。虽然诗人乞求他们返回瓮上，各归各位，甚至命令他们消失到九霄云外，但他们并没有表现出一点要消失或停止骚扰这位怠惰的幻想者的迹象。

就像在《忧郁颂》《夜莺颂》《希腊古瓮颂》中一样，济慈在这里也存心以诗人自况。在这首颂歌中，他谈到了他的"诗歌"之精灵。在其他颂歌中，他提及了他的"不成调的韵律""沉思的诗韵"，而在《希腊古瓮颂》中他笼统地称之为"我们的诗韵"②。在《怠惰颂》中，"诗歌"的诉求（连带它的"雄心"动机和"爱情"主题）与济慈近乎生理性的"怠惰"需求之间的冲突似乎是无法解决的。这些形体心意坚决，无法阻止又难以控制，以他们的一次次出场反复引起骚动。然而，"怠惰"的诉求也是不容争辩的，面对希腊形体的每一次重现，它执拗地坚守着自身的立场。

① 伊达尔戈，（西班牙或美洲西班牙语国家的）地主、绅士，往往暗指失去了财富的破落绅士。塞万提斯在《堂吉诃德》中称其主人公为"hidalgo"，表明他的骑士头衔和理想并无贵族财富的支撑，因而是虚幻的。史蒂文斯在《纽黑文的平常夜》一诗中，用这个词来代表"永恒"这个高深莫测的意象，暗示着"永恒的"虚构性，暗示它是人类自身想象力的创造物。
② 原文为"our rhyme"，屠岸译作"诗"，位于《希腊古瓮颂》诗句"一个如花的故事，比诗瑰丽"中。

　　通过后见之明——因为我们已读过《夜莺颂》和《希腊古瓮颂》——我们能够看到，希腊形体与"怠惰"之间的冲突仿佛是后来这两首颂歌之间的较量。"怠惰"用《夜莺颂》中恍惚的声音说话；而希腊形体哑然的瞥视，用的是《希腊古瓮颂》的语言。一个是幽境之音，另一个是器物之音。当然，在《怠惰颂》中还存在着第三种声音——那声音在幽境之外觉醒，拒斥希腊的引力，用人间智者的语调说起话来，那种语调令我们想起《拉米亚》的部分内容：

> 傻话！什么是爱情？它在哪里？
> 还有那可怜的雄心！从一个男子
> 小小心灵阵发的热病中它跃起。

我们将在《夜莺颂》中再次听到这种用力过猛的冷嘲热讽："幻想，这骗人的妖童，/ 不能老耍弄它盛传的伎俩。"济慈在后来的颂歌《希腊古瓮颂》和《秋颂》中不再使用这种防御性语调，认为它并无意义。在那两首诗中，藏在愤世嫉俗的言辞背后的苦涩和遗憾，被允许正常地、不拐弯抹角地发出自己的声音：在《希腊古瓮颂》中表现为对人类激情及其后果的评论，在《秋颂》中表现为对春日歌声的怀念。

　　在《怠惰颂》中，济慈试图将一种结构型式叠加到另一种型式之上：在由"怠惰"对形式①的各种抵抗和屈服所构成的"踌躇"型式之上，他放置了由希腊形体有节奏的回归所构成的持续重现的型式。哈罗德·布鲁姆说得特别好，那三个类似"美惠三女神"的形体实际上是济慈的"命运三女神"。因此，我们可以把这两组韵律间的关系看作是"命运韵律"叠加在"意志韵律"之上。两种韵律

---

① 形式，指瓮上的三个希腊形体，文德勒之所以称之为"形式"，是为了与"自然""怠惰的遐想"相对。

都贯穿了全诗；但是，正如我所说，诗篇一开头"命运韵律"那难以言明的、抢先一步的漂亮出场——尽管随后遇到了种种抵抗——使得这种韵律事实上成了最终的获胜者，更准确地说，在诗的结尾处我们发现自己已把它设想为最终的获胜者。

然而——同样是通过后见之明——我们知道济慈有理由去延长他那"夜里拥有幻象联翩，/ 白天也有微弱幻象（faint visions）"的状态（在《夜莺颂》里他把后一个短语改为"醒着的梦"[①]）。正是在这些醒着的恍惚状态和阴影覆盖的沉睡中，他那强大的同化能力和创造能力第一次呈现为形式。他感到自己与瓮相会的时机尚未成熟，从三月到五月，他有意拖延了相会的时间，而这是很有裨益的。他所固守着的"怠惰"一直在孕育着什么，不受时间支配；他悬停于梦中，就像五月的甘泪（后来在《忧郁颂》中化为一场哭泣的阵雨）悬停于天空的云彩之中。季节没有前进，他没有动静。促成变化的几个必要项——"雄心""爱情"和"诗歌"——无声而急切地挑衅着他的无动于衷，对此，他在随后的诗歌中所作的本能反应，是让他们静下来：他将静止之"爱"[②] 置于《赛吉颂》的中心，将静止之"爱"和"诗歌"置于《希腊古瓮颂》的中心。

于是，在这首颂歌中，我们看到一位精神上和情感上同时受到刺激的艺术家不由自主的幻想，以及这份幻想最终形成的雕塑作品。那些雕塑形体渴望获得生命，但暂时遭到禁止，不管是回到梦幻的瓮上还是云端，都没什么差别。这三个仙灵几乎无法区分，代表了《恩底弥翁》里最重要的剧中人物，复制了其大致轮廓：野心勃勃的青年由两位姑娘左右相伴，一位是"爱情"，一位是"诗歌"，这必定让我们想起恩底弥翁被安排在印度少女和辛西娅中间的情形。（济慈曾在信中提到那些形体是"一男二女"：在颂歌中，"爱情"和

---

① 原文为"waking dream"，查良铮译文中为"梦寐"，见本书第四章。
② 指《赛吉颂》中的丘比特。

"诗歌"显然是女性，而"雄心"大概是位男子。）简言之，这里的"命运三神"是济慈对自己在《恩底弥翁》中已然讨论过的天职的两难困境的重现，而这首诗呈现了胚胎里的、未成形的、慵懒的、正在做梦的诗性自我与它后来获得形体的假想化身之间的一场对话。

济慈以后再不会把形式，即受敬拜的形体，呈现为寓言式的"三位一体"了。在《海披里安的覆亡》中，"雄心"出现了，但被融到了说话者自身的"天然自我"中；在《赛吉颂》中，"爱情"和"诗歌"以丘比特和赛吉的形象成对出现，其灵感源自《怠惰颂》。《赛吉颂》中的两个雕塑人物不再是诗人对他的两种天赋"爱情"和"诗歌"的寓言式表征①，而是取得了独立的神话存在，在诗歌结尾处丘比特险些丧失这种存在（诗人似乎准备自己取代这位神），但赛吉的存在自始至终都得到许可。作为异教女神，赛吉先于她的诗人存在于神话王国，她的实质并不像《怠惰颂》中的"爱情""雄心"和"诗歌"那样有赖于诗人。济慈希望有一个外在于自身的崇拜对象，这决定了他后来诗歌中其他几样得到敬拜的物品，它们都是单个出现的——一只鸟、一只瓮、一个季节。这样的选择，超越了对创作的寓言式心理学和生命存在的神话式解读的兴趣，指向了济慈对艺术品②、受众和媒介的兴趣，如我在后文想要表明的那样。

但是，在《怠惰颂》中，说话者是那个懒散、内向的济慈，依然藏身于他的"牧歌之蛹"中，把内在的"雄心""爱情"和"诗歌"投射到另一自我③——瓮身上。"自我的瓮形分身"（urn-double）对说话者的抗议和规劝无动于衷：它身上的希腊形体每次重现都是一样，泰然自若、富有韵律、沉着冷静、内涵蕴藉、宁静安详。这些形体身居高位，一切情况尽收眼底，在济慈的礼赞、发问、斥责

---

① 原文为"allegorical representations"，根据不同语境，在本书中"representation"一词译作"具象""表征"或"表现"。
② 原文为"artifact"，根据不同语境，在本书中译为"器物""艺术品"或"人造物品"。
③ 原文为"doppelgänger"，德国民间传说中的幽灵，与本人长得一模一样的另一自我。

和讽刺狂潮下岿然不动。他们唯一的姿势是责备的姿势，就是把侧脸转为正面，迫使诗人承认认识他们。纵然转动得平静，那些形体本身却并非完全平静的：脸色苍白的"雄心"露出长期熬夜后的疲惫（向后可与《秋颂》中的"耐心守望"①相联系），而"诗歌"精灵是"最不驯服的"。我们或许可以说，这些形体如同一首诗，既表现出韵律上的循环往复，又含有内在的骚动。在济慈这场心灵与自身的对话中，痛苦未能在行动中找到出口。

这首诗使用了"懒散"（idle）和"怠惰"（indolence）两个词之间的视觉双关。在满怀期许的希腊形体的苛刻判断里，济慈可能会被说成"精神懒散"；在他自己的防御性判断里，他只是沉浸在夏日的"怠惰"之中。他把自己看作田野里的百合，想弄明白那些形体如此看重"任务"是否只是庸人的忠告，即"常理的繁忙喧嚷"。同时，在忐忑不安的痛苦自责中，他甚至怀疑他们是否故意捂住声音抛弃他，任他自我放纵；他想象他们已悄声溜走，如此一来，在他们设想的计谋中，他便是懒懒散散、终日无所事事的了。

那些形体最初几次走过的情形，使我们有理由做这样的推测。当那些仙灵看似没有注意到他时，济慈的自尊受到了伤害；当他们注意他时，他先是狂热地渴望接近他们，片刻之后，他感到自己被他们拉拽着脱离了他的白日梦，而他朦胧地意识到白日梦对他很重要。当我们注意到那潜藏的型式——我前面说过的潜藏在"形体的重现"之下的那种"踟蹰"的型式——我们认识到的第一件事，是当济慈拒斥那些不断怂恿他的形体时，他的"怠惰"语言呈现为两种形式：为方便起见，我们可以称之为"夜莺式"和"赛吉式"。第一种是神魂颠倒、麻木、丧失知觉的语言，听起来像是把《夜莺颂》开篇的困顿麻木和随后向着死亡的茫然沉沦糅合在了一起：

---

① 出自《秋颂》中的诗句："……在榨果架下坐几点钟，／你耐心地瞧着徐徐滴下的酒浆。"

> ……倦睡的时刻在发酵；
>
> 无忧无虑的云彩在慵懒的夏日
>
> 困住我的眼；我脉搏越来越缓慢；
>
> 痛苦不刺人，欢乐没鲜花炫耀：
>
> 你们呵，为什么不化掉，让我感知
>
> 谁也没来干扰我，除了那——虚幻？

怀着这种心绪，济慈赞美了"午时甜甜的睡眠，黄昏时惬意的懒散游荡"。

如果说对怠惰的第一层探索借用的是死亡的语言，那么第二层"赛吉式"的语言，借用的则是出生的语言。睡眠不再是一种昏迷，而是载着丰富的梦、正在生长的花、光与影的明暗交错，以及所有那些在这样的景致——初生的情感、敞开的窗户、新绿的藤蔓、萌蘖的温暖和歌唱的鸫鸟——中生发出来的东西，济慈在最后一封信中称之为"信息（原始感觉）①"（《书信集》第二卷，360）。本诗中描述敞开的窗户和萌蘖的温暖的语言，以后便是《赛吉颂》的语言，正如济慈在本诗中给自己安排的位置（他的头颅"枕着阴凉花野"），很像他在《赛吉颂》中给丘比特和赛吉安排的位置（"相依偎 / 在深草丛里…… / 周围是宁静的、清凉的、芬芳的嫩蕊"）。《赛吉颂》中的幸福之窗敞开着，等待温暖的爱神进来，最终将变成《夜莺颂》中那扇魔窗，空无一人，面向险恶和荒凉敞开着；但这里，在《怠惰颂》中，窗户仍在邀请，它敞开，去紧挨着葡萄藤的新叶——那葡萄藤尚未像后来那样果实累累，只是蓄势待发。第一类怠惰是麻木的，主要取材于有关死亡、无知觉和消亡的思想；而第二类怠惰是创造性的，从有关出生、湿润、涌现和照亮的思想中

---

① "原始感觉"是济慈写给查尔斯·布朗的信中提出的一个概念。这封信于 1820 年 11 月 30 日写于罗马，1821 年 2 月 23 日济慈去世，因此这也是他生前写的最后一封信。

汲取意象。第二类怠惰在打头的形容词中得到了简要预示——用"成熟"①形容倦睡的时刻，用"至福"②形容云彩；不过随后麻木和空茫又接踵而至，萌蘖的、创造性的怠惰得到进一步探究则是后来的事了。

简而言之，在这首诗中有两个怠惰的济慈和一个野心勃勃的济慈。第一个怠惰的济慈希望抹去感觉和感官，挥挥手把痛苦之刺（甚至是死亡之刺③，鉴于这首诗的题词引自《圣经》，当他用"痛苦之刺"这个短语时，我们可作如是猜测）和快乐之花一并抹除。但是，那第二个怠惰的济慈却洋溢着最精微的内在和外在感知力，把他对五月的甘泪、鲜花的繁盛、芽苞初绽的温暖、光和影、鸟鸣的诗意的领悟全都融合在了一起。第三个济慈——野心勃勃的情人和志向高远的诗人——搅扰了那两个静卧着的"怠惰"自我，想把其中一个拽出无意识状态，让另一个无法专注于感觉和白日梦。对于希腊形体的不断告诫，"怠惰"的每一次抗辩都获得了充分而满意的发声；但我们看到，那相连的形体，尽管是美丽的，却还没能为自己找到一种跟"怠惰"的诗句一样能把丰富感受收纳起来的语言，那种语言能在一呼一吸之间安顿好芬芳的感觉和绣花的梦：

> 朦胧的梦境装饰了我的睡眠；
> 我灵魂是一块草地，上面撒满了
> 鲜花，颤动的阴影，折射的光线：
> 晨空布满了阴云，但没下阵雨，
> 虽然晨睫挂着五月的甘泪；
> 打开的窗户紧挨着葡萄藤新叶，

---

① 原文"ripe"，屠岸译作"发酵"。文德勒认为这个词包含着果实生长的意义，故按原文直译为"成熟的"，所在诗句译为"成熟的是那倦睡的时刻"，以方便理解。

② 原文"blissful"，屠岸译作"无忧无虑"。

③ 死亡之刺（sting），见《圣经·哥林多前书》（和合本）第 15 章第 56 节："死的毒钩（sting）就是罪。"

让新蕾的温馨和鸫鸟的歌声进入。

济慈在这里如此从容地说到丰产的灵魂，它梦幻的睡眠和萌发生命的土地，其中的一切如此浑然一体、亲密交融，以至于在其之外的瓮瓶上那些严肃认真却无血无肉的形体很难被当作那个灵魂或其内容的天然构件。

这首颂歌的"道德"论点假装把对诗歌的野心看作是对赞誉的渴求，把爱情看作是对煽情的迷恋："我不愿人们喂我以赞誉，把我／当作言情闹剧里一只羊来宠爱！"但是，济慈的讽刺并不有力，说明他无法摒弃对自己的天分的真实合理的感知，也无法漠视他那热忱秉性的强烈程度。是什么阻碍他顺从那些形体的要求——虽然三月的时候他还不太能明白——是那些早期的梦（包括这个关于一只装饰得相当呆板无趣的瓮的梦）的不完整，而这些梦将在几周内产生出一些伟大的颂歌来。

如果我们概括一下济慈三月的情感状态（假设这首诗是他当时心绪的再现），便会发现，他最强烈的感受是精神和肉体上的欢欣鼓舞，形式上表现为他感到万物正在复苏——花儿在萌发、树荫在颤动、阳光在探寻道路、泪水即将落下、窗户正被打开、光秃秃的藤蔓在变绿、温暖、鸟鸣、晃动在夜间幻象和白日梦中的朦胧叠影。然而，这些感受遭到了抵抗，因为诗人不愿去感受新鲜的悸动，他想要沉入麻木状态（我们或许可以这么想，是汤姆·济慈①的病以及几个月前的亡故让济慈受了刺激）[4]。同时，济慈也受到一种诱惑，要把他最深切的那些愿望，包括名声、爱情、诗歌，全都视为无价值；但他又感到他的诗歌才华在坚持不懈、不屈不挠地索求他的关注，不管他如何频频拒绝它的诱惑并把它（连同"雄心"和"爱情"带来的所有搅扰）从眼前撵走，也无法否认它的存在。他感

———————

① 济慈的弟弟汤姆于 1818 年 12 月 1 日离世。

到他的诗歌天分是他的另一重自我，它在神秘而独立的复现中运动着，超然于尘世的时间之外，总是表现出富有意味的安详和尊严，而且，不知何故，它会从他所见过的最高贵的作品，即菲迪亚斯的大理石雕像中浮现出来。他不可抑制地感受到自己作为一名工匠，作为一个在某种媒介上工作的劳动者的天命：那些注定要由他创造的东西从它们的矩阵①中（这里是从一只尚未化为现实的"梦中"石瓮中）出来，责备创造者迟迟没有让他们出生。因为这个原因，他们的腔调颇似老哈姆雷特的鬼魂在责备儿子犹豫不决。

　　尽管描写敞开的窗户、云中的泪水、梦境、鸟儿的歌唱和植物的生长的语言丰富而优美——为后来的几首颂歌提供了一座阿多尼斯的花园——但令人惊奇的是，《怠惰颂》中最令人难忘的时刻，出现在诗人那愧疚的诗句中："影子们！我怎么不认识你们？"这自我询问中所包含的剧痛（因为那些济慈所谓"不认识"的品质实际上正属于他自己）是整首诗的情感核心，整首诗发端于此，它代表了这场充满指责的邂逅所包含的痛苦（这首颂歌的主题），以及诗人为自己在这场邂逅中的无知所感到的痛苦。当他自己的灵魂带着少女的美貌、疲惫的眼睛、苍白的脸色和精灵的幻想，以一个"陌生三人组"的形式，踩着游行队列的节奏出现在他面前时，他便认不得了。不认识自己的灵魂，对济慈来说是最致命的失误。他无法相信在这样一个客体化的幻象中他竟没有认出自己来。随着颂歌向前发展，我们便明白了，他之所以没有认出那些影子，是因为他不想认，而这种拒绝相认，一方面源于筋疲力尽的退缩，不管接下来是痛苦还是快乐，他都不想去体验，另一方面是由于他需要更多的时间来萌芽和成熟，这种需求才刚刚冒头，但他已经有了深切的感受。当诗人相继用"影子"（shadows）、"鬼魂"（ghosts）和"幽灵"

---

① 原文"matrix"，也可译作"母体""基质"。

(phantoms)① 这些一个比一个更丧失肉身的名字去呼唤瓮上的形体时，他们身上的死亡迹象表明，血肉丰满的生命需要做出何种程度的牺牲方能被转化成艺术形象；济慈本能地知道创造与牺牲无法分割，但他目前尚不愿对此进行探索。

如果我们现在在更仔细地考察这首颂歌的语言，就会发现它至少不那么自然地用了四种言语模式：向假想读者叙述过往事件（"一天早晨，我看见面前有三个形体"），以兀自出神、做白日梦的方式回忆往事（"成熟的是那倦睡的时刻"），（用现在时）对从前见过的形体说话（"影子们！我怎么不认识你们？"），以及只出现在诗歌后半部分的、激动的、人间智者腔调的插入语（"傻话！什么是爱情？它在哪里？"）。当济慈从一种言语形式转到另一种言语形式时，他的意识明显会变得不安。当他用拜伦式语调虚张声势地拒斥"爱情"和"雄心"时表现得最为明显，不过在从叙述过渡到回忆、从回忆过渡到直接呼唤时他同样不安，纵然可能处理得好一些。这首诗显示出了济慈创作中的一些问题，这些问题源于他希望能公平对待他的天性和艺术的方方面面。一旦他确定这首诗的基本主题与幻象相关，他便感到有必要向那些没有专门知识的人解释清楚他所看到的鬼魂游行，于是诗中便出现了笨手笨脚的叙述。这些叙述最初在书信里的写法是寓言式的，而非幻象性的，写得比这里干净利落。在书信中，他不觉得自己有必要取得先知或圣人的身份；但在诗中，为了确保他的幻象和最初的困惑的可信度，他觉得必须先给自己确立希腊形体阐释者的特殊身份。（他告诉读者，他深谙雕刻艺术，尽管也还只是了解到菲迪亚斯为止，并非希腊瓮瓶方面的专家。）所有这些叙述和解释都是为济慈那繁花似锦的传奇故事的假想听众而安排的，因为济慈无需告诉他自己那些形体从他眼前经过了多少次，

---

① 在屠岸译文中，"ghosts"和"phantoms"均译为"鬼魂"，文德勒在这里强调二者在程度上的差异，所以做了修改，以示区别。

他为什么没有认出花瓶上装饰的图像，以及他何以有资格来阐释这些。

与解释性动机不同的另一动机，隐藏在对"倦睡的时刻"强有力的、感性的再造背后，从"强烈的、有魔力的、深奥的语言运用"这一有限意义上说，这部分是全诗写得最成功的。坚持以更宽广的意义去讨论济慈的"写作"，是本书的目标，除"有魔力的"语言外，还包括诗性的概念化和结构设计这些宏大问题。但每位读者阅读济慈的第一反应（以及很多读者的最终反应）都停留在，且仅仅停留在，任何给定瞬间语言使用的成败上，判定其语言的强度如何，写得是否足够充分。然而，在任何给定瞬间，除了找到贴切的用词，济慈还得选定一种概念化方式（就像在这里，他为三个形体确定了概念化方式，他们经历了从形体到幽灵，从侧面轮廓到正面全脸的改变）；而且在任何给定瞬间，他也要决定如何推进、延宕或完成诗歌的结构（在这里，他使用了幽灵接连闪现的手法）。简而言之，发明恰当的语言只是众多创造中的一项。另两项发明，即概念的发明和结构的发明，在他的颂歌中同样重要，尽管到目前为止，与"写作"本身相比，另两项不那么受批评界重视。

既然济慈在《怠惰颂》中最好的语言是对怠惰场景的私密再造（是私密记忆和令人兀自遐想的语言，不指向受众），那么这一点便是不言而喻的了：作为已完成的感受[①]的结晶，这首诗的内核就在这些段落里。不过，这并不妨碍那与之冲突的另一内核——体现在那些形体身上的、有待未来去实现的意志之结晶——也要求获得情感上的完全真实；但这种真实尚未找到其风格。有待实现的意志持续不断地搅扰激发了除"再造的怠惰"之外的所有言语模式。不过，我现在要谈的是这种再造的言语模式，它包含死亡和正在成熟两个方面。

---

① 这种感受发生在三月，诗人五月把它写进这首诗里，所以文德勒称之为"已完成的感受"。

"再造"的调子随着两个济慈式主题——生长和睡眠——相交织的丰富性出场，这种丰富性体现在"成熟的是那倦睡的时刻"这行诗中，它显然包含着果实和如梦的幻象的双重允诺。不过，当"怠惰"的第一面短暂地转向我们时，这两个主题全都落空了——感官明显死亡，沉入了对几乎所有刺激都无意识的状态，完全被虚幻萦绕。如我们所知，正是那三个形体的幻象阻止了诗人感官的绝对寂灭。此时，济慈用于否定沉睡中的感官的语言，遭到了感官的丰富性的致命"染污"：这里远非莎草凋萎、没有鸟儿歌唱的地方。在这些否定背后，他的怠惰中有极为丰富的东西在努力寻求表达。如果说他的双眼被困住了，那也是被"至福"云彩困住；如果说他的脉搏变慢了，那它也是在变①（纵然是变得越来越慢）；两个插在句子中间的"没有"无法抹除那连成一串的主要名词"痛苦……刺……快乐花环……花朵"②；而夜晚，沉浸在蜜汁般的怠惰之中，香甜而欢乐，也不能被看作是在表现"虚无"。

"怠惰"的第二面，即我们沉睡的身体里的"灵魂"的活动，具有更明显的创造性，当济慈转向这一面时，他从《丁登寺》借来了华兹华斯的"身心二元观"，从长远看，这种二分法并不适合他。华兹华斯用于描述我们身体沉睡、灵魂活跃的情形的哲理性语言，对济慈来说是一种无法效仿的表达方式；他的灵魂的活动，是和他的感官密不可分的。"成熟的是那倦睡的时刻"所做出的承诺，眼下在这首颂歌技艺最高超的诗行里，兑现为梦境、花开和歌声。在这第五诗节中，怠惰的灵魂那"朦胧的梦境"借用了"梦幻的瓮"的语言；灵魂的花园里那"颤动的树影（shades）"几近狡猾地回应了描述瓮上形体的语言"最初见到的影子（shades）"；那"遍地鲜花"

---

① "我的脉搏变得越来越慢"（my pulse grew less and less），文德勒解读这句话时玩了语义双关，"grew"在这个语境里是"变"的意思，可是她引这个词，是想取"grow"的另一层意思"生长"。

② 这句屠岸译文为"痛苦不刺人，欢乐没鲜花炫耀"，在此直译为"痛苦没有刺，快乐花环也没有花朵"，便于理解否定词和名词之间的关系。

源自快乐花环上被摘除的"花朵"；半梦半醒的灵魂①世界里那"布满了阴云"的早晨，来自夏日里困住双眼的怠惰的"至福云彩"；而最明显的对应是，"五月的甘泪"云集在那未流下的"我的泪液"（诗人这样称它）之中，要是那些瓮上的形体同意撤离，不再来干扰他，那么，当他们离去他不会流下这些眼泪（或者说他夸下如此这般的海口）。

如此，描写外部事物（不论是外在的形体还是四周的风景）的语言入侵了描写灵魂深处的梦境的语言，这表明灵魂的梦境无法永远避开尘世时间（月亮的盈缺）的侵袭，也无法免受人间苦乐的"搅扰"。在这里，济慈不会把"常理的繁忙喧嚷"（我们或许可以把它看作是实用主义心绪对"心灵"之声的贬抑）概念化为一个形体，从而赋予它尊严。但他确实对构成人世"搅扰"的另外三个形体——"爱情""雄心"和"诗歌"——进行了概念化，而概念化问题带来了相应的语言问题。

在济慈的书信中，这些形体是心理动机遭到拒绝和抵御后外化而成的；诗人以一个既吸引人又与人疏离的明喻把他们寓言化；这些动机是负载着意图的，但又是了无生气的，他们没有"面容的变化"，看起来"像希腊瓶上的三个形体"。在被诗意地具体化为幻象形式时，动机的这种外在性和无生命性便消失了：虽然他们一开始是温和、安详的，但他们很快就显露出了令人不安的意图，即便是有所掩饰的；"诗歌之精灵"表现出来的"不温顺的"力量，颇似拉米亚的力量，她看起来像"某个恶魔的情妇，或恶魔本身"（《拉米亚》第一卷，56）。三个形体的称呼的变化，以及对他们进行概念化时的那种不确定性，表明济慈未能完全掌控整首诗的发展走向。

济慈对这些形体的怀疑，使他第一次试探着对他们的功能进行概念化。他们是否已经闷声不响地从他身边偷偷溜走，没被认出，

---

① 在这里，"灵魂"已由草地和花园来象征。

留下他无人问津，无事可干？他们是否是一些反对他的阴谋家，掩饰着他们的老谋深算？自己往日催人奋进的动机就在眼前，却拒不接受他们如今提出的期望，这是济慈在书信中写下的经历：济慈把不接受改为不相识，这种转变驱使他做出上面的揣测，想出某种意图去强加给那几个具体化了的动机。从诗歌虚构的情境来看，这种揣测并不合逻辑，因为这样显得济慈对于瓮上形体分给他的任务既渴望又拒斥。如我早先所说，诗中所讨论的是"懒散"（忙碌的常识之声和瓮上形体之声或许会这么称它，如果那些形体也能发出声音的话）和"怠惰"（具有创造性的耐心会这样称它）之间的冲突，而闷声不响的影子怀着深藏不露的阴谋，这种耸人听闻的戏剧性说辞——可能源自诗人对莎士比亚，尤其是《哈姆雷特》的记忆，因为济慈的好几首颂歌里都有《哈姆雷特》的影子——是完全不适合用来跟那些形体进行交流的，后来这种言语模式也就消失得无影无踪了。

　　满含责备地"出没"在诗人面前，似乎是这些形体的主要意图，在济慈看来，这一点使他们和老哈姆雷特的鬼魂产生了联系，老哈姆雷特的鬼魂曾怀着明确目的反复显现在他那怠惰的儿子面前；因此诗人以适用于"亡魂"或"影子"的炼狱式称谓来称呼这些形体。同时，他们也是生命形体，是来自痛苦和欢乐并存的世界的世俗动机，为了能让普通读者理解他的叙述，济慈以解释的方式描述这些动机，调用了通俗的象征性道德图解语言，在《夜莺颂》中他将再次使用这类语言。"爱情"——"美丽的姑娘"和"雄心"——"面色苍白／疲惫的眼睛一直是警觉的①"属于同一幅老生常谈的静态雕饰画，而在这幅画上，我们还可以看到"瘫痪"摇晃着"最后几

---

① 原文为"watchful"，屠岸译文为"观察"，由于文德勒强调这个词的形容词词性，这里直译为"警觉的"。

根悲伤的白发"①，人们对坐而悲叹。在任何情况下，这些一成不变的象征都必然会使济慈的表达虚弱无力，因为它们代表着僵化的、已然被接受的想法。写到"诗歌"时，济慈不允许自己使用这样的象征，至少在这首诗中他没有使用。在信中，"诗歌"也像"雄心"和"爱情"一样了无生气；但在这里，"诗歌"的生命力不断增强；人们骂她越凶狠，济慈爱她越深，济慈用"越……越……最……"②的句式模拟这个过程，融进了诗节之中。

济慈一开始把这些形体概念化为不相识的典雅访客，接着是戏剧性的、闷声不响的阴谋家，接着是前来责备的亡灵，接着是责任或欲望的道德象征，最后他把他们概念化为神明，而事实上，这最后一个概念是统摄性的。那些形体成了统御这首颂歌的神，拒绝被说话者驱散，尽管他反复恳请他们隐没、消失。然而，抗议是徒劳的；济慈或许会像叶芝说起"东方三博士"那样说起他们：

> 此刻，一如往昔，我能用心灵之眼看见，
> 几个苍白的、不满足的身影，穿着绘有图案的僵硬衣袍
> 时而出现，时而消失。

当济慈要对那些要求没能得到满足的瓮上形体进行概念化时，他遇到了困难，困难之一是，这些形体所代表的自我的内化对象相去甚远。"爱情"代表情欲对象，"雄心"代表社会对象，"诗歌"代表创造性对象：这些形体既是自我的投射（作为情人、追名逐利之人和诗人的济慈），又是被内化的客体。"雄心"至少部分地属于忙碌的常识世界和感伤的闹剧世界；"爱情"，济慈担心这主要属于那月缺

---

① 语出《夜莺颂》。英原诗为 "Where palsy shakes a few, sad, last gray hairs"，查良铮译为 "'瘫痪'有几根白发在摇摆"，在此处文德勒强调象征性表达中蕴藏的消极情绪，故采用直译。

② 体现这个句式的诗句为："人们骂她越凶狠 / 我越爱，是个最不驯服的女孩。"

月圆的世界；而"诗歌"，他怀疑这属于一个比牧歌更狂野的世界。但这些形体除了是自我投射（"爱情"和"诗歌"，约定俗成是"非男性"的，定然投射成女性心上人和女性缪斯）和内在目标外，济慈感到，他们还是"主宰者"，正如莎士比亚对济慈来说是"主宰者"一样。他们身居高位的姿态决定了济慈呼唤他们时要使用庄严的语言，不同于交谈式叙述（"一天早晨，我看见面前"）、略显浮夸的口头呼喊（"真的！我想要羽翅"），以及用于描述精神萌动的感性奢华的梦幻语言（由"一块草地，上面撒满了/鲜花"唤起）。然而，庄严的措辞并不排除亲密（"影子们！我怎么不认识你们？"）、控诉（"你们呵，为什么不化掉"）或反抗（"你们不能够把我/枕着阴凉花野的头颅托起来"）。但每每济慈开始直接呼唤神灵（不做描述、回忆或社会性劝诚时），诗歌的温度便会以"烈焰"的形式飙升，一种与再造的诗节中那孵化、萌发的春日之暖截然不同的温度。济慈通过减少呼唤对象的数量和始终保持直接呼唤，使得后来的颂歌比《怠惰颂》更连贯，在这里，三个对象只是交替着间或受到呼唤。

从第一人称叙述到第二人称呼唤，然后又回到第一人称，在这一点上《怠惰颂》是独一无二的，正如《忧郁颂》的独一无二在于它从不呼唤那位主宰诗篇的神灵，而是以第二人称呼唤诗人自身。在其他颂歌中，神灵——不管是女神（赛吉）、艺术家（夜莺）、艺术品（瓮），还是季节（秋）——都无一例外是呼唤对象。事实上，在写作那些更伟大的颂歌时，济慈所做的最重大的美学决定是明明白白地把它们置于祈灵文和祈祷文的诗歌传统中，他曾将他雄心勃勃的颂歌中的第一首，即《恩底弥翁》第一卷中献给潘神的颂歌置于这种传统中。（第四卷中印度少女对"悲伤"所唱的那首颂歌，是叙事和祈灵的混合，而在酒神狂欢队伍的幻象中，女祭司们和萨提尔①相互提问，预演了瓮上形体对诗人的发问。）济慈在后来的颂歌中所做的第二个坚定的美学决定是用自己的声音说话——不是通过戏剧人物（如印度少女）之口来说话，也不是像献给潘神的颂歌那样由敬拜者齐声合唱，而是用他自己既忧心忡忡又满怀抱负的个人声音说话。即使他提及"他人之苦"②或"人间的七情六欲"③，说这些语词的声音也不是齐声合唱或人类整体的声音，而是说话者个人的声音。采用单个说话者后便形成了济慈的第三个伟大美学决定：在颂歌中不断弱化说话者的角色，《怠惰颂》《赛吉颂》和《夜莺颂》中他是清晰可见的独立诗人，到《秋颂》，他已成为自我抹除的、匿名的说话者，不再特指诗人本身。

如我所说，拜伦式的反讽语言曾在《怠惰颂》中倏忽一现，这源于两个同等重要的因素——瓮上形体靠近时济慈的防御性负罪感和他希望去追随那些形体的雀跃之情（"我渴望去追随他们，／苦想生翅膀"），前者不亚于后者。"缺乏自信"这一动机很少能从济慈身上激发出好诗来，它以后会渐渐退出济慈的颂歌，但这一例子预示了后来他对骗人的幻想、冰冷的牧歌和难以接近的"忧郁"女神（在《忧郁颂》被删去的第一诗节中）做出的一系列反抗。所有这些都是（在尝试理想化、祈求神灵和试图超越之后）回归"故我"之途释放出来的敌意能量的明证。如果济慈想要忠实于自己的各种情感，那么，表达幻灭之情的过激言辞必须跟由神圣的或理想化的对象激发出来的狂喜、崇拜或祈灵的语言相对峙，直至必然回归的动机与理想化动机融为一体（只有到了《忧郁颂》的结尾，这才会发生）。

我们可以看到，在《怠惰颂》的最后一节中，济慈之前确立起来的所有言语模式你推我搡，不太舒服地混杂在一起——对神灵的祈求（"再见吧，三鬼魂！"）、对怠惰的再造（"我／枕着阴凉花野

---

① 萨提尔，希腊神话中半人半羊的森林之神、好色之徒。
② 原文为"other woe than ours"，查良铮译作"另外的一些／忧伤"。（出自《希腊古瓮颂》）
③ 原文为"breathing human passion"，查良铮译作"超凡的情态"。（出自《希腊古瓮颂》）

的头颅"）、敌意的嘲讽（"言情闹剧里一只"宠物羊）、描述和叙述
（"梦中石瓮上假面人一般的叠影"）、批判感官享受的歉疚之语
（"我闲怠的心灵"），以及用于表现尚未取得形体的意志所带来的搅
扰的语言（"我拥有幻象联翩"）。最后，他所夸下的海口，"白天，
我仍存储（store）有幻象，虽然微弱"，将在《秋颂》里得到充分印
证，她①的"存储"一点也不微弱；不过在这里还只是一个预告，
其果实还无法看到。

　　我忍不住要补充谈一下句子的节奏问题，多种多样的语言激发
了济慈的活力，使他运用了多种句法节奏。开篇的四行诗用的是庄
严的五音步，紧接着的四行是平平无奇的重复，多少黯淡了前者的
光彩；直到中间的扬抑格倒装句"成熟的是那倦睡的时刻"把再造
"怠惰"的系列从句引进来，变化多端的短语节奏（我摘录于此）开
始愉悦我们的耳朵，一种新的美丽音调才又出现：

> 成熟的是那倦睡的时刻；
> 夏日怠惰的至福云彩困住我双眼；
> 我的脉搏越来越缓；
> 痛苦没有刺，快乐花环也没有花朵。

虽然这算不上多么精妙的演进，相对于想要表达的灵魂状态，最后
一行过于说教了，但这一段诗歌显示出了诗人对节奏的动态部署能
力：他告别五音步的庄严，转为不规则呼吸般的律动。随着"他们
第三次经过"，一种宗教的仪式感得以延续，随后，当列举寓言式形
体过于一板一眼时，他又把节奏上的别出心裁发挥得淋漓尽致：一
行给"爱情"，两行给"雄心"，可想而知，三行给了"诗歌"；后来
拒斥这些形体时他再次重复了这种模式，用一行拒绝"爱情"，两行

---

① 这里的"她"指《秋颂》里的"秋天"女神。

拒绝"雄心"，三行拒绝"诗歌"。节奏上的这种别出心裁只在对"怠惰"的第二个场景进行再造时出现过，在那之后，济慈使用的节奏或多或少受限于简单的五音步，在这种节奏中，句法也是要和格律形式相匹配的。

经过《恩底弥翁》里的练习，济慈已能把"再造"的措辞运用自如，这是一种感官性措辞（即使用于描述感官麻木、脉搏减缓的精神状态，这种措辞也能表现出感官性来，这里便是如此）。我们还将会在其他很多段落中遇到这些感官性元素，包括困顿、成熟、蜂蜜、梦境、明暗交错（这里是"婆娑的树影，迷离的光线"①）、花、草、水汽、云彩、拟人化的时间（可以是一个月份或一个季节，这里是垂下"甘泪"的五月和"眼帘"上挂着珠泪的清晨）、打开的窗户、树叶、花蕾、温暖，以及鸟儿的歌唱。这组湿润的感官性事物和另一组观念化事物并存（有时相互竞争）。观念化事物包括石头（这里是瓮，其他地方是祭坛或阶梯）、象征性形象（这里是瓮上的影子）、舞蹈、假面剧或游行队列（这里是携着手举步安详）、翅膀（比如这里，济慈想要一对翅膀去追随那些瓮上的形体），以及封闭的建筑物。云，作为自然水汽之源和神灵栖居之所，同时属于这两组意象；而梦境或眼睛见到的幻象，虽然源自"怠惰"王国，但似乎又催生出了另一王国，即观念化的王国。所有这些意象都将在后来的颂歌中重现，被放大或缩减，再次得到确认或受到批评。

在《怠惰颂》中，济慈寻找一种恰当的自我认知模式。那说话的"我"，就眼下而言，只想把自己看作是一个孕育中的存在，它②的感官处于沉睡之中，它的灵魂是一片怠惰的草地，充满闪烁不定的微光、梦幻的蓓蕾、温暖，以及不经意听见的歌声。它不想以恋人的情欲角色、追名逐利的社会角色和诗人的创造性角色来界定自

---

① 原文为"stirring shades，and baffled beams"，本章的标题也取自这里。屠岸译文里的对应句子是"颤动的阴影，折射的光线"。
② "它"指孕育中的存在。

我。它竭力否认有可能在一件艺术品中显现自身。这些自我定义问题——定义为消极的、活跃的、情欲的、社会的和创造性的角色——将贯穿济慈的所有颂歌。《怠惰颂》过于羞怯，以至不敢把诗中的幻象归功于自身的创造——瓮上的形体不是受诗人的召唤而来，而是披着面纱被动地、暧昧不明地出现："一天早晨，我看见面前有三个形体…… / 他们走过，像石瓮表面的浮雕，/ 石瓮转动着…… / 他们又来了；石瓮再旋转一程。"《怠惰颂》对济慈的自我的双重投射——投射为昏昏欲睡的、植物性的自然和严苛的希腊形体——也会在以后的颂歌中反复出现，作为张力，作为问题，最终也作为解决方法。

最后留给我们的是这首诗的两组韵律。其一，是不断重现的如游行队列一般的庄严韵律（三个形体出现了三次，像魔咒一样），它是具身化的艺术和迫人的"命运"的韵律。其二，与之相对抗的、强度上不亚于前者的，是阵发性拒绝的韵律——时而以懒洋洋的、减缓的脉搏拒绝，时而以颇为不安的愤世嫉俗拒绝，时而以感觉的芳醇和微弱的幻象拒绝。尽管表面上诗人处于怠惰之中，但他还是被强行拉进了与寓言式形体的关系之中，第一次心神不宁的呼唤简洁而突兀地提出了一个深刻的自我认知问题——"影子们！我怎么不认识你们？"——而诗歌结尾时的反复告别，又以一种更加余音缭绕的方式把二者联系在了一起：

> 影子们！时候到了，让我们说再会！……
>
> 再见吧，三鬼魂！……
>
> 从我眼前褪隐吧……
>
> 再会！在夜里我拥有幻象联翩……
>
> 消逝吧，鬼魂们！……

这些告别和再见，将诗人置于一个无能的魔法师或自诩的普洛斯彼罗①的位置，召唤着、驱赶着仙灵。[5] 我们看到，这些仙灵无法被驱散，因为在和他们的争斗中，济慈已提振自身，不再怠惰。他开始指挥起他的仙灵世界，即使他试图拒绝那个世界时也在指挥着它；虽然他还没有把那个世界的要求概念化（后来他称之为"美"和"真"），但他已经把它的目标提炼了出来（去爱、去野心勃勃地追求丰功伟业、去成为诗人）。就目前而言，他还是这样一位艺术家，不想把微弱的、植物般的幻象具体化为任何类似艺术品的东西，甚至拒绝"幻想"纯精神性的培育（在《赛吉颂》里，他将从纯精神性培育中获得生机勃勃的愉悦）。以辩证或抗辩作为《怠惰颂》的构成性修辞，济慈提出了一种无定论艺术：这首诗的修辞型式类似一盘和棋——什么都没有发生，什么方式都行不通。精神感性萌芽的温暖始终拒绝着它的终点——艺术冰冷的牧歌；但正是由于他如此坚决地向瓮上的象征性形象施加压力，反而使抗辩的型式显得不那么真诚。语言上，这首诗也展现出了死气沉沉和栩栩如生之间无解的冲突。人们几乎无法弄清，跟鸫鸟相比，那些瓮上的形体是否更鲜活。有一点是清楚的，这首颂歌中蓓蕾萌动的自然之暖尚未找到转变为审美意义上的温暖的方式，即转变为"有些画面看起来很暖"的那种方式，那种暖将无比慈悲地促成《秋颂》的写作。济慈，像他后来诗歌中的蜜蜂一样，在这首诗中希望温暖的日子永不结束，但那些瓮上形体——沉默、温柔，然而执着——已前来告知，事情不会是这样。

---

① 普洛斯彼罗，莎士比亚《暴风雨》中米兰城邦的公爵，精通巫术。

二

不成调的韵律：《赛吉颂》

直到进入树叶葳蕤的世界
我们静静地歇息，像两颗珠宝
隐藏进贝壳的凹槽，蜷伏在一起。
　　　　——《睡与诗》，119—121

幻想，如她往常一样
会走进一座座最可爱的迷宫。
　　　　——《睡与诗》，265—266

他有相同感受，首次告诉我赛吉
如何乘着习惠风进入奇异王国；
当赛吉和爱神饱满的双唇第一次
相触他们有何感受。
　　　　——《我踮起脚尖站在山岗》，141—144

金发的弥尔顿内心充满悲伤
　向溺水的黎西达斯诉说柔肠。
　　　　——《狂风在这里那里呼啸》，11—12

跳动着温暖的脉搏、蓬松着发卷
起伏的胸膛裸露着的神仙！
黑暗中可爱而不可见的光！
　　　　——《恩底弥翁》第三卷，984—986

他们躺卧在绿茵上，呼吸得安详；
他们的手臂拥抱，翅膀交叠；
他们的嘴唇没接触，也没告别。

——《赛吉颂》，15—17

赛吉颂①

女神呵！请听这些不成调的韵律——

　　由倾心的执着和亲切的回忆所促成——

请原谅，这诗句唱出了你的秘密，

　　直诉向你那柔软的海螺状耳轮：

无疑我今天曾梦见——我是否目睹

　　长着翅膀、睁着眼睛的赛吉？

我在树林里无思无虑地漫步，

　　突然，我竟惊奇得目眩神迷，

我见到两个美丽的精灵相依偎

　　在深草丛里，上面有絮语的树叶

　　和轻颤的鲜花荫庇，溪水流淌

　　　　在其间，无人偷窥：

周围是宁静的、清凉的、芬芳的嫩蕊，

　　蓝色花、银色花，紫色的花苞待放，

他们躺卧在绿茵上，呼吸得安详；

　　他们的手臂拥抱，翅膀交叠；

　　他们的嘴唇没接触，也没告别，

仿佛被睡眠的柔腕分开一时，

　　准备醒后再继续亲吻无数次

　　　　在欢爱的黎明睁眼来到的时刻：

---

① 本篇《赛吉颂》翻译采用屠岸译本，此为通行译本。为对应文德勒的阐释，部分引诗在屠本的基础上做了适当修改，对差异明显的改动已加注说明。

　　带翅的男孩我熟悉；

　可你是谁呀，幸福的、幸福的小鸽？

　　他的好赛吉！

啊，出生在最后而秀美超群的形象

　来自奥林波斯山暗淡的神族！

蓝宝石一般的福柏减却清芒，

　天边威斯佩多情的萤光比输；

你比他们美，虽然你没有神庙，

　　没堆满供花的祭坛；

也没童男女唱诗班等午夜来到

　　便唱出哀婉的咏叹；

没声音，没诗琴，没风管，没香烟浓烈

　　从金链悬挂的香炉播散；

没神龛，没圣林，没神谕，没先知狂热，

　　嘴唇苍白，沉迷于梦幻。

啊，至美者！你虽没赶上古代的誓约，

　更没听到善男信女的祝歌，

可神灵出没的树林庄严圣洁，

　空气、流水、火焰纯净谐和；

即使在那些远古的日子里，远离开

　敬神的虔诚，你那发光的翅膀，

　仍然在失色的诸神间振羽飞翔，

我两眼有幸见到了，我歌唱起来。

　就让我做你的唱诗班吧，等午夜来到

　　便唱出哀婉的咏叹！

做你的声音、诗琴、风管、香烟浓烈，

从悬空摆动的香炉播散：
做你的神龛、圣林、神谕、先知狂热，
嘴唇苍白，沉迷于梦幻。

是的，我要做你的祭司，在我心中
未经践踏的地方为你建庙堂，
有沉思如树枝长出，既快乐，又苦痛，
代替了松树在风中沙沙作响：
还有绿荫浓深的杂树大片
覆盖着悬崖峭壁，野岭荒山。
安卧苍苔的林仙在轻风、溪涧、
小鸟、蜜蜂的歌声里安然入眠；
在这寂静的广阔领域的中央，
我要整修出一座玫瑰色的圣堂，
它将有花环形构架如思索的人脑，
点缀着花蕾、铃铛、无名的星斗
和"幻想"这园丁构思的一切奇妙，
雷同的花朵决不会出自他手：
将为你准备冥想能赢得的一切
温馨柔和的愉悦欢快，
一支火炬，一扇窗敞开在深夜，
好让热情的爱神进来！[1]

如我前面所说，《怠惰颂》的整体型式是推动与拒绝、推动与拒绝、推动与拒绝的辩证统一，是一盘和棋。颂歌里所表现的那个时刻，遐思孕育着幻象，退缩的诗人选择了前意识的麻木，他极力守护着这种状态，心灵、名声，甚至艺术本身所提出的要求都无法侵扰它。想要创建任何东西——一段爱情、野心勃勃的世界里的一席之地，或一首诗——对沉睡于胚胎中的自我都构成威胁。济慈最后依然铁石心肠、不为所动，做着朦胧的梦，观看着微弱的幻象。然而，《怠惰颂》中截然不同又并行不悖的各种语言之间存在着巨大的张力，而诗中的精神僵局也包含着不稳定性，于是整首诗蕴含着明显的张力，这种张力预示着平衡即将被倾覆：正如我们所知，它从静止不动倒向了"爱"和"艺术"。

《怠惰颂》之后的颂歌从对待感官的不同态度出发去探究创造力，创作这些颂歌几乎像是在做一系列抑制感官体验或允许感官体验的受控实验。济慈对"感官反应"格外感兴趣，人们通常以此证明他喜爱华丽，或证明他对感官波动有精微的感受力。不过，有一点还没有被普遍认识到，为追求"强度"，济慈在拓宽感觉的广度的同时，也特意限制了感官的种类，并且，他还寻求一种与"感性强度"相匹敌的"智性强度"。事实上，头脑①内部有待开掘的强度对济慈有很强的吸引力，如果不是超过更易获得的感官方面的强度的话，至少也与之相当；对济慈而言，性高潮后激情的衰退似乎只是身体感官本身所固有的古怪失败之一。在《幻想》中他详细描述了这种最终的感官虚空，将它和精神性"幻想"的联结能力做对比。精神性"幻想"能够组合出集万千美色于一体、永不褪色的"合成季节"和"合成女郎"。在那个时候（《幻想》比颂歌早写几个月），对济慈而言，富有想象力的智性狂喜是可持续强度的源泉，它比生

① 原文为"mind"，也可以译为"心灵""心智"。在本章里，文德勒强调"mind"与"大脑""思考"之间的关系，所以主要译作"头脑"。

理性的感觉更有前景。从这个角度看，第二首颂歌《赛吉颂》在意图上（如果不是效果上的话）是最为"清教徒式的"。无论它的感官隐喻是什么（我们以后会讨论它们的意义），但这首诗旨在完全地、排他地、持久地消灭感官，启用大脑。颂歌中的事件发生场所从神话世界转到精神世界，而全诗由四个部分形成一个稳固的结构，凸显了一种愿望：用后半部分的内在形式去再现前半部分感官和宗教崇拜的现实。《赛吉颂》里隐含着这样一句豪言，即"运作着的大脑"能够制造出无可挑剔的虚拟事物，与神话世界或历史世界中的"真实"事物难分彼此。这首颂歌说："哦，去追求一种'思想'的生活，而不是'感觉'的生活！"

在《赛吉颂》里，济慈走出怠惰之蛹，允许他的灵魂①长出翅膀，并采取尽可能少的步骤去创造一件艺术作品。他做出妥协，同意让他的遐思朝着某个目标去努力（在《怠惰颂》中，他的遐思一直飘浮不定、未能成形），不过，他决定把这种遐思同身体感官相剥离，仅仅保留其内在的创造性，就像在《幻想》中一样，只发生在他自己的头脑中。《赛吉颂》的型式，本质上，就是最原始的创造行为的型式，是十分简单的。这是一种复制的型式，我们可以将它和"罗夏墨迹"②相类比：出现在左边的东西必以镜像形式在右边重现；或者，结合这首颂歌的美学来看，任何存在于"生活"中的东西都必须，也能够，在艺术中得到恢复。

济慈在这首颂歌中不断使用复制修辞，其背后的艺术观念是严格的模仿论。这一修辞暗示了，通过"幻想"的工作，艺术家大脑里的内部世界可以与历史的、神话的和感官的外部世界等形成点对点的对应关系。济慈以极其简单的术语界定了诗人的工作：以这首诗为例，他首先要勾勒出赛吉的在场，以及对赛吉的敬拜仪式，就

---

① "他的灵魂"，这里指赛吉。
② "罗夏墨迹"，瑞士精神科医生、精神病学家罗夏创立的人格测试法。"罗夏墨迹"图案的制作过程是，将墨水滴在纸张上，再将纸张对折，从而形成一张轴对称的墨迹图。

像它们在过往的异教时代曾有的那样——也就是说,要展示那已然消逝的场所——然后用他的艺术为复原的神灵创造新的敬拜仪式和新的环境。[2] 当然,如果不提她的另一半丘比特,赛吉是不完整的。由于《怠惰颂》中那些寓言式的、象征性的瓮上形体过于单薄,济慈决定把形体从三个减至两个,为这位传统上代表灵魂①的女神写一首赞美诗,但在这里"灵魂"处于特殊情形——她是恋爱中的灵魂。[3] 此后济慈的每一首颂歌都只崇拜一位神灵;像赛吉一样,每位神灵都是女性;不过,赛吉之后,她们全都没有伴侣。

就《赛吉颂》而言,追求毫厘不爽的逼真成了艺术的任务,因为如果不对神灵从前栖息的、感官和异教崇拜的世界做不折不扣的内在重造,她便不可能现身,来为艺术增光添彩。在这首颂歌的虚构想象中,艺术并没有使用音乐、雕塑,甚至语言等外部媒介来把自然世界客体化。在这首颂歌中,济慈的艺术是由"幻想"施行的无实体艺术,是运作着的大脑的内在活动,甚至不是以语言形式表现出来的诗歌艺术。《赛吉颂》里的艺术不是写作的艺术,而是"前艺术",它目的明确、富有建设性地想象风景和建筑;这种艺术的活动场所完全囿于精神领域,只在艺术家的大脑之中,在那里,"幻想"跟自然进行着永恒的较量,它和外部世界永远保持着竞争关系(而它显然是赢家)。

简而言之,在《赛吉颂》中,济慈将艺术定义为艺术家目的明确的想象和概念化活动——完全内在的、丰产的、与自然相竞争的,并且是成功的(从它模仿自然、神话和历史,努力达到精神上的逼真这一意义上讲)。这种艺术不生产出某种人造物品。艺术家既是神灵的崇拜者,又是占有者,这里的"占有"是精神上的(即便有情欲色彩),与其说是支配或控制,不如说是邀请和恳求。

这首诗的开场是神话中的丘比特和赛吉幽居在森林里,结尾是

①　在希腊神话中,赛吉是人类灵魂的化身,她以少女的形象出现,和丘比特相恋。

想象出来的场景，赛吉独自待在艺术家大脑里的一片幽境之中，等待着丘比特的到来，两个场景形成首尾呼应。中间部分，诗歌把历史上缺失的对赛吉的敬拜和想象出来的对她的敬拜并置。后来的颂歌表明，经过深思熟虑后，济慈发现这种复制式的镜像艺术观——把艺术看作完全内在的、模仿性的想象活动，是不尽如人意的。

这首颂歌，以它的文字和结构型式，宣告了艺术创作需要艺术家的大脑对外部世界进行完整的复制，来取代所有记忆和感官体验（我们已在《怠惰颂》中见识过这一过程，只不过那里没有明确指向，仅仅是牧歌式的，在那里，灵魂让自己成为缀满鲜花的草地，天光和树影在其上徘徊，与之融为一体）。《赛吉颂》宣称，通过头脑的建设性活动，我们可以获得一种完整而永恒的胜利，把那失落的弥补起来[4]：

> 将为你准备冥想能赢得的一切
> 　温馨柔和的愉悦欢快，
> 一支火炬，一扇窗敞开在深夜，
> 　好让热情的爱神进来！

这首诗的修复计划——恢复赛吉的敬拜仪式和幽境——使得它必须使用镜像型式，在这种型式中，想象性的后半部分是对怀旧性的前半部分的复制，而诗歌的中间部分则在措辞上表现出了最精准的重复。济慈说，赛吉，作为一名最晚出生的女神，有诸多缺失：

> （没有）童男女唱诗班等午夜来到
> 　便唱出哀婉的咏叹；
> 没声音，没诗琴，没风管，没香烟浓烈
> 　从金链悬挂的香炉播散；
> 没神龛，没圣林，没神谕，没先知狂热，

嘴唇苍白，沉迷于梦幻。

通过精准的补偿，济慈把这些缺失项逐一补上：

就让我做你的唱诗班吧，等午夜来到
便唱出哀婉的咏叹！
做你的声音、诗琴、风管、香烟浓烈，
从悬空摆动的香炉播散；
做你的神龛、圣林、神谕、先知狂热，
嘴唇苍白，沉迷于梦幻。

是的，我要做你的祭司

前半部分精确地描述匮乏，后半部分精准地加以补偿，用词相同，（在一首相对较短的诗中）几近完全重复，华兹华斯的《永生的暗示》也用了这种复制手法来完成修复工作，济慈正是从他那里学来的。[5] 这种策略，在华兹华斯那里用得没那么引人注目，在这里，却被济慈逐字逐句加以贯彻，因此这种结构的治疗意图和修复意图就不容忽视了。以"让我做你的唱诗班"为分界，《赛吉颂》把自身对折，通过措辞上的重复，治疗它的"丧失之伤"。

诗人着手治疗的究竟是何种伤痛呢？在济慈看来，是诗歌自身的伤痛，这种诗歌之伤源于基督教的迫害。基督教废黜了异教神祇，无论善恶，一概驱除，因此，从古代世界继承下来的诗歌已被基督教诗人们肢解得残缺不全。在弥尔顿的《圣诞清晨颂》里，济慈找到了有关驱逐异教众神的最为丰富的描述，他还从弥尔顿记述耶稣诞生如何影响异教崇拜的暧昧而美丽的诗节中借用了一些词语。下面我摘引弥尔顿的诗句，用斜体标出《赛吉颂》所借之词：

先知们全都哑然，

　　没有声响，没有骇人的谎言

在穹隆下来回飘荡，嗡嗡不息。

　　阿波罗坐在神庙

　　再不能把未来预告

徒劳地叫喊着，离开德尔菲的绝壁。

　　不再有夜间的恍惚，或低声的咒符

来启迪斗室里眼睛黯淡的祭司，使他们说出神谕。

　　孤寂的群山之巅

　　和涛声轰响的海滩，

传来高声哭喊和低声抽噎；

　　从他住惯了的林泉幽处

　　和萧萧杨木萦绕的山谷

守护神被送走，叹息着作别；

　　宁芙们撕扯着鲜花织成的发辫

在枝叶交缠的树荫下，哀伤悼念。

　　神圣的大地上，

　　圣洁的壁炉旁，

拉尔神①和恶灵们午夜诉苦发着怨气；

　　墓地里，祭坛四近，

　　响起阴沉的濒死之音

惊动了佛拉门祭司②，他们正举行古怪的仪式……

---

① 拉尔神是古罗马宗教中的守护神，它们功能多样，可以是家神、英雄祖先、壁炉守护者，也可以是田野、边界或丰产的保护者。

② 佛拉门祭司是古罗马宗教中负责敬拜特定神灵的祭司，共有十五位，其中最重要的三位佛拉门大祭司，服务于朱庇特、玛斯和奎里努斯。

> 毗珥①和巴力
>
> 将他们昏暗的庙宇舍弃；……
>
> 头戴新月的亚斯她录②
>
> 既是天后，也是生命之母，
>
> 再也不能在圣烛的光辉里端坐如故。

《赛吉颂》从弥尔顿诗歌中借来的文字，写的都是对较为温和、文明的异教神灵的驱逐；济慈没有从随后那些描写更为"野蛮"的异教诸神的败落的诗节里借用词语。揭露异教诸神的黑暗面并非济慈的目的。[6] 对济慈来说，古典世界（即使是在最后一位古典神灵赛吉身上显现的）是一个能够提供真理的神话宝库，而不是像弥尔顿把古典世界看作"谬误"或"寓言"。因此，济慈对赛吉的描写，呼应的是斯宾塞的《天堂之美》中那些最优美的诗句：

> 如此这般，一个比一个更美，
>
> 当他们离那至高者越来越近，
>
> 而那至高者又远胜这一切，
>
> 他的美无法用任何言语说明。

济慈是这样形容赛吉的（同时也借用了莎士比亚的"萤火虫"）：

> 啊，出生在最后而秀美超群的形象
>
> 来自奥林波斯山暗淡的神族！
>
> 蓝宝石一般的福柏减却清芒，

---

① 毗珥，原为摩押地区一座山的名字。在弥尔顿的《失乐园》里，毗珥是堕落天使基抹的化名，曾蛊惑以色列人举行淫秽的祭祀。

② 巴力、亚斯她录，古代迦南地区神祇名。在弥尔顿的《失乐园》里，二者皆为集体名词：堕落天使们被天堂除名后，来到迦南地区，化身为有性别的伪神（false gods），男的统称巴力，女的统称亚斯她录；亚斯她录头上长有两只新月形的角。

　　天边威斯佩多情的萤光比输；

　　你比他们美……

所以说，济慈的颂歌是在赞颂异教天国之美，尽管弥尔顿仪式性地清除了异教诸神，济慈仍要恢复其地位并献上正式的敬拜，他这么做是为了修补贫乏的诗歌世界，因为想象力已没有美好的神灵可膜拜。[7] 俘获他的敬意的女神是赛吉，那恋爱中的"灵魂"，而诗人要求自己解决的问题是找到魔力强大的咒语，将赛吉召唤回存在之中。

　　当然，从某种意义上说，赛吉是永远存在的，在神话王国里，她永远与丘比特缠在一起。[8] 济慈必须找到一种恰当的敬拜语言，去描述她永恒的神话存在，接着还得找到一种足够有诱惑力的语言，恳请她进入他的头脑内部，成为寓言式的存在。所有人都注意到了这首诗歌的语言具有启示意义的变化：正如一位评论家所说，前两节是用"早期济慈"[9] 的语言写的，而最后一节部分地显示出了"晚期济慈"的语言特色。在这首颂歌中，早期表达情欲经验的语言与后期表达审美经验的语言发生了冲突，赛吉先是和她的恋人丘比特栖息于神话王国的森林里，最后却又和她的诗人（兼祭司）相聚于他内在的神龛里。依据济慈写给他弟弟的信（内含一首诗歌），丘比特和赛吉的形象源自阿普列尤斯①，但描述他们的措辞是从伦普里尔那里拾捡来的。济慈之所以决定在这个时候使用这些他早已熟知的材料，部分原因在于他那当时正在形成的观念——世界是修炼灵魂的山谷②（在同一封信中他谈到了这一观点）。不过，丘比特和赛吉也让我们想起《怠惰颂》中的"爱情"和"诗歌"，尽管他们在这里互换了性别，"爱情"现在成了男子气概的丘比特，而"诗歌"成了名为赛吉的缪斯。"雄心"（在后来的颂歌中它完全消失了）仍

① 阿普列尤斯，古罗马作家，代表作为《金驴记》。
② 因为赛吉就是灵魂，所以文德勒认为济慈这时候之所以会写作《赛吉颂》，是因为他逐步形成了"世界是修炼灵魂的山谷"的观念。

然留存在这首诗的誓言中，诗人自负地说:"是的，我要做你的祭司。""爱情""诗歌"和"雄心"这三个动机依然交织在一起，但济慈决定不再以寓言形式来把它们典型化，他转向了神话——并非像《恩底弥翁》那样完全严肃地使用神话，而是以一种更为俏皮和自觉的方式。"我太过正统，不能允许一位异教女神遭到如此这般的忽视。"(《书信集》第二卷，106)

　　济慈面对神话题材时的迷茫，源自他对"如何才能讲出真理"这一问题的严肃思考。虽然他曾(如《我踮起脚尖站在山岗》所表明的)采纳华兹华斯在《远游》中提出的"神话源自寓言"的观点——神话源于人们想用迷人的故事去为自然景物(如水仙俯身池塘，孤月悬于天空①)增光添彩——但是早在《睡与诗》中，济慈就已表达过他的疑虑，他认为诗歌真正的表现对象不应只是"花神和牧神的王国"(101—102;也就是说，诗歌不能只表现经过寓言化的自然之美，如纳西索斯和月神的故事)，还应把人类生活包含在内。在花神的故事里，他可以寓言式地读到"人类生活的美好故事"(110)，但他宁愿跟这些欢乐道别，去表现"更高尚的生活，／在那里能看到人类心灵的／痛苦和搏斗"(123—125)用神话语言是否能够书写这些痛苦，济慈心里并没有底。他对奥古斯都时期的诗人们提出的一项批评——他们既忽视自然又忽视神话;不过，当他在《睡与诗》中列举自己可能表现哪些题材时，起初并没有提及神话，直到他想起李·亨特的家，回忆起曾和他一同翻阅过一本绘有酒神巴克斯和阿里阿德涅②的画册时，他才把神话列进去。那之后，他的题材就变成了大杂烩——自然、神话、往日的诗人、古代的英雄和现代的革命者，甚至"睡神"的寓言式形体也在其中，"戴着罂粟花冠十分安静"。以"现代的""世俗的"方式表现丘比特和赛吉的

---

① 水仙和月亮都是自然界的事物，而根据华兹华斯的神话观，纳西索斯(水仙)和月神狄安娜的神话故事赋予了这两个自然意象以更丰富的内涵。

② 阿里阿德涅，希腊神话里克里特国王米诺斯的女儿。

故事——在文学和美术领域人们早已对这个话题做过种种阐释，甚至有的包含颓废意味——我们可以想见，济慈一方面想利用神话带来的益处，另一方面又不想让人感到自己在搞一套虚假的拟古主义。正如我们将在后面的诗作中看到的，关于如何处理神话材料，济慈经历了颇多挣扎，这个问题并不那么容易解决，也许仅仅是因为他如此执拗地将神话与图像性的、感官性的具象艺术相联系，而没有把它与思想和真理联系起来。

济慈对神话的第一重曲解，明显地体现在他的假设中，他认为神话并不存在于异教的过去，而是存在于一个永恒的国度，在那里，通过净化自己满腹狐疑的现代性思想（那困惑而迟钝的呆滞脑瓜），他可能再次找到自身。这首颂歌有一个正式的仪式性开头（我回头会谈及），但在叙事开始时济慈重述了自己如何进入那个永恒的国度，如何在一片田园风光中漫不经心地游荡，以旁观者的身份来到两个长有翅膀的精灵身边：

> 他们的手臂拥抱，翅膀交叠；
>
> 他们的嘴唇没接触，也没告别，
>
> 仿佛被睡眠的柔腕分开一时，
>
> 准备醒后再继续亲吻无数次
>
> 在欢爱的黎明睁眼来到的时刻。

我们认出这对情侣——这只"幸福的、幸福的小鸽"和她的"带翅的男孩"——模糊而煽情地勾画出了希腊古瓮上那对青年和少女，他们在"更为幸福的、幸福的爱"的温暖怀抱里，在幸福、幸福的枝条的庇荫下，"从不曾离开春天"。然而，当济慈写作《希腊古瓮颂》时，虽然他还在使用《赛吉颂》里的语言，如"双重幸福"和"无需告别"，但他已经认识到，幸福的静止状态只可能发生在达到完满之前，而不是像更为天真的《赛吉颂》里所认为的，越过完满的顶点之后，幸福依旧。（当然，所谓"认识"，我指的是"在语言和结构上认识到"，生活中济慈不会不明白这些朴素的道理。）

济慈通过丘比特和赛吉这一对形象所表现的是，当完满逝去，情欲并不减退。他这么写，是在想象一种与人类的情爱——在欲望和餍足之间循环——完全不同的情爱。（因此，神话在这里成了心愿之乡，这就提出了一个问题，即神话作为一种文学载体是否能够表现人类心灵所遭受的痛苦。）丘比特和赛吉置身其中的那片象征性风景没有激越的、不平衡的事物；花是静谧的，根是冰凉的，甚至花儿的色彩也都是冷色调，"蓝色、银白、初绽的叙利亚人①"（是从"斑驳粉红"修改而来的，原本含有因羞愧而脸红的性爱意味）——尽管无人知晓济慈想用"叙利亚人"表达什么（他的出版商将它改为"紫色"）。恋人们躺着，呼吸安详。简而言之，这对神界仙侣象征了永恒爱欲的理想化状态，和同一个伴侣间反反复复、永不满足的性体验。[10] 在这种幻想中，"爱"和"美"得到了体现，但人类经验之"真"却未能得到体现。

这位诗人-旁观者，目睹"永恒的赛吉"的幻象，决定违背弥尔顿对异教诸神的放逐，恢复对她的崇拜，为了这个目的，他以开篇的诗句发出敬拜的呼唤。他特意借用《黎西达斯》②里的词语来赞颂她（事实上，赛吉的林中幽境的部分花卉也借自这首诗），恰似"痛苦的重压、亲友的悲伤遭遇"驱使那粗笨的乡下青年写作挽歌③，济慈"不成调的韵律"，也是"由倾心的执着和亲切的回忆"所促成，他的心中怀着对被遗忘的女神的虔敬和歉疚之情。济慈的

---

① 济慈的底稿里是"Syrian"（叙利亚人），他的出版商把它改为"Tyrian"（推罗人），推罗是古代腓尼基著名的城市，位于黎巴嫩首都贝鲁特以南约 80 公里。"Tyrian"另有一个意思"推罗紫"，所以屠岸译作"蓝色花、银色花，紫色的花苞待放"。

② 《黎西达斯》，弥尔顿为爱德华·金写的挽歌。爱德华·金是弥尔顿在剑桥大学时的同窗密友，1837 年前往爱尔兰时死于船难。黎西达斯是希腊神话中的一名牧羊美少年，弥尔顿借此赞美自己英年早逝的好友。

③ 在写作《黎西达斯》之前，弥尔顿已搁笔三年，由于好友的悲惨遭遇和自己内心的压抑，他再次提笔写作。

韵律只可能是"不成调的"（即无声的、不发出任何可听的音调的），因为古代能供人欣赏的里拉琴已遭废弃，也因为他自己的歌声只会是一阵内心的沉默、一曲听不见的旋律。在济慈"运作着的大脑"的内部剧场里，唯一的听众是赛吉本人，那再无其他信徒的"灵魂"。济慈虔敬地记着她曾经的存在，并且怀有为她重立敬拜仪式（尽管晚了）的责任感，这便是"亲切的回忆"和"倾心的执着"了。而这首诗与《黎西达斯》的呼应也告诉我们，和弥尔顿的作品一样，它也是一曲献给已然逝去的灵魂的挽歌。

让被遗忘的赛吉复原是诗人的真正主题，颂歌尝试了两种复原的形式。第一种形式在开头，他所爱的女神被表现为永恒地存在于某个世界，那个世界外在于诗性自我，当意识受到压抑时，诗人可通过梦境或幻象进入那里。如果她只存在于诗人内部，那么见到她的幻象便只可称作做梦了；但如果她存在于外部世界，那么诗人便可以断定，自己是用清醒的眼睛看见她的。（我得插一句，我并不是说生活中济慈无法分辨自己是做了一个梦还是曾经看见过一个幻象。梦和醒的说法是济慈谈论真理的方式。当他想要表明诗歌能提供给我们的不止奇思异想的消遣时，他便转向了"醒来并发现梦是真的"[1]这一隐喻，就像他从前描述亚当的梦时所说的。）这首颂歌开头的问句——"无疑我今天曾梦见，或者我是否亲睹 / 长着翅膀的赛吉，用清醒的眼睛？"[2]——后面我会做出推断，这个问题显然是要这样回答的："用清醒的眼睛。"这便是第一种复原形式，一种醒着时看到的"无思无虑的"牧歌式幻象；第二种形式是通过有意识的内在建造和复制而形成的，在这种情况下，赛吉不是躺在林间草地，而是躺在"运作着的大脑"的神龛里。第一种复原形式需要诗

---

① 亚当在梦中见到夏娃，醒来发现梦是真的。这是济慈常用的一个隐喻，阐明想象力（梦境或幻象）与真实的关系。

② 此处屠岸译文为："无疑我今天曾梦见——我是否目睹 / 长着翅膀、睁着眼睛的赛吉？"做梦的，或睁着眼睛看的，都是"我"，而不是赛吉，所以"睁着眼睛的赛吉"为误译，这里加以改正。

人将自我进行神话式复制，复制出一个可见的丘比特来。在第二种
复原方式里，诗人自身变成了寓言式的爱神。在这两场并行试验中，
诗人在第一种情况下十分被动，是一个无思无虑、东游西逛的旁观
者，而在另一种情况下他十分活跃，是一个拥有"运作着的大脑"
的创造者——这首颂歌的有趣之处便在这里，它也表明了《赛吉颂》
是从《怠惰颂》发展而来的。在两种复原形式中，女神的意义发生
了变化：在第一种情况下，神灵被看作是显现在幻象中的理想化存
在；在第二种情况下，神灵被认为是这样一种存在，即必须由诗人
热情地恳请，并为之提供栖身之所，她才会显现。因此，这首诗后
半部分的意图，蕴藏在表达希望和意志的将来时态中。前半部分把
神灵的显现看得很简单、随意：

> 他也有同感，把树枝拨向一边，
> 如此我们便可看进开阔的林间，
> 瞥一眼牧神和树仙。

这是济慈早些时候在《我踮起脚尖站在山岗》（151—153）一诗中所
描述的诗人的活动，那首诗是受"自然之光的美丽天堂"（126）激
发而写成的。济慈接着说，这样一位诗人原可以写丘比特和赛吉的
故事，把他们当作牧神和树仙——非寓言式的自然天堂里的居民——
来写，把他们的故事写成一场喜剧结尾的迷人冒险（147—150）：

> 银灯——销魂——奇迹——
> 黑暗——惊雷——孤寂；
> 他们的苦难已逝，两人飞入天堂，
> 要去鞠躬致谢，在约夫①的宝座之前。

---

① 约夫，即宙斯。

但这种把森林的枝条轻而易举地拨开，展示给我们一个失而复得的爱情故事的写法，已不再是济慈的艺术理念，济慈也不想再这样使用神话了。诗歌不再是以讲故事为己任，甚至也不是为了提供画面给人看；它要积极地做点诗人能做的人类工作，不过，在这里我们看到的，主要还是私人工作，而不是服务于社会的工作。

《赛吉颂》意在将赛吉从过去夺回，并诱使她进入现在。尽管济慈一开始对女神说话用的是挽歌式的宗教仪式语调（"女神呵！请听这些不成调的韵律"），但他最终是以求爱式的恳请结束的：

> （我）将为你准备冥想能赢得的一切
> 　　温馨柔和的愉悦欢快，
> 一支火炬，一扇窗敞开在深夜，
> 　　好让热情的爱神进来！

虽然济慈一开始认为赛吉缺乏的是敬拜和祈祷，但在最后一节中供奉给她的却是一处风景和一间爱的密室，全都在头脑的剧场里（这个意象最终将发展为墨涅塔那空荡荡的头颅）。

在《海披里安的覆亡》中，情爱的幽境和神圣的庙宇将灾难性地失去其和谐关系，但在《赛吉颂》中，这些元素依然可以和平共处。诗人应许了一座"玫瑰色的圣堂"（《希腊古瓮颂》中"绿色祭坛"的性爱版），四周的景致是，"林中仙子安卧苍苔"，"有花环形构架如思索的人脑，/点缀着花蕾、铃铛、无名的星斗"：在那里赛吉会找到一处圣殿，作为她和丘比特共处的幽境。（正如布鲁姆在《先知派诗人》第394页中所指出的）这些元素——花环、棚架、铃铛和建筑背景中的苔藓——也可以在《海披里安的覆亡》开篇不久那带有屋顶和门廊的美丽凉亭（25—29）中找到：

> 我回身看见一座凉亭，屋顶倾斜

> 棚架上攀着爬藤、铃铛花和更大的花
>
> 像插花的香炉，在风中轻轻摇晃；
>
> 饰有花环的门前，苔藓满丘
>
> 摊开着一席夏日水果的盛宴。

不过，凑近一看，盛宴似乎已经结束，凉亭里到处散落着空壳和吃掉半截的葡萄梗。当诗人吃下残羹，喝下一口"给漫游的蜜蜂啜饮的 / 清凉透明的果汁"（我们可以把它看作是众神的花蜜），他陷入了昏迷，被"蛮横的酒力"所控制。醒来时，他发现风景变了（60—62）：

> 青翠丘苔和凉亭已不在；
>
> 四顾只见一古老神殿
>
> 墙壁雕花，屋顶庄严。

经过这番童话般的置换，凉亭"倾斜的屋顶"变成了圣殿"庄严的屋顶"，它也不像《赛吉颂》里的圣堂那样是玫瑰色的了，而成了雕花的，而后来的济慈也完全接受了自然与艺术的分离。济慈在史诗中所用的这些象征暗示了他的宏大主题：年轻时，人们对世界的认知是与情爱相关的，而成年期，是与牺牲相关的。正如他在完成（据我们判断）除《秋颂》外的所有颂歌后写给雷诺兹的信中所说："我最近一直在蜕变：不是为了长出新的羽毛和翅膀；它们已经消失了，取而代之的是，我希望有一双耐心的尘世之腿。"（《书信集》第二卷，128）在《怠惰颂》里，济慈身处蛹中，苦苦期待长出翅膀；在《赛吉颂》里，丘比特和赛吉都是有翅的精灵，虽然没有以飞翔之姿现身；在《夜莺颂》里，济慈终于想要起飞，即便不是乘着真正的翅膀，也要乘着诗歌无形的翅膀飞起来。情爱之梦消逝得艰难；在《赛吉颂》里，济慈仍处于羽翼和幽境的世界，而非台阶上和圣殿里。

然而，虽然在《赛吉颂》中幽境和圣堂依旧是一体的，但在写作的肌理中，也显然存在着强扭在一起的感觉。这首颂歌写得最好的地方不是结尾对玫瑰色圣堂—幽境的描写，而是稍早一些对神庙周围的风景的描写，那比"思想少女的房间"更遥远的、人类尚未涉足的头脑王国里的风景。颂歌开始时，当济慈"无思无虑地"漫步在森林里，他是走在他所谓的"婴儿室或无忧无虑的内室"里。一旦"运作着的大脑"介入，他便不再是无思无虑的了。他说，我们"终究会因内在思考原则的觉醒而不知不觉地被推进"第二内室，即"思想少女的房间"，而正是在那里"运作着的大脑"展开工作，就像《赛吉颂》的大部分内容里那样，"沉醉于光和周围的气氛之中，只看见种种令人愉悦的奇观"。这个地方依旧是田园牧歌式的，不过再往前就是"悬崖峭壁"了，显出"无人踩踏过的绿色"，正如济慈在献给荷马的十四行诗中说的那样（贝特在《约翰·济慈传》一书第 493 页中提到了这个类比）：那些悬崖峭壁并非寸草不生，而是覆盖着高山植物的新绿。济慈在我反复引用的那封著名信件中补充道（《书信集》第一卷，280—281），当一个人吸进思想少女房间里的气息，这种呼吸会带来多重效果，"其中最大的一种效果是使人对人类的心灵和本质有更敏锐的看法——使人确信，这个世界充满苦难、心碎、痛苦、疾病和压迫——于是，这间思想少女之屋逐渐变暗，同时四面的门全都敞开——但一片黑暗——都通向黑暗的甬道"。在写《赛吉颂》的前一年济慈写下了这段话，而我们在《赛吉颂》的结尾感受到一种积极的努力，想要抵御黑暗甬道的侵袭：

> 是的，我要做你的祭司，在我心中
>
> 　未经践踏的地方为你建庙堂，
>
> 有沉思如树枝长出，既快乐，又苦痛，
>
> 　代替了松树在风中沙沙作响：

> 还有绿荫浓深的杂树大片
>
> 覆盖着悬崖峭壁，野岭荒山。

就这样，这段话以进入无人踩踏过的高地开篇，同意把思想中的痛苦和快乐当作工作来看待，而在《怠惰颂》里它们是被禁止的，诗人既拒绝痛苦之刺，又拒绝快乐花环。但是，如果我们回顾一下，会发现那玫瑰色圣堂最终似乎位于一座人工培育的花园里，"点缀着花蕾、铃铛、无名的星斗 / 和'幻想'这园丁构思的一切奇妙"。然而，野岭荒山和郁郁森森的树林不是园丁"幻想"创造的，它们是由无拘无束的想象力创造出来的，它们代表着崇高，正如花园代表着优美。这些诗行引用了很多表现崇高的前人文字，尤以弥尔顿和莎士比亚的句子居多；不过，尽管它们跟弥尔顿有着渊源关系——天堂的背景设置源自《失乐园》第四部分，群山和峭壁的描写源自《圣诞清晨颂》——它们在这首诗中的效果却更像华兹华斯《永生的暗示》中的相应诗句所产生的效果：

> 瀑布自悬崖吹起它们的号角；
>
> 我听见回声在群山间喧响；
>
> 阵阵狂风从睡乡醒来朝我呼啸。

狂风、群山和峭壁构成了典型的华兹华斯式的崇高景象。济慈明白，他抵达的这个地方需要有新的郁郁森森的思想丛林，而这片丛林将带给他痛苦，即便这种痛苦因唤醒新的创造而夹杂着快乐。这个新地方似乎无边无际："郁郁森森的树丛远远地环抱 / 山野峭壁连绵好似裹上了羽毛。"这里所设想的灵魂所具备的深远而陡峭的崇高性并没有维持太久，这首诗很快又回到了精致、优美和感性的事物中。在一首有关两个有翅的精灵的诗中，济慈通过给他的思想群山"裹上羽毛"，从而给自己配上一对新羽翼，这并非偶然；[11] 这对羽翼，以及这份对山野峭壁的希冀，表明济慈这里是乘着雄鹰之翅去追求崇高的。耐心的尘世之腿尚未到来。

颂歌最后一节描述的人间天堂完全是非季节性的、非农耕的、非牧歌式的（那里没有庄稼，没有羊群），它是"运作着的大脑"内部的天堂。济慈使用了一些与天堂相关的表达方式——如用于指称"另一国度"的"那里"（there）、"那边"（là-bas）或"彼处"（da-hin）——但他放弃了一开始的那场梦，即被动接受的启示性幻象。仅仅越过树枝偶然一瞥并不能重现丘比特和赛吉。不过，他后来建造的新的寓言式天堂是对先前的神话式天堂的复制。在内在世界里，苔藓上睡着的林中仙子，就像草地上相依而眠的丘比特和赛吉；之前曾是森林的地方，现在有郁郁森森的树丛；原先树叶絮语之地，如今松树细语喃喃；原先溪水流淌之地，如今小溪潺潺；星星代替了月神的宝蓝星空；原先开放着神话里的鲜花的地方，如今长出了精神之花；柔和的喜悦代替了柔腕的睡眠；曾经安详地呼吸过的地方现在是辽阔的寂静；一支明亮的火炬代替了黎明之光；而温暖的爱神代替了有翅的男孩。通过所有这些，这首诗结尾处的内在场景复制了开篇的森林场景，正如中间弥尔顿式的两个诗节里，第二个诗节所补偿的事物正是对第一个诗节所列举的缺失事物的复制。两处幽境的配对、两段虔诚敬拜的配对，都显示出了重复的重要性。然而，最后一个场景中所缺失的东西也十分关键，即我们失去了开场画面里由形象所构成的那个中心："两个美丽的精灵相拥着。"在诗歌结尾，当济慈毫不吝惜地把所有想象挥洒在赛吉将要居住的内部世界时，他或许在说"让我为你做足准备"。但赛吉还没有出现在那里，丘比特也还没有来到：这首诗的结尾是一份恳请和承诺，济慈写了一首"中心缺失"的原型诗歌。

如果说《赛吉颂》只是想恢复被弥尔顿的《圣诞清晨颂》从英语诗歌中驱除的那些东西，那么在第四个诗节把异教崇拜恢复后，这首诗便可以结束了。就诗艺成就而言，弥尔顿的颂歌远比济慈的作品宏伟;然而,即便只是初试啼声,济慈也能看清,对弥尔顿来说是生命的东西,对他来说是死亡。济慈用弥尔顿的宗教语汇写两节诗歌,是不足以恢复对赛吉的崇拜的;他必须用自己的语言——用来描写开篇的幻象的那种华丽的性爱语言——重新创造对赛吉的崇拜。[12] 弥尔顿的异教神灵,如我们在《圣诞清晨颂》中所看到的,丝毫不带性爱意味:即使是那些原本可能与性爱相关的神灵,诗人也没有那样表现——作为天国的皇后和母亲,亚斯她录独自坐在那里,而塔木兹①已经死去。对济慈来说,恢复赛吉的地位不仅要恢复对她的敬拜——如声音、诗琴、风笛、管弦、熏香、神龛、圣林、神谕和先知——还要恢复她的情调和临场感。弥尔顿禁欲式的语言可用于怀旧,但仅此而已;济慈,作为赛吉的崇拜者,需要现场施法的辉光。经过一番修饰、装点和美化,头脑内部的景观闪耀出情欲之光,这是济慈的主要意图,如此一来,他的头脑便对赛吉有了吸引力。当他赢得赛吉,爱神便会随之而来,起初看见的场景便能完整地复现——不过,这最后一幕将完全是精神性的,在其中,"幻想"装饰了头脑,供那恋爱中的灵魂②居住,而爱神是受欢迎的贵客。济慈特有的情欲形容词——柔软、明亮、温暖、玫瑰色——连同他那永远培育着花卉的守护神"幻想"的活动,使头脑从一个传统上辟给哲学思考的专区,变成了这样一个地方,在这里所有可能生发的思想和幻想(按《幻想》那首诗的方式构思)都因想象中女神的莅临而情欲化了。敬拜、工作和拥抱将在头脑花园中合而为一,在其中,由袅袅的熏香和低吟的唱诗班组成的弥尔顿式的写实的敬拜仪式,让位给一种由"不成调的韵律"所渲染的新的敬拜仪式,在头脑花园中,赛吉的祭司同时变成了她的抒情诗人、敬拜者和丘比特。

---

① 塔木兹,古代苏美尔地区的农业和春天之神,亚斯她录的情人。每年仲夏他被杀死,亚斯她录降至冥府救他,第二年春天他被救出,大地才恢复一片生机。
② 指赛吉。

不过，尽管《赛吉颂》以情欲和感官重新定义了宗教，也重新定义了创造性头脑的功能，它最深层的能量却存在于两个无关情欲的地方：一是在幽境之外，新生思想的崇高的、未开垦的边缘地带；二是诗人超越了梦境的温柔和暧昧，大胆求索独立的神圣力量，而非情爱，"我两眼有幸见到了，我歌唱起来"[13]。这些高尚而孤独的崇高感——在这首描写性爱接触的、修饰华丽的诗歌中几乎有些格格不入——预示着《希腊古瓮颂》《秋颂》和《海披里安的覆亡》会写得更加孤独。必须记住的是，《赛吉颂》中的幽境不是无偿提供的，必须放弃受时间束缚的感官，才能获得完整的精神世界，因此，唱出来的韵律必定是不成调的了（因为它们无法具体化为任何外在的旋律），并且除了自己的灵魂，不会有任何听众。这种为心灵牺牲感官，为不成调牺牲旋律，为假定的、不太能实现的"唯我论"①而牺牲听众的做法，与济慈这首颂歌充满感官描写的风格——一种原本为《恩底弥翁》中更为幸福的拥抱（精神和肉体两方面的）而发展出来的非禁欲风格——不太和谐地共存着。《赛吉颂》的性爱神话风和它荒凉的牺牲意味之间形成了紧张关系，这种紧张关系要到济慈写作《忧郁颂》时才能从概念上得到缓解，要到他写作《秋颂》才能从风格上得到改善。不过，济慈在这里对神灵进行内化处理，从概念角度看，已经超越了《恩底弥翁》对印度少女和辛西娅（月神）的笨拙叠加，也超越了《怠惰颂》中的三重自我投射。完全内化的赛吉——把自己的灵魂作为史蒂文斯所说的"内心情人"②——是艺术赋予神灵恰如其分的表征的一种办法（但对济慈而言，绝非令人满意的最终办法）；而构建一片内在的不受时间影响的、非农用的幽境，是使"乐土"③获得现代表征的一种办法（但

---

① "唯我论"认为，除"我"或"我"的精神之外没有任何东西存在，整个世界都是"我"的感觉、经验和意识。
② 见史蒂文斯《内心情人的最后独白》。
③ 原文为"locus amoenus"，语源拉丁文，指令人愉快、予人安全和安慰的理想场所，常在僻静之地，包含树、草和水三要素，有时也与"伊甸园"通用。

对济慈而言，同样也不是令人满意的最终办法）。

济慈希望（正如他在一封写于同时期的著名书信中所说）把这个世界描述为"修炼灵魂的山谷"①，"一个不让我们的理性和人性受辱的救赎体系"：

> 人们普遍怀疑基督教的思想体系是效仿古代波斯哲学和古希腊哲学而形成的。那么，他们为什么不把这个简单的东西变得更加简单，以便于公众理解呢？如以异教神话的方式，通过引入中保②和角色，把抽象概念人格化——
>
> ——《书信集》第二卷，103

抽象概念、中保和角色是使道德真理变得"能被公众理解"的手段。济慈自己作品中的神话角色和寓言角色，无论是赛吉、墨涅塔还是"秋天"，都表明他在探索一种他认为所有救赎体系都能通用的方法，因此它们是以一种超越奇思巧想的方式达到了"真"。如果在我们眼里，赛吉那"幸福的、幸福的小鸽"，不足以成为给救赎体系提供帮助的角色，那她也算得上是一个明证，证明在这个时候，济慈对从蛹中诞生出来的生机勃勃的灵魂、那灵魂中蕴含的爱的力量，以及头脑找到建设性形式的想象力怀有巨大的信心，尽管这种信念也受到一定的限制。

当然，《赛吉颂》的灵感至少部分地源自隔壁温特沃斯广场的范妮·布劳恩，济慈一开始可能没有意识到，他的颂歌呈现出来的完全内化的、超越时间的、不成调的敬拜，具有社会层面、道德层面和审美层面的局限性。赛吉，他的不成调的韵律的唯一听众，既是也不是神话式的存在，既是也不是寓言性的形式。颂歌并没有解决

---

① 见 1819 年 3 月 19 日济慈写给弟弟乔治的信。
② 如耶稣便是上帝和人类之间的中保。

她存在的暧昧处境，就像它没有解决美丽的"幻想"和真实的"思想"之间的关系问题一样——一个专注于小小的花园圣殿，充满幸福的自发性和情爱的创造性，另一个则神秘、宽广、崇高，同时与痛苦和雄鹰之志相连。丘比特和赛吉一起构成了这首诗事实上的"联合神"，他们代表着通过将情欲精神化而实现的存在之联结，代表着灵与肉的结合——开始时两位神灵没有完全融为一体，但也互不分离，结束时他们都隐身于黑暗之中。这是济慈将要弃之不用的一种神灵设置：我前面曾说，他后来颂歌中的神灵——轻翅的仙灵"夜莺"、童贞的新娘"瓮"、头戴面纱的"忧郁"① 女神，以及"秋天"——都是没有伴侣的女性。[14]《赛吉颂》通过精准的复制，将外部世界（无论是神话的还是宗教崇拜的）和内部世界（无论是头脑里的还是幻想的）进行配对，演绎了诗中所赞颂的感性的丘比特和精神性的赛吉之间的性爱配对。这是济慈颂歌中最充满希望的一首，同时也是最狭隘的一首。肉体和灵魂在永恒和不朽的拥抱中称心如意地成双成对，繁花似锦的"自然"幽境和由"幻想"建造的建筑幽境之间考究地对等，过去的宗教在今天获得彻底重建——这些互相矛盾的事物之间的完美契合，正是《赛吉颂》的复制型式想要体现的那个梦。济慈希望精神性的艺术完全模仿感性的幻象，随着这种希望的破灭，其他一切——性爱联合神，"幻想"和"思想"的快乐共存，艺术作为逼真的牧歌的理念，审美活动作为纯粹的内在工作的观念，装饰性的、超越时间的"美"高于朴素的、不断发展的"真"的价值判断，通过诗人的工作，能从时间的磨损中拯救出不朽灵魂的理想化想法——也都崩塌了。

　　《赛吉颂》原打算在经弥尔顿诠释的宗教王国里找到自己的独特语言，好像天国的"清醒宗教"——济慈希望这么称呼它——可以

---

① 原文"veiled Melancholy"，屠岸翻译为"隐藏的'忧郁'"，但文德勒认为"头戴面纱"这一细节是反映《赛吉颂》《海披里安的覆亡》之间"序列"关系的重要意象，故采取直译。

从过去的宗教(包括基督教和异教)中借用措辞似的。在我前面引用过的那封书信里,济慈表达了想找什么东西来取代基督教的愿望,这就解释了为什么他一开始会认为可以把一位女神专用的"韵律"作为誓言,虔敬地说出,并在一间圣殿里达到高潮。如《海披里安的覆亡》所示,他不会停止探索合乎他目的的宗教语言。不过,这首诗中还存在另两种语言——牧歌式的性爱语言和牧歌式的寓言语言,这两种语言与宗教语言进行着无声的对峙。第一种语言体现在开篇对林间草地的描写中,第二种体现在结尾对头脑中的圣殿的描写中。可以说,每一种都染有宗教用语的印记;反过来,宗教用语也被它们染上了印记。后一种表现我们可以很快找到例子:赛吉是一个幻象,信徒们或许会把她称作宗教里的女神,但在这首诗中呼唤她时用的却是表达身体之爱的语言。她是幻象中"最可爱"的那个,在情人眼里,她比维纳斯或金星,那"天空中多情的萤火"还要美丽;她的唱诗班是童女唱诗班,发出甜美的呻吟①(这个细节并非借自弥尔顿,而是济慈自己添加的),而她嘴唇苍白的先知发着烧、做着梦。她是最明亮或最盛放的,拥有"发光的"(这个词后来又用来形容范妮·布劳恩"温暖、洁白、发光、集万千愉悦于一体的胸脯")翅膀。宗教的、弥尔顿式的边界被柔化、暖化,焕发出一种牧歌式的光彩。不过,这种光彩和热情又要被其宗教用途所同化,从而遭到冷却或抑制,最后使语言变得正式(如"女神呵")和质朴(如"不成调的韵律")。随着赛吉"柔软的海螺状耳轮"的出现,最开始的诗行开始具有感官愉悦性。然而,对性温暖的抑制使得森林的怀抱里出现了小溪的清音、冰凉的树根,就连花朵也不再是玫瑰色的了。恋人的嘴唇处于悬停状态,抑制了臂弯和翅膀的双重拥抱(后者是这首诗中最温暖、最顽皮的想象——"他们的手

---

① "发出甜美的呻吟",原文为"making delicious moan",屠岸译文为"发出甜美的歌吟",因文德勒认为其中含有身体之爱的意味,此处改为直译。

臂拥抱，翅膀交叠"——一个超出人类能力的双重拥抱之梦）。"轻颤的鲜花"和"柔和的黎明"意味着这份拂晓的欢爱是脆弱的、近乎童贞的；鉴于济慈所宣称的宗教目标，他对自己的虔诚中可掺入多少性爱因素没有把握。

颂歌开篇的主导问题——"可你是谁呀，幸福的、幸福的小鸽？"——严格说来，是一个认识论问题，而非祈祷用语。我想，它源自《怠惰颂》（虽然那首诗当时还没有写下来，但已经构思好了）开篇那句："影子们！我怎么不认识你们？"济慈当时是自责地问出那个问题的，随后在看清那三个形体的脸孔后，他又自我解脱地喊道："我认识他们三个。"正如济慈想要驱赶他们时所承认的那样，认识他们也就是认识"月亮如何变化"。在《赛吉颂》中，济慈说"带翅的男孩我熟悉"，但赛吉一开始是陌生的，就像《怠惰颂》中的瓮上形体一样；和他们一样，赛吉最终也被认了出来。[15]济慈在这里提出了一个问题，当他认出这些角色时，他认出了什么，虽然他有那么一会儿以为他那一瞥可能只是一场梦，但如我前面所说，他最后还是认定，自己是用清醒的眼睛看见他们的：他宣布，我"见到"两个美丽的精灵，后又补充道，"我两眼有幸见到了，我歌唱起来"；赛吉是他眼见的事物中最可爱的，是最优美的"视像"。自第一次怀着疑惑发问后，济慈再没有提及做梦了；诗中的其他一切也都说明他是用清醒的眼睛看见的。看见，并知道自己看见的是谁，而且是真真切切地看见，不是梦见，这是济慈的"清醒的宗教"的首要条件，睁着的双眼排除了任何向瞌睡状态屈服的可能，在《怠惰颂》中济慈曾竭力保持瞌睡状态。尽管《赛吉颂》和《怠惰颂》对我们可以称之为"草床"的东西的描写十分相似，但我们必须记住，在《怠惰颂》中，沉睡在"婆娑的树影，迷离的光线"中、头枕阴凉的花野的是济慈；而在《赛吉颂》中，躺在草床上平静呼吸的是那对恋人，济慈成了清醒的旁观者，他的眼睛已被唤醒。因此，济慈"不是闭着眼睛，而是睁着眼"（赫伯特），他看见了自己

从前躺过的幽境，就像瑞夫站在波伊拉和艾琳的墓前，他的眼睛因
"孤独的祈祷／变得如鹰般锐利"①，能看见他懒洋洋打瞌睡时无法
看见的东西。济慈还没有意识到他那新近获得的鹰眼的凝视将把他
引向何方。如我们所知，最终它将向他揭示，面纱后面那张墨涅塔
的脸。但就目前而言，济慈热切地相信，当他从草地上起身，会在
自己睡过的位置留下一对天上的恋人。因为他超然的凝视，用于书
写那对恋人的性爱措辞也变得贞洁了，当然，依旧保有足够的暖意，
如此，知识和激情②都能受到诗歌殷勤的接纳。

　　我们回头看看《我踮起脚尖站在山岗》（143—146）一诗中描写
丘比特和赛吉的段落，会发现济慈在这首颂歌中对情欲之火的遏制
是多么明显：

　　　　当赛吉和爱神饱满的双唇第一次
　　　　相触他们有何感受，多么温柔宠溺
　　　　他们在彼此的脸颊上轻咬，发出叹息声声，
　　　　他们又是如何亲吻着对方微微颤动的眼睛。

第一长节诗歌的所有"部署"都巧妙地维持住了这首颂歌的冷暖平
衡——那对恋人尽管肩并肩，然而仍是平静的；他们拥抱着，却又
是分开的；他们没有道别，却也没有相触；他们躺着等待黎明，而
黎明尚未破晓。情爱牧歌的场面被冷却下来，不仅因为济慈超然的
观看和识别，还因为他那故意"不成调"的歌唱。

　　济慈用在这对相拥的情侣身上的措辞，比用在自己身上的要自
信和稳定得多。虽然他以高度的严肃开场，但在《怠惰颂》中不时
表现得很明显的拜伦式反讽在这里也发出了自己的声音，尽管削弱

---

① 瑞夫、波伊拉和艾琳均为叶芝叙事诗《瑞夫在波伊拉和艾琳的墓前》中的人物，见叶
　芝诗集《超自然的歌》。
② "知识"指诗人作为旁观者的超然凝视，"激情"指那对恋人间的性爱关系。

为了像"善男信女的祝歌"和"如今，敬神的欢愉／已远离"这样的双重屈尊。这种语调在济慈身上从来都是不成功的，它显露出济慈写作上的不稳定，以及他心中对写作颂歌的可能性的疑虑。在这首赞美诗中，他自己的歌吟究竟有多少说服力？他距离自己的怀疑主义时期究竟又有多远？在写给乔治的信中，他用戏谑的语气讽刺了这位被忽视的女神，但那种讽刺没有被写进这首诗中。在这首诗的所有语言中，从弥尔顿那里借来的宗教崇拜语言最不具原创性，也最不具济慈特色。

诗中发明的最后一组措辞用于描写赛吉的圣殿。它既是诗中最好的，也是最虚弱的，正如我前面所说，它显示了济慈写作中的用力过猛。这种虚弱体现在两个方面：一是体现在随机列举的阿拉伯花饰①中，"轻风、溪涧、小鸟、蜜蜂，／……花蕾、铃铛、无名的星斗"[16]；二是体现在不加选择的济慈式性爱词语的堆积中——玫瑰色、柔和、愉悦、明亮、温暖。但是用于赛吉的圣殿的措辞也有一种力量；济慈第一次把自己描绘成一名工匠，第一次他不再是恋爱中的青年、野心勃勃的男子，甚至也不再是"诗歌精灵"的信徒（在《怠惰颂》中他曾是这些身份），而成了某件物品的建造者，这里他建造的是女神的圣所。走出胚胎期的怠惰，济慈诞生在工作之中；但在这里，为"创造"选择恰当的措辞令他犹豫不决、倍感困扰。他用在"园丁幻想"身上的依然是牧歌式的性爱用语，如"培育"②；它生产出花蕾，以及类似花儿的"星星"和"铃铛"（在《幻想》中也是如此）。这种斯宾塞式的"培育"是在森林女神的领地上进行的，在苔藓、溪流、鸟雀和蜜蜂中间，在那里，存在的主导模式是沉睡（如在《怠惰颂》中）。与这柔和的、神话般的田园风光形成冲突的是圣殿周围的山地景观，它呈现出莎士比亚式的、弥

---

① 阿拉伯花饰，一种由花、叶、动物、几何图形等交织而成的错综复杂的图饰。
② 原文为"breeding"，也有"繁殖"之意，因此文德勒把它归入性爱用语。

尔顿式的高峻；然而，崇高的风景本身也具有植物性，它是从痛苦
和快乐中"生长"出来的，虽然在《怠惰颂》中遭到拒绝时"快乐"
和"痛苦"还是两种不同的东西，但一旦它们被允许进入头脑的王
国，就长成了一个矛盾统一体，即"快乐的痛苦"。这个短语的确是
这首诗里的一个瑕疵；不过，像济慈诗歌中的很多其他瑕疵一样，
它代表着一种智性的洞见，一种诗人尚未找到恰当的诗歌语言风格
去表达的洞察力。此时，济慈只能不加修饰地先写下来，"快乐"和
"痛苦"有着某种紧密的联系；而那种能够表现"痛苦的快乐"和
"快乐的痛苦"的风格，他还没有找到。

　　正如我所说，神庙的措辞是寓言式的，而赛吉的幽境的原初措
辞则不是（它是神话式的、叙事性的）。济慈曾想过在"他培育着花
卉，品种永远新鲜"① 这行诗后面加上"因此，幽境女神，我将敬
拜你"，但他后来删去了，因为他意识到他的女神已不在幽境，而是
在神庙里，他意识到幽境的语言不是神庙的语言，大自然也不是建
筑物。济慈猛然警觉到这一点，他把那扇曾在《怠惰颂》中如此天
衣无缝地将人造的世界与自然融为一体的敞开的窗户（"打开的窗户
紧挨着葡萄藤新叶"）搬了进来。在这里，这首诗希望，敞开的窗
户可以让温暖的爱神——那位人形的神——进来，而不是迎接大自
然的鲜花。但是在这个承载思想的寓言时刻，其风景显然比神话时
刻呈现的性爱风景要黑暗些；与原来的森林不同，新的森林地带是
未知的，尚未被人踩踏的；这里有树枝，但没有花蕾或花朵；树木
在黑暗中簇拥着；山峦耸立、郁郁森森；尖峭的树丛代替了缀满羽
毛的轻柔翅膀；风代替了轻风②。这份黑暗一直延续进结尾处那不

---

① 原诗为"Who breeding flowers, will never breed the same"，屠岸译作"雷同的花朵决
　不会出自他手"。
② 这里文德勒的分析似乎有误，"风"（wind）和"轻风"（zephyrs）都出现在最后一个诗
　节里。

确定的"幽思"① 之中，彼时济慈同时承担着寓言写作和把自我客体化为人造建筑物的重任，尽管这个人造物依旧在思想的内部，但它已成功脱离了它的创造者，获得了建筑的形式和地貌上的深度。

我们接下来要讨论的《夜莺颂》，给之前的颂歌提出的所有问题提供了新的解决方案。在那首诗中，济慈超越了《怠惰颂》的创造性遐想，也超越了《赛吉颂》中精神性"幻想"的首次创造性的内在建造，设想艺术家必须使用某种媒介——在那里是音乐，即阿波罗的艺术。他选择了音乐，便选择了这样一种艺术，即它在本质上是杜绝模仿和逼真的，是一种只诉诸听觉的抽象艺术，无可避免地，这种艺术忠诚于和"真"无关的"美"。把音乐家作为艺术家的象征，他在审美经验方面采取了一种让人啼笑皆非的观点，他的设想是这样的：一位偏安一隅的作曲家兼歌手，对听众漠不关心，也没有意识到他们的存在，对着一个身体处于听之任之的被动状态、只留一双耳朵在起作用的、近乎无知无觉的听众倾泻歌声。在《夜莺颂》中，艺术的不朽世界远非《赛吉颂》中写的那样，是生活世界的精确翻版，事实上在这里，两个世界在每个方面都是相反的。在《赛吉颂》中，拥抱在一起的雕饰形体不再是诗人所渴望的"雄心""爱情"和"诗歌"的寓言象征，而是独立的、客体化的存在。尽管在结尾处，这种独立的存在感有所减弱，诗人似乎自己准备成为丘比特，不过赛吉依然保持着她的独立性。作为一位异教女神，她先于她的诗人而存在，她的本质不像《怠惰颂》中的"爱情""雄心"和"诗歌"那样有赖于诗人。济慈向往一种比自己的自我更恒定的存在，这使得他后来会去崇拜其他几样东西—— 一只鸟、一只瓮、一个季节。在《赛吉颂》之后的其他颂歌中，他的兴趣越出了补偿式内在创造的心理学，他对艺术品、媒介、受众，以及受众想要在

---

① 原文为"shadowy thought"，屠岸译文中为"冥想"，此处译为"幽思"更能体现文德勒所解读出来的"黑暗"氛围。

艺术中自我毁灭的内在意志产生了兴趣。然而,在某种意义上,和《赛吉颂》相比,《夜莺颂》代表着一种倒退。尽管"作曲家—歌手—鸟"并不"怠惰",但她没有一个"运作着的大脑",她的艺术具有欢快的自发性,就像树叶从树上生长出来那样自然。济慈仍然希望艺术不必是经理智规划的"工作"。但"运作着的大脑"不会永远缺席,作为工作的艺术会在《希腊古瓮颂》中再度出现。

三

风弦琴的莽歌：《夜莺颂》

（想起种种）无法用言语说明的事情，
他下沉，越沉越深，直到音乐也不能
将他触及。
　　　　——《恩底弥翁》第四卷，961—963

这里有夜莺在婉转歌唱
不唱迷茫而恍惚的事项，
而唱动听、神圣的真谛；
流畅的音符饱含哲理；
讲述天堂金铸的历史
以及隐秘的传说故事。
　　　　——《激情与欢笑的吟游诗人》，17—22

森林送来习习微风……
深远的幽境传来菲洛梅拉①清晰的歌唱；
椴树花送来怡人的芳香……
可爱的月亮悬于苍穹，孤孤单单。
　　　　——《卡利多尔》，152，153—154，157

有如一只无舌的夜莺把歌喉呜哳
发不出声响，心中窒闷，死在山间。
　　　　——《圣亚尼节前夕》，206—207

传来轻轻的道别，和声声唏嘘的叹息。
　　　　——《恩底弥翁》第一卷，690

缭绕的音乐，也许是唯一的支柱
孤独地托起仙灵的穹顶。
　　　　——《拉米亚》第二卷，122—123

---

①　菲洛梅拉，指夜莺。

向世人众耳所唱之乐曲美音。
            ——《海拔里安的覆亡》，188

            美丽的世界，再见！
你的丘陵和山谷，正从我眼前消散：
我迅速上升，乘着宽广的翅膀。
            ——《给我的弟弟乔治》，103—105

            云雾缭绕的幻景
已一去不返。再见，寂寞的石洞！
再见，天上的仙境，幻想的海中
狰狞的浪涌！决不，虚幻的声音
决不可能再把我骗进
那纷纭的奇景，让我惊惧莫名。
            ——《恩底弥翁》第四卷，650—655

            风弦琴①演奏着荟歌
魔法，柔和地呼进，震颤着吐出。
            ——《阿波罗颂》，34—35

我的耳朵大张，像贪婪的鲨鱼，
            捕捉神圣之声发出的婉转曲调。
            ——《女人，当我看到你轻浮虚荣》，27—28

---

① 风弦琴，流行于十八世纪的欧洲的一种乐器，在木制共鸣箱上安装几条琴弦，风吹琴弦，发出乐音。风弦琴在希腊神话中是风神爱奥拉斯的竖琴，也是英国浪漫主义诗歌理论的一个重要隐喻。

THE

NIGHTINGALE.

CONTAINING A

COLLECTION

OF

Four Hundred and Ninety Two of
the moſt Celebrated

Engliſh SONGS.

None of which are contained in the other
COLLECTIONS of the ſame Size, called
The SYREN, and The LARK.

LONDON:

Printed, and ſold by J. Oſborn, at the Golden Ball
in Pater-Noſter Row.
MDCCXLII.

那歌声去了

——《夜莺颂》，80

夜莺颂①

我的心在痛，困顿和麻木

 刺进了感官，有如饮过毒鸩，

又像是刚刚把鸦片吞服，

 于是向着列斯忘川下沉：

并不是我嫉妒你的好运，

 而是你的快乐使我太欢欣——

  因为在林间嘹亮的天地里，

   你呵，轻翅的仙灵，

你躲进山毛榉的葱绿和阴影，

 放开了歌喉，歌唱着夏季。

唉，要是有一口酒！那冷藏

 在地下多年的清醇饮料，

一尝就令人想起绿色之邦，

 想起花神，恋歌，阳光和舞蹈！

要是有一杯南国的温暖

 充满了鲜红的灵感之泉，

  杯沿明灭着珍珠的泡沫，

   给嘴唇染上紫斑；

哦，我要一饮而悄然离开尘寰，

 和你同去幽暗的林中隐没：

---

① 本篇《夜莺颂》翻译采用查良铮译本，此为通行译本。为与文德勒的阐释相对应，部分引诗在查本的基础上做了适当修改，对差异明显的改动已加注说明。

远远地、远远隐没，让我忘掉
　　你在树叶间从不知道的一切，
忘记这疲劳、热病和焦躁，
　　这使人对坐而悲叹的世界；
在这里，青春苍白、削瘦、死亡，
　　而"瘫痪"有几根白发在摇摆；
　　　　在这里，稍一思索就充满了
　　　　忧伤和灰眼的绝望，
而"美"保持不住明眸的光彩，
　　新生的爱情活不到明天就枯凋。

去吧！去吧！我要朝你飞去，
　　不用和酒神坐文豹的车架，
我要展开诗歌底无形羽翼，
　　尽管这头脑已经困顿、疲乏；
去了！呵，我已经和你同往！
　　夜这般温柔，月后正登上宝座，
　　　　周围是侍卫她的一群星星；
　　　　但这儿却不甚明亮，
除了有一线天光，被微风带过
　　葱绿的幽暗，和苔藓的曲径。

我看不出是哪种花草在脚旁，
　　什么清香的花挂在树枝上；
在温馨的幽暗里，我只能猜想
　　这时令该把哪种芬芳
赋予这果树，林莽和草丛，
　　这白枳花，和田野的玫瑰，

这绿叶堆中易谢的紫罗兰，
　　还有五月中旬的骄宠，
这缀满了露酒的麝香蔷薇，
　　它成了夏夜蚊蚋的嗡嘤的港湾。

我在黑暗里倾听；呵，多少次
　　我几乎爱上了静谧的死亡，
我在诗思里用尽了好的言辞，
　　求他把我的一息散入空茫；
而现在，哦，死更是多么的富丽：
　　在午夜里溘然魂离人间，
　　　当你正倾泻着你的心怀
　　　　发出这般的狂喜！
你仍将歌唱，但我却不再听见——
　　你的葬歌只能唱给泥草一块。

永生的鸟呵，你不会死去！
　　饥饿的世代无法将你践踏；
今夜，我偶然听到的歌曲
　　曾使古代的帝王和村夫喜悦；
或许这同样的歌也曾激荡
　　露丝忧郁的心，使她不禁落泪，
　　　站在异邦的谷田里想着家；
　　　　就是这声音常常
在失掉了的仙域里引动窗扉：
　　一个美女望着大海险恶的浪花。

呵，失掉了！这句话好比一声钟

使我猛省到我站脚的地方!

别了!幻想,这骗人的妖童,

　不能老耍弄它盛传的伎俩。

别了!别了!你怨诉的歌声

　流过草坪,越过幽静的溪水,

　　溜上山坡;而此时,它正深深

　　埋在附近的溪谷中:

噫,这是个幻觉,还是梦寐?

　那歌声去了:——我是睡?是醒?[1]

在《夜莺颂》中，济慈继续探究艺术的本质，既在心智层面，也在用以表达心智的各种媒介层面。这首颂歌对音乐媒介的思考，使它有别于前几首诗。在《怠惰颂》中，济慈承认自己怀有艺术创作的愿望，但他醉心于在大自然中做白日梦，拒绝了艺术。在《赛吉颂》中，他的头脑被唤醒，开始艺术创造，但那是一种内在的园艺和建造艺术，将未经规划的、撒满阳光和鲜花的怠惰草地变成"幻想"的花园，环绕在神庙四周。在《赛吉颂》中，济慈依旧认为艺术完全是精神层面的，无法表现为可见或可听的人造物品，并且除赛吉——诗人自己的灵魂①外，不面向任何受众。

济慈十分清楚他自己所用的媒介是文字（在前四首颂歌中他都以诗人自况），这使他有意去探索其他的艺术媒介，特别是音乐和图像（或雕塑）这两类表征形式。这两类艺术常跟诗歌联系在一起：前者通过阿波罗的七弦琴的隐喻，后者通过"诗如画"[2]的原理。济慈一方面不断向作为音乐家的阿波罗祈灵，另一方面频繁造访海登②的工作室，确保他能对这两类与他自己所用的媒介相类似的艺术媒介的性能做持久的思考，羡慕和嫉妒之情兼而有之。绝非偶然，《夜莺颂》和《希腊古瓮颂》一开始都发表在《美术年鉴》上，该杂志的读者或许会把《夜莺颂》当作一首谈论音乐的诗，而把《希腊古瓮颂》当作谈论浮雕的诗。[3]

人们通常认为，夜莺的歌声对济慈来说代表的是大自然的音乐，与人类的艺术（无论是语言艺术还是音乐艺术）形成对比。但自相矛盾的是，大多数评论家同时又感到，济慈以诗人身份与夜莺相认同，并把夜莺的歌声与人类的幻想艺术相类比，把它看作是虚幻的魅惑。我们知道，济慈起初热切地希望把艺术想象成一种完全处于自然秩序之内的活动，而不是与自然秩序相对立的，因此他选择了

① 赛吉既是丘比特的恋人，也有"心灵"之意，所以这里说是诗人自己的灵魂。
② 本杰明·罗伯特·海登（Benjamin Robert Haydon, 1786—1846），英国画家、作家，济慈好友，济慈生前曾多次拜访他的工作室。

"自然的"歌声来象征人类的音乐。这种愿望像魔咒一般笼罩着他,使他在 1818 年写下了这样的话:"如果诗歌不像树木长出树叶那样自然而然地到来(我们也可以用"不像鸟儿唱出歌声那样"来代替),那它最好干脆就别出现了。"(《书信集》第一卷,238—239)我之所以要特别强调济慈把鸟儿的歌声视作音乐的艺术媒介,是因为我认为,这首颂歌的象征意图触发了《希腊古瓮颂》对造型艺术的相应思考。

《夜莺颂》选择音乐作为艺术品,表明它只歌颂"美",而不追求"真理-内容"。文学和视觉艺术的具象功能,使得它们无法被视作"纯粹"的审美存在的例子。在对文学、绘画、雕塑,甚至舞蹈进行批评时,也许不可避免地会提出思想内容问题、社会价值或道德价值问题;但对器乐而言,这些问题就有些莫名其妙了。[4] 当然,声乐是另一回事;不过,有趣的是,济慈的夜莺所唱的歌,是没有文字内容的声乐,是单纯的练声曲。尽管这样的音乐十分符合济慈的需要——让一种富有表现力的美的纯粹观念处于隔绝状态——这一象征早已在他内心激起某种不满。济慈遵循惯常的说法,认为演奏者应以"丰富的曲调"去贴合"每种感觉",音乐的存在是为了奢华地温暖人心,或者使人疯狂、让人欢欣,它是一门纯粹感觉的艺术,而非思想的艺术:

> 然而,自上回我的心被神圣的莫扎特
>
> 奢华地温暖;因阿恩①而欢欣,因亨德尔②
>
> 而疯狂;或是被爱尔兰歌曲刺穿
>
> 低徊悲伤,已过去很长时间
>
> 那是怎样的时光啊,你端坐着欣赏音乐,

---

① 托马斯·阿恩(Thomas Arne,1710—1778),英国巴洛克时期作曲家。

② 乔治·弗里德里希·亨德尔(George Frideric Handel,1685—1759),出生于德国的巴洛克时期作曲家,后成为英国公民。

让丰富的曲调贴合你的每种感觉？

这些从《致查尔斯·考登·克拉克》的早期书信中摘出来的句子表明，只有当音乐配上文字时（如"爱尔兰歌曲"），济慈才赋予音符以指称性意义；否则音符的存在只能传达感觉。甚至阿波罗的音乐也不包含真理（内容）：虽然济慈有时会说"阿波罗的歌"，但在这种用法中，"歌"这个词似乎仅指"音乐"。在济慈的作品中，从未出现过阿波罗唱有词曲的情况；他创造的音乐始终是器乐，被描述为对耳朵的暴击，并不传递任何具体内容。即便到了《海披里安》里，阿波罗的音乐依然保持着它高深莫测的无意义，只刺激人们的感觉（第二卷，279—289）：

> 我的感官
> 被那支金色的极乐新曲灌满。
> 每一阵声浪，每一组急促而狂喜的音符，
> 都包含着一种如生之死，
> 音符一个个降落，一下子全落，
> 好像珍珠突然从线上纷纷掉坠：
> 随后另一支曲调，接着又一支，
> 每一支都像飞离橄榄树的鸽子，
> 翅膀载着音乐，没有一根羽毛沉默，
> 在我的头顶翱翔，使我既喜悦又悲伤
> 这种感觉让我晕头转向。

济慈在一封 1818 年 1 月 31 日写给雷诺兹的、已经遗佚的信中，附了一首他献给阿波罗的诗（《子午线之神》），诗中用心思索了灵魂与肉体、艺术与感官、幻象与思想之间的关系。这首诗（如今我们从伍德豪斯的誊本中了解到它）设想灵魂在某一时刻受到阿波罗

的激励而飞升，身体则"被压向地面"：

> 哎，当灵魂奔逃
> 在我们头顶飞得太高，
> 我们感到惊恐
> 凝视着它风中的迷宫。

灵魂逃窜得太高，被压向地面的身体无法看见它，它消失不见，就像云雀消失在光线织成的迷宫里（因为那灵魂飞进的是"子午线之神"阿波罗的幽境）。这些细节会让我们想起《夜莺颂》，尽管它改变了灵魂飞翔的时间，使它从阳光明媚的牧歌变为了黑暗中的夜曲。在这首献给阿波罗的诗歌的结尾，济慈感到灵魂莽撞的飞翔有些缺乏节制，于是他祈祷道：

> 噢，让我，让我和你
> 以及你火热的里拉琴
> 分享那沉静的哲思。

这是《夜莺颂》不太能说出的祷词，但又是济慈所难以忘却的。

　　差不多一年后，济慈又回头思考起音乐的意义来。在《激情与欢笑的吟游诗人》开头的"回旋诗"里，他将诗歌的天堂描绘成这样一个地方：

> 这里有夜莺在婉转歌唱
> 不唱迷茫而恍惚的事项，
> 而唱动听、神圣的真谛；
> 流畅的音符饱含哲理；
> 讲述天堂金铸的历史

以及隐秘的传说故事。

叶芝必定会让他的金鸟讲述故事、历史和充满哲理的预言，因为它歌唱的是"过去、现在或将来"①。但济慈笔下这只尘世的夜莺并不拥有神圣的真理和沉静的哲思；它只是"麻木而恍惚之物"。它可能会带来好处，但那并非它的意图。就像爱，祝福着世界，不知不觉，如济慈在《恩底弥翁》中所说，爱祝福着世界：

> 像夜莺那样，在树上高高栖息，
> 在阴凉、成簇的枝叶丛中隐伏——
> 她只顾向爱人歌唱，始终不清楚
> 蹑足的黑夜怎样收起她的灰头巾。
> ——《恩底弥翁》第一卷，828—831

济慈让"幻想"走出《怠惰颂》的幽暗梦境，不再让它像在《赛吉颂》中那样从事纯精神性的建造，而是把它向外推进媒介里，这改变了他对艺术的看法：他把艺术置于自然之中，置于与受众的关系之中，置于各种感官的性能之中。《夜莺颂》把艺术看作是美和感觉在外部媒介上的投射，在这里，艺术指的是诗人所听到的旋律，它不成调但能听见；它不永恒，而是随时间改变，并在最后消失。在这首颂歌里，济慈自己扮演主人公，他特意让这位主人公逐步放弃除听觉外的所有直接的感官体验。也就是说，在这次试验中，他最终让耳朵代表了他本人，他只是一名纯粹的倾听者。通过这种近乎完美的与"故我"的审美分离，他探索了审美反应（aesthetic response）的一种可能性。这首颂歌因济慈对"倾听"所做的精微、深邃的沉思而非凡。

---

① 叶芝在《驶向拜占庭》中写道，希望自己做一只金鸟，镶嵌在金树枝上永恒地歌吟。

　　然而，夜莺作为自然诗人，对济慈来说，代表了他自身的另一面，是人类诗人的典范；而夜莺是一个纯粹自我表达的声音。济慈延续了前人关于夜莺的性别及其音乐意蕴的争议：它是雄性还是雌性？它是像弥尔顿认为的那样"最为忧郁"，还是像柯勒律治所坚持的（以及《恩底弥翁》所暗示的）那样"充满爱和欢乐"？柯勒律治的对话诗《夜莺》对"情感误置"[①] 做了长篇反驳，认为"在大自然中没有什么忧郁之物"，夜莺是"欢乐的"，只是我们自己"借所有柔和的曲调诉说我们的忧伤"。济慈的这首颂歌（借用了柯勒律治的几个语言细节）遵循柯勒律治给诗人下的禁令，即诗人不应受"菲洛梅拉的悲伤"[②] 这样的神话传说胁迫而脱离自然的感知；相反，诗人应当"在长满青苔的林间幽谷伸展他的四肢"，并"将他的整个精神交给"非表征性的感官体验，任"形状、声音和变化的元素／涌入"。这样，通过呼应实际听到的真正的欢乐之音，他能从自然中获得诗性本真，而"他的声名也将与大自然共享不朽"。因为枝叶间的夜莺从不知晓人世的苦痛，所以济慈听从柯勒律治的律令，认为自己也必须从人世的悲苦中抽离，并且压抑其他感官，独尊听觉，全神贯注地聆听夜莺的歌声。

　　但济慈并不是完全遵从柯勒律治（在他俩的一次谈话中，柯勒律治曾谈到过夜莺）。柯勒律治的夜莺无疑是一只雄鸟，倾吐着：

---

① "情感误置"（pathetic fallacy），源自英国作家罗斯金解释情感在艺术中的作用的一种学说。"情感误置"指艺术家在强烈情感作用下对外界事物产生一种虚妄感受，赋予自然的、无生命的物体以人类的特征和情感，使它们与人同喜共悲。

② "菲洛梅拉的悲伤"，据奥维德的《变形记》，菲洛梅拉是雅典国王潘狄翁的女儿。她的姐夫色雷斯国王忒柔斯凶暴好色，在奸污菲洛梅拉后，又割掉她的舌头，菲洛梅拉将自身遭遇编织在衣服上告知姐姐普罗克涅。普罗克涅得知后十分气愤，为报复丈夫她杀死了自己和忒柔斯的孩子，并将孩子的肉做成饭给忒柔斯吃，随后带菲洛梅拉逃跑。忒柔斯发现真相后前去追杀二姐妹。在绝望中两姐妹向神祈祷，天神把他们三人全都变成了鸟：菲洛梅拉变成夜莺，普罗克涅变成燕子，忒柔斯变成戴胜。

　　　　甜美的音符

　　仿佛担心四月的夜晚

　　太短，来不及唱完他那

　　爱的礼赞，让整个灵魂

　　卸下音乐的重担。①

济慈的鸟儿透着些许雌性特征（它先是被短暂地称作"林中仙女"②，后来则与女性的"幻想"相联系——"这骗人的妖童，／不能老耍弄它盛传的伎俩"），但诗人对这只鸟的认同是如此强烈，而他对菲洛梅拉传说的拒绝又是如此坚决，以至于我们感到这只鸟似乎是无性别的，只不过是诗人留意到的一个"飘荡的声音"。"听觉"在这里是一种提喻③，代表了对纯粹、绝美的表达形式的审美接受。如何才能进入音乐的审美体验？如何让这种体验持续？它能为我们提供什么？我们如何与它合作？音乐结束时，我们会有什么感受？我们对它的最终判断会是什么？这些问题和其他类似问题都是这首诗想要讨论的，不过，为了保持审美反应的纯粹性，这首诗暂时压制了这些问题。在《海披里安的覆亡》中它们将得到最充分的表达，但它们是这首颂歌的主要动机之一，这首颂歌在汤姆·济慈的临终床榻前找到它痛苦的主题，济慈让艺术（以及艺术在实践领域的无奈）接受了临终守夜的考验："今天早晨，诗歌取得了胜利——我重新陷入那些抽象的东西中，那是我唯一的生活——我感到自己从一种新的、奇怪的、阴沉沉的悲伤中逃了出来——为此我感谢它。"（《书信集》第一卷，370）

　　《夜莺颂》刻意把目光从人类的苦难中移开，躲开那阴沉沉的悲

――――――――――

① 摘自《抒情歌谣集》，1798 年。

② "林中仙女"，查良铮译文中为"仙灵"，因文德勒这里的解析强调其性别，所以改译"林中仙女"以帮助理解。

③ 提喻：用局部指代整体或用整体指代局部，用具体代抽象或用抽象代整体的修辞手法。

伤，而在形式上，它是一首愿望和意志之诗，避开了具象化表达，强行宣告了济慈"对美的……渴望和喜爱"（《书信集》第一卷，388）。它压制提问，直至最后不得不面对；因为一旦语调变得紧张，就会毁掉夜莺的歌声。济慈的雄心、天赋，以及他那同理心的强度，都要求他加入夜莺热情洋溢、生机勃勃的情感抒发；但因弟弟辞世而自己幸存，他心存内疚，同时又对人世之痛深有感触，他被逼进了沉默和自杀里。[5] 这种冲突造成了琼斯所说的这首颂歌的"对唱结构"。事实上，在这首诗中我们可以看到多个主题结构，而不是一个。

最明显的主题结构是重复出现的"尘世诗人"和"自由鸟"之间的对比；另一重结构则被琼斯称作"成熟"和"枯萎"的交互发声，这在《希腊古瓮颂》中同样存在。但如果我们想把这两首颂歌加以区分，就必须更深入地探究《夜莺颂》是如何构成的，少看主题上的两极对立，多看它如何随时间而展开。尽管《怠惰颂》和《赛吉颂》都从道理上认识到了诗性创造的强度（《怠惰颂》以"诗歌恶魔""最不驯服的女孩"来表现，《赛吉颂》则以靠近头脑中未经踩踏的地方时那份与快乐相杂的痛苦来表现），《夜莺颂》仍是第一首在结构上表现一旦诗人把那种内在强度外化或使之达到高潮会招致怎样的惩罚的颂歌。夜莺歌声的终止是济慈颂歌中第一个用来表达幻灭的隐喻，当"幻想"在行动和艺术品中得到具体呈现后，这种幻灭发生了。

正如我们所知，在这首颂歌中，对强烈情感的参与，最终带来的是失望。但总体而言，批评界一直满足于把这首最长的颂歌的其余部分——可以叫作它的中间部分——看作是印象的随机连续、心灵的漂流。这首诗因为不下结论，且沉溺于遐想之中，吸引了一些读者，他们把它誉为济慈颂歌中最个人化和最具自白性、自发性和直接的美感的作品。不过，我认为，这首颂歌中的"事件"，随时间的推移而展开，比通常人们所想的要有逻辑性，而我们如果比照济慈把音乐看作非具象艺术这一想法来考察这些事件，就能把它们看得更明白。

在这首颂歌中，诗人对强烈情感的进入，是以"下降"来象征的，在我看来，是从"更高的"头脑降落到"更低的"感官区域。尽管济慈明确表示他的意向是通过"飞翔"去与鸟儿相会，但退隐进小树林在逻辑上是一种水平运动；而"列斯忘川"① 和"毒芹"给出的暗示，以及夜莺在诗人头顶的持续上升，都说明诗人的行动是向下，向着黑暗进发。诗人所处的幽境暗含了一些坟墓元素，进一步增强了"下降"感，当诗人降至最深处时，他写出了这首颂歌最伟大的诗节：

> 我看不出是哪种花草在脚旁，
> 　　什么清香的花挂在树枝上，
> 在温馨的幽暗里，我只能猜想
> 　　这时令该把哪种芬芳
> 赋予这果树，林莽和草丛；
> 　　这白枳花，和田野的玫瑰；
> 　　　这绿叶堆中易谢的紫罗兰；
> 　　　还有五月中旬的骄宠，
> 这缀满了露酒的麝香蔷薇，
> 　　它成了夏夜蚊蚋的嗡嘤的港湾。

这是诗人写得最好的幽境，是之前众多幽境的延续。诗人置身于"防腐的"② 黑暗中，脚下鲜花环绕，这使他看起来像一尊坟墓中的

---

① 在希腊神话中，列斯是冥府中的五条河流之一，亡魂饮了其中的水会忘却生前之事，故称"忘川"。

② 原文为"embalmed"，中文译本中普遍把这个词译为"温馨""芳香"，因文德勒认为这个词表明了该诗与墓地和死亡的联系，故改为直译。

塑像，像《伊莎贝拉》中的洛伦索一样（298—301）：

> 红色越橘果在我头顶垂挂，
>
> 一块巨大的燧石压着我的双脚；
>
> 我的四周，山毛榉和高高的栗子树洒下
>
> 树叶和多刺的坚果。

为装饰他的幽境，济慈没有向自然求助，而是求助于艺术：紫罗兰、麝香蔷薇和玫瑰都是从《仲夏夜之梦》中提泰妮娅①的仙境里借来的，由奥布朗②凭记忆而非凭视觉描绘出来（正如济慈描绘他的幽境）③。[6] 幽境里"葱绿的幽暗，和苔藓的曲径"，好似冥府入口斜坡上的景致；那弥漫着芳香的"防腐的"黑暗，不乏死亡的色彩；而易凋的紫罗兰（即使在构想幽境时，也无法躲开"时间"）被绿叶覆盖着。倾听音乐，让其他感官都沉睡（在下一行里，就连最轻柔的香气也已被忘却，"我在黑暗里倾听"），对济慈来说，这几乎就是死亡。这正是审美经验的聚焦作用，专注于单一感官的迷醉之中，就会导致其他感官性能的短暂"死亡"。

在每一处幽境济慈都会安排一场幽会。在这里举行的应该是诗人与夜莺的幽会，因为这首诗的全部渴望显然都指向夜莺；夜莺是一种女性原则，她在这里与"幻想"（在这首诗中"幻想"也是女性）同一，同时夜莺也是"狂喜"。但如我们所知，这种冥界的幽会其实是与"死神"相会，济慈提起死神时用了他独有的带有情欲色彩的形容词"柔和"（soft）和"富丽"（rich）：

---

① 提泰妮娅，莎士比亚《仲夏夜之梦》中的仙后。
② 奥布朗，莎士比亚《仲夏夜之梦》中的仙王。
③ 《仲夏夜之梦》第二幕第一场的结尾处，奥布朗凭记忆向迪克描绘了提泰妮娅居住的仙境。

> 我在黑暗里倾听；呵，多少次
>
> 　我几乎爱上了静谧的死亡，
>
> 我在诗思里用尽了好的言辞①，
>
> 　求他把我的一息散入空茫；
>
> 而现在，哦，死更是多么的富丽，
>
> 　在午夜里溘然魂离人间。

济慈用来描写死神幽境的语言借自哈姆雷特有关自杀的独白："死吧，睡吧""死吧，停止吧"。对《哈姆雷特》的其他呼应全都指向这首颂歌的悲剧意图和悲剧起源[7]：《哈姆雷特》中"疲劳、陈腐、无益的世界"，经由《远游》，在济慈这里重现，成为"疲劳、热病和焦躁"的世界；哈姆雷特希望自己的肉身"融化、消解、化为一摊露水"，也出现在济慈"远远地隐没，消散，让我忘掉"的愿望中；正如《哈姆雷特》中鬼魂的"隐没"一般，济慈也盼望"隐没"，而夜莺的哀歌也是这样"隐没"的；我们在济慈的"别了！……／别了！别了！"[8]中听到了老哈姆雷特的鬼魂"别了，别了，别了"的回声。无论济慈的幽境有多美，都只能从悲剧意义上解读它。但鸟儿的音乐并不是悲剧性的，是济慈在黑暗中倾听时的痛苦感受给夜莺的歌声染上了感情色彩。

　　幽境易受时间影响，至少受到像紫罗兰凋零、玫瑰开放这样的植物生长的节律影响，这种脆弱性使它无法真正逃离那个"少年无颜色，憔悴而成鬼"②的世界。幽境起初类似避难所，因为它不包含人类社会，只包含近乎脱去肉身的诗人（他的正常意识已被"倾听"搁置了起来），和那由一串音流所代表的、无形体的鸟。倾听，通过废止触觉和视觉，甚至最后废止嗅觉，使我们的身体处于行尸

---

① 文德勒关注的"柔和"（soft）在这句诗里——"Called him soft names in many a mused rhyme"（用尽我的诗韵呼唤他柔和的名字）。

② 余光中译。

走肉的状态,从而暂时摆脱了人类的悲哀;不过,这是因审美关注而形成的短暂"死亡",而非真正的死亡。

济慈在这首颂歌中的主要智性表现,是他狂喜的想象上瘾般地创造着意象。黑暗中的倾听者,听到不含人类思想内容的纯自然音乐,用自身的幻想填充了幽境和歌声。事实上,是这些幻想构成了这首颂歌的实质内容。在开头和结尾,诗人对夜莺的歌声做了短暂的投射性尝试,开头夜莺的歌声是快乐的、嘹亮的、悠扬的、狂喜的,后来它成了"安魂曲"和"哀歌":除此之外,那些连绵的幻想便无法与夜莺歌声相匹配(只有第一处有关葡萄酒的奇思异想,可说成是快乐或狂喜的)。诗人期待一种连绵的悠扬曲调,可长时间倾听,不掺杂复杂思想——这更多的是愿望,而非事实。

济慈诗歌中那种从萌发到强烈再到荒凉的发展模式,在《夜莺颂》《希腊古瓮颂》《忧郁颂》《秋颂》中都以不同方式得到了呈现。[9] 人们有时候用"性爱术语"来表述这种模式(例如,琼斯称之为"超性高潮"①),但更为常见的是使用一些批评术语来凸显强度之后到来的对短暂、死亡和消散等的感知,往往都是些消极的名称。尽管所有这些表达失望和荒凉的悲伤名称放到《夜莺颂》里也都合适,但我宁愿赋予这种济慈式节奏以一个积极的名称,我称之为对"完满"(completion)的渴望。"完满"是一个济慈式词汇(我从《潘神赞歌》中取来),我之所以用它,是因为《夜莺颂》和其他作品中的凄凉带来了奇特的效果,当诗人从"幻想"中痛苦地觉醒过来时,我们感受到的却是他最坚实的诗性力量,这种力量最终确认的不是消逝,而是发现。济慈本人还没有在《夜莺颂》中发现这种力量,写作后面的颂歌时他才会发现。[10] 就这首颂歌的目的而言,追求一种幻想并把它完成到极致,是济慈有关审美体验的工作

---

① 超性高潮(metasexual orgasm):超性指超越生理层面的性体验,超性高潮强调精神层面的连接和理解。

理念；他是从莎士比亚十四行诗中找到榜样的，他很欣赏莎士比亚"对奇喻①的创造"，他认为这种手法使得十四行诗"充满了无意间说出的美好事物"。（《书信集》第一卷，188）

在《夜莺颂》中，济慈似乎想让他着手锻造的每一处奇喻都得到"完全的开采"，使之担负起"完满"的全部重量。他充分描述每个关注对象，力求穷尽其内涵。以这种方式往每一道意象矿脉中填充矿砂，济慈面临着过度描绘和模糊结构线的双重风险。然而，随着一个诗节接一个诗节的试验，他似乎越来越清楚可以用这首颂歌的主要修辞手法——"重述"来做什么了。重述显然是一种静态修辞：聚焦于某件事物，一遍遍地说它是什么、像什么，或者包含了什么。这种修辞手法依次在一个个概念上做探索性停留——酒可以被说成什么，黑暗中的幽境像什么，听众与夜莺之间的关系是什么——我们可以将使用重述修辞的诗和使用不间断的列举手法的诗区分开来，列举是一种列清单以名目繁多来表现丰富性的手法。

济慈以重述手法处理的第一个重要元素是"酒"，在他为"一口陈年酒"谱写的谐谑曲中，"酒"的奇喻里包含着多重意义域：埋在大地深处的冰凉酒窖（与充满歌声的林间空地、浓荫，以及后面的坟墓和葬礼意象相关）；歌声的王国（与夜莺的歌唱相关）；烈日下的欢笑和花神（与夜莺所投射的夏日主题并行）；希波克里尼泉②（艺术王国）；明灭的③泡沫和染成紫色的嘴唇（这是对酒神巴克斯的提喻，布莱克斯通认为，它令人想起《恩底弥翁》中"年轻的巴克斯的眨眼"［第四卷，267］）；醉酒和丧失意识（与颂歌开头的困顿和麻木一致）。虽然关于酒的一连串描述的确遵循了济慈惯用的扩

---

① 奇喻：别出心裁的比喻，即把两个看似不相关的事物加以类比。英国玄学派诗人好用这种修辞手法。

② 希波克里尼泉，即灵感之泉，希腊神话中的飞马珀伽索斯从女妖美杜莎的血泊中诞生，用马蹄在赫利孔山上踏出希波克里尼泉，供诗神缪斯饮用。

③ "明灭的"，原文为"winking"（眨眼），文德勒把它和《恩底弥翁》中酒神巴克斯的"眨眼"相联系。

张和下沉的节奏，但这一诗节给人（给我们，也给拜伦）留下的印象是一种狂热而执着的自我操控。酒可以同时是所有事物——清凉一饮、一种暖、烈日下的欢乐想法、歌唱的灵感、酒神的饮品、鸦片。济慈说，老一辈诗人错误地以为缪斯之泉是水；真正的希波克里尼泉、货真价实的灵感之泉，其实是红葡萄酒。这种由外力促成的热情高涨令济慈反感，这种反感既体现在这首颂歌中，也体现在他后来写给范妮的诗句中："我该大口饮酒吗？不，那太粗鄙。"（《我能做什么来驱走》，24）尽管如此，济慈还是会一次次地尝试把各种意义塞进接连的奇喻中，就像塞进他那很快遭到否定的、转瞬即逝的酒兴中一样。重述修辞几乎是由夜莺歌声本身的虚空逼出来的；由于歌声难以描述，济慈纵情描写起其他所有的事物。

画好酒的素描后，济慈对"隐没"做了微弱的重述，谱写了变奏曲，接着对世间悲苦做了寓言式的大幅描写。这段描写因文类杂合而显得混乱：诗人首先提出一个夸张的总论，把世界说成是"人们对坐而悲叹"的地方，接着为我们提供了一个斯宾塞式的形象——"瘫痪"，他"有最后几根悲伤的白发摇摆着"；之后是一场小型的斯宾塞式"无常"假面剧①，随时间而延展，"青春苍白、瘦削、死亡"[11]。至此，济慈已经用悲叹、瘫痪、衰老、疾病、疲惫、发热、焦躁这些由生命进程加在人身上的刑罚和折磨表现了人世之不幸。不过，当一向聪慧的济慈继续深入思考人类的不幸时，他放弃了这张由暂时的厄运、突发事件、意外和疾病组成的语词表。他直指核心，说在这个世界上，"一思考便满含悲伤"。承认意识本身是人类悲伤的基本来源，是济慈在这一诗节中最坦诚的表述，也引向了这首颂歌最根本的选择——在不快乐的意识和死亡之无意识之间进行选择。但济慈很快把目光从这种思考与悲伤必然结合的摧毁

---

① 指斯宾塞《无常篇》（学界普遍认为，此为《仙后》未完成的第七卷的部分内容）中的假面剧。

性洞察中移开，回到了导致不快乐的另两个庸常因素上去——美人光彩的易逝和忠诚之爱的短暂。这两个雕饰图案中的形象——眼波流转的"美人"和因渴慕而憔悴的"爱"——令我们想起赛吉和丘比特，唯一不同的是，作者在这里把他们的容光焕发和忠贞不贰看作是短暂的。济慈摒弃《赛吉颂》中所崇拜的那种永远美丽动人、忠贞不渝的联合神，预示着他最终会把重点放到牺牲上，而非情欲上。

在绘制俗世苦难图时，济慈的诗歌表现出明显的不安。济慈不知道他是否应该让一群象征性形象——瘫痪、爱、美、青春——处于永恒固定的自我呈现姿态（如他对"瘫痪"所做的那样）[1]，是否应该允许他的寓言式人物随时间而变化（如他对"青春"所做的），或者，他是否应该直接预告他们的消亡（如他对"美"和"爱"所做的）。他看到了寓言式写作之外的两种选择：一种是写实的和模仿的，就像他在这一诗节的开头描写"人们对坐而悲叹"的场景时所做的那样；第二种是摈除所有戏剧人物，不管是模仿的还是寓言式的，用自己的声音、以命题式的语言讲话，比如"一思考便满怀悲伤"。济慈选择了兼容并蓄——写实的木偶，静态的象征和朝着可预见的厄运发展的象征，以及悲剧性命题，他全都用上了。

这节诗中的反派有时是早年厄运所导致的肉体痛苦，有时是因虑及世事无常而产生的形而上的痛苦，有时只是意识本身带来的痛苦。这首诗重述种种倒霉之事的奇喻时没有依照特定的顺序；即便可能导致散乱和矛盾，济慈也一心想要完整地（甚至是过度地）说明不幸的种种成因。和描写酒的诗节一样，在这里他同样认为重述能造就强度。列举（《秋颂》中的主要修辞手法）是用于表现外在的丰裕——无论好坏——的修辞，而重述（我指的是不增加事物，只对某一事物的各个部分进行深入探究，不论是酒还是"世界"）是

---

[1]　指诗句："'瘫痪'有几根白发在摇摆。"

用于表现内在强度的修辞;济慈感到,只有通过排山倒海的重述,他才能写出"酒"的好处,或生活施于人的痛楚。和前面写酒的诗节一样,在对苦难进行重述的这一诗节中,他的语调也变得高亢起来。就事物的本质而言,我们没有理由停止重述,因为任何话题都是可以无限细分的——即便济慈在他对酒的赞美或对世界的贬损中再增加一些条目,也不会对诗歌构成实质性影响。正是由于这个原因,我们感到有关酒和苦难的段落在结构设计上并不那么令人信服:无论描述多么优美(对酒的赞美)或多么真实(为人类苦难编制的清单),它们都缺乏一种结构上的必然性,那种让我们觉得"此处非停不可"的力量。[12] 后面关于幽境和夜莺的听众的段落运用了具有限制性的结构(正如我希望的那样),那些段落结束在了该结束的地方:我们无法想象济慈在写完麝香蔷薇上的蚊蚋或荒凉的仙境后还能再增加什么细节。

诗中第一处组织得当的"完满"和"重述"出现在对幽境的描写中,即那处于诗歌中心的自我安葬中。在拒绝了诱发虚假狂喜的酒和难以维持幸福的世界后,诗人进入幽境,踏入了这首诗所提供的存在之中心。如我所说,这个中心是由济慈的"诗歌"之翼(尚未成形)和夜莺的歌声相结合而提供的,是"精神的问候"给这个中心赋能,而"精神的问候"在这里具体表现为倾听:面对优美的曲调,我们只用耳朵。"诗"在这里似乎是指一种纯粹的感觉状态,类似酒带给感官的狂喜,酒之所以被摒弃,并不是因为它对感觉没有益处,而是因为对于感觉,诗歌的翅膀比酒更为有效。在这首颂歌中,诗歌指的是"幻想"的共情飞翔,而不是对"诗韵"的谱写①;济慈回到了他在《赛吉颂》中的"诗歌"概念,认为诗歌是一种内在的活动,但在这里,尽管在倾听的诗人身上诗歌是内在的,

---

① 在《赛吉颂》中,诗歌是"幻想"(fancy)不成调的韵律。

但在鸟儿"成调的韵律"① 中它被外化成了现实。

虽然济慈的幽境有时被认为代表了自然，但它只代表存在于记忆和艺术宝库中的自然。这里没有任何事物能够被看见或识别；在这个温柔的夜晚，只有推理和猜测是可能的。古典的神灵——源自弥尔顿《圣诞清晨颂》的月神及其侍卫群星——被排除在外了，它们不是被放逐进由瘫痪、青春、美和爱这些准人类的存在组成的令人沮丧的世界，而是被温柔地存放一旁。它们属于更广阔的神话世界，在具有视觉性的《赛吉颂》中得到了颂扬；而《夜莺颂》的诗意世界，只局限于芳香的、失明的听觉，神话只能被拒绝：

> 夜这般温柔，月后正登上宝座
> 　周围是侍卫她的一群星星：
> 　　但这里没有光——②

或者几乎没有光。轻风吹来的微弱天光，只是为了勾勒出这片围拢起来的幽境的轮廓。对葱绿的幽暗和苔藓的曲径的匆匆一瞥和触碰，是在为这首诗真正的冥界冒险做准备。尽管如此，通过提及——即便是为了摒弃——月神、群星，以及被风吹散在幽暗和曲折苔径中的光，济慈也给他的幽境增添了一份想象中的完整。他告诉我们，这里的幽境和光、天象，以及神话中的神灵存在于同一连续体中，简而言之，存在于弥尔顿营造的世界里。但济慈在这首诗中希望把注意力转向所有艺术圆周的中心，即媒介和受众之间的纯粹而紧密的结合，因此在这里他放弃了视觉景观和古典传说。

最后，诗人身处幽境之中，开始创造他最了不起的，同时也是最不矫揉造作的一组"完满"。在病榻上他把它们叫作"我们春天的

---

① "成调的韵律"（tuneful number）和《赛吉颂》中"不成调的韵律"做对比。
② 原文为"But here there is no light—"，查良铮译文为"但这儿却不甚明亮"，为了跟文德勒紧接着的下文衔接，改为直译。

朴素花卉"[13]，这里的自然之花，完全无法与《黎西达斯》和莎士比亚的仙境（fairy land[14]）中的艺术之花相区分。值令的五月，赋予她所有的植物宝宝以不同的芬芳，她是满怀母爱的"秋天"的前身，"秋天"将以她那个季节的植物元素缀满各种藤蔓并为之祝福：两者都管理着不可阻挡的时间和季节分配给它们的领域；在这首颂歌中，济慈不再渴求《赛吉颂》中那不受时间影响的神话中的幽境。像值令的月份一样，济慈用他那看不见但准确无误的目光依次触摸每一种美。他的第一项任务是为黑暗的空间设定边界——这些边界赋予了重述修辞先前所缺乏的结构上的稳固性，就像我们在幽境里看到的。首先，济慈向下指向脚边的花朵，向上指向枝头的清香。接着，他自下而上建造他这个封闭空间，这么说吧，他先在里面种上草，接着是灌木丛，再接着是垂覆的果树①。随后，他回落到灌木丛、白色山楂花和玫瑰上。最后他又回到起点，以花朵——紫罗兰和麝香蔷薇结束。这种从弥尔顿那里学来的对空间轮廓的沉着把控，在这里用于建立花园，以后在《秋颂》中，济慈将用来为他的村舍和农场划定边界。在幽境里，济慈还将时间和空间相结合，给结构增添第二重稳固性。他让正在凋谢的紫罗兰和即将开放的麝香蔷薇相互平衡，现在分词"正在凋谢"（fading）和"即将开放"（coming）把幽境引入"行将消逝"（passing）的夜的王国，鸟儿在其中"倾泻"（pouring）歌声。这不是我们在《秋颂》开篇会看到的开花与结果同时发生的人间天堂，但它和天堂也有相似性，尽管是一个包含变化的天堂：因为当紫罗兰凋谢时，麝香蔷薇便开始绽放（《赛吉颂》中的花不允许经历这样的过程），麝香蔷薇的露酒以更甜美的风味取代了早先被弃却的巴克斯之酒。似乎毫无损失。一切都是丰富的、温柔的、柔软的、防腐的、甜美的、清新如露的。

---

① 查良铮译作"这时令该把哪种芬芳／赋予这果树，林莽和草丛"，植物的排序为自上而下，为处理好押韵他颠倒了原诗的顺序。

但是麝香蔷薇被吹落之后又将如何呢？当盛放的蔷薇被全部吹落，成为"蚊蚋的嗡嘤的港湾"[15]，陌生事物便入侵了鸟儿曾用歌声赞颂过的夏天。下一诗节会告诉我们，蚊蚋其实是一个枢纽，通向诗人与死神的幽会，它们意味着自《恩底弥翁》以来就很受济慈珍视的一个奇喻——"幽境"——所营造的天堂般的幻觉终结了。不过同时，蚊蚋也使幽境完整。济慈不把任何东西排除出幽境，甚至熟透乃至腐烂的事物他也不排除，尽管是以微弱的暗示表达出来的。济慈把长有翅膀的昆虫和随时间而来的腐坏纳入幽境中，标志着他在智性和心灵方面取得了进步，超越了《怠惰颂》中对季节的幻想性中止和《赛吉颂》中那花开不谢的（因为完全是精神性的）幽境。

"我在黑暗里倾听"，济慈这样提醒我们——而我们已经忘记他"倾听者"的身份，因为幽境的封闭空间作为鸟的客观对应物，一直活跃着，把鸟给取代了。他以文字上和心理上绝对的确定性和秩序感处理这一描写幽境的诗节的运动：先勾勒出幽境的上下边界，随后在草地、灌木和树丛这些命名得很朴素的、没有多加打扰的美好事物上停留片刻，接着让紫罗兰凋零、麝香蔷薇开放，最后蚊蚋的嗡嗡之音转调为济慈自己对死神的低语，当他以沉思的诗韵轻唤死神柔和的名字时，这一诗节达到了高潮。鸟儿"悠扬的韵律"一直只是虚空，济慈将自己的内心图像投射到那里面，在艺术领域，这些图像定然代表了人类感官接受的丰富性。纯粹的声音世界——所有具象化的景象、寓言式的人类、视觉意义上的神话存在都被从中驱逐——离冥界如此之近，以至于人们可以轻而易举地滑过幽境的门槛，滑入忘川。这首诗降落得越来越深，意识不断变窄（听力相应地增强），到了这里必须做出选择：是湮灭还是回归生活？

审美专注（专注于听觉）带来感官认知的强度，在济慈对周围令人愉悦的环境以及生长其中的芬芳植物做出精确"猜测"时已表现得很明显。在下一诗节，济慈将进行新的量化辨别和多重区分（济慈曾多次几乎爱上死神，曾多次以沉思的诗韵呼唤他；现在，死亡似乎比以往任何时候都更富丽），这当中明显可以看到，诗意的飞翔已开始减弱，感性遭到了记忆和判断的入侵。我们看到，哲理性的头脑登场了，甚至它在呼吸时也能描述自身呼吸的特性。哲理性的头脑的觉醒标志着审美恍惚的结束；正当济慈几乎要把自己彻底丢进死亡或恍惚之中时——他很难区分这两者——他记起哈姆雷特和克劳狄奥对死亡的猜想，与克劳狄奥害怕自己死后"变成一块被随意揉捏的土"（莎士比亚《一报还一报》第三幕第一场）[16] 相似，他生出了自己会"变成一块泥草"的念头，并结束了那种浓荫覆盖的恍惚。在自身的消解几近得到默许的时刻，济慈选择了生命，选择了思想。

济慈选择赋予自身以生命，他采用的手段提供了另一个重述修辞的例子——这一次是一份倾听鸟儿歌声的假想听众的名单。虽然这份名单似乎可以无限扩充，因为鸟在所有时代对所有听众都唱过歌，但实际上这份名单是有一定结构的。我们记得，在济慈决定逃离这个世界时，他已经把人类驱逐出他的诗篇；在那时，意识似乎是引起悲伤的最糟糕的原因。而如今，在这个时间点上，意识被死亡抹去似乎成了更为严重的不幸。死亡，即使被推迟，也无法避免；在济慈苦涩的观点里，饥饿的世代都把祖先踩到脚下，而汤姆的命运，尽管来得早些，却也只是其中的寻常一桩。夜莺的歌声里只有韵律，没有死亡的故事；因为就这首颂歌而言，夜莺等同于它的歌声，它不受死亡或死亡意识的影响，会一直歌唱，不知时日之流逝。世世代代相互残杀，而夜莺却在其上永恒歌唱，济慈拒绝接受这一可怕景象，于是他否定了先前逃离人类世界的选择，将人类重新引入他的诗中，他想象自己作为夜莺此刻的听众，与其他时代的听众结成了兄弟情谊。起初，济慈从夜莺的歌声中看到了民主的传播：因为这首歌对所有人都是一样的，不管帝王还是村夫，都能听得见（如阿诺德所说，文化旨在消除阶级）。接着，听众变成了任何一个像济慈一样需要安慰的灵魂，而有那么一会儿，通过情感误置的方式，夜莺的歌声被赋予了目的，诗人认为它能找到一条路，进入像路得①那样站在异邦收割后的田野，因思乡而流泪的人们的心中。我概括一下：在对听众的第一次重述中，艺术是面向每个人的；第二次重述则认为艺术能找到一条路，进入那些因痛苦而需要安慰的人们的心中。然而，还有一种可能——在两个人性化的假设之后，济慈提出一个令人心寒的假设——艺术不为任何人服务。济慈把他那份听众名单引向美丽而空茫的结局：在最后一次对听众进行重述时，艺术富丽地倾注进它自己的土地——一片无人之地。夜莺的最后一批听众是那些魔窗[17]，在它们的土地上没有任何人居住，窗户面向险恶的大海，海上没有船来船往。

如果我们现在停下来思考《夜莺颂》的整体型式，我们可以说它是由进入和退出、狂喜和幻灭组成的不间断的漫长轨迹：一开始，诗人拒斥人类世界和"酒神迷狂"，接着他降落进黑暗的幽境，沉醉于脱离肉体的强烈听觉之中，最后意识苏醒，恍惚被打破，重新返回世界。这种决裂受从前的文学作品祈灵于死神的记忆促发，并以夜莺的离去来象征。在《赛吉颂》中以积极的精神建设者——园丁身份出现的"幻想"，在这里却被控诉成斯宾塞笔下的具有欺骗性的、非人类的骗人妖童，它的窗扉迷人的开放性和它的欺骗性②押了头韵。

《夜莺颂》对审美行为的考察，要比《赛吉颂》复杂。在《赛吉颂》中，济慈只从从事建造工作的艺术家的角度去思考审美行为，现在，他把受众和艺术品也纳入进来，组成了鸟、听众和歌声的三角关系。在这首颂歌中，艺术不包含概念或道德的内容。惊人的美丽、完全的自然，它是一连串的发明、纯粹的声音，不模仿任何事物，作为听众，我们将自己的狂喜或悲伤投射进艺术之中。艺术言

---

① 路得，在查良铮译文中为"露丝"。《圣经·旧约》中有写到路得离开家乡摩押，定居伯利恒，为波阿斯干活，并与之结婚。

② 文德勒的意思是，迷人（charming）和欺骗性（cheating）二词构成了头韵。

说自身,没有意识到任何受众的存在,以纯粹的自我表现的方式倾泻其灵魂。虽然听众可能会从它这里得到安慰,但它对听众是无动于衷的,对村夫和帝王,它唱得同样狂热,对空旷的房间、荒凉的土地和流泪的路得,它唱得同样凄美。只有在感官处于恍惚状态时我们才听得见它,在那样的时刻,我们把智识搁置起来,也暂时不去想人类的悲苦命运了。夜莺的不朽性使它跻身济慈的神灵之列,不过,与赛吉不同的是,它是完全自足的、不需要人们敬拜的。在它自我的、不朽的世界和我们群居的、终有一死的世界之间,若不凭借"诗歌"和"幻想"那无形的感觉之翼,便没有可能往还,而感觉之翼也无法载着我们长时间高飞。在颂歌的结尾出现了某种让步,当诗人把耳朵所体验到的称作"幻象"① 时,他希望其中蕴含着某种假定存在的真理价值,并希望人们能看到它,就像用清醒的眼睛看到赛吉一样。然而,这首诗的构成型式——嗑药一样的入场;对悲苦场景的厌恶;黑暗的中间部分对意识的抹除、对听力的依赖、对大脑的放逐;回归"故我"之旅,从感觉和美中退却,凋谢进思想和自我意识之中——有力地支持了另一种结论,即这是一场恍惚的白日梦,诗人从梦中醒来,回归清醒的现实。

济慈不满足于这首颂歌的假定,即效法自然音乐的抒情艺术是自我表现的、感觉的载体,它是欺骗性的、非模仿性的、不对特定受众说话的,它是美,但不涉及任何真理或逼真的事物。济慈也不满足于以重述为主要修辞手段来表现强度。他还不满足于把艺术之神看成是一种临时寄居在某个无法抵达之地的、不朽的、不变的、不具备社会功能的存在。最后,他不愿将艺术的功能从根本上归结为对受众的欺骗。为了获得更加真实的艺术观,他将在《希腊古瓮颂》中几乎全篇重写《夜莺颂》。

到目前为止,我一直在谈论《夜莺颂》的主题和修辞安排,要

---

① 查良铮译文中为"幻觉",因文德勒强调"vision"这个词的视觉性,所以改为"幻象"。

转而去谈它的语言是困难的：它是如此为人熟知，长久以来公众把它和济慈视为一体，它已被神圣化到这样的地步，以至于我们几乎不可能再对它做出新的解读。人们喜爱这首颂歌主要是因为它的语言，而非其结构或思想上的独创性，对其他任何颂歌表示偏爱都会让众多读者不快，他们总说这首诗的"语言"是他们迷恋它的原因。为了保持飘浮状态，这首颂歌确实需要济慈展现语言的全部丰富性；它的语言——在开头和结尾处是不平稳的，因为济慈必须找到一种进入和退出"恍惚"状态的方式——在中间部分找到了一种奢华的稳定性。

在《恩底弥翁》中，济慈一直是一位视觉诗人，他想象各种相遇的场景，把人物安排进各种队列，并让他的园丁"幻想"自由发挥，创造出多姿多彩的景观。事实表明，《夜莺颂》的想象方案不允许济慈使用他的核心才能——视觉，因为这首诗发生在黑暗中，诗人（讲话者）追随诗歌传统中的优秀范例，成了瞎眼的先知，倾听着一位缪斯——他音乐上的同道。济慈必须找到一种令人信服的盲人语言，他在寻找这种语言方面所取得的成功，使这首颂歌得以流传千古。但是，他还必须找到语言来表现视觉的消逝、湮灭，以及视觉的重获，这些任务以不同方式给他的创作添加负担。这首颂歌显示出一些即兴创作的迹象，特别是当场景从晴天白日转到午夜时，没有表现出明显的时间流逝，而夜莺的歌声从快乐的、自然的狂喜逐渐变成悲伤的艺术作品——被称作安魂曲和哀歌的过程，也显得随意。这首诗的创作似乎是一种自我操练，每一诗节提出一个有关表达或立场的问题，下一诗节则为解决这个问题而设计。因此，要讨论它的语言，唯一切实可行的方法是按这首诗的先后顺序来讲。

这首诗的修辞框架是现在时叙述（"我的心在痛"）和呼告（"你呵，轻翅的仙灵"）相结合，这种框架是由《怠惰颂》和《赛吉颂》中使用过的叙述和呼告相结合的框架调整而来的。在《怠惰颂》中，叙述游行队伍时用的是过去时态，相较于诗中以现在时态发表的对各种形象的激动评论，显得遥远而梦幻。但在《夜莺颂》中，现在时态的叙述将这首颂歌带入了我们所谓的"自白诗"的结构之中；仅此一点，就足以解释这首颂歌为什么对那么多读者具有强烈的吸引力了。"我的心在痛……我要朝你飞去……我在黑暗里倾听……我几乎爱上了静谧的死亡……我是睡？是醒？"以第一人称讲述的话语是读者在诗歌迷宫中找到道路的线索。在《赛吉颂》中，说话者将自己的功能限制在先知和预言家的范畴之内；他的仪式功能占了上风，他的私人情感并不重要。在《怠惰颂》中，说话者允许自己有片刻的自白式描述——"我渴望去追随他们，／苦想生翅膀"，但整体而言，那首诗摒弃了私人化的情感爆发，选择了麻木和困顿。由于前几首颂歌的缄默，《夜莺颂》中被唤醒的个体痛楚显得尤为强烈；每个读者都能从"我的心在痛"这个突兀的开篇中感受到诗人已无法再保持沉默。

正是第一诗节中隐含的矛盾——试图抹去夜莺快乐歌声的那种困顿和麻木与希望参与到夜莺的快乐里去的强烈共情之间的矛盾——催生出了这首诗的其余部分。这是心痛与喜悦、无声的痛楚与嘹亮自在的表达之间的对比。与《怠惰颂》相似，《夜莺颂》中的主要人物，也是一位躺卧着的诗人和一个前来诱惑的幽灵，但这次济慈没有陷入怠惰或懒散之中，他做了另一种选择：插上翅膀，去追随那渐渐隐没的声音（如果他在《怠惰颂》中插上他曾渴念的翅膀，去追随那些幽灵，他会发现自己的精魂与它们同在那只梦幻的瓮上——正如他后来所做的那样①）。他选择追随夜莺的声音，和夜莺一起"隐没"进它的地盘，这地盘起初被设想为"葱绿山毛榉中／一片载歌的空地"②，接着是"幽暗的林中"，最后是夜莺所能抵达的整个世界——帝国的、乡村的、田园的和想象中的，就看它

---

① 这里暗示的是《希腊古瓮颂》。
② 原文"melodions plot / of beechen green"，对应查良铮译本中"在林间嘹亮的天地里，／……你躲进山毛榉的葱绿"。

找到的道路是通向帝王、村夫、路得还是仙域。夜莺首先是作为神话中的视觉对象——"轻翅的仙灵"——被创造出来的，而酒作为通向夜莺的可能途径，在某种程度上也是神话式的视觉创造：诗歌不仅为我们提供了一只巴克斯酒杯，"杯沿明灭着珍珠的泡沫，/ 杯口也染上了紫斑"①，还向我们展示了一幅雕饰图，绘制着"花神和碧绿的乡野，/ 舞蹈和普罗旺斯恋歌，以及阳光下的欢笑"[18]。这幅雕饰图旨在用视觉手段传达出酒的滋味；而济慈在下一幅雕饰图中继续依靠视觉（在永远舍弃视觉之前）来描画人类的苦难场景：

> 这使人对坐而悲叹的世界；
> 在这里，青春苍白、削瘦、死亡，
> 而"瘫痪"有几根白发在摇摆；
> 在这里，稍一思索就充满了
> 忧伤和灰眼的绝望，
> 而"美"保持不住明眸的光彩，
> 新生的爱情活不到明天就枯凋。

这个画面的最后两项有些怪异，因为它们不是肉眼可见的；它们否定了人们心向往之的"美永远拥有明眸的光彩，爱永远在渴慕"的画面——济慈后来在《希腊古瓮颂》中创造出这样的画面。济慈以明眸的光彩来写"美"之易逝，并将眼睛作为"爱"所渴慕的对象（《忧郁颂》将对此做出呼应），他之所以如此怪异地强调"眼睛"，我认为是因为在"美"与"爱"这两个形象出现之前，有两行非形象性的诗句闯入了寓言性雕饰图中："在这里，稍一思索就充满了 / 忧伤和灰眼的绝望。""灰眼"与开篇的困顿有关，也与诗人打算

---

① "And purple-stained mouth"，查良铮译为"给嘴唇染上紫斑"，而文德勒认为这里的"mouth"指的是酒杯的杯沿。

"悄然离开尘寰"^① 时对视觉的放弃有关。当我们想起济慈在颂歌里
一直把视力当作获取知识的主要手段时——在《怠惰颂》里，他看
见并最终认出三个形体；在《赛吉颂》里，他用清醒的眼睛看见并
认出长着翅膀的赛吉；古瓮在谈论它自己的视觉形象时说，那是我
们在世上所知道的和该知道的一切；《忧郁颂》则强调只有行家里手
才能看得见"忧郁"女神——我们便意识到，济慈在这里放弃视觉，
也就是放弃了知识，希望他在"悄然离开尘寰"时，忘掉鸟儿在枝
叶间从不"知道的"一切。夜莺的歌声，经由《怠惰颂》，与鸫鸟的
歌声相连^②；在上一年的二月，鸫鸟曾对济慈说，莫为求知而烦恼。
鸫鸟把黑暗、对知识的放弃、歌、清醒和睡眠，以及那倾听的夜连
在了一起，在《夜莺颂》中济慈再次使用了这些要素。

> 噢你，你唯一的书向来是
>
> 至高的黑暗之光，夜复一夜
>
> 当福波斯^③离去，你全赖它滋养，
>
> 春天对于你，将是三倍的早晨。
>
> 别为求知而烦恼吧——我一无知识，
>
> 但我的歌流淌得自然又温暖；
>
> 别为求知而烦恼吧——我一无知识，
>
> 但夜为我倾听。因懒散
>
> 而忧心的人并不懒散，
>
> 自认为沉睡着的，正清醒。
>
> ——《哦，你的脸曾感受过冬风的吹拂》，5—14

---

① "悄然离开尘寰"原文为"and leave the world unseen"，因为用了"unseen"，所以文德
勒从视觉角度加以分析。
② 因为《怠惰颂》中曾写到鸫鸟的歌声。
③ 福波斯，即太阳神阿波罗。

1819 年 3 月，济慈写信给海登，说自己要做个"哑巴"，不再写东西，除非他的知识或经验满到溢出来。他以《赛吉颂》的腔调开玩笑说，他了解"心中怀有很好的构想而无需辛苦作诗的那种满足感。我不想因为写一首献给黑暗的颂歌而毁掉对阴郁的热爱"（《书信集》第二卷，43）。然而一年后①，他发现自己不得不写下这首献给阴郁、黑暗，摒弃概念性知识的颂歌。"躲开光亮，/ 躲进神圣的遗忘"，他可以在"寂静的午夜"欣然合上双眼，不是为了入睡（就像他在十四行诗《致睡眠》中所写的那样，《致睡眠》和《夜莺颂》是同时期创作的），而是为了倾听，全神贯注地倾听夜莺的旋律。在灰眼的绝望中，他再也无法睁着眼保持其明眸的光彩。用以表示倾听时视觉逐渐减弱的动词"隐没"（fade）贯穿全诗：夜莺"隐没"进幽暗的林中；济慈渴望随夜莺一同"隐没"；紫罗兰"凋谢"（fade）；哀歌"飘逝"（fade）。我认为这个词是从《哈姆雷特》中那在鸡鸣时分隐没的鬼魂那里借来的，同时也跟济慈自己的《怠惰颂》有关。在前三个诗节之后，视觉一再遭到否定，诗歌的翅膀是"隐形的"或不可见的[19]，月后或许端坐高位，但"这里没有光"（除了那倏忽一现、使幽暗可短暂地被称作"葱绿"的那一丝天光），济慈"无法看见"花草，身处"黑暗"之中全凭猜想。最后，午夜时分，诗人"在黑暗里"倾听，不再有光亮和香气，只能耳闻"今夜，我偶然听到的歌曲"。完全沉溺于绝对的黑暗中，只启用唯一的感官听觉，这决定着这首颂歌的一部分语言，在那种语言里视觉是遭到废止的，虽有些恋恋不舍。把载歌载舞、饮酒作乐的酒神雕饰图和花神庆典抛在身后，济慈深感遗憾；但在这首诗中，醉酒场面的牧歌式雕饰形体与瘫痪的、幽灵般瘦削的雕饰形体对应得如此严丝合缝，以至于我们意识到，为了忘记人类的凋残衰败，我们必须甘愿

---

① 济慈的颂歌全都写于 1819 年，文德勒这里用"一年后"有可能会引起误解，以为是指给海登写那封信（写于 1819 年）后一年，其实她指的是写上面那首鸫鸟之诗（写于 1818 年 2 月）后一年。

忘记人类的欢欣鼓舞。

　　济慈感到的第二重遗憾是，当他抛下光明及其所代表的知识时，他也必须舍弃"美丽的希腊神话"。在《怠惰颂》中他曾乐于抛弃它，他恳求那些"幽灵"回到梦幻的瓮上去，或消逝进云端；但在《赛吉颂》中他又承诺要恢复（至少以一种内在的方式）已被弥尔顿驱除出英语诗歌的、作为真理之源的异教神话。在描写月后和她的侍卫群星时[20]，济慈再次回到《圣诞清晨颂》，他承认，为了降入黑暗，他必须放弃古希腊雕塑中的神话世界。幽境里的"轻柔的香火"①，让我们看到了对赛吉敬拜仪式中那"芬芳的香火"② 的最后一丝微弱的感官性回应。随着香火和那猜想出来的花草的消失，我们最终抵达耳朵和歌声的纯粹互动，不再有任何东西被看见或被记住，没有什么在夜间散发香气，没有酒尝起来像露水，没有什么被触碰。在以"我在黑暗里倾听"开头的这一诗节的结尾，济慈把听觉也废除了，至少在思想上是如此——"但我却听不见"——至此，身体的湮灭已完成，济慈成了一块泥草，那是他的灵魂（在《怠惰颂》里是撒满阳光的草地）被夺走所有光和与之相伴的概念性、传说性知识后的必然归宿。（《秋颂》对所有感官的重新启用——包括从得墨忒耳的罂粟花香中升起的敬拜香火——是济慈讴歌生命和意识的最伟大的礼赞之一，我们必须以《夜莺颂》为参照去评价它。）

　　描写视觉丧失的语言都有如此奢华的感官效果，这证明了济慈语言天赋之强大。夜如此"温柔"（tender），济慈"几乎爱上了"那与夜莺"舒适"（ease）的歌声相连的"舒适的"（easeful）死亡；他一直用"轻柔的"（soft）名字呼唤死神，当夜莺欣喜若狂地倾泻它的灵魂而非歌声时，死亡似乎是"富丽的"。然而，如果这些词没有

---

① 原文"soft incense"，在《希腊古瓮颂》中，查良铮译为"清香"，对应诗句"什么清香的花挂在树枝上"。
② 原文"incense sweet"，在《赛吉颂》中，屠岸译作"香烟浓烈"，对应诗句"没声音，没诗琴，没风管，没香烟浓烈"。

从上一诗节的幽境对应项中汲取意义，那么这里谈到的爱、富丽和舒适，便无法令人信服，前一诗节的幽境是通过开花结果的植物自发之美和五月女神玛雅富饶的季节性恩赐构建起来的，五月女神即将产下头胎①，她将看顾它成长，并看着它在之后的夏夜成为蚊蚋的港湾。上一诗节"轻柔的"香火为下一诗节死神"轻柔的"名字提供了意义保障；因为献给五月女神的某个寻常日子的敬拜是那么"富足"，所以济慈能在这里发现死亡是"富丽的"，让歌声"消逝"是富足的，正如他上一年在有关五朔节的诗中所写的那样。现在，感官的具象表达已被舍弃，那些只有通过感官具象才能存在的事物——神话的和自然的——也都被舍弃了（但通过巧妙的手法，它们以被否定的方式在场）。当济慈把自己想象成一块泥草时，他已经走到感官的尽头。现在是午夜；在想象中他已经死亡，而且他已经放弃把感官投射进歌声之虚空的全部希望。[21]

随着想象性的自我湮灭的完成，济慈再也不能将自己当作一名倾听者来谈论，他只能言说那永远歌唱着的鸟和它昔日的听众了。对听众的选择乍看似乎令人困惑。这只鸟是林中仙禽，诗歌中的夜莺传统上都是希腊鸟，为什么这里的听众却与莎士比亚、《圣经》和斯宾塞相关呢？我们应记得，济慈在他的艺术（诗）中强调黑暗和"自然性"，他便不得不舍弃古典神话。如我所说，他把神话更多地和视觉艺术联系在一起，而不是和文学相联系；舍弃视觉，就意味着舍弃了雕饰图。同时，神灵们属于"人造的"世界，而这里的歌唱艺术则存在于自然之中，四周环绕着由村夫、帝王和路得组成的人类世界。显然，当济慈来到魔窗前，有些东西发生了改变，这一点我将回头再谈；但即便在那里，与古典世界的疏离也仍在继续。为追求他的艺术憧憬——艺术创作如同树木长出树叶，像感官身体的生长一样充满生机——济慈必须放弃古典神话艺术中那被寓言化

---

① 头胎（eldest child），即查良铮译文中的"骄宠"。

了的"自然"。因此，他的听众不是取自绘画或雕塑等视觉艺术，而是取自文学世界。济慈从吉本或莎士比亚那里找来帝王，从莎士比亚那里找来村夫，从《圣经》找来路得，从斯宾塞的罗曼司里找来魔窗。而随着自我的逐渐缩减——先是缩减至听觉这一感官，接着，随着听觉的想象性死亡而成为一块泥草，化作虚无——济慈被迫求助于音乐家夜莺，把它当作唯一保持不变的连续性原则，一种审美的不朽。（济慈自身的"我将死去"引出了贺拉斯的"我不会完全死去"[1]，而这种不朽被置换到了夜莺身上。）

1819 年 1 月，济慈曾将《激情与欢笑的吟游诗人》形容为一首"有关诗人的双重不朽"的诗（《书信集》第二卷，25）。正是考虑到这种双重不朽，他把吟游诗人放进这样一个天堂，在那里夜莺是官方御用的吟游诗人，歌唱着传说和金铸的历史。那里的夜莺被想象成这样一位诗人，其歌声包含叙事的和历史的内容，因此济慈精确地称它为真理的歌者。当天堂里的夜莺歌唱"动听、神圣的真谛 / 流畅的音符饱含哲理"时，它在传说或历史之"真"上又奇妙地添加了命题或哲学之"真"。然而，那些既非历史的、叙事的、哲学的或者命题的艺术——如济慈在这首颂歌里所构想的旋律艺术——并无明确的意义，它可以在"恍惚"中唱出，这种"恍惚"脱离了（实际上是摒弃了）那使人困惑和迟钝的沉闷大脑。正是作为一名艺术家，夜莺可以像那些通灵的吟游诗人一样，被恰当地称作不朽。

当夜莺被誉为不朽时它便达到了神灵的地位，而也正是这几行使得这首诗成为颂歌，而不再只是牧歌。诗歌开篇所用的语调是亲切的呼唤，诗人对夜莺说话就像同伴说话，而语言上的这种互惠性（在你的快乐中我太快乐了）[2]也暗示了二者间的平等状态。但

---

① "我不会完全死去"（I will not wholly die）为贺拉斯诗句，其拉丁文为"non omnis moriar"。

② "而是你的快乐使我太欢欣"（But being too happy in thine happiness），查良铮把"happiness"和"happy"分别译作"快乐"和"欢欣"，而文德勒强调两个词的同一性（即互惠性）。

到了倒数第二节，夜莺和它那几近湮灭的信徒之间已大大拉开差距：

> 永生的鸟呵，你不会死去！（而我会）
> 饥饿的世代无法将你踩躏（但能把我和我的同辈踩躏）[22]

与自己的敬拜对象如此天地悬隔，对济慈来说是不堪忍受的：当他创造出一群人代替他本人去倾听音乐，那些来自文学作品的替代者（超越了对帝王和村夫的惯常召唤——尽管这种程式化的民主也源于他的阶级出身）让他在这首颂歌中的经历又重演了一遍。和路得一样，他也曾进入一片陌生的土地：流放对他来说，意味着离开花神和牧神、春日和花开的神话王国，汇入川流不息的时间之中，济慈常用从发芽到盛放、从花季到结果的过程来表现时光流逝。"这些谷物长得多美呀，仿佛昨天天才刚刚成熟，但它们终究要拿到市场去出售：既然如此，我为什么要自矜自怜呢？"（《书信集》第二卷，129）济慈那颗悲伤的心，思念着枝繁叶茂、美好舒适的心仪之家，站在异邦的谷田，因胞弟遭到"收割"① 而垂泪。发现谷物及其被收割的命运并不叫人丧失归属感，那是《秋颂》要做的事；但在《夜莺颂》中，从含苞待放到被采摘出售的变迁过程对诗人来说还是难以承受的；在诗人的自我观念中（如我们从《怠惰颂》里了解到的），他还是蓓蕾（或者顶多是一朵花），身处被收割的谷穗之中，他感到自身的青涩和格格不入。之所以谈及这些，是为了把济慈只是轻轻触及的东西彰显出来；而在这首诗的情感经济中，路得这个典故不能不加以解释。诗人把潜在的可能抛诸脑后，进入了过程。他暂时原谅了非人的、短暂的、易逝的艺术旋律之不朽，因为它（艺术旋律）能找到一条道路，通往路得的悲伤心灵，令她得到安慰。然而，为艺术而脱离自然过程，实际上是选择了湮灭。当济慈把夜莺最后

---

① 指济慈的弟弟汤姆的死亡。

的听众设计为无人居住其中的、空荡荡的魔窗时，他创造了艺术的自我指涉世界，使魔窗面对的场景——"荒凉的仙境／大海的险恶浪花"①——成为艺术活动的场景。荒凉的仙境和险恶的大海，含有一种"从来不曾有旅人从那神秘国度回来"②的氛围。济慈仿佛遭到魅惑进入了仙境，发现自己正在倾听，而那歌声盘旋在魔窗之上，空荡荡的，渺无人烟。[23] 现在，这首歌③的"魔力"已不在于偶然的布施行善，如它之前找到那条通往路得悲伤心灵的道路时那样；在路得那里，它所起的作用正是济慈心目中艺术应起的作用，作为人类的朋友，抚慰忧虑，提升心灵（《睡与诗》）。现在，这首歌完全是审美的了，并具有《无情的妖女》的风味。艺术对一个站在田野里做最后的收割的人所具有的永恒的切切善意，与艺术在自己的王国里非人的、不朽的自足性痛苦地并置在一起，将倒数第二节诗压进了丧钟里，标志着出神的济慈和使人出神的音乐之间的结合瓦解了。那孑然的"故我"被重新唤醒了。

我们可能会感到惊讶的是，诗人没用性爱语词来描绘自我和鸟的结合。这只鸟仍然是童贞女（夜莺林中仙女的形象、午夜的出场和她那一片"载歌的空地"［melodious plot］，与《赛吉颂》草稿里写到的"在午夜时分"发出"悦耳的吟诵"［melodious moan］的童女唱诗班有一定联系）。这种对性的压抑（或者更准确地说，把情感转移到死神这一男性形象上），使远离尘嚣的夜莺和弥尔顿的贞洁缪斯，以及那"童贞的新娘"（瓮）成为同类。直到写作《忧郁颂》时，济慈才试着将艺术和性爱结合，直到《秋颂》，这种结合才臻于完美。

随着恍惚状态的结束，济慈防御性地回到早先在《怠惰颂》中

---

① 原文"the foam / of perilous seas, in faery lands forlorn"，查良铮译文为"一个美女望着大海险恶的浪花"，"美女"是译者添加的，原文中并没有，文德勒这里强调最后听到鸟儿歌声的只有窗户，没有人。
② 语出《哈姆雷特》第三幕第一场。
③ 指夜莺的歌声。

使用过的冷嘲热讽的语调，斥责"幻想"带来新一轮的、短促的燥热，把"幻想"（和斯宾塞的"精灵"一样）与荒凉的仙境连接在一起。然而，与《哈姆雷特》相呼应的三次告别（我前面曾提及）让我们想起"记住我"①；而这首渐行渐远的歌在缓缓隐没的过程中留下的线路图（"流过 W，越过 X，飘上 Y，如今深埋进 Z"）确保了它能够一边隐没一边被记住。用于称呼夜莺的旋律的最后一个词（"音乐"）告诉我们，它对济慈而言已经变成了什么。他用来形容夜莺歌声的词（"安魂曲""声音""歌""哀歌""音乐"），一个比一个更贴近音乐艺术，而不是鸟儿的歌声。结尾处，通过回到最初困顿和沉睡、消失和隐没的视觉主题，济慈不再去探究无词的、抽象的、非具象性的音乐艺术的界限和力量，而是（从视觉角度）询问他所经历的是幻觉还是梦寐，是睡还是醒。简而言之，他从"听"转到了"看"或"不看"，在《秋颂》中，他将把这一过程颠倒过来。事实上，他不曾"看见"任何有关夜莺的东西；没有任何东西以"视觉"形式，或者说，作为一个具有视觉元素的梦出现在他面前。恰恰相反，这首颂歌中的一切都在强调光的缺乏、视力的不足、昏暗、轮廓的消融、隐没、幽暗，以及那些因悲伤的思索而闭上的沉重的眼睛。谚语告诉我们，眼睛是心灵的窗户，思想在眼睛中得到显现。大脑，通过干预思想，迷惑并妨碍了听觉的恍惚状态，最后，随着视觉的消失，它被催眠进无意识状态。一旦济慈进入温柔的夜，便不再有命题性的或历史性的"真理"被阐明，取而代之的，一切都是描写和祈灵、感觉和美。随着记起以往的轻生幻想，他意识到自己只是一块泥草——在和"永生的鸟呵，你不会死去！"的对比中，以及最后对"幻想"的否定中——"哲理性"命题才重新进入诗中；但在任何一个场合，无论是用魔力引动窗扉，还是从草地

---

① 《哈姆雷特》中的台词，在三重告别后，跟着一句"记住我"（Adieu, adieu, adieu. Hamlet, Remember me.）。

上慢慢隐没，夜莺描述性的歌声都比那些命题更具优势。最后，无论是描述性的"歌声"还是命题性的"真理"（论及死亡，或论及骗人的魅惑），都没有获得胜利。相反，诗人采用了发问修辞来结束全诗，既不是感性的描写式重述，也不是理性的断言式命题；即便要表现思辨，他也学习莎士比亚，选择描述身体状态的词和音乐词汇（"幻觉……梦……音乐……醒或睡"），而没有使用哲学推理式的表达（"我被幻觉欺骗了吗？"）。因此，这首颂歌最终是作为一首献给美而非真理、献给感觉而非思想的诗结束的。

当然，在这首颂歌和《秋颂》之间，济慈对美、真理、感觉和思想的理解还会发生很大变化。《赛吉颂》勇敢地开启了对思考的信念，诗中写"有沉思如树枝长出，既快乐，又痛苦"，但《夜莺颂》中断了这种信念，大脑遭到贬低，认为它既沉闷又妨碍作诗。神话作为真理之源，在《赛吉颂》中大受欢迎，在这里却遭到清除，这在写到酒神、月后和她的侍卫群星时都有所体现。始于《怠惰颂》的对世界的防御性放弃（即便那里的世界以一种虽苛求但诱人的形式向诗人招手），在这首诗中得到了加强，世界被塑造得十分可厌。文学依然受到欢迎，但济慈在这里所仰仗的不是"美丽的希腊神话"，而是本民族文学：莎士比亚、英文版《圣经》和斯宾塞。

夜莺的歌声中缺乏有意图的结构形式——它只是从这边隐没，游荡至别处再接着唱——这意味着我们在《夜莺颂》中看到的结构形式不可能是对真正的艺术歌曲的模仿，而只是对"恍惚"的模仿，也就是说，它和《怠惰颂》类似，模仿的是内心的遐想，而不是《赛吉颂》那种内在建造（幽境和神龛）。鉴于对困惑而迟钝的大脑的坚决拒斥，音乐遐想所用的语言不可能是分析性的、命题性的或疑问式的，它只能是综合的、感性的和图解式的。颂歌中的重述被填注得满满的，但在济慈运用智性结构（如他在幽境中进行时空分类，又以听众名单的逐渐变化来说明放逐和疏远）使它们活跃起来之前，它们只执行了静态的美学指令——给每条裂缝注入矿砂。填注裂缝是一种迟缓的美学，其本身并不包含能够推动一首诗向前发展的结构性和意图性要素。就像重述可以永远继续下去一样，这首颂歌也可以永远继续下去——直到济慈允许他的头脑回到诗中来，或者，换种说法，直到他允许鸟儿飞走。在这里，丰富的描写性语言汇聚在一起，牺牲了结构；每样事物都被说了这么多遍（句首重复①和平行结构句法的使用达到了令人惊奇的程度），以至于这首诗承担了过于直白的风险。

对一个从《希腊古瓮颂》倒读过来的人而言，这首诗看起来像是一次铤而走险的尝试，它试图从纯音乐中找到艺术形式的典范，在这种艺术形式中，世界之恶无需表现，人们只要艺术家提供一段迷人的旋律，音乐家（或诗人）以他们对媒介的丰富探索来表达丰富的感觉，怀着开采奇喻的强烈激情，他能说出美好的事物。音乐艺术不需要也不可能模仿性地表现生活，这意味着它是一门幸福的艺术，从某种意义上说，它为济慈提供了一种与他的天赋十分相契的艺术类型。叶芝在谈到济慈时说："他的艺术是幸福的，但谁明白他的头脑呢？"事实上，即便济慈本人对他自己的头脑也不甚明了。他知道自己没有受过哲学思维或命题思维的训练；他也知道自己的头脑是观光性的，他的艺术是描述性的。然而，他似乎感到自己是那群吟游诗人中的一员，对智慧怀有使命，这种使命感敦促他去从事一种能与世人对话的艺术，讲述：

> 他们的欢乐与伤悲；
>
> 他们的激情与怨怼；
>
> 他们的光荣与耻辱；
>
> 什么在戕害，什么在鼓舞。

---

① 首语重复法：修辞手法，同一单词或短语在连续数个句子、数个从句或数行诗之首反复出现，以创造特定的语气或强调某一点。

就这样你们每天教导我们智慧，

尽管早已逃离，远走高飞。

——《激情与欢笑的吟游诗人》，31—36

他对吟游诗人们如是说；尽管音乐，或许可以说是的确能向世人讲述激情或欢乐，济慈却认定，它几乎无法教给我们那些被称作"智慧"的伦理之"真"和哲学之"真"。这样一来，济慈便会不可避免地从抽象的旋律转向具象艺术，看看能否在那些以可见的模仿性形式表现人类激情、理想和痛苦的艺术中找到他的写作模式。这么做就意味着将人类以及他们的生活纳入审美对象的具象化世界里[24]，并允许困惑的大脑在审美创造和审美反应中拥有片刻主宰，即便是艰难的。走向具象化的崭新努力意味着在这首颂歌中被抑制（直至最后一刻）的所有问题都可以提出来。发问，作为喜欢思考的头脑的最佳修辞，必然比重述（纯粹感官性的强化修辞）和《赛吉颂》中的复制（对历史上的缺失进行弥补的模仿性修辞）更受重用。①放弃抽象艺术，改用承载思想内容的艺术，意味着"真"必将和"美"并驾齐驱。为此，济慈再次运用他那天才般的惊人创造力，设计出一只从未在陆地或海洋上真实存在过的瓮来，并赋予它比任何现实中存在的瓮多得多的神性和诗人的梦想。将必有一死的人类重新引入他的艺术，意味着济慈可以再次转向古希腊，并且可以满怀感激地从古希腊雕塑中提取意象，它们一直是他关于美的理念的宝库，远胜于音乐。继《夜莺颂》之后，济慈再也不会觉得有必要抗拒他自己对古希腊形式的深切忠诚了。在某种程度上，是因为发现那些暂时被压抑的形式依然在那里并对他有所裨益，令他倍感惊奇和欣慰，他才向瓮致以虔诚的问候：

---

① "重述"是在《夜莺颂》中用到的修辞手法，对某事物（如酒）进行反复描写，以增加感官强度。而"复制"是在《赛吉颂》中用到的修辞手法，以诗人内在的建造去复制历史上缺失的女神敬拜仪式。

> 你委身"寂静"的、完美的处子，
>
> 　受过了"沉默"和"悠久"的抚育。①

正是因为那位制作瓮的已故艺术家代表了整个文化，而不仅仅是单个的灵魂（如一只鸟），济慈可以摒弃他在《夜莺颂》中使用的模仿鸟鸣般的第一人称和自我表达的口吻，也可以不用《赛吉颂》中仪式化敬拜的祭司式语调，而用诗人观察者的"非个人化声音"，他正凝视着瓮上内容丰富的环形雕饰图，雕饰图以愉悦的视觉形式满足了他感性的眼睛和构思的头脑。最终，在《希腊古瓮颂》中，济慈将彻底抛弃毫不费力的、纯然自发的、对社会漠不关心的艺术。我们在希腊古瓮上看到的那件艺术家的作品，是有社会目的的，它是经过深思熟虑和一番艰苦工作而得来的——它是雕塑家的凿子的艺术，而非一只歌唱的鸟的艺术。

---

① 《希腊古瓮颂》开篇的诗句。

四

真理，最好的音乐：《希腊古瓮颂》

我认为
真理是初生之歌的最佳音乐。
　　　——《恩底弥翁》第四卷，772—773

还没有死，
只是在古老的大理石中永葆美丽。
　　　——《恩底弥翁》第一卷，318—319

静默如一只神圣的瓮。
　　　——《恩底弥翁》第三卷，32

古希腊大理石之美。
　　　——《〈城堡建造者〉残篇》，61

问题是引向小小推断的最好灯塔。
　　　——《书信集》第一卷，175

这些人是谁呵，都去赴祭祀？
　这作牺牲的小牛，对天鸣叫，
你要牵它到哪儿，神秘的祭司？
　花环缀满着它光滑的身腰。

——《希腊古瓮颂》，31—34

希腊古瓮颂①

你委身"寂静"的、完美的处子，
　　受过了"沉默"和"悠久"的抚育，
呵，田园的史家，你竟能铺叙
　　一个如花的故事，比诗还瑰丽：
在你的形体上，岂非缭绕着
　　古老的传说，以绿叶为其边缘，
　　　　讲着人，或神，敦陂②或阿卡狄③？
呵，是怎样的人，或神！在舞乐前
多热烈的追求！少女怎样地逃躲！
　　　　怎样的风笛和鼓铙！怎样的狂喜！

听见的乐声虽好，但若听不见
　　却更美；所以，吹吧，柔情的风笛；
不是奏给耳朵听，而是更甜，
　　它给灵魂奏出无声的乐曲；
树下的美少年呵，你无法中断
　　你的歌，那树木也落不了叶子；
　　　　鲁莽的恋人，你永远、永远吻不上，
虽然够接近了——但不必心酸；

---

① 《希腊古瓮颂》翻译采用查良铮译本，此为通行译本，为与文德勒的阐释相对应，部分引诗在查本的基础上做了适当修改，对差异明显的改动已加注说明。
② 敦陂，也称坦佩，是希腊东北部位于奥林波斯山和奥萨山之间的山谷，被誉为"阿波罗和缪斯们喜爱的去处"。
③ 阿卡狄，希腊的另一山谷，位于伯罗奔尼撒半岛中东部，相传是山林和畜牧之神潘的故乡。

　　她不会老，虽然你不能如愿以偿，

　　　你将永远爱下去，她也永远秀丽！

呵，幸福的树木！你的枝叶

　　不会剥落，从不曾离开春天；

幸福的吹笛人也不会停歇，

　　他的歌曲永远是那么新鲜；

呵，更为幸福的、幸福的爱！

　　永远热烈，正等待情人宴飨，

　　　　永远热情地心跳，永远年轻；

幸福的是这一切超凡的情态：

　　它不会使心灵餍足和悲伤，

　　　　没有炽热的头脑，焦渴的嘴唇。

这些人是谁呵，都去赴祭祀？

　　这作牺牲的小牛，对天鸣叫，

你要牵它到哪儿，神秘的祭司？

　　花环缀满着它光滑的身腰。

是从哪个傍河傍海的小镇，

　　或哪个静静的堡寨的山村，

　　　　来了这些人，在这敬神的清早？

呵，小镇，你的街道永远恬静；

　　再也不可能回来一个灵魂

　　　　告诉人你何以是这么寂寥。

哦，希腊的形状！唯美的观照！

　　上面缀有石雕的男人和女人，

还有林木，和践踏过的青草；

沉默的形体呵，你像是"永恒"

使人超越思想：呵，冰冷的牧歌！

等暮年使这一世代都凋落，

　只有你如旧；在另外的一些

忧伤中，你会抚慰后人说：

"美即是真，真即是美，"这就包括

　你们所知道、和该知道的一切。[1]

写完《夜莺颂》，济慈紧接着写了《希腊古瓮颂》（两首诗像双胞胎一样接连诞生）[2]，由此我们可以想见，他仍在某种程度上对之前所做的试验感到不满，在那些试验中，他对自己有关创造、表达、受众、感觉、思想、美、真理和美术的思考和感受进行了分析、辨别和客体化。然而，他还没有准备好从普遍意义上去审视"艺术"：放弃以非具象性的、"自然的"音乐为隐喻，他转向了另一特殊的艺术门类——雕塑，由于埃尔金大理石雕①的影响，这一门类当时颇受公众关注。[3] 我们意识到，济慈已做出让步，他已加入《怠惰颂》中那些瓮上幻影的队伍之中。不过，在这项新的思辨探索中，他调整了角色阵容：保留了"爱情"和"诗歌"（即少女和吹笛人），去掉了"雄心"，并增加了一些新形象。关于这些新形象，我们会在后文谈及。

《希腊古瓮颂》正视了这样一个事实：艺术并不像树木长出树叶那样"自然"，而是人造的。雕塑家必须雕琢石头，一种外在于艺术家自身的、桀骜不驯的媒介。和《夜莺颂》一样，《瓮》②也把自身限制进单一感官，只不过这里是视觉，而非听觉。就像《夜莺颂》抑制视觉一样，《瓮》抑制了听觉（而二者都抑制了"更低级的感官"触觉和味觉）。如果说《夜莺颂》是从纯粹的、"自然的"、非具象性的、时间上延展的音乐这一角度去思考艺术的试验，那么《瓮》则是从纯粹的、"人造的"、具象性的、空间上延展的图像这一角度去思考艺术的试验（就济慈这里提供的特例而言，空间上的延展指的是在瓮上环绕一圈——这只瓮是一幅自设边界的雕饰画）。如我们所见，因为夜莺的歌声是非具象性的，它可以不理会那个"人们对坐而悲叹"的世界；又因为它是非概念性、非哲理性的，可以避开那些与思索形影相随的忧伤和灰眼的绝望。因此，《夜莺颂》可以绕

----

① 埃尔金大理石雕原本是雅典帕特农神庙雕塑中最精华的部分，由英国大使埃尔金勋爵从土耳其奥斯曼皇帝手中购得，现存放于大英博物馆。
② 文德勒有时把《希腊古瓮颂》简称为《瓮》。

过真理问题（直至全诗在那些打破恍惚状态的问题中结束），对感觉和美细酌慢品，并以笼罩全诗的黑暗表明，越模糊、越黯淡、越僻远，则越好。美，以夜莺的无词曲的形式，刺激着沉思默想的"幻想"做白日梦，绵绵不绝地将自身投射进完美的虚空之中——纵然令人心醉神迷，夜莺的歌声本质上是虚空的。

在《希腊古瓮颂》中，所有这些都发生了变化。现在济慈提出，就他所理解的和希望去实践的艺术而言，艺术是对媒介进行建构性的、有意识的塑造，而它创造出来的东西是具象性的，承载着与"真理"的某种联系的。他打算通过一件特意创造出来供人领悟的载体——大理石雕刻的希腊古瓮——来查验这一假定。[4] 清晰可辨的具象形式（男人、女人和动物）显现在瓮上（这些形象将树叶和草等"幻想"惯常喜爱的装饰性事物挤到了构图边缘；济慈早年曾认为艺术家创作应当像树木长出树叶一样自然，这些树叶想必是他献给自己早年的天真看法的贡品）。济慈赋予这些具象形式的情态也是清晰可辨的；它们是求欢和逃跑的情态、演奏音乐和求婚的情态，以及社群宗教活动的情态。本能的行动和文明的行动一并得到展现：人类，甚至可能神灵本身（尽管在这里神灵和人类难以区分）[5] 是这一媒介上的天然居民。这些形式和它们展现出来的情态都是美的——从"美"这个词的最宽泛的意义上加以理解（济慈从埃尔金大理石雕中汲取了这种"美"的意义），这种"美"包括引人瞩目、对立冲突、令人难忘和优雅得体等内涵。古瓮上展示的行动和感受把一些生动的时刻定格了下来，事实上，它看起来很像生活本身。

济慈在构想何为艺术方面的这一进步——相较于《夜莺颂》不太复杂的设定（艺术被设定为非具象性的、本能的表达）而言是一种进步——要求人们对艺术作品做出不同的反应。瓮上所展现的行动在观看者心中激起共鸣①，就像夜莺的旋律在倾听者心中引发共

———————

① 原文"empathy"，根据不同语境，在本书中被译为"共情""共鸣"等。

鸣一样，但它们和鸟的歌声又有不同，它们还使诗人重新思考那些早先的问题。《瓮》的构成性修辞是发问，那是困惑的头脑惯用的修辞。[6]

诗人三次"进入"瓮上的场景。在我看来，这首诗是这样展开的，即诗人以旁观者身份，相继进入一个个场景，对瓮是什么和它在做什么怀有不同的看法。每一次进入都可以在概念上表述为一种不同的"济慈式假说"，探讨审美经验能给我们提供什么，每一次进入也都会带来一个不同的结论，探讨我们做出怎样的（审美）反应才恰当。跟《夜莺颂》中一样，济慈这里再次扮演了"受众"的角色，但他已从听众变成了观众（或者说，我们一开始会这么认为——对济慈而言这些术语都是成问题的，因为他自己的诗歌艺术要求受众既看又听）。在摒弃那活生生的、自我表达的艺术家（夜莺）之后，济慈把他的注意力转向一件器物，探讨一个更为深刻的问题：在没有第一人称表达或传记性背景的情形下，仅就艺术品本身，它能被说成是在传达什么呢？《希腊古瓮颂》不再以模棱两可的"自然物"（如那只仙禽唱出的"音乐"）为象征，而是以一件拥有高度智性和程式化形式的、毫无疑问是人工制造的物品为象征，如此便可以比《夜莺颂》更准确地考察审美媒介的能力和局限了。

济慈关于审美体验的第一个假说，由瓮上狂欢的第一个场景所唤起，是假设艺术告诉我们一段有关我们之外的他人的故事或历史。在这种情况下，对瓮的恰当反应是向它发问，问它："这些人是谁？他们在做什么？"这是一个相信天真的模仿性艺术和插图艺术的人会问的问题。这也是济慈本人在《赛吉颂》中看到那对相拥的恋人时曾提出的问题："你是谁呀，幸福、幸福的小鸽？"当他一开始无法揭开《怠惰颂》中瓮上形体的身份之谜时，这还曾是一个令他恼火的问题，因为他熟悉的是菲迪亚斯雕像，而不是希腊瓶；这些形体"我觉得他们很奇特，正如深谙／菲迪亚斯的艺术者见到了希腊瓶"，问"是怎样的人，或神"，是假设在观看者和艺术对象之间存在一种简单的、能够叫人满意的关系，观看者最终能够了解绿叶缘饰的传说之"真"，那传说缭绕在瓮上，决定着瓮的具象装饰图案。在《怠惰颂》中，济慈最终认识到，那些一直在瓮上出没，并一度离开瓮来纠缠他的形体，名叫（寓言意义上的）"爱情""雄心"和"诗歌"。他们也可能被称为（神话中的）维纳斯、丘比特和赛吉，或（历史上的）阿喀琉斯、赫克托耳和海伦；无论如何，他们都是有名氏。他当时没有想到这样一种艺术——拥有可见的形式，却无明确的所指，形式的吸引力既不来自情感（寓言化的），也不来自神话或历史事实。济慈认为，只要他知晓这位已故雕塑家所想到的，并在这里加以描绘的那个失落的传说，他在这首颂歌一开始提出的所有问题（"是怎样的人，或神？怎样的少女如此不情愿？／是什么样的疯狂追求？什么样的挣扎逃脱？"）①便都能得到"正确"答案。

济慈关于审美反应的第二个假说是由第二个场景引发的，在这个场景里，一位吹笛人陪伴着一名追求少女的青年。这第二个假说（受到他自己在《怠惰颂》和《夜莺颂》中使用的寓言式雕饰图的激发）提出，瓮上所描绘的并非神话中或历史上可识别的形象，演绎着一些有名（虽已失传）的传说，而是如今被称为普遍的或原型的"真理"——在这里，真理是"爱""美"和"艺术"的统一体，以一位情郎在音乐伴奏下追求少女的经典画面来象征。这个原型是理想化的，也就是说，它代表了人类的幻想：情郎将永远爱着，他的心上人将永远美着，而他们的相恋将催生出艺术，并始终伴随着历久弥新的艺术（"他的歌曲永远是那么新鲜"）。在这个假说中，瓮并不代表神话里和历史上的什么人，而是寓言性地代表着我们自己和我们的感觉——只不过它"以更精细的语调"[7]向我们展示我们自己和我们的行动。根据这一假说，我们对瓮的恰当反应是，放下

———————

① 原文"What men or gods are these? What maidens loth? / What struggle to escape?"为疑问句，在查良铮译文中为感叹句，为了理解文德勒的解析，在查良铮译本上做了适当调整。

那些探寻它所图解的历史或神话故事的无用问题，为它的极致之美
而欢欣，为幻想和现实之间的差异而抱憾，同时也认识到，那表达
出来的幻想体现了我们的渴望之"真"（在这里，渴望的是一种"幸
福"的艺术，它与爱的忠诚和美的永恒相伴生）。济慈现在试图扭转
他在《夜莺颂》中的断言，"'美'保持不住明眸的光彩，/ 新生的
爱情活不到明天就枯凋"。如果在生活中无法达到，至少在我们对理
想主义的真实的寓言式表达中可以是如此："你将永远爱下去，她也
永远秀丽！"

　　第二个假说所激发的反应——对理想化的人类状态的同情——
与第一种假说所要求的反应，即查问历史或传说中的名字和地点是
不相容的。在第二种反应中，说话者不再大费周章地去查明原初的
传说或叙述，而是再次天真地、全然地进入图画中的场景，暂时
"忘记"他是在对着一只花瓶沉思，完全把雕塑里的景象当作生活：
"呵，更为幸福的、幸福的爱！……/ 永远热情地心跳，永远年轻。"

　　我相信，济慈明白这两种天真的反应（依他的描述，在这两种
反应中，那观看瓮瓶的人都全情投入）本身都不足以真正应对艺术。
艺术存在，并不仅仅为了提供历史之"真"——无论是社会的、宗
教的还是林野的；它被创造出来，也并非主要为了提供道德之
"真"，即易于理解的原型理念。因此，在展现这两种反应时，济慈
不允许它们引发长久的兴奋。头脑不能搁浅在任何一种假说中。在
第一种情况下，提问发展成狂乱——"怎样的风笛和鼓铙？怎样的
狂喜？"——但是这种因追问细枝末节而生出的狂乱很快被编曲上的
变化平息了下去，济慈让持续发问的兴奋头脑放弃历史调查，试着
去理性地思考艺术的要义。他转为概括并用起哲学词汇来，引入一
个思想的而非共情的新乐章，思考起音乐、诗歌和视觉艺术各自的
表现能力来。

　　新乐章否定了"听得见的乐声"（唱给感官的耳朵听的）——在
不久前写成的《夜莺颂》中诗人曾大力赞美过它，转而偏爱那些献

给精神的、具有空间感和视觉性的乐曲。然而，这里使用的审美标准仍然是"甜美"或"悠扬"。在济慈对眼前这件雕塑艺术的理解中，苦涩的真实或刺耳的声音似乎还没有容身之地，它被说成演奏着比音乐"更甜美"的乐曲，并且能比济慈自己的诗歌艺术"更甜美地"铺叙一个"如花的"故事（也许类似丘比特和赛吉的林中故事）。

这种把精神的乐曲置于感官乐曲之上的哲理沉思中断了讲述者一开始对狂欢场景的天真参与；同样，通过反思尘世激情并推定它比不上雕塑里的激情，中断了第二次天真的参与，这回是参与进瓮上的爱情中去。济慈又一次做了等级比较——这回不是认为视觉艺术高于感官音乐或"我们的"诗韵，而是认为瓮上的爱情远高于我们"呼吸着的人类的激情"。概而言之，无论是对事实的天真追问还是不带思想的天真共情，都没能不受干扰地继续下去：一个被音乐、诗韵和雕塑哪个更甜美的讨论所抑制；另一个被对人类激情实际情况的理性而苦涩的追忆所遏制。[8] 在两种情况下，诗人的自我——先是一个使用某种被推定为有缺陷的媒介的艺术家自我（因为诗韵和音乐一样，是唱给感官的耳朵听的），接着是作为苦闷的情人的自我——都以某种"哲思的"方式去对抗自己对瓮的自发的、直接的、"天真的"反应。

讲述者并不气馁，尝试着第三次"进入"瓮上场景。在第四诗节中，就器物所提供的审美体验和我们的审美反应，济慈提出了一种新的、更恰当的假说。他认为，瓮不只是对他人的传说或故事进行图解；也不只是以原型的、理想化的形式把我们人类的渴望具象化。相反，它被最准确地描述为一个自成一体、独立具足的匿名世界，它要求我们做出共情性认同，完全放弃事实调查和一己私利。天真的人们参观博物馆，要么希望看到一个家喻户晓的故事，要么希望一种让自己心有戚戚的状态得到具象化。单单出于叙事的好奇是容易的："是怎样的人，或神?"通过和我们自己类比去爱一个艺术作品中的恋人则更容易："呵，更为幸福的、幸福的爱！"对做出这些天真反应的第一种人来说，艺术就像报纸上的一张图片，等待人们给它添加一段说明性文字；对第二种人来说，艺术就像一面镜子，人可以自恋地沉醉其中。但是，当济慈端详第三个场景——一支陌生的、古老的、与他所知的一切相去甚远的祭祀队伍，他不是在探寻祖先的传说，而是在考察表征①的边界：艺术家现在选择了什么群体？小母牛②要被带去哪个祭坛？这些人来自哪个小镇？[9]

济慈以这种方式直面具象艺术无可避免的限制。所有模仿性艺术都表现生活的某个片段，并隐含着先前对人物形象所做的戏剧性设置和之后将引发的一连串叙事后果，即这些可见的吉光片羽的前情和后续。艺术家拣选出生活的某一元素，聚焦到它身上，将它表现得如此令人难忘，以至于即便它与我们的生活经验毫不相干——比如古希腊的祭祀队伍，人们对它不如对前两个场景中的情欲或爱情那么熟悉——我们仍然被这幅图象深深吸引，不再去追问那些有助于界定形象和行动的神话或历史，而是问"谁？""从哪里来？""到哪里去？"——不是怀着置身事外的人类学或文学的好奇，而是怀着全部的亲密感和渴望在发问。如果我们能回答最后提出的这些问题——根据假说，我们无法回答，因为瓮只供观看并不言说——我们便可知道起点和终点：我们是谁？我们要被那位神秘的祭司带向何方？我们从哪里出发来到如今的立身之地？艺术作品自成一体的世界施行着一股力量，把我们拉进一种不是明显反映我们的直接经验的、不属于我们自己的悲情之中。当济慈想象祭祀队伍的起点（小镇）和终点（绿色祭坛）时，他保持着信仰所具有的持久天真，即使是在最不掺杂私欲的审美反应中，这种天真也不会完全消失。

---

① 原文为"representation"，根据不同语境，该词在文中分别被译为"具象""表征"或"表现"。

② 原文"heifer"，查良铮译作"小牛"，但文德勒强调其女性特征，后文统一译为"小母牛"。

在这最后一种假说中，由瓮所营造的坚固的现实感将我们吸引进一场与之合作的创造活动中去，通过向两端拓展，想象出祭坛和小镇，我们"看到"（就像在某些视觉幻象中看到）的信息比瓮实际提供的要多得多。给我们一支创造出来的队伍，我们自己配合着创造出了它的目的地和出发地——宗教意义上的来自何方、去向何处。

虽然这第三种假说——观看者在可见的器物的提示下，通过对它进行发问参与进艺术家的创造中去，二者共同合作——比第一节提出的"器物即图解"的纯模仿性、历史性假说，或第二、第三节提出的"器物即镜子"的纯具象性、寓言性假说更令人满足，但同时，因为它是最精深的假说，便也成了最为疏离的。当瓮传授给我们有关神或人的行动的历史之"真"或传说之"真"时，我们可能会对它心存感激；当它以一个普遍适用的原型表现出既是永恒的又是个人的情感之"真"时，我们可能会对它产生兴趣。但是，一旦我们认识到，它主要不是进行文化传授（"林野的史家"①），也不是迎合我们的自恋渴望——它既不关乎他人，也不关乎我们，它是关乎它自身的发明，我们被引诱进它的世界，在其中挥洒我们自己的悲情，以作为回应——这时我们看到，它毫无疑问是人造的、由一只特定的手在一种特定媒介上完成的作品。在《夜莺颂》中表现过一次的从恍惚回归意识的过程，在这里特意安排了三次，每次都是从一个已进入的场景中退出来。当我们在瓮"内"，便不在瓮外；当我们在瓮外对它进行反思时，便已不在瓮"内"。我们就像那些瓮上的形体，不能既在自己居住的小镇，又在瓮上。

大体而言，我一直在谈论的，似乎是济慈看着一只瓮，受到强烈情感的推动，连续三次被推进某种反应中，一次比一次复杂，一次比一次智性。当然，事实上是，济慈发明了三个瓮上场景——有音乐伴奏的狂欢场景、爱情场景以及宗教庆典场景——并提出了以

---

① 原文"sylvan his torian"，屠岸译为"田园的史家"。

这些场景为依托的三种假说。第一个骚动的场景差不多是为激发考古式提问而发明的，这些问题可用博物馆张贴的说明牌的"真相"来解答："这个场景表现的是，为纪念某某神灵而举行的狂欢仪式；参与者试图通过饮用酒精来获得心醉神迷的性体验，庆典音乐是用这里展示着的笛子来演奏的。"如此等等。第二个田园诗般的场景发明出来，试图唤起一种经过简化和归纳的心理之"真"："在每一种文明中，我们都能找到永恒的一对——青年和少女；在这里我们认出了青春的初恋和田园牧歌的理想模样。"但是，第三个宗教场景发明出来，是为了展现审美反应的真正考验。一旦我们（作为博物馆参观者）超越了想要从历史的或文化的说明文字中读到解释性的事实"真相"的愿望，超越了只对"抒情"艺术感兴趣、把抒情艺术看作是在反映我们自己身上的某些东西的自恋阶段，我们便可以直面艺术本身，把它作为终极的形式上的匿名者和他者来看待了。它不是"他们"——人或神。它不是"我"或"我们"。或者说，它主要不是这些。它是它自身。同时，它以它的本质属性吸引我们，我们也不把自身的关切或忧虑强加于它。

济慈的三重假说构成了这首诗的创作节奏，即总的结构形式。《夜莺颂》的轨迹是，先退出世界，接着与夜莺的音乐相会，然后由于思想的加入不情愿地与歌声分离（一条单一的抛物线）；而《瓮》，如我前面所说，把类似的形式重复了三次，每个场景一次。在此我将从形式上重述一下我已从主题角度讨论过的话题。诗歌开篇对瓮的致意是满怀感激的，同时又是冷静的、考古的，随着观者完全沉浸于狂欢场景，这种感情很快让位给不断增强的窥视的兴奋。诗人没有让这种兴奋渐渐消退，而是在提问的高潮时刻警告它，责备它过于放纵感官，于是诗人对声音进行白化处理[①]，用柔和的风笛取代了野性的狂喜，它"不是奏给耳朵听"，而是"给灵魂奏出无声的

———————

① 即通过抑制噪音、降低分贝，声音变得轻柔宜人。

乐曲"。然而，当说话者看到瓮上那对青年恋人时，他的兴奋之情再度被激起；这一次，他感到的不是一个窥视者的兴奋，而是一个热烈的同情者的兴奋。这份认同的热度，在额外添加的一个诗节里，被过度延长，但在不断加快的感叹的中途它又突然被冷却，因为记起了人类激情腻烦又焦渴相交缠的悖谬状况（就像之前为追求事实真相而提问，却被中途打断一样）。在这两种情况下，反思性思维的侵入都是突然的、无法预见的，而且显然也是无法预防的：头脑——不管是以提问还是反思的形式——作为一种无法再被抑制的力量，闯入了原本接受性极强的感觉之中。济慈那种避开"沉闷的大脑"①——它因提令人困惑的问题[10]、妨碍人恍惚而变得沉闷——的安适感已经永远消失了。大脑闯了进来；而且更为重要的是，济慈欢迎它、款待它；他兴致盎然地思考起能听见的和无法听见的乐曲之间的关系、献给耳朵的艺术和献给精神的艺术之间的关系。而事实上，大脑从未真正遭到放逐。即便对狂欢场景中的人物，诗人也提出了智性问题；即便在描述那对恋人时，诗人也将对尘世变化的认识融进了挽歌式的对比性语言中，以此表达自己对他们的共情。

当说话者第三次向瓮俯身，他已不再怀有窥视和自恋的动机。说话者第一次真正成为审美意义上的观者，带着沉静而富于探究精神的好奇心来观看场景，不疾不徐。他不再自我陶醉，不再把人类的状况作为对比项参照，而是在他者身上慷慨地失去自我，从而敞开自我。他进入宗教场景所展示的生活中，满怀柔情地将那种生活向前、向后延展，在不改变其文化和历史的他者性的前提下，把"从哪里来""到哪里去"这些关乎生命奥秘的重要问题放进祭祀队伍中。祭司仍然是神秘的，他是"命运"的代言人，引领着生命向前（尽管源自《赛吉颂》，但和《赛吉颂》里的祭司不同，这里的祭

---

① 原文"dull brain"，查良铮译作"困顿的头脑"。

司不是某位神灵的信徒）；小镇始终是不可知的，象征着起源之不可见；绿色的祭坛始终是不可见的、无法描述的（不像《赛吉颂》中的神庙），象征着结局之遮蔽性。

当这最后一次与瓮的相会的强度衰退时（像前几次一样，它必定会衰退），其衰退原因在于济慈看得如此之深，看见了永久毁灭的核心。这种毁灭不是像济慈写给雷诺兹的信中提到的那样，是激烈而夸张的、令他畏惧的、由所有造物之间的相互掠夺造成的。先前的那种毁灭发生在审美经验之外，尽管也还是会损害审美经验——"它迫使我们在夏日晴空下悲叹：／它毁掉了夜莺的歌唱"（《亲爱的雷诺兹》，84—85）。而这里，在《瓮》中，没有设想这种来自外部的耸人听闻的干扰：审美遐想的毁灭来自过程本身所固有的必然消解。所有游行，就其作为游行这一事实而言，都把它们的起点留在了身后；所有旅程都是对其起点的牺牲。并没有谁在实施这种毁灭：乡亲们不是被敌人驱逐出家门的；就算他们的小镇建有堡寨，济慈也已特意告诉我们，那是一座和平的堡寨①。那位神秘的祭司具有民间故事中的"花衣魔笛手"②的某些力量：受到虔诚言辞的指引，我们都心甘情愿地进入生活，随后又离开生活。生活的悲哀不在于性节律的苦涩，这种以精疲力竭告终的性节律构成了《夜莺颂》的基础；生活的悲哀甚至也不像济慈曾经以为的那样，在那打断或阻碍感官沉醉的令人困惑的智识之中；相反，它在于起源、行进和终结的存在本身，在于过程这一事实。

---

① 原文为"What little town by river or sea shore, / Or mountain-built with peaceful cita-del"，查良铮把"peaceful citadel"译作"堡寨山村"，因文德勒这里强调堡寨的和平特性，所以直译为"和平的堡寨"。

② "花衣魔笛手"是欧洲古老的民间传说中的人物。传说在德国普鲁士的哈梅林曾发生一场鼠疫，居民们束手无策。后来，来了一位法力高强的吹笛手，身穿红黄相间的长袍，自称能消灭老鼠。当地的首领们希望他出手相助，答应给他丰厚的财宝作为答谢。吹笛手吹起神奇的笛子，在笛声指引下，全村的老鼠都跳进了河里。但是那些首领却拒绝兑现诺言，为了报复，吹笛手再次吹起笛子，这回全村的小孩都跟着他走了，消失得无影无踪。

随着最精彩、最深刻的第四诗节结束，济慈早熟的洞察力已让他完成了这首诗的五分之四。我们还记得，这首颂歌一开头就拿瓮和诗韵做了比较，诗歌处于劣势。一切都可以在瓮身上同时存在（并得到呈现），这种完整而共时的视觉艺术，对刚刚因夜莺而失望的济慈而言，似乎比音乐或诗歌这样的时间艺术更甜美。第二、第三诗节告诉了我们这种偏好的理由：因为能完整而共时地看到的东西不会走向终点，而像夜莺的歌声或诗人的诗韵这样的时间艺术的缺陷在于它们会告别和消逝。视觉艺术不是短暂易逝的，或者说它乍看起来不是。

但是，当济慈通过他在瓮上发明的场景去探索他对视觉艺术的几种反应时，发现存在着一种投入和抽离的节奏，通过这种节奏，心灵将自己的短暂易逝强加给了静态的视觉艺术。观看者认为第一个场景展现了一种追求和逃脱的节奏，是后来游行队伍行进的节奏的激情版。激情燃烧的男子或神灵来自某处，不情愿的少女挣扎着要逃往某个避难所。这种对出发地（敦陂？阿卡狄？）和结局（逃脱）的发明，部分地构成了投入和抽离的节奏。但是，一种更强大的抽离力量源于每个观看者在欣赏任何艺术作品时都会间或意识到他眼前的场景并不是真实的，而只是一种表征。济慈的第一次不由自主的抽离便是由这种认知引起的，看着画面中的风笛和手鼓，他意识到它们并不真实，它们只会为精神吹奏听不见的曲调。那里面的艺术是一出哑剧，而风笛事实上是无声的；不过，为了缓和对"抽离"的苛刻认定，济慈没有使用"沉默"（silent）这个不留余地的词，而形容风笛为"轻柔的"（soft①）。我们当然知道，那些风笛是如此轻柔，以至于"无法听见"（unheard），它们演奏的是"无音调的"（no tone）乐曲。"沉默"一词虽然在这里被压着未用，但它执拗地等待着时机，并将在最后两个诗节中出场。

---

① 查良铮译作"柔情的"，因文德勒强调这个词的音量意义，所以这里改作"轻柔的"。

　　因此，济慈对瓮的反应成为一个典型的两难案例，知觉心理学（使用鸭-兔的经典形象）① 称之为"图-底两难"②。如果观看者专注于某一方面，那么另一方面就会退为背景。在这首诗中，两难困境发生在主题内容和媒介、"人"和"大理石"之间。当济慈就瓮上的形体进行急切发问时，他不会认为他们是不真实的："是怎样的人，或神？……你将永远爱下去……神秘的祭司……"另外，一旦他允许自己生出大理石是一种媒介的意识，他就失去了把描画出来的形体当作"真实"的那种感觉，而语调上的分裂则标志着魔咒已被打破。[11] 正如我所说，这首诗有三处这样的断裂（我用斜体标出语调彻底转变的那些时刻）：

　　　　怎样的风笛和鼓铙！怎样的狂喜！
　　听见的乐声虽好……

　　　　永远热情地心跳，永远年轻；
　　幸福的是这一切超凡的情态……

　　是从哪个小镇……
　　　　来了这些人，在这敬神的清早？
　　呵，小镇，你的街道
　　　　永远恬静。③

---

①　鸭-兔图：是心理学家 J. 贾斯特罗在他的《心理学中的事实与虚构》中画出的一个模糊的图形，它既可以看作鸭子的头，也可以看作兔子的头，尽管人们无法同时看到两者。在《哲学研究》中，维特根斯坦曾借助这个图形来说明，如果同一对象可以被看成两个不同的东西，那么，知觉并非纯粹的感觉。

②　图-底两难：在建筑／城市学中，把建筑物作为图，城市开放空间作为底，用黑白两色加以区分。如果观者专注于其中一个方面，另一方面就会退进背景里去。

③　因此处文德勒非完整引用诗段，故按照原诗，对屠岸译本进行相应的省略和改译。

在我看来，在这首诗的结尾处，济慈希望给予这些接榫处的两端以同等的真实性：既充分认可他对具象化的"现实"的参与，又充分认可他对构成性媒介的清醒意识，这些媒介的存在让我们明白具象世界并非真正的生活。在济慈看来，鉴于人们不可能同时既体验到对具象化场景的感官参与，又对媒介有理性意识[12]，而且由于人的注意力能够迅速地从被具象化的事物转移到用于具象化的媒介上，然后再返回，济慈不得不申明，这两种完全不相容的反应虽然从来不同时出现，而且一个总是在抵消另一个，但它们都是真实的，都由器物提供，都是"审美的"。

在第二诗节中，济慈最为出色地实现了让两种反应——对内容的反应和对媒介的反应——自由发挥。在那里，他允许两种感知快速交替，先是这一个，接着是另一个，并且他用完全相同的语言来描述这两种体验，以表明二者势均力敌。评论家们常常提到，这一诗节中出现这么多"能"与"不能"，无法判定孰"好"孰"坏"。济慈轮流对吹笛人和美少年说话，"你无法中断 / 你的歌"，这句话的本意是好的，但弦外之音又含有胁迫的意味；"你永远、永远吻不上"，这肯定是坏事；而"她不会老（fade）"[13]肯定是好事。在这一诗节中，诗人仍然以"生长与枯萎的不断交替"（华兹华斯语）来看待媒介和主题内容。大理石媒介带来了某些好处（"她不会老"）和某些局限（"你不能如愿以偿"）。这些诗行交替关注生活内容（少女的美、情郎的热情）和大理石媒介带来的强制性限制——"你永远、永远吻不上"。一会儿沉浸于狂热的生活内容之中，一会儿认识到媒介之无法活动，说话者的头脑在两者间快速地来回穿梭，代表了这首诗中一种尚未概念化的张力（也就是说，还没有对它做"哲理性"或"反思性"的分析）。

在接下来的第三诗节中，出于防御心理，济慈试着通过压制审美反应的一半——对媒介限制的意识——来压制发问。他希望由此全然进入具象化的内容所表现的静止的幸福之中，回到赛吉那不受时间影响的幽境里去："啊，幸福、幸福的树枝！……幸福的吹笛人……更为幸福的、幸福的爱！／永远热烈……"①　与赛吉的幽境不同的是，在写到树叶的剥落和春天的离去时，这片幽境遭到了时间语汇的入侵。这一诗节平淡无奇的语言表明，当诗歌的势能被故意阻断，受困于最近获得的感知中时，创作必然会失败。我们可以说，善于接受的感觉之针卡在了先前的表达里。处于时间语汇中却又想要保持不受时间影响，二者的冲突构成巨大的张力，当那被压抑者回归时这种张力达到了顶峰，那遭到瓮这一非时间性的视觉媒介禁止的"性爱交融"的戏码，在济慈的追忆里激烈地发生着，留下"燃烧的前额和焦渴的舌头"②。

　　在诗歌结尾，济慈又回到了主题内容和媒介的问题上来。他震惊于具象艺术的"欺骗"能力，它不仅说服他相信瓮上所描画的那一队人的真实性，而且还说服他相信存在着绿色祭坛和幻想出来的小镇，他从对主题内容的参与中理智地撤退，退入对媒介的纯粹意识中，成为表面上超然、实际上受骗的观看者。他不再将瓮拟人化为"新娘""孩子"或"历史学家"——所有这些由将器物本身和它的具象化功能等同起来的愿望激发出来的名称——而是把它看作纯粹的媒介，上面装饰着（embroidered）雕刻家用凿子雕出的大理石男子和少女，他称呼它为"雅典的形状""美妙的情态"③。[14] 但是，正如先前在第三诗节中试图压制理性一样，剩下的一半反应场无法单独运行。雕刻而成的男子和少女突然"隆出而成为现实"（swell into reality）[15]，并在真实的土地上行走起来，"（那里）还有林木，

———————————

① 原文"Ah，happy，happy boughs! ...And happy melodist...More happy love! More happy，happy love! / For ever warm..."，对应查良铮译本中的"啊，幸福的树木！……幸福的吹笛人……更为幸福的、幸福的爱！永远热烈……"诗句。

② 原文为"A burning forehead, and a parching tongue"，屠岸译作"炽热的头脑，焦渴的嘴唇"。

③ 原文为"O Attic shape! Fair attitude!"，查良铮译为"希腊的形状！唯美的观照！"，这里把"attitude"改译为"情态"，以显示其媒介特性。

和践踏过的青草"。诗人试图保持超然的态度是无望的：那场景是冰冷的大理石，可它又是被人踩踏过的草地，两者合二为一又各自独立，乍看是雕刻的，再看却又是真实的。

瓮所呈现的这种两难困境是难以描述的。如果我们愿意，我们可以把整首颂歌看作是济慈对他的消极感受力的终极测试：在写完第四诗节的草稿后，济慈对雷诺兹说，虽然"事情无法照我们的心意／安排，但它们能使我们超越思想"。在那份草稿里，济慈拒绝探究绘画的表达边界，也不追问起源和结局，只保存了简单的"图画式的"共时性。在那里，济慈用现在时态创造了一幅"自然的"图景，既不前瞻，也不后顾：

> 祭仪在继续；阳光下
>
> 主祭刀闪闪发光，乳白色的小母牛低哞，
>
> 风笛尖声吹奏，奠酒缓缓倾流：
>
> 一片白帆露出青翠山崖，
>
> 绕过海角，把锚稳稳地落下。
>
> 水手们和陆地上的人们，齐唱赞美诗。
>
> ——《亲爱的雷诺兹》，20—25

而眼下这首颂歌不会允许自己使用这么简单的解决方案，它不会允许自己全篇使用现在时态。

审美经验与智性经验一样，要求我们生活在"不确定、神秘、怀疑之中，而不是着急忙慌地去追求事实和理性"（《书信集》第一卷，193）。某些概念也会引发这种不确定性，在济慈看来，"永恒"便是这样的概念之一。永恒是时间上发生的一系列事件的无限延续，还是一种毫无变化的恒常状态？在这首颂歌的前面部分，济慈反复使用"始终""永不""永远"和"永远地"这些词，在"永恒"的两种意义之间徘徊。"永恒"的第一种意义——由持续不断、接连发

生的动作构成的无穷序列——在诸如"你将永远爱下去""永远吹奏
着新鲜的歌曲"① 这样的诗行里得到表达（这些诗句让我们想起园
丁"幻想"，他将一直培育新鲜的花卉品种）；而"永恒"的第二种
意义——不动的、固定的、死一般的——出现在描写不会落叶的树
枝和"永远／沉默的"街道的诗句②中。正如我所说，一种"永远"
（《赛吉颂》中的"永远"）属于由主题内容所代表的"隆出的现
实":"永远热情地心跳着"的爱；另一种"永远"属于非时间性媒
介的静态限制。一种"永远"是温暖的、富有表现力的——"永远
在吹奏"，"永远温暖"；另一种"永远"是沉默而冰冷的，就像永远
沉默的街道和冰冷的牧歌。当"人造的"器物在感知者头脑中上升
至比"自然的"行动更高的位置时，"沉默的"街道催生了"沉默的
形式"这一概括性短语，而雕刻在"大理石"上的人们催生了"冰
冷的田园诗"③ 这一短语（我们上一次看到"田园"这个词，是
《夜莺颂》里的"田野的玫瑰"，它是自然的和植物的；但现在它与
自然无关，而与艺术和文类相关。）

　　也许没有哪种阐述方式能够把审美反应中对主题内容和媒介、
"自然"和"器物"的交替觉察讲得足够清楚。但在我看来，《瓮》
的结尾受到了不公正的批评，因为无论是济慈的意图还是他的成就
都没有得到充分理解。（虽然济慈把他的意图弄得暧昧不明，可能也
意味着他在实施意图的过程中存在缺陷，但这并不能为我们提供借
口，使我们可以不尽力去洞察其本意。）这首颂歌所虚构的故事是，
一位诗人心怀悲痛来到一件艺术品前，对它进行盘问，并得到它的

---

① 原文"For ever piping songs for ever new"，对应查良铮译本"他的歌曲永远是那么新
　　鲜"一句。
② 即诗句"Thy streets for evermore ／ Will silent be"，查良铮译作"你的街道永远恬静"，
　　因为文德勒强调"silence"一词"无声"的特点，并且把文中几个"silence"联系在一
　　起讨论，为了凸显这种同一性，统一将"silence"及"silent"译作"沉默"。
③ "冰冷的田园诗（cold pastoral）"，在查良铮译文里作"冰冷的牧歌"，因为文德勒将它
　　与《夜莺颂》里的"田野的（pastoral）玫瑰"相联系，所以把"牧歌"改为"田
　　园诗"。

安慰。我们知道，济慈本人曾说过，我们情绪低落时去看事物，和心平气和时看到的十分不同。他说："困境，使我们把原物①看作一种激情、一个避难所。"（《书信集》第一卷，141）他这里谈的是我们的目标，而非我们沉思的对象，但我们可以说，在这首颂歌中，他把瓮看作了一个避难所、一种激情、一位愁人②之友。在《夜莺颂》中，他拒斥那使幻觉隆出为现实的恍惚的"幻想"，这里却相反，他把有意识的、具象性的工艺品当作了避难所，它能使人"进入"其他生命模式的存在之中，就像他曾进入在沙砾中觅食的麻雀的存在中一样（《书信集》第一卷，186）。（有意义的是，在这里他没有用到"幻想"一词，在之后的颂歌中他也不会再用；这个词已不能表达济慈如今赋予艺术的真理价值。）

　　进入其他生命的存在的方式有高下之分。在《夜莺颂》中济慈已探索过一种模式，他把留在身后的世界的相关记忆全部剔除，把抒情诗当作纯粹的、自发的、非具象性的、能唤起丰富感觉的旋律。现在，通过在感性"美"的基础上增加具象性的"真"和有意识地塑造形式的、"非自然的"技艺之"真"，济慈能够探索更复杂的审美反应模式——我在这里粗略地命名为"窥视癖模式""自恋模式""超然模式"。所有这些审美模式都开启了离开"故我"、进入某种其他事物的旅程，而那事物看起来像是真的膨胀成了现实，这便是创造的力量。哲思的头脑明白，在真实中——至少在济慈称为"连贯推理"的那种真实中——艺术品（这里是瓮）存在于给定的媒介里（这里是经过雕刻的大理石）。济慈说："一个复杂的头脑，是富有想

---

① 原物（Prime Objects）：乔治·库伯勒在《时间的形状》（1962）中提出的概念。这个概念是在"素数"（Prime Numbers）的概念基础上提出来的。素数只能被 1 和它本身除尽，与此相类似，"原物"指的是艺术史上的这样一类作品，它们是神秘的、自成一体的、不可分解且无法复制的，它们代表自己所处的时代，并具有永恒经典的价值。也被译作"原迹""基准作品"等。这里文德勒用"原物"来指希腊古瓮以及古瓮上的雕刻装饰图。

② 愁人：心怀忧愁之人。"志士惜日短，愁人知夜长。"（傅玄《杂诗》）

象力的，同时又会留心自己的果实——这样的人一部分依靠感官，一部分依靠理性思考——只有经过岁月的洗礼，才能发展为哲思的头脑。"（《书信集》第一卷，186）在这封写给贝利的著名信件中，感觉和思想分别对应"美"和"真"。对济慈来说，"真"是有意识的或清醒的头脑的属性，这样的头脑既能看到生活的方方面面，又能对它们进行概念性沉思，就像亚当的头脑意识到夏娃之真。（我用济慈的语言来说，无论多么不精确，对他自己的思想而言也是被篡改得最少的——"可把想象比作亚当的梦——他醒来，发现梦是真的"，他曾对贝利这样解释。）[16] 在他的感觉诗《夜莺颂》中，济慈决定略去"真理"问题，但他发现，如果不把大脑的困惑和感觉的愉悦一并纳入诗的辖区，便无法继续写作。瓮起初那些迷人的名字——"新娘""孩子""林野的史家"，这些虚构的归化①隐喻——都是感觉的投射，而非思想的投射；思想定然会把瓮当作一件器物来看。当济慈允许哲学思考伴随他的视觉反应所获得的种种感觉时，那种思考既看到美丽的具象形式所包含的情感和行动，也认识到对内容的感知和对媒介的感知的心理连续性中存在着间断。允许思想和感觉都充分发挥作用，济慈认识到他自己对艺术物品的主动屈从不仅需要共情，还需要对艺术物品所用的特定媒介做超然的认知——这导致了这首诗接连不断的进入和退出的节奏，他从前曾以为这种节奏完全是由随时间而消散的"幻想"的骗术导致的，因而他当时感到这种节奏是令人痛苦的。如今，他把移情和反思之间的对立统一看作是意识无可避免的流程，因此他站在瓮前，重获了一种感受上的平衡，他给予了瓮一段自陈之词，以真实表现这个矛盾统一体，这个感觉和思想的双重激发物。

我们最后看到的这只瓮，不是历史学家，而是一位警句家。令

---

① 归化：有使异域或陌生之物适应本土的意思。这里指济慈把希腊古瓮比作"孩子"和"新娘"，以使读者感到亲切。

人惊讶的是，它不再像遭到济慈锲而不舍的盘问时那样保持沉默了。它终于开口了，因为说话者已不再问它那些它回答不上的历史问题和推断性问题。当人们问的问题不对路时，瓮只是"沉默的形式"。一旦济慈把它看作"人类的朋友"（而不是历史学家或考古学家），它便开始说话，并且变成了"神谕的形式"，说出（就像神谕常做的那样）同等正确的两件事。当我们用感觉之眼看它，把它身上雕刻的各种美丽形式看作真实的、活生生的人时，它说"美即是真"。当我们用思想之眼看它，把它看作一块刻写着某种意图的大理石（头脑必定会这么看它）时，"真"便通过形式显现为"美"，这时候它会说"真即是美"。这两条信息并不重叠，它们交替出现。我们时而对它所展现的貌似真实的人类生活做出反应（这引起我们的共鸣），时而对它在使用阻抗性媒介方面取得的胜利做出反应（这引起我们的钦佩）。瓮就像灯塔一样，一会儿发出这个信号，一会儿发出那个信号。瓮只能谈论它自身，而它的自我指涉性最明显地体现在它那循环论证式的警句的内部完整性上，这种局限性让我们心生嘲讽。当瓮对自己的铭文进行评论，说这就是世上的人们所知道的和该知道的一切时，我们意识到，它是从它自身存在的特殊视角来宣告这一点的，是从"真"和"美"无法区分的柏拉图式王国里艺术品超越时间的存在这一视角来宣告的。它从自身的永恒中对我们说话，如此自由又如此受限。济慈选择了环形而非线性的雕饰图案来呈现，进一步加强了瓮自我封闭、自成一体的形式。

尽管如此，瓮与漠不关心的、"自然的"夜莺不同，它对人类说话。[17] 它是"人类的朋友"（济慈也曾用这个短语称呼弥尔顿），而且它体现了《睡与诗》中赋予诗歌的"伟大使命"："它应该是一位朋友 / 抚平人们的忧虑，提升人们的思想。"（246—247）《瓮》中那位雕刻的艺术，和《赛吉颂》中诗人的艺术一样，是模仿性的，但它是以哲思的方式进行模仿的，而不是照相的方式；它并没有对照某个失落的历史原型来仿制，而是选择了一些能唤起情感的人类的姿势。它是美的，就像夜莺的歌声那样美，但它又含有具象之"真"，这方面是夜莺的歌声所无法做到的。虽然它是充满表现力的，但它并不像夜莺的歌声那样仅仅是自我表现；虽然它是由一位艺术家制作而成的，但它并不展示艺术家的动机（就像济慈先前在《怠惰颂》中写到的那只瓮，承载的是他本人的动机——"爱情""雄心"和"诗歌"）。相反，它表达多样化的文化动机，而不是同质化的动机或个人的动机，因此它是一种具有宽广的社会意义的表达形式。而且它是蓄意而为的，用工具对自然进行再加工，甚至（用凿子）对自然进行侵犯，而不是自发的、欣喜若狂的倾泻或萌发。

结束语是由诗人自己说出的，它把瓮上的铭文和瓮对铭文所做的评论都作为引语囊括了进去：

> 年华逝去，将催老我们这一辈，
>   你在别样的悲伤中，不曾代谢
>   一个人类的朋友，对我们感喟
>   "美是真，真也是美"，这就是
>   你知道，和你需要知道的一切。①

最后两行是瓮说的话[18]，在对铭文式警句的独特价值进行评说之前，它对警句做了特别强调。但这首诗的最后一个完整句出自说话者之口，他以预言未来的方式讲述了瓮将对后世的人们说些什么。在诗的结尾，说话者的陈述有回顾也有展望，具备了先知特有的广阔视野。他以哲思的头脑，预见到某个时候自己这一代人将像前人一样因年老而凋零；而更年轻的新一代人将像他一样心怀悲伤，来到瓮前寻求庇护和慰藉。相较于《夜莺颂》中每一代饥肠辘辘的孝子贤孙把父辈踩在脚下的残酷画面，这幅展现代际平行关系的图画

---

① 王敖译。

因其慷慨大度而成为一种进步。在这最后一节中，济慈已远远超越先前两次他与瓮上场景的相遇；现在的他所具有的超然心境可以和瓮本身的超然相提并论了。但在这一诗节中，他的头脑的容量远胜于瓮。在这里济慈的头脑容纳了过去、现在和未来，容纳了青春、悲痛、衰老、时间的流逝和另一代人的到来——所有这些他在《夜莺颂》中极力回避的可怖因素。济慈的头脑把观看瓮的个体经验置于几代人生生死死的整体经验中进行判断。由此，艺术的崇高和狂喜被看作是生命长河中的某一时刻，在这个时刻，经由艺术的强度，所有不称心之事都"因跟'美'和'真'关系密切"（《书信集》第一卷，192）而烟消云散了。无论是在这首诗的中间（在各个反思时刻）还是结尾，那些不称心之事——衰老、死亡、悲苦——不断闯入说话者的脑海，提醒他注意它们的存在。但他给予了瓮最后的、抚慰人心的话语，因为它会向一代代人反复道出——同时他又把瓮最后的话语囊括进了他自己用以赞美艺术的盖棺论定的句子里。

　　这首颂歌所崇拜的物理意义上的神灵是艺术品——瓮。从概念层面上说，它所颂扬的是"美"和"真"、"感觉"和"思想"这两对双生神。从想象层面上说，它所颂扬的神灵是发生在观者和艺术物品之间的精神酬答。物品提供了三个雕刻出来的场景的美丽形式；精神进入其中，分享每个场景里的生活，在第三个场景里，它甚至协助艺术物品，把生活扩展至想象出来的新创造①中。艺术品和精神共同创造了审美遐思，真实与虚幻共存。当我们读第四诗节时，感到一串美丽的匿名形体从一个不明地点出发，由一位神秘的祭司带领着，前往一个不知名的地方，去举行终极祭仪，如果我们的这种感觉果真是我们在世间所知道和该知道的全部的"美"和"真"，那么济慈的瓮兑现了给我们这一代人的承诺，如同它曾对济慈那代人兑现承诺一样。

---

① "新创造"在这里指"小镇"和"绿色祭坛"。

如果我们现在转向《瓮》的语言，对它做更细致的探究，我们必须首先把它所引发的核心问题提出来讨论。这里采用的一种语言策略令这首颂歌广受争议，那就是它采用了两个柏拉图式的绝对概念——"美"和"真"。它仅仅省去了"善"，有时（如在斯宾塞的赞美诗中）它也被称为"爱"。济慈对这组柏拉图二元概念的运用支配着全诗：这意味着，他心意已决，要对哲学语言发起挑战。之前在《夜莺颂》中，面对"生活"和"艺术"的关系这一哲学问题，他尝试以隐喻的方式加以处理，将日与夜、醒与梦、沉默与歌唱、痛苦与狂喜等对立起来。在《瓮》中，济慈决定不单单诉诸描述性隐喻，而是要同时启用智性去直面这些关系；不仅要找到意象，而且要陈述命题；不是去"慰藉"，而是"直截了当地提出想法"（史蒂文斯）。即使在《夜莺颂》里，主宰诗篇的图像性和描述性语言，也只够用于表现中间部分所描写的那种心无旁骛的恍惚；"生活"的"真实"世界只从济慈身上召唤出一些陈旧的人格化形象：幽灵般瘦削的青年、瘫痪的老者、明眸的美人和苦思渴念的爱。而一旦他重新接纳困惑的头脑，他自己必有一死的命运之痛便激发出一句自我防御式的、简洁明了的命题式感叹："永生的鸟呵，你不会死去！"《夜莺颂》中的这些元素催生出了《瓮》的几种语言元素。《瓮》中隐含的对比性判断（这里的树枝不同于真正的树枝，它们永不落叶；这里的爱情与人类的爱情不同，心永远在热烈地跳动；等等）直接源于《夜莺颂》对鸟的不朽的对比性强调；而《瓮》中永不变心的情郎和不会老去的少女，正如我前面所说，显然是从《夜莺颂》里行将凋残的美人和不忠的情郎的对比中衍生出来的。但《瓮》的语言（"她不会老，虽然你不能如愿以偿，/ 你将永远爱下去，她也永远秀丽！"）有意去除了视觉性。美人被剥夺了光亮的明眸，而情郎呢，甚至没有用"因爱而憔悴（pine）"这个如此有表现力的动词去形容他；他只是"爱"，她只是"美"。显然，那些展卷阅读《瓮》的人们，如果期望在这首颂歌中读到曾在《夜莺颂》里读到过的浓墨重彩的语言，会感到失望：济慈式的华丽哪儿去了？当然，也并非完全没有；不过，在诗的中心部分济慈给自己戴上了严峻而审慎的枷锁，决定不信任他那层出不穷的满是形容词的花哨，而是以最朴素的轮廓来写作。我所说的"最朴素的轮廓"，首先是指他选择了尽可能简单的欲望的象征形式（一位情人在逐爱、一位姑娘很美、一位乐师在吹风笛、枝繁叶茂的树），其次是指，他选择了朴素的语言去表达纯粹的无限制命题①（诗韵里的故事是甜美的，但雕塑里的故事更甜美；听见的乐声虽好，但若听不见却更美；唱给感官的双耳听的歌曲是珍贵的，为精神吹奏的无声曲调却更叫人喜爱；人类之爱使人悲伤、痛苦、憔悴，瓮上之爱远比这美好）。就这样，在前三节中（除我后面会提到的一些例子以外），济慈想要以冷静无误的"真"进行形象呈现和理性断言，他的这种愿望造成了斩钉截铁的判断所特有的那种枯燥（"更甜美""更甜蜜""更可爱""远远高于"）[19]，完全不同于他天生的犹疑语气，在他身上，那种犹疑源自他强大的、探索性的消极感受力。济慈希望做到真实，希望用命题式语言而不是描述性语言来说话，这也导致他把一连串不加修饰的动词排列起来，用最光秃秃的提纲式陈述来表达显而易见之事：

> 你　无法中断你的歌
>
> 那些树木　也落不了叶子
>
> 你　永远吻不上
>
> 她　不会老
>
> 你　不能如愿以偿
>
> 你　将永远爱下去，她也永远秀丽！
>
> 你的枝叶　不会剥落

---

① 无限制命题：也叫无条件命题，这种命题通常用"所有""每个""任何"等词直接表达或明确指涉。

也永不会　　离开春天①

这些句子采用了极度简单的命题形式，它们是用"是"与"否"标示出来的动词结构。

中断歌曲？	否
掉光叶子？	否
吻？	否
衰老？	否
如愿以偿？	否
永远爱？	是
永远秀丽？	是
枝叶剥落？	否
离开春天？	否

这些话是讲给瓮上的形体（吹笛人、恋人和树枝）听的，不管诗人怎么描述他们各自的状况，他都假定他们能听得懂，由此，这些句子或许也显示出了一种虚假的天真或异想天开。然而，我们能明白这些诗节所具有的力量；并且我们一致认为，这些诗节所采用的虚构形式，即说话者向瓮上形体描述他们祸福参半的存在状态，是济慈用来替换他的第一人称表达的方式（顺便提一句，他没有对那位少女说话，只对那位男性恋人和男性吹笛人说话；这两位男性是他自己作为大胆的恋人和不倦的艺术家在想象世界里的投影，他与他们共情，而不是与那位少女共情）。

　　在缺乏形容词带来的感官色彩的情况下，济慈试图通过两种手段赋予他的"命题式"语言以一定的丰富性。他重复中心词（如

---

① 参照查良铮译文，略有改动。

"吹吧，轻柔的风笛，/ 不是奏给感官的双耳听，而是更可亲，/ 向精神吹奏……/ 永远吹奏着永远新鲜的乐曲"① ）。但比起词语的重复，济慈更多地依靠句式的重复，在一成不变的、催眠式的呼语后，跟着一连串由"永远""永不""不是"或"不"构成的肯定或否定。句式变化得恰到好处，使读者无法完全猜着："不能"之后跟着"能"，随后是"永不能"，接着又是"不能"；在陈述性的"能"和"不能"中间，突然来了一句动情的"但不必心酸"，这句话是诗人后来用来安慰"秋天"的那句话（"但不要想这些吧"）② 的底本。在这首颂歌的第三诗节中，语义和句式的重复升级为一种胡言乱语的形式，其中所说内容明显属于语无伦次的羡慕——"呵，幸福、幸福的枝条！……幸福的吹笛人……更为幸福的、幸福的爱！永远热烈……永远热情地心跳"。人们通常认为在这一诗节中济慈失去了对诗歌的掌控，贝特说这个地方表现出来的"用力过猛"可与《夜莺颂》中"已经和你同在"相提并论。不过，如果我们把济慈看成是一个任诗歌在他身上随意横行的无助灵魂，也许就被误导了；更大的可能是，本能的审美追求使他在创作上选择了某些道路——在这里是命题式的语言——而这需要付出一定的代价。对于熟悉济慈早期审美倾向的人来说，命题式写作的问题在于它似乎表达不了感情。关于"何为真""何为非真"的陈述，其本身在情感上是中立的。而济慈有关瓮上的形体的第一组命题——在他最初的发问之后——试图采用这种陈述性的中立形式："你不会离开 / 你的歌"；"树木也永不会掉光叶子"；"她不会老"；"你将永远爱下去"。不满于空洞的命题式陈述，济慈停止发问，重写了这些命题，把原先的陈述形式改成了感叹形式："呵，幸福的、幸福的枝条！你的树叶

---

① 原文 "ye soft *pipes* play on，/ Not to the sensual *ear*，but more end*ear*'d，/ *Pipe* to the spirit.../ For ever piping songs *for ever* new"，对应查良铮译本中的"吹吧，柔情的风笛，/ 不是奏给耳朵听，而是更甜，/ 它给灵魂奏出……/ 你无法中断 / 你的歌"诗句。

② 《秋颂》中的诗句。

不会剥落；幸福的吹笛人也不会停止演奏；更为幸福的爱！永远热情地心跳。"济慈对命题式写作的反叛早已有所显示：他在呼语"美丽的少年"和"鲁莽的恋人"中添加了自己的感受，以"不必心酸"表达了悲痛，以"虽然你不能如愿以偿"表达了同情。当他以将来时态发布预言时，甚至没能正确使用严格意义上的命题形式（以现在时态来呈现超越时间的瓮的永恒性原本是非常合适的）：他没有更恰当地使用"你永远爱；她永远秀丽"，而是为他那鲁莽的、未能如愿的情郎提供了未来的愿景，以示安慰："你将永远爱下去，她也永远秀丽！"①

　　然而，不可能把每段话都写上两遍，先说是什么或不是什么，然后重新措辞，给每个陈述句加上感叹性修饰语，"涂脂抹粉"地敷上感情色彩。这两节（第二、第三节）以低效为写作策略，促使我们倒回去看看颂歌开头的语言，又向前去看看最后两节的语言。

　　我已经说过济慈希望在这首颂歌中融入具象之"真"。这个主题方面的愿望必然引发第二个愿望——在诗歌语言中融入命题之"真"。要将"真"纳入这首诗的决心引发了济慈对"真"的第一种天真看法，把它看作是对简单问题的简单回答，以名字和故事来回答"是谁"和"为何"的问题。济慈接着提出了第二种假说：如果"真"不是可鉴定的名字和故事（事实或历史意义上的"真"），也许它是正确的陈述性命题（哲学意义上的"真"）——但为了实现情感和事实两方面的"真"，必须赋予哲理性的命题以修辞色彩，于是他把感叹词（情感之"真"）添加到了命题上。最终，他的一些命题不仅要说明是什么，而且要说明事物是以怎样的相对顺序排列的，以及一些事物在哪些方面优于其他事物（价值之"真"）；结果是，我们看到他采用了"X 比 Y 更甜美（或更令人喜爱，更优

---

① 文德勒的意思是，如果是严格的命题形式，这句话应该用现在时态"Forever dost thou love；she is forever fair"，而济慈却用了将来时态以表达他的期望"For ever wilt thou love，and she be fair"。

越）"这类判断性或等级性命题。

但济慈无法做到一切尽在掌握，他想要说出事实的、哲理性的、情感的和价值判断意义上的"真"（而不是像他早期颂歌中那样，主要是叙述、抱怨、描述或希冀），然而，他的语言想要挣脱他现在这种新的清教徒式努力。在开头五行，语言摆脱了命题式的枯燥，第四节亦然，这两部分写得最美，也最具自身特色。跟早期颂歌中的任何一个诗节相比，《瓮》的第一诗节所展现的心智要复杂得多，也让我们看到了济慈更大的智性潜能。第一诗节包含了对早期作品的一些回忆，包括从《赛吉颂》中借来的跟昔日神话的链接（如"是怎样的人，或神"让人想起《赛吉颂》中的"你是谁"），以及先前所有颂歌中都存在的济慈作为诗人形象的自我设定。但开篇对瓮的称谓，在其智识复杂性方面，却不同于《怠惰颂》《赛吉颂》或《夜莺颂》中的任何称呼。跟描述性的"你呵，轻翅的树精"相比，"你，嫁给'寂静'的、依旧童贞的新娘"[①] 和"你，'沉默'和'缓慢的时间'的养子"[②] 为我们提供了不一样的深度，尽管这些诗行是按照相同的句法模式切分的。树精有仙女的翅膀，且属于树；但"新娘""童贞"和"寂静"跟瓮没有必然联系，"养子"与"沉默"或"时间"也无必然联系。《怠惰颂》中的称呼（"美丽的姑娘，名叫爱情""雄心，脸色苍白""我的诗歌之精灵"）、《赛吉颂》中的称呼（"啊，最后出生的最可爱的幻象""啊，最明亮的""'幻想'这园丁""温暖的爱神"）[③] 和《夜莺颂》中的称呼（"永生的鸟"

---

① 原文"Thou still unravish'd bride of quietness"，查良铮译作"你委身'寂静'的、完美的处子"。

② 原诗为"Thou foster-child of silence and slow time"，查良铮译作"受过了'沉默'和'悠久'的抚育"。

③ 原诗为"O La st born and love liest vision""O brightest""the gardener Fancy""the warm Love"，对应屠岸译本中的"啊，出生在最后而秀美超群的形象""啊，至美者""'幻想'这园丁""热情的爱神"。

"温暖的南国"①"骗人的妖童"）一样，其表达方式和参照类别都是简单而常规的。但是，写作《瓮》的这个复杂头脑把"静止""寂静"和"蹂躏"②、"新娘"联系在了一起（正如约翰·琼斯所说，那只新婚的瓮肯定是夏娃，她是亚当的梦，当他醒来时发现梦是真的）；这复杂的头脑还把沉默、世代的消逝、死亡和养育相互关联；把历史和森林相连，把故事和花朵相连；拿雕刻与诗歌相比；把传说和树叶并置，又将两者与文化中阴魂不散的不可见事物交织在一起——而这些又都和雕刻出来的形式及形式四周的装饰关联；它使人与神、自然与田园、敦陂与阿卡狄交替出现；它给行动配上音乐，给狂喜配上挣脱。写出这第一诗节的这个头脑肯定比写《怠惰颂》《赛吉颂》和《夜莺颂》的开篇的那个头脑更有趣、更丰富、更驳杂。这是一个竭力抵抗自身的排斥倾向的头脑。（在《怠惰颂》中，头脑曾希望排除自身对行动、现世性和形式的冲动；在《赛吉颂》中，它曾希望排除时间，并禁止把遐思呈现在物理媒介上；在《夜莺颂》中，它曾希望排除自身对苦难的意识。）现在没有什么需要被排除在外了，无论过去还是现在，无论和平、狂喜还是暴力，无论人还是神，无论真理还是传说，无论性欲还是贞洁，无论装饰图案还是确切位置，无论出发地还是终点，无论活动还是静止，无论生活还是艺术，无论音乐还是沉默，全都不必排除。

我们在艺术中得到各式各样的满足，而最大的满足之一是我们了解艺术家忠实于他所知道的全部经验，只要是在媒介所能够表现的范围之内，他决不把任何东西排除在外。《瓮》（不同于《怠惰颂》《赛吉颂》《夜莺颂》）起源于一个决定，要以具象的方式去拥抱瓮所是的一切，并以某种方式讲出有关它的真理。但是，在丰富到无

---

① 摘自《夜莺颂》诗句"O for a beaker full of the warm South"，查良铮译为"要是有一杯南国的温暖"。

② 蹂躏（ravishment），是从第一行诗中的童贞的新娘"unravished bride"而来，查良铮译作"完美的处子"。

以言表的第一诗节之后，济慈接着写了两节相对松散的诗，他首先迫使自己宣讲命题，为哲学之"真"服务，接着迫使自己为情感之"真"服务，把相同的命题改写成感叹。最后他说出了那个我认为能解释这首诗的生成动机的命题——性欲必然的自我耗尽和自我永存。

也许人们真的只需要"餍足"和"焦渴"交替的自相矛盾的人类感受，就能通过对比创造出瓮上情侣之间那种永不褪色的爱和美。但我们必须在此回顾一下瓮上的两种性爱形式：一是对不情愿的少女的疯狂追逐和随之发生的少女的挣脱、逃跑；二是满腔爱意的情郎和他美丽的心上人之间纯然牧歌式的画面。这两个场景相互对照，且都有相应的音乐伴奏。在我看来，这种对餍足和焦渴的戏剧性运用，反映的是拜伦式的追逐和挣脱的性爱模式，而不是济慈心中那份想要和范妮·布劳恩永结同心的希望，这份希望刚产生不久，连他自己都还不太敢相信。七月，刚写完这些颂歌的时候，他说："就我而言，我不知该如何对如此美好的人儿表达我所怀有的虔诚：我想要一个比明亮更明亮的词，一个比美好更美好的词……即便最糟糕的情况发生，我仍然会爱您。"（《书信集》第二卷，123）由此可知，瓮上第二个场景中的形体不仅代表了无法达到的境界（永恒和固定不变），还代表了那些济慈所信奉的东西——爱、恒久不变、忠诚、美和真。餍足和焦渴并不适用于这些恒久之事；济慈认为，只有一种力量能触及这些信念，那便是死亡。瓮上爱情的真正对手不是厌腻，而是消亡。这首颂歌必须直面的障碍不是情欲感受的短暂易逝，而是生命本身的短暂易逝；而在最伟大的发明——第四诗节中诗人直面了这个问题。

这一诗节伟大的想象性发现——看不见的祭坛（目的地）和看不见的小镇（出发地）——不是感觉的发明，而是思想的发明。绿色祭坛和小镇，作为"不在瓮上之物"，对应于《夜莺颂》中凋零的青春、瘫痪的老者和悲叹的人们——那些在夜莺的世界里并不存在的东西。显然，济慈已完全丢开《夜莺颂》中"世界是痛苦的，而艺术里面不包含痛苦"的想法。瓮上的艺术——把争斗和抵抗，以及祭祀队伍、爱情和青春全都囊括其中——已经开始努力做到包罗万象，让"不称心之事"也都进到艺术里来。如此，瓮上所排除的只有那些我们无从知晓之事——我们来自何处、去向何方，那些永恒的奥秘。关于出发地（起点）和祭祀地（终点）的特点，济慈颠覆了我们的预期；我们的期望或许是这样的，祭祀的地方空旷而荒凉，而出发的地方绿树成荫、清新古朴，人们安居乐业，但济慈却把他对死亡之恐惧投射进了那座被遗弃的小镇，而小镇也的确展现出了我们死后生命被腾空的情形。在这第三个场景中，我们所有人都被置于由虔诚的乡亲连缀而成的文化行列中，通过展示我们的社会角色而不是私人角色，济慈牺牲了他的孤傲姿态，这种孤傲曾使他在《怠惰颂》中成为一位自给自足的梦想家，拒绝"爱情""雄心"和"诗歌"等社会性诱惑。类似的孤高心态还曾使他把自己塑造成扮演（即便是"不成调的"）赛吉的诗人-祭司的人选（并且，他还取代了丘比特，做了赛吉的恋人）。激荡在《夜莺颂》中的社会同情心（对被迫处于困境的青年和瘫痪的老人的同情）只导致诗人逃离那些受他同情的痛苦。在《瓮》中，社会同情使济慈身处匿名的（差不多是匿名的，我们想说的是，合唱的）祭祀队伍中自我舍弃。在祭祀场景中济慈采取了一种更为禁欲主义的立场，他拒绝使用人类的音乐来祭祀。狂欢场景里有风笛和鼓铙；相对平静的爱情场景里则有快乐的吹笛人；但祭祀场景中唯一的声音是小母牛预示性的低声哞叫（当然，是从夜莺狂喜的歌声嬗变而来的）。在济慈给雷诺兹的信中，风笛和赞美诗都被纳入了他对祭祀场景的最初想象中（"风笛尖声吹奏，奠酒缓缓倾流：…… / 水手们和陆地上的人们，齐唱赞美诗"）。由于济慈在《瓮》中对听见的和听不见的乐曲如此执迷，并且在前两个场景（狂欢场景和爱情场景）中都细心地插入了艺术（即乐曲），而颂歌的结尾却与先前不同，没有用到艺术（音乐），这种省略便值得我们注意。这一缺失所产生的效果是伴奏的沉寂，以及音乐表达的无能：音乐既无法说出受害者最后的动物性话语，也无法替小镇最后的沉默发声。即便是听不见的乐曲也表达不出这份悲怆。《怠惰颂》中轻柔、自然的音乐（"鸫鸟的歌声"），《赛吉颂》中内在的音乐（"不成调的韵律""午夜时分／哀婉的咏叹"），以及《夜莺颂》中自发的嘹亮歌声（"放开了歌喉""这般的狂喜！"）再也不会在济慈身上油然涌现了。拉米亚虚幻的音乐与它所撑起的宫殿一并消失了；《海披里安的覆亡》中没有任何音乐，《秋颂》的最后写到了音乐的伟大复苏，那是自然界的一片"嘈杂之音"——咩咩声、呼哨声和呢喃声。

　　我前面曾说，《瓮》的第四诗节的这些精妙之处——提到但看不到的出发地和终点、音乐艺术的缺失——是思想的发明，而非感觉的发明。然而，这首颂歌中最伟大的一个诗节的语言（尤其是在与其他诗节和其他颂歌的对比之下）还需要我们再做一些评论。我们回忆一下便知，这一诗节又回到了第一诗节的第三人称发问模式（虽然用的是不同的、非事实调查的语调）："这些人是谁呵，都去赴祭祀？"接着，它开始对第二诗节的内容进行复现，在对祭司的第二人称呼唤（"哦，神秘的祭司"）中仿用了第二诗节的第二人称呼唤（"你们①，柔情的风笛……美少年……鲁莽的恋人"）。腰身围有花环的小母牛接替了《赛吉颂》中花架上装饰着花环的玫瑰色圣堂，祭祀的早晨的装饰接替了相爱之夜的装饰。《夜莺颂》和《赛吉颂》一样，是一首夜之诗（那昏昏欲睡的状态延续至清晨，便成了《怠惰颂》）；《瓮》则走进白天的阳光里，在"在这敬神的清早"唤醒自己参与进祭祀活动中，表现出一种斯多葛派的勇敢，这种勇敢将会在后面的颂歌里得到延续。在单行前奏"这些人是谁呵，都去赴祭祀？"之后，接下来三段三行诗的等量运动，赋予了第四诗节一种

① 原诗为"ye soft pipes"，"ye"作代词时，代指"你们"，查良铮翻译此句时省略了该代词。

别样的平衡感和开阔感，这在这首颂歌的其他诗节中是找不到的。这首诗的最后一个问题，"哪个小镇……今天被腾空？"①，虽然是在对祭司的直接发问之后问出的，却又回到了开篇发问的第三人称模式（"是怎样的人，或神？"），在诗人对小镇的想象中出现了三个相互竞争的位置（建在河边、海滨或山间），这使得这座小镇真正成了不可知的。于是，当迄今为止只用于瓮上可见的事物或人（风笛、树枝、情人、吹笛人、祭司）的温柔的第二人称呼唤，以一种难以形容的悲怆效果，延伸到看不见又不可知的小镇身上时，我们就更为惊奇了：

> 呵，小镇，你的街道永远恬静；
> 再也不可能回来一个灵魂
> 告诉人你何以是这么寂寥。

这首诗先前写过的"能"与"不能"，在"再也不可能回来一个灵魂"中得到了回答，那大胆的预言"你将永远爱下去"中用过的将来时态在"你的街道／将永远沉默"中得到了回应。而这两个"永远"②又与之前出现过的更为幸福的"永远"形成了呼应。

《怠惰颂》告诉我们，当瓮旋转一周翻过来，"最初见到的影子又来到（return）"；济慈曾想象他可以命令《怠惰颂》中的瓮上幻影消失，并"再一次变做／梦中石瓮上假面人一般的叠影"。但现在，济慈不再接受他第一眼见到的瓮上的形象能循环往复，也否弃了它们可以随心所欲地从瓮上离开又回到原先位置的幻觉，他对所有影子下了最后禁令：任何一个灵魂"再也不可能回来（return）"。正是

---

① 原文为"What little town.../ Is emptied of..."，对应查良铮译本中"是从哪个傍河傍海的小镇，／或哪个静静的堡寨的山村，／来了这些人，在这敬神的清早？"三行诗。

② 这里的两个"永远"在原文中分别为"for evermore"和"ever"，在诗歌的前半部分它们也曾出现。

此类颂歌之间频繁的内部呼应（我们无法设想济慈本人并没有意识到），使得这些颂歌放在一起阅读时，能创造出更多深度。

当济慈承认小镇的街道永远沉默时，他便不再用排山倒海的问题去纠缠那"'沉默'的养子"了，因为没有一个灵魂会从那未被发现的国度回来。济慈决定留在瓮前，不再进一步发问，他示范了什么是他的"消极感受力"；"没有一个灵魂告诉我们何以如此"是对神秘世界的完全屈从的表现，类似于在"祭司"前加上"神秘"一词以默认自身的无知。第四诗节中音乐的缺失代表着无法言说、难以言喻。

第四诗节的场景——无论是可见的还是不可见的——都以平静而肃穆的语言来呈现，读完这一节再读颂歌的结尾，我们便会被结尾的语言吓到，所有读者都会在不同程度上以不同方式感到震惊。我在这里要为济慈之所以这么写的意图和决定做辩护，不过我只是想为他在这个阶段朝着"哲思化"和一种适于"哲思化"表达的语言的崇高探索进程的必要性进行辩护。如果济慈决定用哲学的（就他所知的）抽象和命题式语言来表达他的思考，即便在诗歌中也非要如此的话，那么他是受华兹华斯和柯勒律治这两个榜样的鼓舞而误入歧途的。《瓮》结尾的语言是一个瑕疵，无法跟这首诗前面几节的语言完全融为一体；但是我们可以留心一下济慈给予《瓮》的那些称呼，从而仔细考量他这样结束诗歌的用意。这些称呼不同于济慈早期颂歌中信徒对偶像的称呼，甚至也不同于这首颂歌开头几行所用的称呼。在其他颂歌中，以及在这首颂歌的开头部分，济慈往往是一个被动的主体，满足于被他自己想象出来的事物所控制，无效地拒绝他们的请求（《怠惰颂》），或渴望进入一个更好的场所（《夜莺颂》），或者，顶多是希望复制一种过去的宗教崇拜（《赛吉颂》）。他作为做梦者（《怠惰颂》）、礼拜首领—祭司—情人（《赛吉颂》）或醒着的倾听者（《夜莺颂》）的功能排除了具有批判功能的智性。但是，《瓮》的发问模式，允许大脑充分活动，打断感官的恍惚，进行判断和深入反思，也允许诗人有意识地使用知识性称呼，这些称呼试图掌控它们所指称的对象。正如我之前所说，"'寂静'的新娘"是一个比"树上的仙灵"或"天空中多情的萤火"复杂得多的表述；然而，"'寂静'的新娘""'沉默'的养子"和"林野的史家"仍然是充满惊奇、共情和悲情的称呼，并非源自批判性头脑。为了让困惑的头脑在他的颂歌中获得充分自由，济慈在最后一节中成了熟谙考古学术语和文学体裁的十九世纪知识分子。"雅典的形状"和"田园诗"不是全身心屈服的称呼，而是积极的智性掌控。济慈说："我将为你命名，不用你给我的名字（如'新娘''孩子'），而要用我根据学术、知识或批评的惯例来对你进行分类的术语。""我"曾称你的青年为"美丽的"，你的少女为"美丽的"；那是一个进入你的牧歌式虚构场景的人说的话；现在"我"按照审美判断的标准，"我"把你称作你本身——"美妙的情态"。"我"曾敬畏地称你为"'沉默'的养子"；现在"我"要以清醒的真实，称你为"沉默的形式"。"我"曾凭想象把你称作"新娘"和"孩子"，而事实上你并不是；现在"我"将给你一个体现关系的名字，你可以凭此，清醒而确定地认领你的功能；你是"人类的朋友"。

　　当然，正如评论家们所指出的，在这些掌控性称呼中，感情是有波动的——从冷淡到动情。我只想说明，它们都是济慈试图用来宣告自己对瓮拥有智性权力的称呼，表明他的头脑必须进行判断和诠释，以对瓮的自我呈现做出回应。或许一个如花的故事由瓮来表述，比用诗来表述更"瑰丽"；但是济慈希望他的诗是哲理性的，而瓮却是无法进行论说的，因此也就无望做到这一点。然而，他将使瓮具有哲理性。在他最后的智性掌控（和慷慨）中，他将赋予瓮语言。他给予它语言和哲理性的表达方式——这是他给予瓮的最高礼物，此前瓮一直只能用画面诉说。

　　济慈给瓮写的台词把他的读者搞晕了。瓮神谕般的言辞坚固似花岗岩，只有那些最不可动摇的、近乎同义反复的命题——如"我就是我"或"悲伤即智慧"(济慈的另一个命题,见《书信集》第一卷,279)——才具有这种坚固性。把"真"归于具象艺术,并以美学中常见的方式,把"真"和"美"这两个术语结成对子作为艺术之必需,这并不是说,这些术语对济慈而言就明白无误了。相反,他在书信中反复提及这两个术语,表明它们一直困扰着他。"不称心之事"被济慈排除在先前的颂歌之外,但部分地写进了《瓮》中,这清楚地表明了他的关切对象所在。他仍然把人类的死亡排除在瓮之外(除了以清空的、不可见的小镇来象征);但通过以第二人称呼唤小镇,济慈又使那被遗弃的小镇不再缺席、不再不可见,他让它在场,并与人产生联系,从而使那些"不称心之事"所包含的悲怆感与"真"共存。

所有艺术都是虚构的、人造的、受到媒介限制的,而不是温暖的、人性的、活生生的,想要把这种"不称心"的思想纳入诗歌中的愿望,造成了最后一个诗节中部分诗句的冷色调。在使用"形状""形式""情态""大理石""石雕"和"田园诗"等词语时,济慈是在宣告他将以审美的、世俗的、事实的批评术语来谈论瓮,把它当作一件器物,一件处于特定媒介和文类之中的物品。但瓮还有另一种存在——我们经验中的虚拟存在。在这种存在中,它一个场景接一个场景地施加直接影响。济慈必须为这种温暖的共情经验和另一种更为冷静的评价分类经验找到总结性语言。他说瓮"如同'永恒'/使人超越思想"。再提一下他写给雷诺兹的那封信(信中他说"进行哲学思考/我还不敢!"),他说这种被引向思维能力之外的状态是一种炼狱的盲目(济慈的"炼狱"是处于地球和天堂之间的一个垂直空间):

> 事情无法照我们的心意
> 安排,但它们能使我们超越思想。
> 也或者是,想象力跃出正常

> 范围，只是仍受到限制——
> 在某种炼狱的盲视里迷失，
> 天上地下的法则全都不能参照？
> 能看到边界之外却无所依靠——
> 这是幸福所包含的缺憾
> 它迫使我们在夏日晴空下悲叹：
> 它毁掉了夜莺的歌唱。
> ——《亲爱的雷诺兹》，76—85

这段美妙的文字比颂歌早写一年，它表达了希望把幸福置于洞察力之上的观点，直接催生了《夜莺颂》里不愿让人类的悲叹毁掉夜莺的歌声的思想。不过，这段话同时也预示了一年后的那封信中济慈对"灵魂修炼"的炼狱式强调。在《瓮》中，济慈已（暂时）把炼狱抛在脑后（在《海披里安的覆亡》里他将再次回到炼狱）；同时，当他谈论艺术时，他还决定从强调"不朽"转为强调"永恒"。"不朽"指的是某种生命不会死亡，尽管它可能已经出生，并也在时间中生存，比如夜莺；"永恒"则指完全摆脱了出生、死亡，以及在时间中的存在这些概念。瓮存在于（当我们进入它的"现实"）永恒之中，处在"真"与"美"合二为一的超凡境界，跟心怀悲伤的人做朋友，使他们脱离困境。应该把瓮所说的话（"这就是你们所知道的／一切"）和济慈在其他地方所说的慰藉性语言联系起来分析，特别是我前面提到过的那两句（"但不必心酸"和"但不要想这些吧"）。这些安慰几乎都是母性的：我们必须把瓮想象成是在我们困惑时向我们说话的。瓮谈论的是知识本身，是我们知识的总和，以及我们需要知道的知识。由于对济慈而言"知识"这个词肩负着"哲学"重担，因此瓮在对他（及我们）讲话时，重复使用了"知道"（"你们所知道和该知道的一切"），这是为了减轻他的疑虑：作为一个人和诗人，他工作中的哲学抱负是不是在越俎代庖？既然济慈的计划是把"思想"和"真"纳入艺术之中，那么除了"知道"这个词，还有什么词可用来为全诗作结呢？除了一个命题句，以及对"一切"这个词的两重含义（部分的和总括的）的双关重复，还有什么可用来结束这首选择陈述而非描述、选择涵容而非排斥的颂歌呢？"通往包罗万象的知识的 / 神秘之门"（《恩底弥翁》第一卷，288—289）不可能永远关着。永恒的瓮说话，必须和不朽的鸟说得不同。

在为"永恒"发明一种语言时，济慈求助于两种截然不同的形式。一种是永恒正确的，或者是拥有柏拉图意义上的正确；另一种是说给人类的耳朵听的。由于我们担心自己的知识不完整、不足以应对我们的存在状态，因此瓮俯就我们，告诉我们，对我们来说我们所知道的（尽管有限）已是足够，从而将我们从匮乏感的折磨中解脱出来。在这个意义上，瓮说的是我们的语言。但在瓮将我们的知识玄妙地浓缩成一句谜一般的箴言时，它所说的是济慈所能发明的唯一的语言，他认为让一个永恒的存在这样讲话是合适的——在这种语言里，他以一个适应人类的命题形式和它的逆命题（"X 是 Y"与"Y 是 X"）来呈现一种现实，这种现实只能被设想成 X 和 Y（在另一王国）共时而同一的存在。

瓮的信条，以其赤裸裸的命题形式和柏拉图式的抽象语汇，给济慈把真理视作最好的音乐的誓词做了示范（《恩底弥翁》第四卷，773）。在向人们谈论他们"知识"（而不是他们的梦境或幻象）的限度和充分性时，瓮准许困惑的大脑参与进审美经验中来。在这最后一节所表现的智性中，我们认出了曾在第一诗节中遇见过的复杂头脑（另一意义上的复杂）。它仍然细致入微地感知着（林木，和践踏过的青草）；它仍然希望能像看到部分那样看到整体（就像它曾看到林野的史家所赋予的拟人化的整体"形状"一样，现在它看到了艺术史意义上的花瓶的雅典"形状"）①；它仍然想要把哲学语汇和感

---

① 这里的两个"形状"原文均为"shape"，在查良铮的译文里，作"形体"。

觉语汇融合在一起，前者谈论时间和永恒、真理和传说、牧歌和思想，后者描述男人、少女，乃至小母牛等视觉印象（在《怠惰颂》《赛吉颂》或《夜莺颂》中，对母牛的描写是一种无法想象的存在）。但是，最后一个诗节里的头脑和第一诗节里的不同，它已从那种视觉和情感上着迷般的敬畏中抽离了出来，它回顾自己的性苦恼状态，预见到自己将随一代人的消亡而消亡的结局，它给瓮选定最后那些质朴而智性的称呼并赋予瓮以语言，如此这般，它最终把自己呈现为审美经验的主人，可以随心所欲地回想和思索它的审美经验，并为这些审美经验找到一种语言（尽管还不完美）。这个头脑宣布，感觉必须与思想并存，"美"必须与"真"同在；而"美"的语言也必须与"真"的语言共处。

济慈的余生都致力于探索"真理的语言"有可能是什么，它是否与感觉的语言不同，如果不同的话，又是如何不同的。从《瓮》中可以看出，他写这首颂歌时认为，思想的语言是用命题来表达的，旨在对真理进行编码，其完美形式为"X 是 Y"（柏拉图式的"X 等同于 Y"的"降格"形式）；它使用哲学话语所特有的抽象概念（像"美"和"真"这样的词就是典型例子）；它做出智性判断，往往体现价值等级；它是一种疑云密布的语言，在抵达命题式公式之前它需要对感觉进行盘问。相比之下，"感觉"或"美"的语言似乎是描述性的和感叹性的，追踪各种感官记录下来的印象，这种语言具体而强烈，呈现感官经验的联觉融合和离散性①。它不是有关永恒的语言，而是有关时间和空间的语言；它书写已然逝去和正在消逝之事物、描绘花花世界和幻象。这种语言希望把"沉闷的大脑"搁置一旁，因为一旦大脑虑及生命之有限，就会妨碍自我从感觉中获得乐趣，阻碍自我遁入恍惚。毋庸多言，对"感觉的语言"的这种理解，表明我把济慈早期对奢华的偏好抽象成了一种纯粹的形式。事

---

① 离散性：不连续、不均匀分布。

实上，济慈那困惑的大脑从未完全缺席，即使在他最早的诗篇中也是如此；从一开始，"好奇的良知……就像鼹鼠一样挖来挖去"，在济慈的诗歌中找寻着它自己的语言。[20]

对济慈来说，感觉的语言似乎不足以承载悲剧或英雄主义。他把感觉的语言和抒情的语言紧密相连，这使他认为，心智的成熟必然意味着摒弃抒情语言，转而使用史诗性语言或戏剧性语言（他效仿弥尔顿，追随诗的热情而不是愉悦）；这样一来，思想的语言（甚至行动的语言）或许会取代感觉的语言。我们现在把《海披里安的覆亡》看作是济慈写作思想之诗的最重要的自觉尝试，而《奥托大帝》是他写作行动之诗的尝试。两次尝试都没能取得预期的成功。正如我们现在看到的，行动之诗和思想之诗在《秋颂》中得到了更好的实践。

但在把感觉、行动和思想融为一体之前，济慈必须将另一领域，即"低级"感官领域，纳入他的颂歌世界。我们还记得，在《赛吉颂》中，他像清教徒一样抑制所有感官，只与自己的灵魂对话，诗中充满历史追忆和内心"幻想"，在那里，他将艺术定义为一种模仿性的想象活动，先于（也许并不需要）任何感官媒介中的具体体现而存在。在《夜莺颂》中，通过聚焦于单一感官（听觉）的活动，他已经能够将艺术家、受众和艺术品纳入鸟、自我和歌声的三角关系中了，但代价是，仅仅拔高了美和感觉，而把具象之真（包括希腊神话）和思想之诗排除了出去。在《瓮》中，艺术家早已辞世，只剩下艺术品和它的受众，在这种与视觉感官相对应的艺术中，"真"和"美"一样，成为创造性表达的组成部分，而头脑的寓言化功能、发问功能和命题功能也都被准许进入诗歌之中。济慈对自然的、创造性的，然而无果的遐想（《怠惰颂》），对不成调的、模仿性的韵律（《赛吉颂》），对无词的、自发的、美妙的旋律（《夜莺颂》），对阻抗性视觉媒介中沉默的、真实的、客体化的具象（《瓮》）的连续细察，是一场场试验，显示出了他的某种戒备心理，毕竟，济慈本人所用的媒介是文字，他的艺术是有意识的诗歌，他的才华是与神话紧密相关的，而且，除两种"高级"感官（视觉和听觉）① 外，其他感官他也都了解。这些颂歌无法甩脱的一个问题是，到目前为止，它们尚未对"低级"感官（味觉和触觉）做过任何真正的探索；济慈对艺术有一套自己的整体经验（就他从诗歌中了解到的情况而言）：艺术有赖于感官、肇始于遐想，艺术是头脑中富有创造性和建设性的活动，艺术需要在阻抗性媒介之中强有力地显现自身，艺术被前来问候的精神所接受，艺术的具象表达的可信性，艺术的寓言化倾向，艺术的奢华之美、哲理之真，艺术对神性的刹那一瞥，艺术活跃的智性、批判性力量和掌控感；而把这些颂歌中的任何一首当作济慈的艺术整体经验的隐喻，都是不完整的。进入和退出的简单运动，即便在《瓮》中重复了三次，结构上依然不够复杂，不足以成为我们所知的审美经验的具象形式——或者，进一步说，不足以成为人类一般经验的具象形式。在《忧郁颂》中，济慈将最终允许"低级"感官进入他那永恒形式的世界，他将英雄般地掌控行动，而不只是被动的屈从或只在概念上进行掌控，他还将思考心理体验和审美形式之间的恰当关系。在《忧郁颂》中，他还将首次同时使用他的所有"语言"——希腊神话的语言、寓言性雕饰图案的语言、感性描写的语言、英雄探险的语言、哥特式的中世纪语言、宫廷爱情（或"普罗旺斯式"）的传统用语、描写转瞬即逝的经验的时间性语言，以及书写永恒真理的命题式语言。正如我们所见，这个丰富的语言混合体在美学上是怪诞的，纵然如此，它还是向我们展现了这样一个头脑：迄今所发现的任何语言或符号资源，它都不舍得丢弃。

---

① 这里文德勒提到两种"高级"感官，原文为"sense and hearing"，根据上下文，两种"高级"感官应是视觉和听觉，"sense"应为笔误。

五

坚韧的舌头：《忧郁颂》

婴儿把玩着颅骨；
明丽的清晨和暴风雨中失事的船只；
龙葵和忍冬正在亲吻……
缪斯们明亮，缪斯们苍白
请揭开面纱，露出你们的脸庞。
　　　——《欢迎快乐，欢迎悲伤》，12—14，24—25

一座仿造的神庙，如此完整而真实
仪式庄严神圣，他心生敬畏，不敢
去里面搜寻；这时透过长长的柱廊
远处出现了，一个美丽的神龛。
　　　——《恩底弥翁》第二卷，257—260

就连小蜜蜂，向春花丛中求恩赐
也知道毒花里藏着丰富的蜜汁。
　　　——《伊莎贝拉》，103—104

向戏剧的缪斯们献上奖章。
　　　——《致乔治·费尔顿·马修》，7

　　　美貌的女郎，
你将有一头卷曲的秀发
阿多尼斯也会因嫉妒而心乱如麻；……
还有他不愿触碰的手……
　　　　　　　谁
能拥有这神圣的女郎？
不管怎样细细品赏
也不会叫人腻烦。
　　　——《幻想》（草稿），89—91，94，99—102①

――――――――――

① 文德勒原文标为 100—102 行，少数一行，在此更正。

她与"美"共处——那必将消亡的"美";
　还有"喜悦",他的手总贴着嘴唇
说再见。

——《忧郁颂》,21—23

忧郁颂①

不呵！不要到忘川去，也不要拧绞
　　根深的乌头，把它的毒汁当美酒；
别让你苍白的额头把龙葵野草——
　　普罗塞嫔红葡萄的亲吻承受；
别用紫杉的坚果做你的念珠，
　　别让甲虫和墓畔的飞蛾变为
　　　　你忧伤的赛吉，别让披羽的鸱枭②
分享你心底隐秘的悲哀愁苦；
　　阴影来亲近阴影会困倦嗜睡，
　　　　会把灵魂中清醒的创痛淹没掉。

但一旦忧郁的意绪突然来到，
　　有如阴云洒着泪自天而降，
云滋润着垂头的花花草草，
　　四月的雾衣把一脉青山隐藏；
你就该让哀愁痛饮早晨的玫瑰，
　　或者饱餐海浪上空的虹彩，
　　　　或者享足妲紫嫣红的牡丹，
若是你钟情的女郎娇嗔蹙眉，
　　就抓住她的酥手，让她说痛快，
　　　　并深深地品味她举世无双的慧眼。

---

① 本篇《忧郁颂》翻译采用屠岸译本，此为通行译本。为与文德勒的阐释相对应，部分
　引诗在屠本的基础上做了适当修改，对差异明显的改动已加注说明。
② 鸱枭，即猫头鹰，后文统一采用通俗用法"鸱鸮"。

她与"美"共处——那必将消亡的"美";

　　还有"喜悦",他的手总贴着嘴唇

说再见;令人痛苦的近邻"欣慰",

　　只要蜜蜂啜一口,就变成毒鸩:

啊,就在"快乐"的庙堂之上,

　　隐藏的"忧郁"有她至尊的神龛,

　　　虽然,只有舌头灵、味觉良好、

　　能咬破"快乐"果①的人才能够瞧见:

他灵魂一旦把"忧郁"的威力品尝,

　　　便成为她的战利品,悬挂在云霄。[1]

---

① 原文为"joy's grape",第三诗节第二行的"joy"译为"喜悦",除此处以外,全书其余地方将"'快乐'果"改为"'喜悦'葡萄"。

《忧郁颂》被删去的第一诗节讲述了一段英雄的浪漫探险经历，一趟去天涯海角寻找传说中的"忧郁"女神的旅程。这一诗节指出，即使追寻之路要途经冥府，主人公也会心甘情愿前往，而他最终将无法找到那位与他的心境相符的女神①；他的旅程将以挫败告终。这位英雄的装备取自彼特拉克和伯顿：诗歌援引了宫廷典雅爱情的习俗——风雨飘摇中，一位郁郁寡欢的情郎身处一叶小舟，凭叹息吹拂，任泪水冲刷，从中我们可以看出这首诗源自"爱之忧郁"；在济慈读过的《忧郁的解剖》②[2] 一书中，与其他部分相比，第二卷有关"爱之忧郁"的部分标有更多下画线和记号。

在这首颂歌中，主人公那艘可怕的船是用人骨建造的，他的桅杆是一个空荡荡的"幽灵"[3] 绞刑架（我们不知道是为谁准备的），他的帆由各种信条拼凑而成（1819 年 10 月，济慈在写给范妮·布劳恩的信中说："我的信条是爱，而你是它唯一的教义。"——《书信集》第二卷，224），他的风是呻吟，他的舵是断裂的龙尾（证明他曾经有过英勇的表现），他的绳索由美杜莎的蛇发制成（说明他曾与她正面交锋并将她杀死）。虽然济慈删去了这一诗节，但他在颂歌中保留了一位崭新的、坚韧的英雄出发探险的想法，这位英雄拒绝昏昏欲睡和怠惰的麻醉，选择超越性的柏拉图式探索。早期颂歌中的主人公一直处于休眠状态，并一直被界定为诗人——在《忧郁颂》中，主人公第一次外出航行，穿越已知和未知的危险海域，被界定为雄心勃勃的恋人和英雄，而非诗人。在《怠惰颂》中遭到拒绝、在《夜莺颂》结尾处被痛苦地体验过的那份觉醒，在这里作为一种积极的善来追求——尽管一开始，这种追求戒备心过重，也走得过于极端。

《忧郁颂》以三节诗的形式发表，其形式布局是这样的：第一节

---

① 主人公要去探寻的是"忧郁"女神，而主人公当时的心境是忧郁的。
② 《忧郁的解剖》，罗伯特·伯顿著，1621 年出版。

讲述孤注一掷的行动,第二节讲述同样孤注一掷的回应,二者组成正题和反题,然后第三诗节形成既出人意料又令人满意的合题。第一诗节(以反向指令)预演了自杀的诱惑("不要到忘川去"),而第二诗节避开了"阴影"和"龙葵",第一诗节中曾暗示要接近它们。四月份济慈曾说(《书信集》第二卷,106),如果平和、健康的精神是他的新理想,那么对自杀的过度渴望,或者反过来,对生命力的过度激励和搅扰,都是他所排斥的,"这就好比是玫瑰把自己撷取,/ 李树摇落浑身的花雾"。以一种适当的精神存在,就好比:

> 玫瑰把自己留在荆棘,
>
> 任风儿亲吻,群蜂啜饮,
>
> 成熟的李子仍披着暗红外衣,
>
> 无人搅动的湖水澄澈晶莹。
>
> ——《论名声》,9—12

与平和、健康的人相反的是"狂热的人们",他们"不能心平气和地 / 对待自己的尘世岁月"。济慈《忧郁颂》中的主人公,极力抗拒先前那种提取毒汁的致命诱惑,由此变成了一个狂热之人,他出发去掠夺大自然,以鲜花和彩虹来喂养他的悲伤,囚禁恋人的酥手,深深啜饮她的眼眸,以眼眸代替乌头的毒汁。

我似乎一直在说,这首颂歌和其他颂歌一样,是对说话者本人的描述,把自己称作"我"或"我们",而用第二人称呼唤各种不朽的灵魂,从《怠惰颂》中的幻影到《希腊古瓮颂》中的瓮上形体,都是如此。但是在这些颂歌中,只有《忧郁颂》把告诫或规劝当作了构成性修辞;诗人借用哈姆雷特的独白模式,杂以从伯顿那里找来的"对困惑者的建议"模式("对大多数忧郁的人,我或许会像狐狸对那只困于谷仓的黄鼠狼那样说话:当你再次变瘦,再去寻找那道你从前瘦小时得以进入的窄缝；六种非自然因素①造成它，也必须由它们治愈它")[4] 来告诫自己。但是，这首颂歌的自我告诫只在两个极端的诗节——写自杀和沉溺于忧郁的两个诗节中真正存在。当寻找折中状态时，这首诗似乎把告诫抛在了脑后，（最后一个诗节）归于平静，停留在更为中立的第三人称描述里。我将回头讨论济慈在这首颂歌中使用第二、第三人称，而非第一人称的动机，但在这里我只想指出，就其本质而言，紧张状态下的自我告诫不可能使用温和的修辞。它需要的是当头棒喝式的修辞："不，不，不要去那里，不要这样；而要去痛饮、去囚禁②、去饱餐。"

诗人走出麻醉的世界，进入以暴力获取快乐的世界，这种强行的自我驱动使两个世界的措辞形成了隆浮雕式的鲜明对比；但实际上，两种告诫形式的无缝衔接（"不要做这个；而要做那个"）表明，正向指令和反向指令与其说是不同的，不如说是相似的（两者都使用了自我鞭策的修辞模式）。甚至两套指令的各个组成部分也都是相似的。抹除记忆的忘川河水与遮蔽青山的洒泪阴云并无二致；乌头和普罗塞嫔的红葡萄所提供的致命营养与玫瑰和牡丹所供给的饕餮行为并行不悖，哀伤的赛吉和暴怒的女郎相对应，鸱鸮的羽翼和女郎的酥手相匹配，等等。第一诗节的词汇虽然表面看起来是神话式的，但更确切地说，是自然神话式的；而自然的基底——根深的乌头、红葡萄般的致命龙葵、紫杉的坚果、甲虫、墓畔飞蛾和披羽的鸱鸮——事实上是垂头的鲜花、早晨的玫瑰、盐波沙浪和团团的牡丹——所有这些出现在第二诗节的、非神话的自然事物的近亲。

当然，我们必须问一问，"为什么济慈会在这首诗中做出这样的创作选择"：第一诗节明显含有神话内容，第二诗节没有，第三诗节既非神话也非自然，而是寓言；这个问题，连同这首诗以第二和第

---

① 此处指六种影响健康的非自然因素，源自盖伦的医学思想。
② "囚禁"对应屠岸译文中的"抓住她的酥手"。

三人称取代第一人称的问题，能帮助我们深入理解这首诗是如何设计的。首先，我们可以说，在第一诗节使用神话，反映出了这首诗的核心问题——去冥府寻找神话中的人物，无论是普罗塞嫔还是赛吉，当说话者自杀时，他的"自然的恋人"将被抛下，由女神取而代之。主人公只有通过自杀才能与冥界女神普罗塞嫔结合；而诗中提到的第二位女神赛吉（墓畔飞蛾），代表的是内在的赴死愿望，它也是说话者整个的精神准则①。诗的结尾，在说话者抵挡住自杀的诱惑后，他对"女神-伴侣"，或者说"死亡-钟情的女郎"的追寻以两种方式得到了解决。② 在诗的最后一节，我们首先看到的是一连串寓言式形体——必将消亡的"美"、转瞬即逝的"喜悦"，以及痛苦的"欣慰"——诗人认为，他尘世的恋人③与这些同住，当诗人与他尘世的恋人在一起时，也便和这些不朽的形体在一起了。但在随后的第二种解决方式中，焦点从女郎的同伴转移到了男主人公的同伴身上，他咬破"喜悦"葡萄，由此进入隐藏在"快乐"神殿最深处的"忧郁"女神的神龛，在那里他的灵魂将成为女神永远悬挂的战利品之一，与其他卓越的"幻影-灵魂"在一起。

　　这两种解决方式所用的语言并无二致，都是寓言式的雕饰语言，早期曾用于描述《怠惰颂》中的瓮上幻影、《夜莺颂》中悲苦世界里的人们，以及《希腊古瓮颂》中的瓮上形体。[5] 济慈在这首诗里所做的寓言化工作，怀有这样一种企图，要比《夜莺颂》更接近他有关"真理"的理念（我们记得，他曾在《希腊古瓮颂》中立誓追寻真理），在《夜莺颂》中他差点陷入荒谬（比如设想让寓言式的"青年"变老），最终接受让时间摧毁柏拉图式的绝对事物：青春变得苍白、瘦削、死亡，美保不住明眸的光彩，新生的爱情活不到明天就

---

① 因为主人公有一种赴死的决心，他最终也被"忧郁"女神挂在云霄，成为战利品，所以说赴死的愿望是他的精神准则。

② "女神-伴侣"和"死亡-钟情的女郎"均指"忧郁"女神。

③ "尘世的恋人"，原文为"the earthly mistress"，和前面的"自然的恋人"，以及"钟情的女郎"是同一个。

枯萎。《怠惰颂》甚至没有赋予"绝对事物"一个体面的理想位置，只是把它们贬为虚妄的幻想：

> 傻话！什么是爱情？它在哪里？
> 还有那可怜的雄心！从一个男子
> 小小心灵阵发的热病中它跃起；
> 呵诗歌！——不，她没有欢乐。

相比之下，在《希腊古瓮颂》里，"绝对事物"得到了维护，既未遭到嘲讽，也未遭削弱。在瓮上（只要一直在那里），爱永远爱着，美永远美。我认为，《忧郁颂》在"绝对事物"的概念化方面所取得的进步（我现在就将谈及）表明，这首颂歌写于《秋颂》之前和其他伟大颂歌之后。

我之所以把这种新的概念化形式称为进步，是因为在《忧郁颂》中，女郎的每个同伴都被一个限制性的后置定语从句所界定。没有永不消逝的美；相反，死亡被证明是美所固有的特性——只有"必死之美"。（这与"美人保不住明眸的光彩"不同，因为预言是一种修辞模式，而对内在必然性的限制性论断则属于另一种修辞模式。）没有持久的"喜悦"，识别"喜悦"的象征姿势是"他的手总贴着嘴唇说／再见"。也不存在可提炼出"纯粹快乐"的甜美酊剂；所有快乐都在被摄入那一刻代谢成了毒药，而不是在那之后才改变。《忧郁颂》里的雕饰不如先前颂歌中的那些雕饰完美，因为济慈还没有完全弄清楚如何去创造它。可以说，《夜莺颂》中的雕饰是电影里的延时摄影，我们看到青春变得苍白，美人保不住明眸的光彩，今天的爱明天就黯淡。《希腊古瓮颂》中首尾相接的雕饰当然是完美的，不过，它之所以能够达到完美，是因为瓮上雕刻的形体止步于一个永恒的此刻，在自身内部不包含任何可能发生的变化。（《怠惰颂》中的形体，虽然雕刻在瓮上，但似乎可以随意离开瓮，并将他们的姿态从侧面变为正面，从认知上看这一想法过于缺乏逻辑，以至于济慈后来没有再使用它。）在《忧郁颂》中，济慈希望创造这样一种雕饰，其中的变化不是由时间造成的，而是内在固有的。他以一个鲜明的视觉形象取得了杰出成功，那就是"'喜悦'，他的手总贴着嘴唇／说再见"，这一形象令人想起早先丘比特和赛吉睡梦中无法道别的双唇、《夜莺颂》中幻想破灭时的道别，以及《怠惰颂》中含有敌意的道别，同时还对济慈自身构成了自我嘲讽。"喜悦"这一形象，适合放在神庙里，将所有这些"道别"（除《秋颂》外的其他颂歌里都出现了这个词）纳入同一个姿势，视觉上简洁明了，情感上痛苦又平和。但是，《忧郁颂》中的其他形象并没有很好地得到视觉化。"那必将消亡的美"是一个断言，并没有将"美之必死性"形象化，而把"花蜜"代谢成"毒鸩"的非凡想法，也只是给"欣慰"安排了一个内在的、非视觉化的奇喻，这个奇喻能很好地体现这首诗在思考真理方面所取得的智性进步，以及这首诗对味觉这一"低等感官"的接纳，然而，还不足以成为圣殿中的同伴的可视化雕饰图案。

第二种解决方式——涉及主人公自己的命运和他的同伴们——采用了"神庙"和"神庙里的神龛"这一空间隐喻和视觉隐喻，然而，"快乐"和蒙着面纱的"忧郁"，均没有被构想为任何让人印象深刻的视觉形式，而"喜悦"葡萄和手总贴在嘴唇上的"喜悦"之间也不存在任何必然联系。事实上，神庙中唯一成功的视觉化物件是那些挂在云霄的战利品。然而，因为济慈采用了雕饰和神庙这些典型的形式，他使得我们心生期待，希望看到与概念化相对等的视觉效果，这种指望他现在还无法予以满足，不过，我认为，正是它造就了《海披里安的覆亡》和《秋颂》中壮丽的视觉形式。

我们可以看到，在这首颂歌中有几种组织形式在起作用。最大的结构形式是"探险"，它组织起了整首诗："不要去忘川寻找真正的'忧郁'女神，而要走向大自然，去寻找'喜悦'；用英勇的探寻者的坚韧舌头，咬破'喜悦'葡萄，你将成功地找到别人找不到的东西：'忧郁'女神的至尊神龛，以及蒙着面纱的女神本尊。"这种"探险"形式，当然是从《恩底弥翁》中借来的，在之前的颂歌中不曾出现过（只在《怠惰颂》中以主人公拒绝行动的反面形式出现过），而且由于强调行动和力量，它ేঁ违背济慈先前对颂歌主角形象的设想。《忧郁颂》中开始的积极探寻将在《海披里安的覆亡》中得到进一步完善，在那里它将呈现出史诗般的宏大气势，而且神庙和女神的视觉化将臻于极致，以奖赏主人公在阶梯上拼死攀登的那份努力。就像《忧郁颂》里的探寻者一样，《海披里安的覆亡》的主人公也抵达了一间内在的圣所。《秋颂》将更好地运用"探险"形式，它安排了探寻，但摒弃了《忧郁颂》中所看到的那些夸张装备和自我告诫，取而代之的是更为温和的追求和更加慷慨的回报："谁要是出外去寻找就会见到 / 你。"我们仍然有必要外出寻找，但不必去天涯海角——我们被平静地告知，去附近的田野转转即可。（追寻力量和奖赏的主题在《秋颂》中也将会有令人惊奇的拓展，不过我们还是把这个话题留到最后一章去讲。）

除"探险"形式外，用于组织《忧郁颂》的第二种形式是描写自然事物的语言和雕饰语言之间的对立，一种是"现实的"，另一种是"寓言式的"。这两种语言在这首颂歌里不太舒服地共存着。我们感觉到，龙葵不能生长在寺庙里，痛苦的"欣慰"不能处于盐波沙浪之中。然而，济慈希望这两种语言达成和解，他把自然而现实的"蜜蜂"奇喻（明显不是传统的寓言式的蜂蜜酿造者形象）和寓言式的"痛苦的欣慰"联系在一起，突出体现了他的愿望。我们回想一下，在《夜莺颂》中，为了能进入夜莺[①]的"自然"王国，济慈不得不抛下由悲叹和思慕至憔悴的人类形体组成的寓言性雕饰；同样，

[①] 文德勒提到《夜莺颂》里的夜莺时，有时用"鸟"（bird）来代替，为便于理解，有些地方改回"夜莺"。

瓮上的寓言式形体也"远远高于"自然的呼吸着的人类的激情。这种雕饰形体和自然事物之间的对峙在《怠惰颂》中早有表现,并且也很明显,在那首颂歌中,济慈第一次弄明白了寓言性语言和艺术作品之间的亲密关系。他认为二者同属一体,且都与自然相对立。

另一话题是"济慈选择什么进行寓言化"。在《夜莺颂》中,他只把寓言模式用于人们对坐而悲叹、青年即将死去的"真实世界",将它与夜莺的"自然"世界相对;《希腊古瓮颂》的情况恰恰相反,就像在《怠惰颂》中一样,寓言化相关的语词济慈只用于没有变化的理念世界(青年、吹笛人、少女),而对"真实"世界中的人类激情则未做寓言化处理。这段写作历程表明,济慈希望他的诗歌含有寓言意味,但同时又希望其中有对自然的描述,而他不知道如何将二者结合,也不知道对哪些范畴加以寓言化,人类的、亚人类的,抑或超人类的。

我们从《忧郁颂》中了解到,济慈已经不再眼睁睁地看着自己消极地躺在"怠惰"之中,或忙于"幻想"纯粹的精神性建造,或默默凝神于某件音乐作品或视觉艺术作品。现在,他已自具电荷,成为一名探险者,希望能同时居住在"团团的牡丹"的世界和"喜悦"葡萄的世界、感官的世界和概念的世界。他对寓言世界进行了转换,让它和感官世界建立新联系:这种联系不像《怠惰颂》里那样断续交错;不像《夜莺颂》和《希腊古瓮颂》里那样相互对立;也不像《赛吉颂》里那样平行(在那里头脑的内部世界包含了一个由历史和感官构成的外部世界的复制品),而是二者不可分割。然而,《忧郁颂》的语言仍然是生硬的二重奏。作者尚未找到一种既忠实于感官世界,又忠实于精神世界的共通语言。一个说的是殊异性语言,另一个说的是寓言式语言。

贯穿《忧郁颂》中所有语言——第一诗节的神话语言、第二诗节的自然感官语言和第三诗节的寓言语言——的唯一形象是女性形象,女性形象便是这首颂歌的第三种组织形式(我把这种组织形式和"探险"形式、感性与概念之间的两极对立形式并列)。她依次是被删除的寓言式的第一诗节中的"忧郁"女神,现存的第一诗节中的古典神话形象赛吉和普罗塞嫔,描写自然的第二诗节中的愤怒的女郎,以及寓言式结尾中戴面纱的"忧郁"女神。在被删去的第一诗节中,她代表一个难以接近的女神;在实际的第一诗节中,诗人期望她成为一个驯服的、悲伤的神话中的伴侣;在第二诗节中,她作为人类情欲和爱之忧郁的观念的化身出现;而在第三诗节中,她是获胜的征服者的象征。在《恩底弥翁》之后,女性形象作为探险所追寻的目标在济慈诗作中反复出现并不奇怪[6],但这倒数第二首颂歌表明,他对女性形象问题的理想解决方案是必须涵盖她的所有维度——宗教的、神话的、自然的、家庭的和寓言的。诗歌精灵、爱情、赛吉、轻翅的仙灵、寂静的新娘、美丽的少女以及愤怒的女郎——每一个都体现了这些维度中的一个或另一个,但迄今尚无一个,把凡间女子、刻瑞斯①、普罗塞嫔和"喜悦-忧郁"女神全部囊括其中的。

不过,我们在这首颂歌中看到,济慈正朝着塑造一个同时具有神话、自然和寓言色彩的女性形象的方向发展,她将拥有"三重赫卡特"的知识②,荷马掌握了那种知识,济慈也对之怀有渴望:

> 你拥有如此的目力,正如狄安娜,那昔日女王
>
> 主宰着人间、天堂和地狱,曾受此封赏。
>
> ——《致荷马》,13—14

而济慈也远离被动、旁观和如梦的幻觉,转而去寻求更坚韧、目标

---

① 刻瑞斯,希腊名得墨忒耳,农神和丰收女神,普罗塞嫔之母,萨图恩和西布莉之女。

② 赫卡特,希腊神话中善恶兼备的女神,与月亮、魔法、巫术、门口、十字路口以及地狱犬和鬼魂等夜间生物相关。作为界限女神和十字路口的守护者,她有三张脸、三双眼睛,所以这里说到"三重赫卡特"的知识。

更明确的自我形象了；在这里，他拒绝了死一般的昏睡和狂热的放纵，选择了宽广"平和的"认知，以及快乐与悲伤之间的均衡。

在《忧郁颂》中，说话者不是作为一名诗人，而是作为一个惨遭"爱之忧郁"蹂躏的人出现的；而在其他颂歌中被直接讨论的艺术问题，在这里，严格说来，并没有出现。当然，在"神话"和"自然"的对立中，以及寓言对二者间的冲突的解决中隐含着艺术问题。这首颂歌表面上的主题是情感体验的内在广度；它思考的问题是，如何自愿地担负起极致的忧郁，如同担负极致的喜悦。颂歌旨在了解和探索——而不是压抑——灵魂清醒的痛楚，并以精细的味蕾品味那被坚韧之舌咬破的"喜悦"葡萄。选择清醒而非沉睡，珍视痛苦如同用精细的味蕾享受美食，赞扬坚韧而非消极。这首颂歌标志着济慈对所有激情采取了更为自信的、胃口大开的姿态，不管这些情感多么相互矛盾、相互冲突，又令人痛苦。在接纳情感的广度方面《忧郁颂》超越了之前的颂歌，正如《希腊古瓮颂》在展现具象性和命题式"真理"方面比《夜莺颂》有了明显的进步。然而，《忧郁颂》对情感广度的渴望尚未找到足够温和的表达，也没有找到一个足够包容的象征。济慈常常在找到恰当的语言之前就知道自己的意图。比如，在《夜莺颂》中，他运用了自己在行的、熟门熟路的感性描写语言，而在智性上更深刻的《希腊古瓮颂》中，他笨拙地尝试了新的"真理"的命题式语言，相比之下，前者完成得更干净利落；又如，纯然幻想的或内化的赛吉的圣殿比《忧郁颂》里引发冲突和斗志的神龛更为浑然，所以，我们必须等待济慈千辛万苦获得的对"清醒的痛楚"的价值所抱有信念，在《海披里安的覆亡》中找到适当的语言，并等待他对一个比赛吉或"忧郁"更好的神的模糊感知，能在对墨涅塔和"秋天"的描写中找到合适的语言。

必须指出的是，（在《忧郁颂》第二诗节中）济慈以加剧意识的恶劣状态的方式去治疗忧郁，这与他可能读到过的、伯顿著作中推荐的温和疗法是完全相悖的。饱餐和痛饮，即便只是由眼睛施于花朵，也是放纵的表现。但是，尽管我们不能从伯顿的书中得出"暴食是一种疗法"的结论，我们还是可以得出"暴食是忧郁的一种症状"的结论。伯顿认为忧郁是一种来去匆匆的"突发症"，他不仅将忧郁和大脑中的"迷雾"相联系——"那雾气使我们感觉迟钝、灵魂堵塞"（《忧郁的解剖》），还将忧郁和发热、"暴力行为"，以及"鲁莽、狂乱的发疯或发疯倾向"相联系。《忧郁颂》中的受难者"曾经极端、如今极端，并且正踏上征程去寻找极端"，正是一个受困于"爱之忧郁"所带来的剧痛的人的情形；他的极端情绪到第三诗节才平息下去，所以把前两节当作圣人的建议来读是错误的。这是一首披着非个人化外衣的"个人诗"，讲述了某人在与他"钟情的女郎"（伯顿对心爱之人的惯常称呼）的关系中所遭受的折磨。任何心理学家都会认为，主人公把玫瑰、彩虹和牡丹乱寻一气，其实是想找到一样替代品来取代已然失去的爱情对象；虽然无法找到证据来证明这种臆测，但我们可以推想，愤怒的女郎尽管有一段时间没有出现，但其实是她促使说话者在诗歌一开头想要去找回无意识状态的（就动机而言）；他宁愿忘却，也不愿再见到她的愤怒。稍后我会再回到愤怒的女郎这个话题上来，但我必须先再看一眼济慈的结论。

在诗歌最后，济慈有意识地兼收并蓄，把乌头毒酒（变形成了"欣慰"的蜂毒）、普罗塞嫔的红葡萄（变成了"喜悦"葡萄）、愤怒的女郎（化身为取得战利品的获胜女神）和哭泣的云（化身为献祭在云霄的战利品）全都放在一起，这说明他怀有一个孜孜以求的目标，即要把他想在这首诗中实现的每一种"完满"带到终点。但其中显然存在着一些用力过猛的符号（如那被品味的"眼睛"和被舌头咬破的葡萄过于相像，以至于让人感到不适）。实现主人公命运的最终"完满"给济慈带来了一定的困难：一旦主人公放弃探险，不再去追求那使他走向死亡和忘川的"忧郁"女神而决定活下去，他在诗歌结尾处的状态就需要重新设定了。事实上，主人公所经历的类似于死亡；他在快乐中咬破葡萄，发现悲伤，这与葛罗斯特①心脏的爆裂相呼应，它使我们想到，主人公已在精神上死去，正如葛罗斯特已在身体上死去：

> 他破碎的心
>
> （太脆弱了，载不动这么重大的）
>
> 快乐和悲伤，两种极端感情猛烈冲击，
>
> 他的心爆裂②了，他含笑而辞。③
>
> 　　（斜体表示济慈曾画过下画线）

葡萄在被品尝时爆裂和被摧毁，主人公的心似乎也因葡萄的悲喜交集而爆裂，他的灵魂成为"忧郁"女神挂在云霄的战利品，固定在她的神殿（他的坟墓）里。在莎士比亚十四行诗中，济慈标注了下面这段话，可能是它引发了这首有关"爱之忧郁"的颂歌坟墓般的结尾：

> 你是坟，葬了的爱住在你里面，
>
> 其间悬挂着我已故恋人们的战利品。
>
> 　　——莎士比亚《十四行诗》，31

（另外，我们也可以回顾一下这首颂歌被删去的开头部分写到的那个绞刑架：最后挂到绞刑架上的是那个为爱而死的、彼特拉克式的情人的灵魂。）悬挂在云霄的灵魂（即战利品）已经成为崇高罗曼司中众多的云端象征之一，而那位"探险的英雄"实际上也已被神化，脱离了悲苦世界，这样一个结尾和这首颂歌的写作意图其实是不相吻合的，这首颂歌原打算给予现世经验以完全的信任。

---

① 葛罗斯特，《李尔王》中的人物。

② 爆裂的原文为"burst"，《忧郁颂》中"咬破葡萄"，原文为"burst grape"。

③ 这段话摘自《李尔王》第五幕第三场，爱德加在讲述父亲葛罗斯特之死。

　　当颂歌结束时我们能在什么地方找到说话者，这一点也很重要。《惰怠颂》里，他仍然嵌在繁花似锦的草地上，昏睡在大自然中；《赛吉颂》里，他成了爱神的替代，赛吉等待着他去幻想世界的魔窗里幽会；《夜莺颂》里，他从感官和幻想中觉醒过来，进入痛苦之中，从艺术的孤独进入悲苦的社会世界；《希腊古瓮颂》里，他是智性的沉思精神，意识到了真理、有意识地制作出来的艺术品，以及社会；在《忧郁颂》里，通过把情感寓言化，他被转化成了一件精神性的战利品。在这最后一种里，当人成为缪斯的战利品，丧失肉身而成为艺术，呈现的是"无情的妖女"所获得的那种充满危险的胜利，虽然它同时也表明济慈第一次把自己确定无疑的死亡完全融入颂歌之中。

　　在每首颂歌中，济慈以何为伴也很重要。在《怠惰颂》中，他喜欢在未成形的幻象和梦境中独处，拒绝与"爱情""雄心"和"诗歌"相伴——颂歌暗示，之前他曾接受过这些构成他的自我的诸方面，现在他们前来请求他重续前缘。在《赛吉颂》中，他拒绝接受废止古典神话（以赛吉为代表）的基督教世界；同时，他也弃却客观的社会世界，而选择与赛吉单独相处。在《夜莺颂》中，济慈一开始也放弃社会世界，但他这么做是为了与一个去除人类相关性（除非那种相关性是由聆听者的遐想所投射的）的抽象物进行单独的纵向交会；在《希腊古瓮颂》中，他终于接受了人类的社会生活，无论它是被时间凝固，供人细细审视，还是留在世代共享的世俗经验之中。《忧郁颂》回到了《赛吉颂》和《怠惰颂》的混合状态：他的同伴中有一位是女神，但"美""喜悦""欣慰""快乐"也都在场，它们是人类生活诸方面的人格化，就像《怠惰颂》中的"爱情"和"雄心"。赛吉的祭司已不复存在，祭祀者自身成为祭品。这是我们从《希腊古瓮颂》中祭司和祭品的结合中可以预见到的一个发展，但在济慈讲述的这个新版本中，英雄成为受害者的代价是：当他最后一次出场时，他被剥夺了所有社会性，成了挂在女神神龛里的无生命的战利品，是一朵无声的云，是一件作为艺术品的还愿物。当济慈通过这些变化来思考诗人的孤独问题，以及身处社会中的诗人应选择什么、希望什么、接受什么、给予什么这些问题时，他仍然没有看到和一个活生生的群体建立联系的明朗道路或安全方式。对于这个问题，以及颂歌中提出的其他问题，《海披里安的覆亡》和《秋颂》都将给出自己的回答。

就语言来说，《忧郁颂》比其他颂歌都要混乱。在被删去的第一诗节里，开头的语言至少包含六种来源——说教预言体（"纵然你做X，但你仍将无法达成Y"），宗教体（"信条"），彼特拉克体（小舟、桅杆、船帆、满帆的呻吟、船舵、缆索），英雄体（去冥府寻找"忧郁"女神的征程中所付出的努力），哥特体（"尸骨"、"幽灵绞刑架"、"血迹斑斑令人胆寒"的帆），以及神话体（龙、美杜莎、忘川）。这些截然不同的语言风格不太和谐放在一起，暗示这首诗的目标是分散的，它未能聚焦于某一特定目标。我们归拢一下，这首诗要么是想成为前往冥界寻找缪斯女神的俄耳甫斯之旅，要么是想成为罗兰公子那样徒劳无功的探险，主人公将步那些在劫难逃的前辈们——所有那些在幽灵绞刑架上抵达人生终点的人们——的后尘。也可能是英雄要去杀死"忧郁"女神，就像他曾杀死美杜莎和恶龙一样。抑或他是一位恋人，在经典的彼特拉克小舟里，那呻吟和鲜血是他自己的，是遭到愤怒的女郎虐待而留下的痕迹。这位先知般的说话者始终保持神秘；他从他所呼唤的主人公尚不具备的经验深处说着话，谈论这趟航行可能带来的结果。说话者的同情心似乎至少有一部分在美杜莎（头发被大面积拔除，已然变成骷髅头）和恶龙一边，龙的尾巴虽早已被斩断，但它"却因剧痛而硬挺依旧"。即便对被删除的第一诗节的要素进行理性化的简单勾勒，我们也能看到这些元素是不一致的；我们还没能为那些缝合成船帆的信条找到一个位置；看来那个幽灵绞刑架也只是在死者（他的骨头造成了船）去世后才矗立起来的，所以可能注定只为英雄本人而准备。伍德豪斯对"信条"感到困惑，他建议用"裹尸布"来代替，可能是为了跟死者和帆的想法更加匹配。但是，在这首诗的进一步展开中，导致"信条"产生的宗教动机显得更加重要。被删掉的第一诗节使用了多重让步："尽管你会做 A，B，C，D 和 E，但是你终将失败。"这首颂歌显然是以效仿文艺复兴时期惊险悬念故事的句法为目标的。这首诗的基调不是沉思（像不久前写的那些颂歌），而是主人公谋划的一次行动，并且，依伯顿式的说话者所言，这次行动是注定要惨遭失败的。

删去这一诗节[7]，济慈便舍弃了彼特拉克诗歌中那种富于传奇色彩的小舟和已故的先行者们，不过，其他方面并没有太大改变——比较被删去的第一诗节和现存的第一诗节，两者在主题上的差异少得惊人。说教式预言仍然是说话者的假定语言，只是在修辞上它不再是对失败探险进行外在的叙述；通过向内转，这一诗节不再是一个行家里手在向一位青年追随者说话，而是心灵在跟自己对话，从而去除了先前那种傲慢的坏诗的威吓特色。现在，说话者对那个沉浸在悲伤仪式中的自我充满渴望和悲悯，几乎到了要屈从于他的程度。宗教依然存在，从教义（信条对济慈来说总是格格不入）转变成了敬拜仪式，并通过"悲伤的秘密①"把它和《瓮》中"神秘的"祭司所主持的祭仪联系在了一起。英雄的探险之旅只是轻描淡写地提及（"不要到忘川去"），到诗歌结尾它才得到更充分的扩展，在那里，济慈将赞美"坚韧的"舌头。被删去的诗节的神话意味在忘川、普罗塞缤和赛吉中得到保留；甚至被删去的哥特式风格也在毒酒、乌头、龙葵、念珠、紫杉和墓畔的飞蛾中留下了印记。也许是济慈起初运用彼特拉克的语汇过于沉闷和亦步亦趋，使得他修改时要把第一诗节删除；不过，既然他有能力给几乎所有前人的文学风格打上自己的烙印，我们便可以从他拒绝使用彼特拉克的语调来为作品定音而推断出，他感到自己正在写的这个主题比"爱之忧郁"要更大。如果像我认为的那样，这首诗的确源于"爱之忧郁"，那么

---

① 原文为"sorrow's mysteries"，屠岸译为"隐秘的悲哀愁苦"。

济慈决定放弃彼特拉克式的框架就更值得注意了。（在第二诗节中，女郎的出现虽然是全诗的高潮，但他把她降到了从属的位置，通过同样的方式，他也降低了爱情的重要性。）

如果我们留意一下现存的第一诗节中那受到告诫的忧郁灵魂想要什么，我们将会看到他有多重欲望。他想喝点什么（要么是忘川河水，要么是乌头毒酒）；他还想让自己"苍白的额头"被普罗塞嫔的红葡萄酒灌得通红；但是由于那种接触被描述为"吻"，我们可以说他要的既是一饮佳酿，同时也是情欲体验。他还想要一个花环——在这里是一串紫杉的坚果做的念珠——我们也许可以把它与献祭的小母牛戴的花环归作一类；他想要一个他自身的衍生物（不管是"甲虫"还是"墓畔飞蛾"）来象征他那悲伤的灵魂；并且他还想在他"悲伤的秘密"中得到陪伴，最好是拥有黑暗智慧的鸟——那披羽的鸱鸮。[8] 他心灵里负责告诫工作的那一半并没有把这些欲望当作"欲望"来谴责；只有说话者不认可那些用以满足欲望的"物品"时，欲望才会受到谴责。事实上，说话者承诺提供更好的葡萄酒、更好的情爱、更好的花环、更好的灵魂衍生物、更好的同伴，通过这些，灵魂清醒的痛楚得以保存，而不是被淹没进忘川。服用毒药，无论是龙葵还是乌头，都会使人成为《夜莺颂》中诗人担心成为的那块"泥草"；正如济慈后来乘船去意大利时所写："我日夜盼望着死亡把我从这些痛苦中解救，随后我又盼望死神远离，因为死亡会摧毁那些聊胜于无的痛苦。"（《书信集》第二卷，345）。如果济慈不想借有毒之饮"淹没悲伤"（他在第一诗用到动词"淹没"，可能正源于这种陈词滥调①），他必须等待他内在的守护神在第二诗节提供新的建议。应该注意的是，现存的第一诗节保留了删掉的第一诗节传奇剧的句法，用否定性规劝（不要去、不要

----

① 文德勒认为，济慈在第一诗节的最后一句"And drown the wakeful anguish of the soul"（会把灵魂中清醒的创痛淹没掉）中用到"drown"这个动词，可能源于"drown his sorrows"（借酒浇愁）这个常用短语。

做、不要让）代替了让步句（虽然你会做 X），直到连写六条禁令后，那被悬置的后果才在最后的诗行中出现：

> 阴影来亲近阴影会困倦嗜睡，
> 　会把灵魂中清醒的创痛淹没掉。

事实上，否定性禁令比被删除的预言性哥特式让步句更具微妙的潜在吸引力。如我前面所说，正因为这股吸引力的暗流，我才把这首诗称为"自我劝告"之诗，一首非个人化方式表达的个人诗。因此，第二诗节中的自我劝告可看作与第一诗节中的自我劝告一样可疑：第一诗节表明说教者被他自己责备之事颠覆性地吸引；第二诗节表明说教者暗中排斥他自己所建议之事。

在诗歌的叙事框架中，第二诗节代表了一次闪回，呈现了两种情形，这两种情形都有可能导致第一诗节中设想过的自杀式行动计划[①]发生。第一种情形是无来由的忧郁（伯顿称之为"忧郁阻断"[②]，"如突发病来去匆匆"），按济慈的说法，"有如阴云洒着眼泪自天而降"；第二种情形是"爱之忧郁"，由女郎长篇大论的愤怒所引发。简而言之，第二诗节的结构由两个平行但不同等的片段构成：前半部分七行，后半部分三行，由"或"字相连：

第一片段 七行　　　　　　第二片段 三行

当忧郁的意绪来临　　　　如果女郎表现出愤怒

　　　　　　X　或　[那么] 抓住她的酥手

哀愁饱餐痛饮　Y　　　　让她说个痛快

　　　　　Z　　　　　品味她的眼眸

---

① 指主人公去忘川寻找"忧郁"女神。
② 忧郁阻断：因忧郁病症发作，突然中断正常生活。

但在这一诗节中存在一个相互冲突的结构，因为连接第一片段和第二片段的"或"字存在于一种"假性"平行结构中，这种平行结构用首语重复法加以强调，并用"或"字连起饱餐痛饮的潜在对象：

$$
让你的哀愁饱餐痛饮
\begin{cases}
& 早晨的玫瑰，\\
或 & 盐波沙浪上空的虹彩^①，\\
或 & 姹紫嫣红的球形牡丹^②，\\
或 & 你钟情的女郎，等等
\end{cases}
$$

这种结构上的重叠带来一个效果，即使得描写女郎的整个分句看起来也像是动词"饱餐痛饮"的对象之一。因此，与其说它是导致忧郁发作的另一原因，不如说它是另一个饱餐的对象：正如我前面所说，这种平行结构把"爱之忧郁"（实际上是诗中唯一明确的忧郁类型）的地位降低为众多经验中的一种了。三个"或"的假性对称使得第二诗节的句法与第一诗节相似，把高潮推迟到了这一诗节的最后。《忧郁颂》的每一诗节（包括被删去的那一节）都是由一个单句构成的；在每一诗节中，为寻求解决方法，句法对自身进行持续探索，逐步递进，累积成结论。在这一点上，《忧郁颂》与其他颂歌不同，其他颂歌会用感叹句或问句打断句法累积的势头。

也许人们跟我一样，也认为《忧郁颂》的中间部分稍逊于两头，它的中间部分输在了思想和语言上，因为在句法和说话者这两个方面它跟另两个诗节没有明显差别。在这一诗节中，思想和语言都被削弱了。第一诗节有关昏昏欲睡的、诱惑的、宗教的、情欲的、陪伴的世界在各个方面都比第二诗节更有趣：前者提供酒、吻、红葡

---

① 原文"on the rainbow of the salt sand-wave"，屠岸译为"海浪上空的虹彩"，此处为理解文德勒对济慈颂歌中感官呈现的剖析，采用直译。下句同此。

② 原文"on the wealth of globed peonies"，屠岸译为"姹紫嫣红的牡丹"。

萄、念珠、伴侣和隐秘；后者为感官提供了一组事物，属于更为寻常的满足：玫瑰（视觉，或许还有嗅觉）、盐波沙浪-虹彩（视觉和味觉）[9]、锦簇团团的牡丹（触觉），以及举世无双的慧眼（视觉和味觉，因为要以眼睛为食）。在第二诗节中，女郎是怀有敌意的，不同于和"悲伤"意气相投的赛吉和普罗塞嫔；追求神秘的宗教欲望没有得到满足；而最重要的是，主人公安排他的饕餮对象时显得漫无目的：这份清单（包括一朵玫瑰、一道彩虹、很多牡丹、一双眼睛）的构成似乎没有认真考虑过多样性和层次感，虽然以玫瑰和牡丹作为女性情欲对象的代名词显然是恰当的。济慈花了一些心思把他的饕餮对象分配给各种感官，但即使这样，我们仍然感到有点找不着北，而先前那高贵的短语"悲伤的秘密"并没有暗示会出现这样一种可通过凝视一朵玫瑰来对付的悲伤。我们可以这么想，那里的花之所以更值得品味，是因为忧郁的意绪"滋润"了垂头的它们（就像缓慢的时间，通常被认为是破坏性的，"抚育"了希腊古瓮）。① 但是那"一脉青山"，并非第一诗节中任何意象的对应物，它出人意料地随意出场，离开后再也不见其影踪。至于那位"女郎"，每个人都感到诗中描写她的段落用语不够得体。"深深地食用②她举世无双的慧眼"，这道指令把"举世无双"这样的斯宾塞式语言、彼特拉克式语言与捕食用语结合在一起，令人不适。当女郎狂怒时，情人改头换面，变成对女郎进行狼吞虎咽的某物（以济慈的双关语天赋，当他写下"食用"和"狂怒"这两个词时，不可避免会想到"强暴"和"狼吞虎咽"这类词）③。而"囚禁她酥软的

---

① "滋润"和"抚育"的原文均为"fostered"。
② 原文为"feed deep upon"（食用），屠岸译作"品味"，弱化了文德勒这里指出的文字上的不适感。
③ "食用"（feed）、"狂怒"（rave）、"强暴"（ravish）、"狼吞虎咽"（ravening），文德勒从字形上、意义上指出了这些词的相关性。

手"①,显而易见是对《维纳斯与阿多尼斯》和《特洛伊罗斯与克雷西达》的呼应;[10] 不过我认为,济慈写这首颂歌时,和他写其他颂歌时一样,《哈姆雷特》也一直在他脑海里。[11]

我们注意到,《忧郁颂》的第二诗节明显转向了"现实主义",一下子舍弃了冥界航行、希腊神话、具有象征意义的昆虫和鸟类、敬拜仪式及相关物品,实际上还有灵魂本身。也许是这种一扫而空的清理使第二诗节的语言在第一诗节的富丽之后显得贫乏。但是我们不能怀疑济慈其实是有意对神话和敬拜仪式进行清理,就像他有意对彼特拉克的装备进行清理一样。这一诗节的一个意向是猛然进入白昼的亮光之中,醒过来,驱散所有幽境和"阴影"。因此,主人公不能向"夜晚缀满繁星的脸"或快速凋谢的紫罗兰倾洒他的悲伤。当济慈在最后一封信中思考"一首诗所需的全部信息(原始感觉)"时,他举出的两项是"对比的知识"和"对光与阴影的感觉"(《书信集》第二卷,360)。《忧郁颂》前两个诗节牺牲了后者——明暗对照——而选择了对比,采取了"是"或"非"、"这"或"那"的态度。华兹华斯的"上前沐浴万物之光 / 敬拜自然为贤师"② 是济慈第二诗节的主旨;但是对济慈来说,这种直写眼前景物的审美意味着牺牲一切由酒、吻、神话、宗教崇拜和神秘所象征的东西——或者说,第二诗节通过压抑这些被象征物而暗示了它们。这是一种贫困,是白日之光,因此,要济慈在其中饱餐是不太可能的。正是由于这个原因,我们感到诗中所宣称的"饱餐痛饮"有点用力过猛,而"深深地品味"所表现出来的强度则是空洞的。添加上去的"举世无双"一词虽有音韵效果,但也是空洞的,无法带来餍足感。

如果我们说济慈此时的任务是为他困顿的主人公找到比"早晨的玫瑰"和"举世无双的慧眼"这些陈词滥调能提供的更富有想象

---

① 原文为"emprison her soft hand",屠岸译为"抓住她的酥手",此处译作"囚禁她酥软的手"以体现暴力。
② 语出华兹华斯《时运反转》。

力的食物，而且食物中必须含有致命的快乐，可用来替代那些情欲的、宗教的、口腹的和社会的快乐——在第一诗节中他受到告诫要戒除这些快乐，之后它们便拒绝再向他供应——我们会看到诗歌结束时，为寻找这种食物济慈被逼向了何处。他的第一个策略是在开头丰富的神话和中间饥肠辘辘的（尽管说是"饱餐"）自然主义之间找到一片中间地带，重新引入那些寓言式形体，这些形体在其他颂歌中一直出没在他周围，尽管名字各异。在《怠惰颂》里，他用"爱情""诗歌"和"雄心"称呼他们；在《夜莺颂》里，他们的名字是"青春""美"和"爱"；在《希腊古瓮颂》里，他们是吹笛人、恋人和少女。如我所说，他们是他的寓言式雕饰形体，而他们在这里再次出现，这一次被命名为"美""喜悦"和"欣慰"。他们是英雄将要找到的伙伴，住在"快乐"神殿内的"忧郁"神龛里。这两个额外增加的形体[①]是作为圆雕塑像提及的，而其他形体（如"喜悦"）是以浮雕的形式被人看见的，或者仅仅是概念上的。

这一策略用"快乐"取代了第一诗节中的"赛吉"，用"忧郁"取代了"普罗塞嫔"，因此，最后这位探险的英雄并没有像第二诗节里那样缺少少女神。第三诗节以寓言文学中的伙伴"美""喜悦"和"欣慰"替换了象征文学中的伙伴"甲虫""墓畔飞蛾"和"鸱鸮"。它以敬拜"神庙"中的"至尊神龛"代替由悲伤的秘密和紫杉坚果的念珠组成的宗教，从而恢复了"自然的"第二诗节所缺失的宗教意象和建筑构造。它用"喜悦"的葡萄和蜂蜜取代了"红葡萄"和"毒汁"。它用蜜蜂啜饮的嘴和"喜悦"之唇代替了龙葵之吻，又用"喜悦"之手代替了第二诗节中女郎之手。它用由"欣慰"转化成的毒鸩代替了毒酒。第二诗节中纯粹的感官愉悦已被更深层次的情感体验所取代，即结尾处极度易变的"喜悦"和"欣慰"。

在最后一个诗节中我们遭遇了概念化的智性难度。在《怠惰颂》

---

① 指"快乐"和"忧郁"。

中，我们见过济慈最简单的寓言式形体："爱情""诗歌"和"雄心"始终没有发生变化，也不可改变，把理念化为形体，形体又被赋予名字——"美丽的姑娘，名叫爱情"，或"雄心，面色苍白"，我们认出，这些都是斯宾塞式的假面形体。按照颂歌的写作顺序，我们接着遇到一对寓言式情侣——丘比特（也叫"温暖的爱神"）和赛吉，他们是可与神话互换的寓言形象，也是斯宾塞式的。正如我所说，《夜莺颂》是第一首让寓言式形体在我们眼前发生变化的颂歌，我们看到"青春"变得苍白、瘦削，并且死去。写作《夜莺颂》时，济慈显然想到了"运动中的寓言"，但他试图通过取消稳定性，去呈现另一种意义上运动。在传统寓言中，美能永远保持她那明眸的光彩，爱永远在渴慕。济慈这里却说"'美'保持不住明眸的光彩"，否定了永久性，然而，也并没有向我们展示什么变化。

在《希腊古瓮颂》中，济慈似乎回到了《怠惰颂》中的静止状态，但我认为这两种静止是有别的。《希腊古瓮颂》中的人物被描绘为处于运动之中，只是在这一运动的某一生机勃勃的瞬间定格了下来。相比之下，那个名叫"爱情"的美丽姑娘并没有任何运动；而面色苍白的"雄心"，诗人虽用了形容词"始终是警觉的①"来描述他，但他并没有用动词进行时态"正在观察"来写他。而瓮上的吹笛人"永远在吹奏"，恋人永远在接近目标（胜利在望）。就寓言式的形体代表"理念"或柏拉图式的绝对观念而言，他们是不可以运动的。《希腊古瓮颂》的解决方法——把一个运动中的理念（如行动中的"爱"）定格住，如此一来，它虽然含有运动，却依然是"绝对理念"——在后来的颂歌中，这也被济慈禁止了。他发现，这种做法显然是在回避变化；正是在这之后，我们在"快乐神殿"中发现了一些有趣的形体，它们体现的是对立面难分难解的同时共存

---

① 见《怠惰颂》。原文为"watchful"，屠岸译文为"永远在观察"，文德勒强调济慈这里用的是形容词"watchful"，而非动词"watching"，所以这里改译为"警觉的"。

（而不是随时间而变化），而这构成了《忧郁颂》的智性基础。《忧郁颂》中"洒泪的阴云"和给乔治·济慈的书信中写到的云是一样的（《书信集》第二卷，79），而云的"爆裂"也正是"喜悦"葡萄的"爆裂"：

> 境况的变化就像云不断地聚集和爆裂——当我们欢笑时，某种苦恼的种子已播撒进事件的广阔耕地里——当我们欢笑时，它发芽、生长，并且突然结出一只毒果，而我们必须摘除它。

从写作这段话（对我们必须摘下的毒果怀有怨恨）到写作这首颂歌中"喜悦"葡萄的爆裂，济慈对这个隐喻的看法发生了变化。毒果存活了下来，留在了由"欣慰"花蜜转化而成的毒鸩之中；然而，味蕾最后品尝到的主要不是悲伤而是喜悦。"共时性"理念——"当我们欢笑时，它发芽、生长"——后来获得很大发展，并在更温和的层面上，催生出了《秋颂》："当波状的云在将逝的柔天绽放①…… / 这时啊，一群小飞虫同奏哀音。""绽放"和"哀悼"将会同时发生。

当济慈试图让他那些柏拉图式理念容纳变化和过程时，他远离了简单的时间性预言（"'美'保持不住明眸的光彩"），进入了必然性预言（"那必将消亡的'美'"）。后者是一种智性表述，没有可供想象的视觉对等物；所以济慈再次尝试创造一个像"雄心"那样警觉的形象——"'喜悦'，他的手总贴着嘴唇 / 说再见"；但这一次的标志性特征是一个动态的手势（在这个意义上，可以与瓮上的吹笛人"永远在吹奏"的姿势相提并论），但这是一种"熵"的运动，和瓮上那位恋人的运动不同，后者的运动是"负熵"的（在接近目

---

① 原文为"blooming"，查良铮译为"映照"，因文德勒强调"绽放"（blooming）和"哀悼"（mourning）这两个相反动作的共时性，所以这里改为直译。

标获取胜利)。"喜悦"的手势与济慈的意图十分吻合:它是视觉性的,具有立即可识别的图像学意义(济慈可能在墓园石碑上见过类似的以手搭肩的告别姿势),它是对结束的过程的象征。但这终究还是一个静态的手势:因为"喜悦""总是"摆着这个姿势。济慈再次尝试,这一次以牺牲视觉的连贯性为代价,实现了一个最接近他头脑中的想法的智性形象:一个柏拉图式的理念,把"熵"——一种向坏的变化——绝对地纳入它自身之中。济慈书信中那个种子发芽结成果实的意象,跨过了花朵这一中间阶段;在这里,他把整个过程冻结在了花朵阶段(颂歌的第二节也是停留在这个阶段,聚焦于垂头的花朵及其他)。花,带着它"欣慰"的花蜜,在这里仍然是无辜的——是蜜蜂的某种力量把花蜜变成了毒鸩。然而,蜕变并不归咎于蜜蜂,而是无奈地归咎于"欣慰"本身:"令人痛苦的近邻'欣慰'/……变成毒鸩。"颂歌中的这段话可与济慈写在伯顿著作页边的关于情欲的激烈评论相比照:就女人是花、济慈自己是蜜蜂这一点,他困惑地责备自己从她们的甜蜜中提炼出了毒汁,但同时又责备花蜜本身的不稳定性和无力抵抗蜕变。

让"欣慰"处于"痛"和"转变"之间,形成美妙的字面布局,而"嘴唇"(lips)和"啜饮"(sips)又押上了韵,这标志着济慈终于在这首颂歌中找到了自己的节奏,于是,我们便做好准备要跟他一起细细品味"啊"(Ay)字了——在《秋颂》中他将再次使用,也是为了发出叹息:"啊①,春日的歌哪里去了?"失去了忘川那荒僻的幽境,他转向与之对应的社会空间——神龛。和《赛吉颂》或《瓮》中的神话式神龛不同,这里的神龛是寓言式的——外层的"快乐"神庙包围着内层的"忧郁"神龛。在这里,诗人用空间——从神庙大门到内层神龛的距离——抵换了时间(朝拜者从单纯的"快乐"走向更为复杂的"快乐-忧郁"相交织的状态所花的时间)。神

---

① 原文"Ay",查良铮译作"啊"。

殿意象和神龛意象虽然具有视觉性，但它们既不与雕饰形体相关，也不与象征性的、自然的蜜蜂（蜜蜂本身是第一诗节里的飞蛾和甲虫富有诗意的后裔）相关，而是与最初的幽境相关。通过最后的努力，济慈创造了一个英雄形象——意味深长地没有给他一个名字，不过，他是人，而非寓言式的形体——来表示他一直追求的那个理念。我们回想一下，为结束这首诗，他需要（鉴于诗歌的两个开头①）一段英雄的寻旅、宗教情感、感官体验、灵魂衍生物、有关味觉的一个主导隐喻、神话的丰富性，以及沉思冥想的而非恐吓的预言音调。同时，如果他不想把这首诗割裂成两半的话，他还需要与第二诗节的自然主义——包括洒泪的阴云、正在生长的事物、眼睛的盛宴和绝世无双的女郎等元素——保持一些联系。通过把英雄界定为能够充分品尝"喜悦"的人，济慈重新定义了英雄的力量；通过让英雄成为能够进入"至圣所"的行家里手，他回顾了自己有关"修炼灵魂"的尘世宗教。通过让被品尝的果实从毒果变为"喜悦"果，济慈赦免了客观环境的罪过，并在"品味"和"咬破"的不可分割性中找到了一个形象，它既不是单纯的"熵"，也不是单纯的"负熵"，而是二者同时共存，在同一动作中既道别又赢取。

"除了他没有人能看见"②，这一威吓将一个孤胆英雄凸显了出来，这种赞美摒弃了第一诗节挥之不去的病态，以及第二诗节的多愁善感和掠夺性。颂歌最后六行的语言表明济慈复杂的想象力在以它最快的速度发挥作用。每个词都同时带有分量和灵韵：权威性体现在表示宣告的"啊"、表示强度的"非常"、表示独特性的"至尊"、表示严峻的"除了他无人能看见"中，同时也体现在最后对主人公将成为挂在云霄的战利品的命运的预示之中。自然主义的"洒泪的阴云"，以"忧郁"女神的面纱和她挂在云霄的战利品的形式回

① "两个开头"指的是被删去的第一诗节和现存的第一诗节。
② 原文"Though seen of none……"，对应屠岸译本中的"只有舌头灵、味觉良好、/能咬破'快乐'果的人才能够瞧见"诗句，文德勒未引全句，故采用直译。

归了:眼泪是那面纱,而无声的眼泪是战利品的本质。[12] 英雄品尝悲伤的滋味如同品尝泪水,甚至如同品尝盐波沙浪。第二诗节中正在生长的花(第一次在颂歌中)结出了果实——结出的不是普罗塞嫔的红葡萄那种毒果,而是"喜悦"葡萄。这一诗节的巨大成功随着最后一行到来,这是济慈的又一处"假性"平行句法。我们期望在"他的灵魂将品尝她(指喜悦)那威力中的悲伤 / 并且……"①之后会出现一些启迪,举个例子,如果由我来写一个认识论意义上的结尾,可能会是这样的:

> 他的灵魂将品尝她那威力中的悲伤,
>
> 　　并且了悟她的唱诗班从前唱过的旋律。

我们期望在"并且"之后来一个与"品尝"并列的动词,一个延长英雄的经历的主动语态的动词。然而,当葡萄被咬破时,主人公默默地死去了——我们意识到,是他的心在品尝"喜悦"葡萄的过程中破碎了。济慈在后来的一封书信中(《书信集》第二卷,352)写道:"哦,布朗,我的胸中有炭火。令我吃惊的是,人心竟能容纳和承受这么多痛苦。"② 我们因平行句法的缺失而心神不宁;当我们看到"被悬挂"(be hung)这个短语用的是被动语态而非主动语态,并感到这个短语的全部力量时,我们意识到我们正在听取的是英雄死后的命运。他的灵魂被悬挂在至尊神殿的墙上,以泪水还愿物,它在其他战利品——其他那些因喜悦和痛苦而心碎的灵魂——中找

---

① 屠岸译文为"他灵魂一旦把'忧郁'的威力品尝",没有突出"威力"与"悲伤"之间的悖谬关系。

② 《圣经·箴言》(和合本)第二十五章第二十一节:"你的仇敌若饿了,就给他饭吃;若渴了,就给他水喝;因为你这样行,就是把炭火堆到他的头上去(heap coals of fire on one's head)。耶和华也必赏赐你。"意思是,仁爱的炭火可融化怨恨的坚冰。这里济慈化用为"I have coals of fire in my breast",意思是"我能以德报怨,承受和化解诸多痛苦",直译为"我胸中有炭火"。

到了同伴。那些悬挂着的战利品，也许让济慈想起了那个英雄最后发现自己被悬挂其上的幻影绞刑架，就像环绕四周的战利品让他想起那些已死之人，那些探险之路上的前辈们。坚韧之舌是承受着痛楚但依然结实有力的龙尾的直系后裔（只是没有那么男性化），正如从比喻意义上讲，与"美"同住的"女郎"，是居住在"忘川"的"忧郁"女神的后裔。

为了使《忧郁颂》成为一首与味觉相关的颂歌，济慈不得不完全背离他原本的第一诗节，那里面没有和味觉相关的任何意象。我猜想，他之所以会放弃第一诗节，是因为他意识到他已经写过有关听觉和视觉的颂歌了；对他而言，选择对味觉进行仔细琢磨，意味着找到了一条通往"低级"感官的重要路径。早期的颂歌是献给"高级"感官的赞美诗，嗅觉和触觉处于次要地位。《忧郁颂》很有勇气，敢于成为这样一首颂扬"坚韧的舌头"（及其力量）和"精细的味蕾"（及其在精神上对"喜悦"的细致品鉴）的赞美诗。当然，"他的灵魂将品尝"这一勇敢的预言可在宗教习俗中找到先例（例如，"哦，尝尝主恩"），就像狂喜的葡萄汁也有其宗教先例一样[①]。需要注意的是，这里的葡萄做成葡萄汁，不做成葡萄酒；自从在《夜莺颂》中弃却葡萄酒后，济慈不再因任何尘世之饮而醉。（他不仅在这里强调了他的清醒，而且在《我能做什么来驱走》《海拔里安的覆亡》《秋颂》中也都强调自己是清醒的。）

随着剧情的发展，主人公穿过"快乐"神庙，勇敢地进入至尊神龛，在里面找到戴面纱的"忧郁"女神，用他善于品鉴和判断的味蕾充分品尝了"喜悦"，也因此，他伤透了心，成了神龛里泪水凝成的战利品。济慈让他的恐惧延伸进死亡之中，甚至比死亡更远的

---

① 根据基督教传说，耶稣临受难前与十二门徒共进最后的晚餐，他拿起面饼递给众门徒，对他们说："你们拿着吃，这是我的身体。"又拿起杯来，递给他们，说："你们都喝这个，因为这是我立约的血，为多人流出来，使罪得赦。但我告诉你们，从今以后，我不再喝这葡萄汁……"因此，葡萄汁便有了宗教意味。

地方——越过"美"的死亡和"喜悦"的告别,越过使"欣慰"化
作致命毒鸩的那种蜕变,他进入了从前在《恩底弥翁》中曾到过的
那个区域——"平静洞窟"。那个洞窟是除《忧郁颂》之外唯一一个
适合放置"云霄的战利品"的地方:那个最偏僻的幽暗洞窟被黑暗
包围着,在那里心灵看见"被埋葬的旧恨"。在那个最深的洞窟里,
人们可以"平静而健康地"睡觉:

> 那里愁苦并不刺人;欢乐也不失色:
> 悲痛的飓风始终在门外吹去,
> 而里面的一切依旧荒凉静寂。
> 狂风无遮无拦地围困,在里面你们听不见
> 巨响,像垂着帘幕的停尸架上
> 死神钟表的嘀嗒声被蒙住。拼命想进去的
> 走不进去;骤然间却能如愿以偿。
> 正当受苦的人开始痛不欲生,
> 大门对他豁然洞开;雪水还在注入
> 酒樽,他浮了一大白。
> ——《恩底弥翁》第四卷,526—535

这一段话和《忧郁颂》的结尾十分相似,而济慈把回归"故我"的
旅程与"焦渴的舌头"相联系,这一点在《恩底弥翁》中也有表现:

> 怀乡病使我舌燥口干——
> 让我凉一凉吧……![①]
> ——《恩底弥翁》第二卷,319—320

---

① 屠岸译文为:"凉一凉!怀乡病使我舌燥口干。"因为文德勒的引诗标注为两行,这里
　按原诗翻译,调整为两行。

这里的"舌燥口干"和《希腊古瓮颂》里的"焦渴的舌头"最终都因"喜悦"葡萄的爆裂而得到了缓解，而这也是《恩底弥翁》里曾经设想过的：

> 你如今是否在用浆果汁为你解渴？
> 哦想一想这干炙的味蕾会有多么喜悦！
> ——《恩底弥翁》第二卷，327—328

我们有理由认为济慈是想用他在"平静洞窟"展望过的那片荒凉区域来结束《忧郁颂》的。但是，通过味觉的欣喜，他进入了"平静洞窟"（它的形态再现于"快乐"神庙中，后来在墨涅塔的头颅中还会重现），无需再用"荒凉"① 或"冰冷的牧歌"② 来表达抱怨。荒凉不再被归咎于骗人的幻想、骗人的艺术或骗人的知觉；它不被简单地视作快乐的后果，甚至不被视作快乐密不可分的平衡项，而是被视作内蕴于快乐本身的一个无法区分的组成部分，就像"品味"与"咬破"在经验上无法区分一样。（当然，在概念上，"品味"和"咬破"是可以区分的；因此济慈将尝试在墨涅塔的头脑剧场里从概念上把悲剧给独立出来。）当济慈承认快乐和死亡密不可分时，他发现自己能够越过死亡去思考死后的命运；他可以把死亡想象成这样：人们可以高贵地展望它，而不是卑微地承受它。

我把《忧郁颂》看作一首不断寻找恰当表达手法的诗来讲解，并不是要贬低它。尽管它在结构上像公式一样清楚明白——"不要这样；而要那样"，结尾又是解释性的，但它所用的表现手法并不那么清晰。一开始无法确定它是想成为彼特拉克式的、神话式的、宗教式的，还是荷马式的，后来无法确定它是否对它所戒除的（昏昏

---

① 出现在《夜莺颂》的结尾。
② 出现在《希腊古瓮颂》的结尾。

欲睡）心怀期待，或者它是否真的喜欢它所建议的做法（让哀愁去饱餐痛饮鲜花），但在诗歌结尾它把尽可能多的渴望——对死亡的渴望、对清醒的创痛的渴望、对喜悦的渴望、对强度的渴望、对情欲回应的渴望、对至尊的女郎的渴望、对受苦的人们组成的社会的渴望、对英雄寻旅的渴望、对神话共鸣的渴望、对自然经验的渴望、对"低级"感官的渴望——集于一处，精彩绝伦地恢复了掌控能力。经由心碎而变成云霄的奖杯、不朽的眼泪，它在这场自我嬗变的戏剧中找到了追求"强度"的探险之旅的终点。

　　《忧郁颂》在系列颂歌中的重要性主要在于它首次让"低级"感官进入了最高的经验领域。为此它付出的代价是语言的极度不稳定；与这首颂歌相比，前几首颂歌在语言一致性方面堪称奇迹。不过，《怠惰颂》里的幻影、《赛吉颂》里的神龛、夜莺的歌声，以及瓮上形体的假想"经历"，都具有一种脱离肉体的、非实体化的品质，而当"坚韧的舌头"和"咬破的葡萄"进行实体性接触时，这种无形体的虚构想象物便彻底消失了。如果没有《忧郁颂》，济慈就无法在《秋颂》中找到丰富的实体化身。如果没有《忧郁颂》在寓言性象喻方面做的试验，他可能也无法创造出置身于丰饶之中的"秋天"来。但《忧郁颂》是沉默的，音乐在其中没有任何位置；与先前所有颂歌不同，它的讲话者和主人公不是诗人。[13] 对济慈来说，进一步的尝试一定是很有必要的；最后一首颂歌看似不费吹灰之力（与《忧郁颂》笨拙的行文相比），其实这种轻松是由济慈此前在智性和精神方面所做的全部工作换来的。

　　如果说《夜莺颂》向"感觉"和"美"的领域推进，而《瓮》向"思想"和"真"的领域推进，那么《忧郁颂》代表了一种意义重大的新观念，即一首诗可以同时向"感觉"和"真理"推进。我们在这里找到了"感觉"和"真理"之间的联系，《希腊古瓮颂》中的视觉美只能间或提供这种联系；而《夜莺颂》中那无意识的、恍惚的"感觉"根本提供不了这种联系。就《忧郁颂》构建了一个

"探寻"神话而言，它显然是一首"真理"之诗：因为感知和感觉不在远方，就在眼前，在被删去的第一诗节中，主人公要去寻找"忧郁"女神，必然意味着去追寻经验的真正实质，追寻一种柏拉图式的本质，这种本质的寓言化形式即将得到揭秘——当他来到"快乐"神殿，站在蒙着面纱的形象面前时，他的探寻获得了回报。从（被删去的）主人公成功对抗恶龙和美杜莎这件事来看——通过勇敢面对最具威胁的男性形式和女性形式，认清它们的真面目，英雄战胜并杀死了它们——这也是一首"真理"之诗。主人公拒绝毒鸩，即使在痛苦中也要保持"清醒"，而且最终穿过"快乐"神殿的大门，进入至深处的神龛，从这个意义上讲，《忧郁颂》也是一首"真理"之诗。虽然《忧郁颂》没有揭去覆在"真理"神秘脸孔上的最后面纱——只有到了《海披里安的覆亡》中济慈才能完成这一行动——但它对真理、幻象、清醒和探险的追求都几乎抵达了最后的圣殿，显然比之前所有颂歌都走得更远。《忧郁颂》令人惊讶、引人瞩目、堪称奇迹的发现是，真理可以通过感觉去追求，而不是只能通过思考去追求。感官颇为随机地食用"现实的"物品，这里的一朵玫瑰、那里的一道波浪上空的彩虹，以及其他什么地方的花团锦簇的牡丹[14]，快速激活感官反应（不再是开篇那昏昏欲睡、感官麻痹的状态），如此一来，具有象征意味的蜜蜂对"痛苦的欣慰"的一啜便能将温度进一步提升；于是就能形成一种张力，赋予寓言式的"咬破的葡萄"和"悲伤的滋味"以最醒目的形式。

当然，"感觉是通向真理的道路"这一命题具有智性难度；由于济慈在最后一节用了象征性的、寓言式的感觉（而非感官感觉），这些智性难度便呈现为可见的、似是而非的形式。那像咬破葡萄一样咬破"喜悦"的是什么舌头？那品尝"喜悦"的又是什么味蕾？那是济慈后来在《我渴求你的仁慈》中所说的"心灵的味蕾"。他说，如果心灵的味蕾不再"敏锐"，他将会忘记生命的意义何在。济慈心灵的工作方式，最好用感觉的语汇来描述，而不是用思想语汇（如逻辑、命题、连贯的推理等），认识到这一点，对济慈而言意味着可以用一连串描述出来的"感觉"象征性地表达"思想"。如果读者认识到这些感觉是"心灵的味蕾"体验到的，就会把它们当作艾略特所说的"客观对应物"来理解；不过，艾略特认为客观对应物所对应的是"情感"，而济慈则认为对应的是"思想"（由此也与他所谓的"真理"，以及和真理共存的"幻象""清醒""黑暗甬道""探寻"相关）。

因此，《忧郁颂》的最后一节必须同时使用思想语汇（那些对济慈来说代表各种理念的抽象概念——美、喜悦、欣慰、快乐和忧郁）和感觉语汇（痛苦、毒鸩、啜饮、咬破的葡萄、味蕾和品尝）。真理的命题语言（"美……必死"）让位于象征性的情境语言（"手总贴着唇"）和感觉语言（"咬破'喜悦'葡萄"）。最后两行，以时态上具有预言性的命题句式来表达，给颂歌的语言带来了新花样。通过对语域的简单解析，我们将读到：

> 他的灵魂（真理）将品尝（味觉）她那威力（情欲崇拜）
> 　　中的悲伤（情感），
> 　　并将成为她的战利品（英雄的），悬挂（祭祀的）于云霄
> 　　（自然的）。[①]

我谈得最少的是"情感"的语言，在相当程度上它避开了济慈的"美"和"真"的范畴。在决定把一种强烈的情感——而不是一种消极的状态（《怠惰颂》）、一位神话中的女神（《赛吉颂》）、一个自然界的生灵（《夜莺颂》）或一件艺术品（《瓮》）——作为这首颂歌的主题（和寓言性神灵）时，济慈在这里开始崇拜一种复杂的情感状态：悲欣交集，他意识到他的创造力正是从这当中涌出来

---

① 　这两行诗改为直译，以便理解文德勒的语域分析。

的（想想《赛吉颂》里那些从"愉快的痛苦"中生发出来的思想）。"忧郁的"意绪滋润着垂头的花花草草，那么，除了"忧郁"，他还能崇拜什么呢？

通过将自己内心的忧郁状态化身为神灵，济慈不再逃避内省，在《怠惰颂》中，逃避内省使得他不愿承认的部分自我（爱情、雄心、诗歌）变得如同幽灵和幻影般不真实。他在一定程度上复现了他在《赛吉颂》中要为他所爱的女神建立一座合宜的圣殿的愿望，不过我认为，赛吉不是他自我的外化，而更像是他作为牧师和丘比特所供奉的一个对象。在《忧郁颂》中，他建立了一座双重的圣殿，并把他的女神安置在里面——将"欣慰"和"忧郁"的两种内在状态转移到外面来加以具体化，这是他在《赛吉颂》中无法以任何明确的或自我反思的方式实现的。简而言之，他已经在写作中转向有意识的自体表征。他不再是受众，听着或看着某个他无法成为的对象（鸟或瓮），而是成了他自己自我审视的对象。有意为之的自我客体化的完成，在一定程度上说明这首颂歌是对自我的呼唤，使自我成了关注对象。分裂出来的"新"的清醒自我，可以呼唤沉迷于怠惰、昏睡、梦境和死亡的"旧"我；通过结尾部分，也同样可以含蓄地向另一个惯于把感觉和思想、美和真、描述和"哲思"割裂开来的"旧"我发出呼唤。然而，这种明确的自体表征仍然是以灵魂自身的情感语汇来表达的：悲伤、痛楚、哀伤的忧郁、喜悦、欣慰、快乐、悲哀。那个客观的、不属于灵魂里某种感觉的、获得命名的寓言式形象，是"美"，"美"是从"女郎"身上引申而来的，而"女郎"置身于玫瑰、彩虹和牡丹（这些事物虽有显而易见的象征功能，但它们都伪装成了自然、客观之物）之中，她本身便是一种"自然的"客观现实。这位"女郎"是济慈所知道的必然会构成其审美媒介的那种"物质之崇高"：

> 哦，不管是梦是醒，但愿我们的梦境

都能从落日汲取所有色彩：
因某种物质性的崇高而感怀，
而不是把我们灵魂的白昼幻影
投射进黑夜的虚空。
　　　　——《亲爱的雷诺兹》，67—71

　　我引用这段话是想说明，济慈认为，把我们的白日梦和睡梦全都看作是在重复我们清醒时所想之事——并且基调上也没有更美好——是狭隘的。他更希望白日梦和睡梦能反映崇高的日落，或展示"那触及真实生活的提香的色彩"（《亲爱的雷诺兹》，19）。当然，《忧郁颂》反映的是灵魂在白天的痛楚，尽管第二诗节可能试图手忙脚乱地抓住"物质性的崇高"。济慈凭直觉意识到，"物质性的崇高"是他真正的道路，但要实现这一想法，必须等到他认识到，在他身上感觉是思考和呈现真理的方式——如果那感觉被赋予审美的秩序。

　　《恩底弥翁》里的感觉大都是随意串在一起的，而《秋颂》里的感觉更为动人，二者的区别不在材料上——智性的、情感的或想象的材料——而主要在于对材料的安排，或者说"部署"。对感官经验进行部署是济慈最具原创性的思考和讲述真理的方式。这使他免于用软弱无力的"哲理"语言来书写命题，也使他免于用同样软弱无力的"感性"语言来表达感情（如《忧郁颂》的结尾）。可以通过充分体验感觉（包括身体的感觉和情感方面的感觉）来达到真理，《忧郁颂》提出并验证了这一理论，但尚未形成成功的范本。一旦济慈意识到，在赋予感觉以秩序的过程中，真理和感情可以同时得到表达，并且整个世界的现象都可以成为他的调色板，他便准备好在《秋颂》中壮丽地示范这一理论了。《秋颂》的所有色彩都取自日落。

　　《忧郁颂》提供了一套审美体验治疗理论。在《夜莺颂》中，审美反应最终被判定为无用的骗局。《忧郁颂》把审美反应看作对抗抑郁的一种手段、鸦片的替代品。当忧郁的意绪无缘无故降临（或者说，济慈一开始这么认为），济慈受到一组有翅膀的自然界生灵（鸥鹬、甲虫、墓畔飞蛾等），以及鸦片（忘川）和毒鸩的诱惑，它们跟夜莺和夜莺的歌声有着相同的功能——如同那有翅的精灵和它迷人的歌声，它们也提供逃离意识的途径。为拒绝这种诱惑，济慈逃向了视觉美——玫瑰、海浪上空的虹彩（在《拉米亚》中他将再次用到虹彩）、牡丹、他所钟情的女郎的眼睛。这里的视觉美与《夜莺颂》中的音乐美相似，不含思想或道德层面的意义；济慈在这里尽情享用纯粹的色彩和形状，如同他从前尽情沉醉于音乐一样。但他在《夜莺颂》中的反应是被动的，把歌曲作为鸦片来接受，而他对审美反应的新看法则使他（尝试性地）将它视为一种主动的，甚至是掠夺性的行动；他让哀愁痛饮鲜花，并深深地品味他所钟情的女郎的眼眸。这种躁狂反应与之前寻找鸦片时的抑郁心情相对应；这里寻求的是加倍的"快乐"，正如被删除的第一诗节里主人公曾自杀般地去忘川寻找"忧郁"。和《夜莺颂》相似，这首颂歌也与人类经验相分离；尽管诗人已有所进步，以积极抗争的方式去面对"忧郁"女神，而不是被动地离她而去，然而，从自杀式的热望到强制性的审美愉悦，这种剧烈的情绪波动并没有提供一种完整的艺术理论，济慈其他文字中有关用眼睛或喉咙饕餮的论述可以为我们证明这一点。1819 年 7 月他曾写道："来这里玩乐的一群群人像猎犬追逐着如画美景……他们对景色狼吞虎咽，如同孩子们见到糖果。"（《书信集》第二卷，130）同年 9 月 5 日，他在给泰勒的信中附上了一段后来从《拉米亚》中删去的文字：

> 一个贪吃鬼喝下一杯灵泉水，
>
> 太快了，顺着他的喉咙消失，那短暂的喜悦。
>
> ——《书信集》第二卷，159

也许可以把《忧郁颂》前三分之二的型式比作一根指针不稳定

的摆动——向平衡点左侧摆九十度,接着又向右摆九十度。到第三
诗节这根指针停了下来,停在正中间的平衡点上,不再受忽左忽右
的力量控制。第一诗节对情爱伙伴关系的渴望令人回想起《赛吉
颂》——济慈的"忧伤的赛吉"成了"墓畔飞蛾";而第二诗节的
"胃口大开",则预示着《秋颂》积极向外探寻的情节。这首诗要解
决的难题是去找到描述各种审美经验的方法:其中包括一种鸦片,
尽管不是致命的;一位女性,尽管不是情欲对象(就性质而言,情
欲对象无法达到审美境界);对"快乐"的积极探索,尽管不是任意
掠夺。济慈的解决办法是转向本质领域,即柏拉图式的、永恒的真、
善和美,正如他在《瓮》中所做的那样。在济慈的世界里,"美"必
然包含死亡,"喜悦"永远在道别,而"痛苦的欣慰"因蜜蜂的啜饮
而变成毒鸩。这些本质并不依托于稳固的根基;它们以部分雕像似
的、部分概念化的方式得到呈现。济慈对这种表述方式感到不满,
尽管不是对它所表达的意义不满,他重写了"永恒"与"短暂"、
"忧郁"与"喜悦"的统一,不过这次他把所有经验汇聚到了单个的
形象身上——一位启程走向生命至深处的青年。蒙着面纱的"忧
郁"女神,端坐在"快乐"神殿的至尊神龛里,除他之外无人能看
见她。济慈的解决方案十分巧妙,他将深深品味女郎眼眸改成用坚
韧的舌头咬破"喜悦"葡萄;舌头的性能量延续了先前探寻"美"
的那份攻击性,不过,交由精细的味蕾来完成这份体验,使它不再
那么潦草,而成了细细品鉴。这里的味觉便成了由灵魂来体验的精
神性味觉,不再是品尝普罗塞嫔红葡萄的感官味觉,也不再是品味
女郎眼眸的视觉饕餮;紧跟在积极追求之后的是一种"受难"的形
式——青年的灵魂被悬挂到女神的战利品之中。这里艺术家对自然
世界和人类世界的态度包含着济慈所思考的美学问题:只要审美快
感与人类情感严重脱节,它便是掠夺性的、不真实的,在第二诗节
的过度放纵后济慈附上第三诗节的均衡,正是对这一点的暗示。在
掠夺模式中,让自己钟情的女郎愤怒地咆哮;既不听她讲话,也不

去切身体验由她的愤怒引发的自己的怒火或羞耻感；而是非理性地品味她那举世无双的眼眸。在济慈眼中，这种将感情转为视觉快感的突然偏离是心理错位的一种形式。这首诗所关注的是应对忧郁的各种方法，而不是这一类的美学问题；然而，随着它对喜悦、欣慰和快乐的混杂性①、人类经验中死亡的不可避免性，以及形而上事物的现实性的最后确认，它为《秋颂》铺平了道路。通过超越眼前的情感体验所带来的幻灭，跃升至对存在的一般看法，它避免了《夜莺颂》里的苦涩情绪，形成了更广阔的视野，堪比《希腊古瓮颂》结尾处所追求的那种境界。最后，由于强调哪些反应有价值哪些无价值，它把道德意蕴问题纳入了诗歌之中，而《赛吉颂》的纯精神关注和《夜莺颂》的恍惚在很大程度上把这些问题排除在外了。在这首诗中，"美"不能再与"真"割裂开来而独立存在：美（从真理意义上讲），是必死之美。济慈在此提出，任何神圣事物都必须生活在其对立面的阴影之中；正是在"快乐"神殿里，"忧郁"女神才拥有她的至尊神龛（正如在《秋颂》中，结出果实和死亡被看作是不可分割的统一过程）。"美"和"愉悦"存在于精神健全、心态平和（尽管也坚韧）的体验之中，就像精细的味蕾咬破葡萄品尝其风味，或如蜜蜂啜饮花蜜，而不在第一诗节把毒汁当作美酒的抑郁状态中，也不在第二诗节饕餮鲜花和人眼的躁狂状态中。在最后一首颂歌里，济慈将强调审美反应中持守中道和精神健全的重要性，将回顾"美"和"真"的不可分割性（存在于经过排序的感觉之中），并把存在本身的"献祭主调"放到最重要的位置。《忧郁颂》简单的三段式结构表面上看与《秋颂》相似，但当我们读到最后一首伟大颂歌时会发现，《忧郁颂》对麻醉物和视觉享乐的连续列举与《秋颂》对大地产出的果实的列举在顺序上和密度上都存在着明显差异。《忧郁颂》使用的是道德训诫模式，既有直接的（"不要做这个，要

---

① 这里的"混杂性"指"快乐"里面总是包含着"悲伤"，喜忧参半、悲欣交集。

做那个"),也有间接的("除了他,谁也看不见")。对济慈而言这种模式是死胡同,之后他不会再用。但他会在他自身之外的另一源头——"墨涅塔"身上发明出一种新的道德告诫来;随着葡萄被咬破,他从遐想和观望进入了行动领域,他感到需要确立一份行动准则。只有到了《秋颂》里,他才以具象而感性的方式,成功地把存在于一丝不苟的细节排序中的明显的智性洞察力,和《忧郁颂》(和我们即将看到的《海披里安的覆亡》)以说教修辞表达出来的那种伦理诉求都具身化。

六

黑暗的密室：《海披里安的覆亡》

有一座洞穴，
坐落在太空的虚渺界限之外，
遥远而幽暗；这片太空是造来
供灵魂遨游并追踪自己的实体……
黑暗的天堂！在那里，苍白理应
同红润相配；那里，阴郁的寂静
发音最清晰；那里，希望烦扰人；
那里，沉入无梦的睡眠时把眼帘
长久闭合的眼睛显得最灿烂。
幸福的精灵之家！奇妙的灵魂！
你孕育这样的洞穴在你的深心
来救众生。
　　　——《恩底弥翁》①第四卷，512—515，538—545

献祭已礼成。
　　　——《海披里安的覆亡》，241

　　　　从下界的暮光
出来了母亲西布莉②！独个——独个——
乘着阴沉的车驾；黑色衣裙围着
她的尊贵身躯，她面色惨白。
　　　——《恩底弥翁》第二卷，639—642

她虽然是神，却仿佛感到剧烈的疼。
　　　——《海披里安》第一卷，44

---

① 本章所引《恩底弥翁》《海披里安》诗句，以屠岸译本为基础，结合文德勒的讲解，略
作改动。另，屠岸把"Endymion"译作"恩弟米安"，本书统一为"恩底弥翁"。
② 西布莉，古代小亚细亚人敬拜的女神，被尊崇为天上万神和地上万物之母，传至希腊
后，与希腊神话中的大地女神盖亚、母亲神瑞亚、农神得墨忒耳相融合。

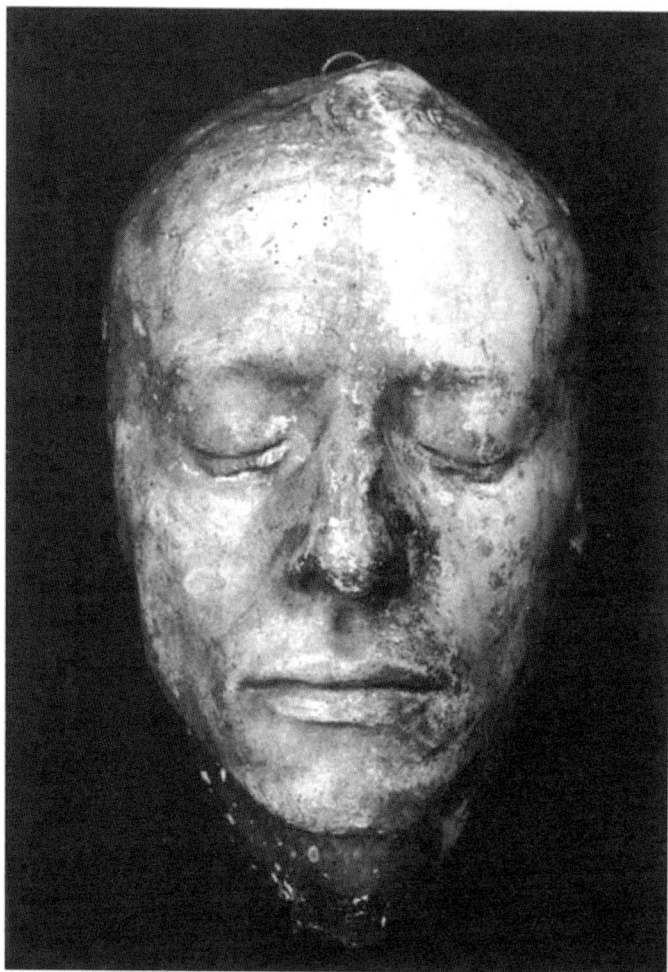

我乃见脸色苍白，
非人间哀伤之憔悴，其灿素
乃千古大病却又不会死；
其素暂恒在变易，非死之乐
所能了结；以死为终站，
而永不抵达，那脸色。

——《海披里安的覆亡》第一章，256—261

《海披里安的覆亡》第一章（节选）①

"庄严的阴影，请问我在何处，

这是谁的祭坛，香为谁袅袅；

神像是谁的面容，我看不清，

大理石的巨膝遮住；尊神是谁，

柔婉的谈吐是如此高雅？"

于是面纱低垂那高影

吐露真言，语气更认真，嘘息

吹动了薄纱褶叠，垂拂

手链吊着的金香炉四周；

听她声音我知道她流下

久不轻弹的泪珠。"这哀愁的

孤庙是一场鏖战所残留，

远古之战火，因巨人族王朝

镇乱而起：现场这古像，

雕刻的面目因倾颓而皱蹙，

正是农神②；我是莫妮妲③，留守

废墟，至高唯一的祭司。"

我无言以对，无用的钝舌

在口腔内难找得体的字眼

---

① 本篇选用余光中译本《亥贲亮之败亡》，为通俗起见，标题改为《海披里安的覆亡》。为了与文德勒的阐释相对应，部分引诗在余本的基础上做了适当改动，对差异明显的改动已加注说明。

② 农神，希腊神话中的克洛诺斯、第二代天神、十二提坦之一，下文统一译为"萨图恩"。

③ 莫妮妲，全书除余光中译本保留其"莫妮妲"译法，其余均改作通俗译法"墨涅塔"。

来回禀莫妮妲的悲哀。
一时沉寂，祭坛的火光
因甜食而减弱；我望着祭坛
又俯视石地，附近就堆着
成束的肉桂，还有许多捆
其他的酥脆香料——然后我
又回顾祭坛与其上的鹿角，
已蒙灰尘，烛火已低沉，
然后再审视奉献的祭品；
如此巡视——直到莫妮妲叫道，
"献祭已礼成，但因你好意，
我好心待你不会稍减。
我的力量，对自己虽是天谴，
对你却不失为奇迹：一幕幕
仍生动醉人的场面贯穿
我的圆颅，痛苦如变电，
你就用凡人的钝眼也可见，
不会痛苦，只要你不畏奇迹。"
神明天降之论，若能温柔
像慈母，上面的话正如此；
我却仍然畏她的衣裙，
尤其是面纱，从她的额上
苍白垂下，将她笼罩于神秘，
使我自恨心狭，盛不住心血。
女神会吾意，自举圣手
揭开了面纱。我乃见脸色苍白，
非人间哀伤之憔悴，其灿素
乃千古大病却又不会死；

其素暂恒在变易，非死之乐
所能了结；以死为终站，
而永不抵达，那脸色；已越过
百合与雪花；更进一步，我
此刻不能推想，就算已见面——
若非因她慈目，我早应逃走。
她却留住我，用亲切的眼光，
更加柔婉是灵性的眼睑，
半开半闭，一若全然无视
于外在之物；视我而不见，
只有透空的光彩，如月色清柔，
安慰万物，却不知是谁举目
在仰望。正如我在半山腰
找到了一粒金砂，激起
贪心，竟然睁大了眼睛，
更搜索深山郁郁的金矿，
窥见莫妮妲的愁颜，我也
急于探看她空寂的心头
秘藏了什么，有什么大悲剧
正在她深邃的心房上演，
竟然在她冰唇上施加
恁重的负担，在她星眸中
注入如此的光芒，使她语音
勾起如此哀伤——"记忆的身影！"
跪在她足前，我叫起来，
"凭破庙四周全然的黑暗，
凭这末代殿堂，凭黄金时代，

凭大神亚波罗[①]，您的好养子，
凭您自己，无依的神明，
没落世家黯淡的嫡传，
照您亲口所说，让我眼见
您心中究竟为什么激动！"
我的祈求刚恭敬出口，
神人竟然就并肩而立
（像矮灌木靠在严松身边），
在谷中浓荫蔽愁的深处，
远在勃勃的朝气下方，
远隔着燥午和傍晚的孤星。
在幽暗的树枝下我前瞻，
看到最初我误认的巨像，
似高高供在农神的殿上
一尊神。于是莫妮妲的声音
简短地入我耳朵内——"当初
农神下台即如此坐姿"——于是
我心生活力，眼界大开，
能见神所见，并深入万物，
灵巧毫不逊肉眼，能知
物之体积与形状。[1]

---

① 亚波罗，为便于理解，下文统一译为"阿波罗"。

在《海披里安》（写于"颂歌系列"之前）和《海披里安的覆亡》（主要写于前五首颂歌之后、《秋颂》之前）中，济慈像在《赛吉颂》中一样，把"运作着的大脑"的内部活动提出来进行研究。《海披里安》中阿波罗大脑中的庞大空洞和《海披里安的覆亡》中墨涅塔头颅里的黑暗密室成了知识之瓮和艺术之瓮，只是这里的艺术跟《赛吉颂》里的一样，尚不具实体。如果说《赛吉颂》花园里的装饰性的奇思异想是喜剧，那么两部《海披里安》① 则是它的悲剧版。两部《海披里安》极大地拓宽了艺术的视野，其内容不仅包括瓮上匿名的狂欢场景和宗教场景，还包括所有政治史和精神史：

> 广博的知识造就我成为一尊神
> 名字，功绩，旧传说，可怕的事变，
> 反叛王权，君主的声音，大痛苦
> 创造和毁灭，所有这一切顷刻间
> 倾注进我这头脑的广阔空洞里，
> 奉我为神明，仿佛我已经喝过
> 宇宙间无与伦比的佳酿或仙露，
> 从而成为不朽。
>
> ——《海披里安》第三卷，113—120

在阿波罗的这篇演说中，济慈为艺术的短暂性寻找解决办法。《希腊古瓮颂》将表明②，空间艺术和《夜莺颂》中的时间艺术一样，都是转瞬即逝的；在两部《海披里安》的大胆飞跃中，济慈决定从作为媒介的艺术（阿波罗的音乐）转向作为心智状态的艺术，而且这里的心智状态，不像《赛吉颂》里的那样是去除历史的，而是这样

---

① 文德勒有时把《海披里安》和《海披里安的覆亡》合称为"两部《海披里安》"。
② 因为《海披里安》写于《希腊古瓮颂》之前，所以文德勒这里用了将来时态。

一个世界——它通过容纳历史而高于时间和空间这些心理范畴。头脑①被想象成一个容器。济慈强调了头脑的中空性。瓮②不是作为一个容器来设想的（因此，从安放骨灰的潜在功能这一角度对瓮进行解读是超出济慈的设定的）；瓮被表现为一幅自我限定的雕饰画卷（不管它可能是什么，它的实用功能都不是重点，重点在于它具有表征意义的表面以及和谐的整体轮廓）。在《赛吉颂》中，尽管圣殿和花园被置于大脑中（因此在某种意义上大脑是一个容器），但济慈把大脑视作一个建造机构，它是一支工作队和一个培育鲜花的"园丁"，而不是一件容器。然而，在这里，在《海披里安》里，大脑主要是存放记忆的仓库：生命、历史和过程，以共时而非历时的形式存于大脑之中。

在创作《海披里安》的后期（据斯蒂林格推测，大约是1819年春天），这种"头脑中的历史"的非线性形态的想法击中了济慈，把这首诗此前所做的有关时间、历史和变化的费劲的史诗性论辩凸显了出来。尽管这场论辩大家都熟悉，我还是有必要在这里概述一下，因为在它对各种立场煞费苦心的阐述中，我们能找到《覆亡》③中墨涅塔的脸和《秋颂》在济慈作品中的共同根基。

正如我所说，一旦"忧郁"的葡萄被咬破，济慈便已允许不可逆转的变化和死亡进入颂歌。（小镇④虽然荒凉，但它是可以被想象、被呼唤的，因此它的"身份"是保持不变的；而葡萄在被咬破时已牺牲掉了它的"身份"。）人们能以怎样的态度思考死亡，在第一部《海披里安》中，这个问题也占据了济慈的思绪；而它给出的一些答案影响了"颂歌序列"对这个问题的思考。其中一些态度是

① 头脑（mind），在本章里，"mind"一词主要指墨涅塔的头脑，负责记忆并讲述已经发生的故事或梦境。
② 指《希腊古瓮颂》里的瓮。
③ 有时文德勒会把《海披里安的覆亡》简称为《覆亡》。
④ 指《希腊古瓮颂》中的小镇。

由被废黜的提坦族用他们的言行相当笨拙地表演出来的；另一些则是由济慈本人以非个人叙述者的角色来言明的。我们必须仔细考察它们，才能理解墨涅塔的脸的意义，以及这张脸后来是如何变形为"秋天"这一形象的。

《海披里安》中探讨的第一种态度是有意识地接受"死后"的存在。意思是，我们把提坦族看作云霄的战利品，悬挂在他们从前统治过的领地："树林叠着树林，就像云叠着云 / 挂在他头边。"济慈这样形容败落的萨图恩。这种"死后"的存在——内部包含着对无常的认知——是作为对比项来感受的。也就是说，对先前的存在或身份的怀旧成了描述当下存在的一个视点——当下的存在状况是：失去了王国和权杖，无声、倦怠、麻木、死寂、静止、默默下坠、深陷、不见天日、浸泡在水里、老朽且无法随时间而改变。而那已失去的生命拥有变化（清晨、燥午和夜间的星星）、健康、光、喜悦、卓越、空气、种子、运动、热、言语以及青春。从《海披里安》的开篇可以收集到这么多对比项，但这首诗，除某些诗行带有怀旧的愤懑情绪外，其他地方，特别是在悲剧性开端的那份沉稳的高贵中，体现出的是一种与济慈的"北极星愿景"①　相关的调性：眼睛睁着永不合拢，孤独又坚定。后来闯入描写中的那股悲情（"他老朽的右手搁着，倦怠、麻木，已报废"），既可以看作是在增强诗歌力量，也可以看作是在削弱，这取决于人们喜欢怎样一个济慈。而开头，尽管使用了"悲伤""陷落"，以及对比性语词（"无声""死寂"），但并不是怀旧的，它是总结性的。它以令人震惊但美好的方式重新描写了牧歌式的乐土，通过将一个年迈的大理石神像而不是心脏热烈跳动着的、得相思病的青年设为中心图像，使这片乐土从自然变成了艺术[2]：

---

① 1818年初，济慈徒步旅行时写给弟弟汤姆的一封信中说，大湖区的景色能够净化一个人的感受力，使之成为北极星，永不休止地睁着眼睛，坚定地注视着伟大的神力所创造的奇迹。后在《明亮的星》中，济慈再次表达了类似的愿望。

> 浓荫笼罩下，忧郁的溪谷深处，
> 远离山上早晨的健康的气息，
> 远离火热的中午，黄昏的明星，
> 白发的萨图恩坐着，静如山石，
> 像他巢穴周围的岑寂般缄默；
> 树林叠着树林，就像云叠着云，
> 挂在他头边。那里没一丝动静，
> 不像在夏日那样虎虎有生气，
> 掀不动羽状草叶上轻的种子，
> 它只能歇在死叶飘落的地方。
> 小溪默默地流过去，死气沉沉，
> 因为他的坠落的神性向溪上
> 撒下了阴影：奈娥①在芦苇丛中，
> 用她冰凉的手指紧压着嘴唇。②

这里有牧歌式的宜人树荫，但是它经历了嬗变；这片幽境并非用于遮风蔽日，而是一间被夺走阳光和空气的囚牢；这里有牧歌式的"溪谷"（在批注《失乐园》时济慈专门对这个词做过详述），不过现在成了一位败落而自负的天神的巢穴；这里有必不可少的溪流，但它们被剥夺了音乐；这里有守护神奈娥，但她是冰冷、沉默、性冷淡的[3]；萨图恩的四周环绕着森林牧歌里的树丛，而（如我们后来了解到的）月神也没有缺席，她"向夜空洒下银色的四季"。但雕像般的萨图恩占据着中心位置，头发灰白，静默如石，改变了整片幽

---

① 奈娥，水泽仙女，希腊神话中住在河流、泉水和湖泊中的女神。屠岸译为"那伊得"，文中按余光中译法，统一为"奈娥"。（前文"萨土恩"，也按余光中译法，统一为"萨图恩"。）
② 引自《海披里安》第一卷，屠岸译。前三行诗句在《覆亡》中被再次使用，对应余光中译本中的"在谷中浓荫蔽愁的深处，／远在勃勃的朝气下方，／远隔着燥午和傍晚的孤星"。

境；他的肖像所对应的植物是莎士比亚和弥尔顿作品中飘落的枯叶。怀旧情绪的触发点比比皆是，但轻盈的种子和羽状的树叶未受感染。说出这篇开场白的那个声音能完美掌控谋篇布局和遣词造句；济慈在《秋颂》中对秩序的精彩把控正始于此。时间（清晨、中午和晚上）、空间（层层森林相叠）和相对位置（萨图恩陷于深谷，远离光和空气，奈娥在她的芦苇丛中）全都安排得当。第一个句子降落到中心人物萨图恩身上，复又从他那里升起。第二句在三重否定（"没一丝""不像""抢不走"）之后，进入一种绝对的、平衡的憩息之中："枯叶落在何处，便在何处歇息。"① 第三句让无声的溪流、败落的神灵和打着手势的奈娥共同组成优美的画面。当然，奈娥和《忧郁颂》中的"喜悦"（"他的手总贴着嘴唇 / 说再见"）有着亲缘关系，尽管奈娥的手势是进一步发展后的强化版，但她依然不能变换朝向，不被允许从沉默回转为发声。她沉默而冰冷，是一个像她的媒介或孕育她的母体——溪流——一样默不出声的缪斯。诚然，枯叶落下，溪水流经，奈娥把她的手指压得更紧——也就是说，时间存在于这片溪谷之中——但叶子歇息在它落下的地方，溪水无法重获声响，宁芙②的手指紧压着不松开，她冰冷的手指也无法暖和起来；在这里，在萨图恩的巢穴，一切在寂静、死亡中定格，手指压得越紧则寒意越深。这是济慈为墨涅塔不断发展和加剧的病症绘制的第一幅速写。

在这段话中，情感误置——认为自然界的其他事物在和萨图恩一起承受痛苦的想法——遭到了轻微的否定：萨图恩的统治已结束，但时间没有停下脚步。后来在《海披里安的覆亡》中，情感误置遭到了明确的拒绝，当萨图恩愤怒地呻吟"树仍在发芽，海岸仍在私语；/ 宇宙之大，/ 没有一丝死亡的气息"（422—424）——他如此

---

① 原文为"Where the dead leaf fell, there did it rest"，屠岸译作"它只能歇在死叶飘落的地方"。
② 宁芙，希腊神话中游荡于山林湖泊的年轻女性神灵，这里特指水泽仙女奈娥。

这般向"孤独的牧神潘"诉说着心语，而潘神依旧让大自然果实累累、仙乐飘飘，不管个体沧桑，无视王朝更迭的悲剧。（这里济慈把他对大自然岿然不动、周行不殆的本性的认知记录在案，可以说是保管起来，写作《秋颂》时他将再次用到它。）《瓮》不让树枝撒落树叶；当枯叶在《海披里安》的开头落下时，我们看到那"咬破的葡萄"发展为了更严峻、更悲惨的形式。

这里的田园景色，包含一位扮演"人类"角色的、白发苍苍的、瘫痪的长者①（当萨图恩说话时，"好似用瘫痪的舌头"，93），随后的《夜莺颂》②，徒劳地捍卫田园景色，发誓要逃离那瘫痪摇摆着最后几根悲伤的白发的景象。然而济慈发现他无法忘记那份悲伤，而他所写的这些颂歌也许确实可以看作是提坦悲剧中的抒情唱曲。

正如我所说，在《海披里安》里，济慈对衰败和变化的第一种也是最深刻的态度，是把它们看作不可逆转——如枯叶歇息在落下的地方——并堂堂正正地把它们放进"乐土"之中。然而，这首诗必须继续推进；为续写下文，诗歌依次探讨了更多浅薄一些的态度。例如，西娅③怀疑会有更严重的灾难到来；这种认识尽管会加深对灾难的第一判断，但不会改变灾难。萨图恩（像弥尔顿的撒旦那样）希望变化可逆，期待着仍然在位的提坦海披里安④能最后战胜造反的奥林波斯诸神。萨图恩期待海披里安到来（123—127）：

去重新占领

他刚刚失去的天堂：一定——一定是

适时的发展——萨图恩必定为王。

是的，必定会有个辉煌的胜利；

---

① 原文为"senex"，语源拉丁文，意为"年老的"，这里指萨图恩。
② 因为"好似用瘫痪的舌头"出自《海披里安》，写于《夜莺颂》之前，故文德勒在此处称《夜莺颂》为"随后的"一部作品。
③ 西娅，十二提坦之一，光明女神，海披里安之妻。
④ 海披里安，十二提坦之一，古太阳神。

> 必定有神灵被推翻。

萨图恩的另一个乐观的假说是，如果事态的发展不可逆，那么希望至少世界的起源可以重复（141—145）：

> 难道我不会创造？
>
> 我不会建立？难道我不会造出
>
> 另一个世界，造出另一个宇宙，
>
> 来把这一个世界都压成齑粉？
>
> 另一个混沌在哪里？哪里？

除了接受死后的存在、希望事态可逆，以及假设另一个混沌①将会形成，济慈还增加了一种面对衰败的态度。正如斯佩里（118）[4] 所指出的，尚未被废黜的海披里安的反应，体现了他在神经方面所承受的折磨——哀痛、踱步，虽有永恒的本质，却因看到新的恐怖事件而"心烦意乱"，他是如此痛苦，以至看不见周围美景（241—244）：

> 火焰、光彩和匀称，
>
> 我看不见——只见到黑暗，死亡和黑暗。
>
> 即便这里，向着我憩息的中心，
>
> 阴暗的幽灵们也前来作威作福。

海披里安希望通过打乱必然性来反抗境遇——"哪怕只为了变一变"，他也要去加快黎明的到来。他的这种不敬遭到了叙述者的批评（292—293）：

---

① 混沌，卡尔斯，希腊神话中的第一位神，即起源神。

> 不，他不能：──虽是早期的神，他不能：
>
> 神圣的岁月更替不能被打乱。

济慈后来在《瓮》中表现出来的不敬，也恰好是打乱神圣的季节更迭秩序，并禁止树叶飘落。他在《秋颂》中有所悔悟，并且像海披里安一样，学会了让精神顺应时序之悲哀。

　　海披里安的父亲凯卢斯①，暗示了一种寓言式解读：提坦的覆亡是源于人类激情的发现；经由意识和感觉，人不可逆转地落入命定之死。凯卢斯说，提坦们过去常有一种"忧郁的风度，庄严而沉静"，如同神圣的季节。现在，他们像"下界凡尘"那些"生而必死之人"一样，不光彩地任由"恐惧、盼望、愤怒／狂暴而激烈的行动"摆布。凯卢斯，是无能为力的声音的第一个化身，后来将变成随风飘荡的蚊蚋②之音，他阐明了言说在变化面前的虚弱无力：

> 我不过是个声音；
>
> 我的生命只是风和潮的生命，
>
> 我丝毫也不能比风和潮更有用。

凯卢斯所能做的，顶多也就是《秋颂》的叙述者所做的，"守望着辉煌的太阳，／小心照看着四季"，群星是季节轮转的担保人："众星依然明亮而耐心③。"这些隐士们耐心的注视预示着"秋天"对最后渗出的果汁的耐心守望。

　　在《海披里安》里有一场弥尔顿式的"提坦会谈"，在那场会谈

---

① 凯卢斯，罗马神话中的天神，相当于希腊神话中的第一代天神乌拉诺斯。因乌拉诺斯与大地女神盖亚结合，生下十二提坦，所以这里说凯卢斯是海披里安的父亲。

② 指《秋颂》里的蚊蚋。

③ 语出《海披里安》。原文为"patient"，屠岸译作"忍耐"，但文德勒认为，当济慈用"patient"表主动时，意为"耐心"，表被动时意为"忍耐"，所以这里改译"耐心"。

中，亚细亚①像萨图恩一样，希望通过历史性变革重获未来的荣耀，恩克拉多斯②主张通过复仇实现逆转，俄刻阿诺斯③认为由于进化之必然，提坦族已经覆亡，已被更美好的族群取代，而克吕墨涅④通过描述年轻的阿波罗所演奏的音乐如何难以抗拒，支持了俄刻阿诺斯的乐观阐释。尽管济慈以悲剧性的、顺从的"死后意识"来开头，我们不可能感觉不到，他仍想要以"智识的重大进展"（《书信集》第一卷，282）来支持俄刻阿诺斯所抱有的希望，在这里智识的进展产生了被尊奉为神的阿波罗⑤。跟海披里安一样，阿波罗也将被奉为太阳神，但与"自然神"海披里安不同，他同时还是艺术之神。他代表了艺术既囊括自然又取代自然的那份力量，就像以"人造的"七弦琴演奏的音乐取代可怜的克吕墨涅取自贝壳的"自然音乐"一样。他也代表着能战胜境遇的知识和先见，因此济慈认为他比恩底弥翁更合适成为英雄：

> 他们之间的巨大差异在于，已写就的故事（即《恩底弥翁》）里的主人公是一位凡人，他像波拿巴一样，被境遇牵着走；而《海披里安》里的阿波罗是一位能够预知未来的神，能像波拿巴一样预先规划他的行动。
>
> ——1818 年 1 月 23 日，《书信集》第一卷，207

当济慈采纳"进步观"时，他差不多忘记了开篇时和他一起出发的老提坦们，他把他们的遭遇搁置一旁，转而支持起阿波罗的创造来：

---

① 亚细亚，三千河流女神之一，俄刻阿诺斯和忒提斯之女，普罗米修斯之母。
② 恩克拉多斯，属巨人族，乌拉诺斯和盖亚的孩子。
③ 俄刻阿诺斯，大洋河流之神，十二提坦中的长子。
④ 克吕墨涅，名望女神，普罗米修斯之母。在赫西俄德《神谱》中，她被认为是大洋神女之一，是俄刻阿诺斯与泰西斯之女。但在其他版本中，她也被认为是十二提坦之一，与她的丈夫伊珀托斯同辈。
⑤ 此前阿波罗尚未封神。

"阿波罗再一次成为金色的主题!"这位"所有诗句之父"向摩涅莫叙涅倾诉,摩涅莫叙涅告诉他一个经过奇异改造的"亚当之梦":阿波罗曾梦见她,醒来后发现在他身边的不是夏娃,而是一把七弦琴。

> "是的,"至尊的女神说,
> "你梦见过我;你醒来以后,
> 发现身旁有一架赤金的里拉琴①,
> 那琴弦一旦被你的手指弹拨,
> 整个宇宙不知疲倦的耳朵
> 便悲欣交集,倾听这初生的乐曲。"
> ——《海披里安》第三卷,61—66

这位不快乐的乐师,这个尚未封神的阿波罗,向整个广袤宇宙中不倦的耳朵演奏着悲欣交集的乐曲;不难看出,在瓮上他化身成了那位不倦的、快乐的吹笛人,他的风笛只吹奏快乐的乐曲。和提坦们一样,阿波罗是不快乐的,但他的不快乐源于停滞,他强烈渴望的是改变;他的不快乐源于无知,他强烈渴望的是知识;他的不快乐发生在植物生长的绿色大地上,他强烈渴望的是天界之境:

> 这座岛之外还有别的地方吗?
> 什么是星辰?这儿有太阳,太阳!
> 还有坚韧不拔的月亮放光辉!
> 亿万颗星星!请给我指出道路
> 好通向一颗特别美丽的星辰。
> ——《海披里安》第三卷,96—100

----

① 里拉琴,即七弦琴。

虽然摩涅莫叙涅保持沉默，但阿波罗还是完成了转变，在她沉默的脸上读到一篇奇妙的课文，就像济慈将在古瓮沉默的形式里读到一篇课文一样（《海拔里安》第三卷，111—113）：

> 我能从你
> 沉默的脸上读到奇妙的课文：
> 广博的知识造就我成为一尊神。

　　当济慈意识到，他一幕幕排演出来的提坦们所提出的全部假说（无论是进步的还是衰败的）和所有变化（无论是受欢迎的还是令人担忧的）都在那个做概念化和记录工作的大脑的空洞中得到同等的呈现时，他先前对提坦们在言谈中相继表现出来的对待无常的矛盾态度所做的费力叙述，便显得笨拙而徒劳了。要把所有感受叠加到一个遭受苦难的主体身上的这种抒情欲望，击倒了讲故事的史诗欲望，于是济慈决定大幅改写《海拔里安》，并将改写后的作品命名为《海拔里安的覆亡》：两个标题都表明，他更感兴趣的是提坦族的悲剧性覆亡和他们对苦难的见证，而不是阿波罗前途光明的登台亮相。

　　我认为，人们还没有认识到，提坦族（尤其是墨涅塔）的苦难见证和反抗诉求源自斯宾塞的《无常篇》，我怀疑济慈在写作《海拔里安的覆亡》和《秋颂》之前曾重读过它。[5] 在《无常篇》中（概括一下和济慈相关的内容），仅存的一位提坦女神"无常"，决定维护其凌驾于奥林波斯神族之上的古老权利：

> 她乃古老提坦的直系后裔[6]
> 众提坦曾与萨图恩之子开战
> 双方竭力争夺天界的统治；

> 尽管约夫①夺走他们的特权,
>
> 他们的血脉依然世代绵延。

这位提坦女神向人们展示了她的"巨大威力"的"明证以及悲伤的事例"(这一点把她和济慈的"忧郁"女神联系在一起了);接着,她开始征服天庭,她的第一个行动是试图取代她在奥林波斯神族中的对应者辛西娅(两位都是月亮女神、变化无常之神)——济慈想必是怀着特别的兴趣阅读这场争斗的,因为他曾在《恩底弥翁》中把辛西娅当作自己的女神。"无常"(在她的寓言谱系中,她是大地女神的女儿、混沌神的外孙女)直面约夫,要求拥有统治权。

> (约夫)认为她风度翩翩,
>
> 身姿挺拔,跟那里的所有神灵
>
> 一般高,长着一张好看的脸蛋
>
> 堪与现场任何一位女神相比肩。

盛怒中的约夫抖动他的闪电:

> 但当他凝视她那可爱的脸
>
> 画容中闪耀着美丽的光芒
>
> 足以将狂暴的愤怒化作恩典
>
> (纵在天界美也拥有这般力量)
>
> 他收住了手。

越过约夫,"无常"向"自然之神"——"至高无上的他,赋予神和人同等权力 / 众神和人都称他为父"——提出请求。然而,当"自

---

① 约夫,朱庇特的另一称呼。

然之神"出现时，我们看到她显然是一位女性（尽管戴着面纱），不过，斯宾塞很快暗示我们，实际上自然之神具有"雌雄同体"的形式：

> 接着出场的是（伟大女神）自然夫人①
> 她仪态端庄，极具王者风范，
> 比上界所有权贵和诸神
> 都更魁梧高大，勇猛伟岸；
> 然而，光凭她的面容和身段，
> 没有哪个生灵能够解答，
> 这位神明究竟是女是男；
> 因为她浑身上下披着一层薄纱，
> 头和脸全都隐藏，拒绝任何探察。

（这种"雌雄同体"的暗示，在《秋颂》中得到了回应，当济慈写到"秋天"这个形象时，他没有使用性别代词。）"自然夫人"的面纱及其引起的"恐惧"，济慈赋予了墨涅塔：

> 我却仍然对她的衣裙心怀恐惧②
> 尤其是面纱，从她的额上
> 苍白垂下，将她笼罩于神秘。
> ——《覆亡》第一章，251—253
> （斜体由文德勒添加）

---

① 即"自然之神"。
② 文德勒这里是在强调济慈从斯宾塞诗歌中借用了"恐惧"（terror）一词，余光中将"terror"译作"畏"（译文为"我却仍然畏她的衣裙"），无法与下文其他几处的"恐惧"相对应，为便于理解，做此改动。

谈及"自然夫人"朦胧的面纱时，斯宾塞写道，"的确有人说"，她
之所以披着面纱，

> 是想通过巧妙设计，
> 藏起她那令人恐惧的容颜
> 不让肉眼凡胎窥视；
> 因为她长有一张狮子脸，
> 任何生灵不敢睁眼细看：
> 但也有人说，那张脸如此之美，
> 一片辉煌，向四周漫射着光线，
> 比太阳还要耀眼几千倍。
>
> （斜体由文德勒添加）

从斯宾塞的这段诗里，济慈借来了"辉煌"和"光线"（以及"恐
惧"和"面纱"），用到墨涅塔身上（但由于她是月亮女神，便不能
像斯宾塞的"自然之神"那样与太阳相连；济慈把这份恩宠留给了
"秋天"[1]）。济慈说，墨涅塔的眼睛"视我而不见，/ 一片透空的辉
煌，似温和的月漫射着光线"[2]（斜体由文德勒添加）。我把《无常
篇》给予《秋颂》的直接影响留到下一章去讲，在这里将继续讨论
它与"忧郁"女神和墨涅塔相关的最后几段。

尽管"无常"成功地表明季节、月份、时间和生死都在她的掌
控之中，但宙斯并不赞同，他说他自己和他的奥林波斯同伴可免于
"变化"。这位提坦女神反驳说，即便是奥林波斯诸神，也得受制于
她，而且她再一次首先把矛头指向她在奥林波斯神族中的对应
者——月亮女神辛西娅：

---

[1] 在《秋颂》中，济慈把"秋天"称作太阳神阿波罗的契友。
[2] 余光中译为"视我而不见，/ 只有透空的光彩，如月色清柔"，为理解文德勒的解析，
对译文略做了改动，以突显原文中的"辉煌"和"光线"。

> 她的脸和表情每天都在变幻，
> 我们看见各种各样的形状呈现，
> 时而弯成角时而圆，时而亮时而暗；
> 以至于人常说，"像月亮一样多变"。

"角月"可能是《无常篇》借给《覆亡》的又一细节，萨图恩的神殿是一个"角饰的神龛"（第一卷，137）："我看向祭坛和它的双角 / 灰烬已把它们染白。"①（第一卷，237—238）"无常"最后一个踌躇满志的诉求是要整个宇宙成为她的战利品——济慈写作《忧郁颂》最后一行时一定想到了这段话：

> 既然在这宽广的宇宙之中
> 没有什么东西稳固恒常，
> 万物都被横逆之力抛掷晃动，
> 那么，除了让我得胜揽权
> 将战利品高高举起，还能怎样？

正如我们所知，"自然之神"最终宣布反对"无常"，提出了两条理由，不过在济慈看来没有一条令人信服。首先，"自然之神"提出自然过程具有循环往复的特性（但济慈认为，单个的人和朝代并不知晓这种循环的命运）；其次，"自然之神"抛出了"末日论"，当末日来临，所有变化都将止歇（一种济慈无法认同的教义）。相反，济慈赞同斯宾塞的"尘世信条"，认为除基督教的天堂外，在所有地方，无常都"拥有最大的支配权"。虽然在《无常篇》中斯宾塞持古典观点，认为随着时间的推移，"自然"会自然而然地衰败，但在收

---

① 余光中译为"祭坛与其上的鹿角，/ 已蒙灰尘"，把"horn"译作"鹿角"，按文德勒的解读，是指神龛的外形带角；而原文的"ashes"不是指"灰尘"，而是指香料燃烧后留下的白灰。

尾部分，他却援引了更为严厉的、骤然出现的《圣经》形象——
"死神收割者"①；他拒绝那些"虚空的事物／它们兴盛的荣光，极
易黯淡消散／'瞬时之神'很快落下它那贪吃的刀镰"。《无常篇》
的古典"熵"观②，让济慈（在《海披里安的覆亡》里）创造出了
另一位古典的提坦女神，她是无尽的衰败过程的牺牲品（不像奥林
波斯神族中的辛西娅既消又长），而《无常篇》的结尾则让济慈塑造
出了一个"持镰的收割者"③ 形象——不过，正如我们将看到的，
济慈的收割者与传统中的"死神收割者"的形象有很大不同。

　　《海披里安的覆亡》这首诗，现在我可以转回来谈它了，是以心
灵与自身对话的形式书写成的。尽管它自诩为史诗性叙述，尽管它
对斯宾塞、弥尔顿和但丁都有所借鉴，但它的重点在抒情。诗中所
呈现的心灵的两半是对称的，如济慈将幽境与圣殿、自然与艺术、
"思想少女"与幽暗甬道、梦者与诗人、天堂与尘世、我们未堕落的
幸福的夏娃妈妈与受苦的墨涅塔等，两两对立。《覆亡》中有众多地
方能让人联想到颂歌，因此，我们可以把它的序章看作是对颂歌材
料的改写，同时也是为后来写作《秋颂》做的准备，《秋颂》将从两
部《海披里安》中汲取经验。

　　在这里，济慈试着创造一片新的"乐土"。在这片"乐土"上，
没有瘫痪的老人在树林里散发寒意。相反，在幽境中央——那丘比
特和赛吉躺过的地方，济慈在《怠惰颂》和《夜莺颂》里躺过的地
方，以及《忧郁颂》里的女郎曾与彩虹、海浪、牡丹、玫瑰相伴的
地方——如今只有"空缺"。诗人是以迟到者的身份来到这里的；在
他到来之前，我们的始祖已经举行了一场盛宴（"一餐饭／天使或我
们的夏娃妈妈刚刚吃完"），他们留下了空壳剩皮（不过还是有大量

---

① 死神收割者（Grim Reaper），《圣经》中的死神，常以身披斗篷、手持镰刀的形象出现。
② 古典"熵"观：宇宙中的所有事物都有自发地变得更混乱的倾向，即"熵增"现象。
③ 此处"持镰的收割者"，指的是《秋颂》里的"秋天"。

富余）。虽然诗人的迟到被解读为象征着"艺术的耽延"①，但也可以解读为一种明证，说明济慈意识到了世世代代的必死性（当他进入成年期，他是独自进入的，当时的他早已父母双亡）。就这样，我们来到一个前人到过的地方；我们到达这里，衣食无忧，但却是孤儿。接着，我们用圣殿取代"思想少女"的幽境，用建筑取代自然；我们在圣殿中摆放已逝双亲的画像，就像济慈放置萨图恩幽怨、森然的雕像[7]和那虽然活着但形似幽灵的女祭司墨涅塔——她向诗人呈现的角色，既含有男性权威之严厉，又含有母性关怀之柔和。萨图恩的雕像没有得到强调突出，并且是缄默的，这是将男性神灵引入神龛的一次无效尝试（在《秋颂》中，父性神灵将转移到"太阳"②身上）。济慈对垮台的父辈——提坦族的想象，表明他试图把自己看作一个成年人，面临着和前辈们相同的命运，而不是一位获得特权的青年，那受封为神的、可以永远不死的阿波罗。《海披里安的覆亡》允许瓮上的祭祀队伍走向祭坛，并继续向前：墨涅塔告诉诗人，"献祭已礼成"。被剥夺了向前发展的、线性的、特殊运动的"后祭祀图景"可以怎样表现，仍有待观察。（《秋颂》用农业丰收场景代替了祭祀仪式，结果丰收被当作了一场回顾性的献祭，而不是大好收成的预期来源。）[8]

济慈写作《海披里安的覆亡》的目的是传播宗教愿景，即他的灵魂在踌躇满志的挣扎中所看到的那些幻象。因为他依旧记挂着"灵魂"，我们便知，他依旧部分地受制于他从前想要拥有向上飞升的翅膀的那种欲望：事实上，他刚走完阶梯的第一步，就"仿佛长出了翅膀"，像天使一样登上了祭坛，"从青青草地／飞向天国"。他还没有完全甘心于使用一双耐心的尘世之腿（不像他在《秋颂》中

---

① 艺术的耽延，即艺术的滞后效应。
② 《秋颂》中的父性神灵，即太阳神阿波罗。

以水平运动"向外寻找"① 时那样）。在济慈先前的颂歌中，灵魂一直是一个重要的引领性理念：在《怠惰颂》中，那片草地是他的灵魂；在《赛吉颂》中，他将成为赛吉（灵魂）的祭司；他说夜莺在音乐中倾吐的是它自己的"灵魂"；在《瓮》中，他偏爱"精神的"的耳朵，而非感官之耳；而在《忧郁颂》中，是主人公的灵魂品尝到了"忧郁"女神的威力中所包含的悲伤，进而成为女神挂在云霄的战利品。与这种执拗的"精神-肉体"二元论相反，在《秋颂》中济慈将把感官性的眼睛和耳朵设定为宗教直觉的先决条件和唯一通道，而所有关于"灵魂"或"精神"的讨论都将消失。[9]

我在这里不可能谈及《覆亡》的全部内容[10]，我只讨论它与之前五首颂歌的交相辉映之处，以及它对《秋颂》所做出的预示。首先必须说明的是，《海披里安的覆亡》的意图是"讲述"（而非体验）一个梦。对济慈而言，这样清醒地、有意识地叙述过去的梦境，跟滑入梦境是很不同的，这表明他对写作有了新思考。在这里，觉醒的真理具有冷静的确定性，既能保存住对梦的记忆，又能把想象力从无知觉的恍惚事物的"麻木狂喜"—— 一个可追溯到《夜莺颂》的短语——中解救了出来。《覆亡》中的幽境里没有"溪流"（不同于赛吉或老萨图恩的幽境；夜莺的幽境不需要水流的喧响，因为鸟鸣本身已提供了音乐。而"乐土"之水使人神清气爽的功能，在《夜莺颂》中也是不必要的，因为在鸟儿歌声所导致的意识悬置那种死一般的恍惚中，并无生命实体在热烈涌动）。在《覆亡》中，我们看到的不是"自然"的溪流或泉水，而是由文雅的艺术从某个未知源头蒸馏出来的透明液体，由某种中间力量装进了冰凉的酒器中。这种汁液，因为是透明的，所以跟《夜莺颂》中惹人向往的紫色佳酿有所区别；它力道很猛但不醉人；游荡的蜜蜂也把它啜饮，这一

---

① 原文为"seeks abroad"，对应《秋颂》中的诗句"Sometimes whoever seeks abroad may find / Thee"，查良铮译作"在田野里也可以把你找到"。

事实表明它是众神的饮品（济慈曾在尼普顿①的宫殿里见过它，《恩底弥翁》第三卷，925）。无论如何，它都不会像济慈式的麻醉剂那样使饮者大脑迟钝，而是能赋予他远见卓识的能力。在这里，"仙露"调停了醉酒（葡萄酒）和清醒（"喜悦"葡萄）之间的古老冲突；不过这果汁并不会使饮者成神（像《海披里安》里的阿波罗那样）；它只是赋予饮者对现实的新认知。济慈明确强调他自己和所有人的必死性；喝酒时，他祝祷的不是世上的"人类"或"活人"（他原可以这么做），而是"世上必有一死的凡人"，以及"所有名字留在我们唇间的死者"②。据说此种饮品具有类似鸦片（亚洲罂粟）和毒物的属性，虽然在旁观者看来，它产生的效果类似醉酒（济慈"像古瓶上所绘的西勒诺斯③"一样倒下），但它的内在效果，正如我所说，是启迪而非遮蔽。也是因为这个原因，济慈"讲述"他的梦境时，保持着冷静和清晰。（在《秋颂》中他会做出让步，允许醉人的罂粟回归；无论从哪方面看，《秋颂》都比《覆亡》更富人情味，《覆亡》因严苛的良知审查而放弃的那些抚慰人心的仁爱在《秋颂》中全都得到了许可。）

正如我前面所说，《覆亡》的花园里爬着藤蔓的凉亭屋顶和饰花的香炉，令人想起《赛吉颂》；普罗塞嫔田野里的白色小母牛和花瓶上绘制的古老的西勒诺斯令人想起《瓮》；毒物和果汁，令人想起《忧郁颂》；而突然生出翅膀起飞的情形，令人想起《怠惰颂》和《夜莺颂》中对翅膀的渴望。古老的圣殿高敞得能装下云彩，与"忧郁"女神的神殿相似，而那些祭祀用具（长袍、金钳、香炉）似乎

---

① 尼普顿，罗马神话中的海神，相当于希腊神话中的波塞冬。
② "世上必有一死的凡人"原文为"all the mortals of the world"，"所有名字留在我们唇间的死者"原文为"all the dead whose names are in our lips."余光中译为"现世的芸芸众生"和"名留后世的一切古人"，因文德勒强调济慈对所有人的必死性的认识，故这里改为直译，以突显"必有一死"（the mortals）和"死者"（the dead）。
③ 西勒诺斯，森林之神，是酒神狄俄尼索斯的追随者之一，余光中译作"酒神"，不准确。

是赛吉的遗物。在《覆亡》的开头，济慈试图把他从前想象过的千
变万化的幻景的整个力场——花神、潘神和刻瑞斯的世界，普罗塞
嫔和赛吉的世界，《忧郁颂》中的神龛和古瓮上的形体——全都集结
一处。从自然幽境转到神殿建筑（济慈想象中最不可或缺的一种动
向），我们之前已在《赛吉颂》中见过；这里的夏日水果盛宴（令人
想起波菲罗①装满金银财宝的盘子和筐子）只剩下空壳残梗，处于
迈向秋天那残梗散碎的田野的途中②。济慈的"睡"和"醒"展现
的是《怠惰颂》《赛吉颂》《夜莺颂》《忧郁颂》里不断重复的母题；
但在这里，他没有对"睡"和"醒"之间的差别感到失望。济慈只
是注意到一个事实：幽境消失了，他发现自己在一座古老的神殿里，
一座永恒的穹顶纪念堂里，一个飞蛾无法蛀蚀之地（这只《圣经》
里的飞蛾③似乎是借由《忧郁颂》④悄悄潜入进来的）。神殿内萨图
恩的神龛与"忧郁"女神的神龛十分相似。然而，我们遇到的不是
赛吉的男祭司，而是萨图恩的女祭司。墨涅塔站在祭坛前，她戴着
面纱，站在萨图恩的坐像（显然是）下方。济慈站在她前面，看不
见坐像的脸，因为他的大理石膝盖比脑袋要高，遮住了脸；于是他
不得不问这是谁的神殿。墨涅塔回答道：

> 　　现场这古像，
> 　雕刻的面目因倾颓而皴蹙，
> 　正是农神；我是莫妮妲，留守
> 　废墟，至高唯一的祭司。

"废墟"（desolation）这个词告诉我们，我们已经抵达那座小镇⑤的

---

① 波菲罗，济慈叙事诗《圣艾格尼斯之夜》中的男主人公。
② 指这首诗和《秋颂》之间的联系。
③ 《圣经》里的飞蛾有"脆弱的""具有破坏性的"等含义。
④ 指《忧郁颂》里写到的"墓畔飞蛾"。
⑤ 指《希腊古瓮颂》里的小镇，济慈也用"desolate"一词形容了它，屠岸译作"寂寥"。

另一版本;但这里,祭祀已礼成,祭坛的火渐趋熄灭,不会再添加
燃料,尽管燃料还剩不少。墨涅塔主持了这场象征性的祭祀(像
《潘神赞歌》里一样,祭品是香木,而不是像小母牛那样的活泼泼的
生命;这种以象征代替现实的做法,标志着现在济慈有意识地接受
了艺术的提喻手法);而最终是作为提坦之一的墨涅塔本尊,成了真
正的祭品。她的脸上刻着持续承受折磨所留下的痕迹——正如斯佩
里所指出的,她和济慈本人患有同一种"病","一种并没有什么不
光彩的病",即做梦,因此他发现站在她面前就像站在镜前。

　　如同在《秋颂》中一样,济慈在这里也需要决定用什么做祭品
(这里是香料木材),来象征人类的悲剧命运;以及用哪一个有生命
的存在(这里是墨涅塔)来代表悲剧情感。这就不难理解,为什么
一旦济慈决定将祭祀进行到底直至其象征性结局(一种他在《睡与
诗》中已预见到的结局,在那里他说他的精神将成为献给阿波罗的
"鲜活祭品"),他就不得不舍下《亲爱的雷诺兹》和《瓮》里的小
母牛。《忧郁颂》中的祭品是葡萄,而和它配对出现的——体现悲剧
命运的人类存在——则是那变成挂在云霄的战利品的诗人的灵魂。
在《覆亡》中,由于祭品是无趣的香料(不如《忧郁颂》中的"喜
悦"葡萄具有表现力),全部叙事兴趣都转移到了墨涅塔的脸上,这
张脸上寄托着悲剧情感。当墨涅塔掀开面纱,显露其奥秘时,济慈
看到的斯宾塞式寓言景象构成了这首诗的核心:

> 我乃见脸色苍白,
> 非人间哀伤之憔悴,其灿素
> 乃千古大病却又不会死;
> 其素暂恒在变易,非死之乐
> 所能了结;以死为终站,
> 而永不抵达,那脸色;已越过
> 百合与雪花;更进一步,我

此刻不能推想，就算已见面。

济慈对墨涅塔的脸的第一段描写，令人想起第一部《海披里安》中的许多叙述性论辩——反复琢磨"变化"这一事实，"变化"是可逆的还是不可逆的；"变化"是否怀有仁慈的目的；如果"变化"痛苦且不可逆，是否至少是复仇行动的一个动因。正如哈特曼让我们看到的那样，因为这首诗探究的是诸神的命运，所以想象本身的命运也就成了问题。[11]济慈并不是很确定该如何表现提坦神族的厄运，但他决定（至少在萨图恩身上）将这种变化表现为老年的到来。过去他曾把诸神的厄运表现为一种由人类的简单疏忽导致的疏离：赛吉永远年轻，永远与丘比特紧紧相依，把她的古老领地保持得如此完好，以至于人们一走进森林就开始张开翅膀。济慈暗示，是我们疏离的脸，导致了她被遗忘①。面对历史文化相继被时间湮没，这种讲述人类神话之不朽的令人愉快的虚构（后来济慈认为是虚构）便无法再持续下去了：由于寂静和时间的抚育，古瓮几乎是奇迹般地得以保存下来，这一欣慰之下潜藏着大多数想象性作品实际上已遭毁灭的隐忧。与赛吉的情况不同，通过让萨图恩变老，并表明其大理石坐像受过击打（不朽的光滑面容随着提坦族的覆亡而起皱），济慈暗示了（但没有让情节发展到那一步）萨图恩即将死去。"众神会老，众神会死"是第一部《海披里安》的中心主题，尽管俄刻阿诺斯保持着乐观，恩克拉多斯叫嚣着复仇。

但是，对墨涅塔脸部肖像的描写召唤出一种对众神命运的新看法。墨涅塔没有变老，她的脸上没有出现萨图恩脸上的皱纹。相反，她病了（第一部《海披里安》曾一笔带过地提及疾病——萨图恩是

---

① 这里文德勒借用了弗朗西斯·汤普森《无需去他乡》中的诗句：只需转动一块石头，便能唤醒一对翅膀！／是你们，你们疏离的脸／错过了壮丽辉煌的事物。（Turn but a stone and start a wing! / Tis ye, this your estranged faces, / that miss the many-splendoured thing.）

瘫痪的，西娅的心感到"剧烈的疼痛"，聚在一起的提坦们感到他们的心脏"在痛苦地起伏，在狂热、沸腾、血色／鲜红的漩涡中搏动，在可怕地抽搐"——不过把重点放在衰老上了）。我们感到，济慈的新发现——悲剧命运是一个连续的过程，不是必有一死，而是一场大病，不断发展却又不致死——与其说源于他对相继消失的文化的关切，不如说和他自身的生命感受相关。正如济慈在《夜莺颂》中所怀疑的那样，意识本身才是无法逆转的疾病。墨涅塔面容苍白、毫无血色，她遭受苦难时血液里曾有过的热度如今已在哀悼和追忆中退去。治愈无望，死亦不能。

我们可以推测，济慈描绘墨涅塔的脸部细节时，不仅参照了他在自己家中目睹的死亡，还参照了他在外科手术训练①中见过的尸体。他在对墨涅塔病情的描述中流露出了医学诊断师的口吻：一个没有受过专业训练的观察者只会说她面容苍白、毫无血色，但是济慈，当他看到她苍白的脸，立即提供了诊断（"乃千古大病却又不会死"）和基于疾病的已知阶段（"已越过／百合和白雪"）的预后判断（"以死为终站，／而永不抵达"）。墨涅塔具有尸体的各种明显特征：她的面纱，如同格劳克斯②的斗篷，是裹尸布的样子；它们"苍白"地垂下，"将她笼罩于神秘"。她的眼睛半睁半闭，却像死人的眼睛一样"全无视觉"；她的嘴唇冰冷；而且她一直被称作"影子"。叙述者拥有解剖学知识；他想象着墨涅塔脑门后面那"中空的大脑"（仿佛颅骨上标示腔室的骨融合痕迹，庇护着两瓣脑叶）。

原初的提坦族叙事困境已经内化为精神困境，历史事件本身算不得什么，"直到落到单个的人的身上"（史蒂文斯语）。越过（春）

---

① 济慈早年学医。
② 格劳克斯，希腊神话中善做预言的海神。格劳克斯曾爱上美丽的女巫斯库拉，想娶她为妻，但因格劳克斯容貌丑陋，斯库拉逃离了他。格劳克斯向魔女喀耳刻讨要一剂药水，试图让斯库拉爱上他，但喀耳刻自己爱上了他。格劳克斯向喀耳刻表明自己对斯库拉矢志不渝的爱情，喀耳刻便罚他一千年活在老年期。关于格劳克斯的出生，有很多相互矛盾的版本。

百合和（冬）白雪，墨涅塔的脸超越了四季轮回和月亮的四时盈缺。墨涅塔的脸没有周期性的季节变化，它是"煞白的"和"空白的"①（济慈借用了弥尔顿的"空白"，并将它变形为法语的动词形式）②。对墨涅塔脸的描写与华兹华斯对辛普朗山口的描写十分相似，诗人在那里看到"林木在凋枯，但永不烂穿，/瀑布发出静止的轰鸣……/（这些）都是同一心灵的各种运作，同一张脸/的各种表情……/是那伟大的《启示录》里的字符"③。由于记忆具有强大的包容力，其本身对变化是免疫的；它沉浸在变化中，并在记事本上复述这些变化。墨涅塔脸上的所有白光都是月光、反射光——不是代表基础经验的太阳光，而是经验经过意识领悟后再反射出来的光。

济慈的下一段描述集中在墨涅塔那双"星辰般的"眼睛上，它"透空的光彩，像温和的月发射着光芒"。墨涅塔的名字源自月亮，同时也源自具有告诫功能的"朱诺-墨涅塔"④，如果说阿波罗是太阳、灵感和音乐，那么她就是月亮、记忆和思想。通过强调她冰冷的嘴唇，济慈把她和开场时手指冰冷的奈娥联系在了一起；通过仰慕她那双注满光的眼睛，济慈使她成为远离感官知觉的智性知识的象征。她的子宫已经向上位移了，可以说移到了她的创造性大脑的位置：

> 我也
>
> 急于探看她空寂的大脑里⑤

---

① 这两个词，余光中分别译为"灿素"和"透空"。

② 济慈从弥尔顿那里借了"blank"来形容墨涅塔的脸，又把它转为法语的动词形式"blanch"，再次用来形容墨涅塔的脸。文德勒认为，这两个词相当于同一个词，济慈连续使用它们，表明墨涅塔的脸没有发生什么变化。

③ 引自华兹华斯《序曲》第六章。

④ 朱诺-墨涅塔（Juno Moneta）："moneta"源自拉丁语动词"monere"，有"警戒者"之意。在罗马神话中，天后朱诺曾多次警示罗马人即将出现的危险，帮助他们渡过难关，因此罗马人称其为 Juno Moneta（警告者朱诺）。

⑤ 原文为"brain"，余光中译为"心头"，因为这里文德勒强调墨涅塔偏重智性而非感性，所以依原文改为"大脑"。

> 秘藏了什么，有什么大悲剧
>
> 正在她颅内的黑暗密室①上演，
>
> 竟然在她冰唇上施加
>
> 恁重的负担，在她星眸中
>
> 注入如此的光芒。

这"无依的神明，/ 没落世家黯淡的嫡传"，因其经验和磨难，除孕育思想外再不孕育其他。她的眼睛对外部世界不感兴趣：

> 若非因她慈目，我早应逃走。
>
> 她留住我，用亲切的眼光，
>
> 更加柔婉是灵性的眼睑，
>
> 半开半闭，一若全然无视
>
> 于外在之物；视我而不见，
>
> 只有透空的光彩，如月色清柔，
>
> 安慰那些她看不见的人②，却不知是谁举目
>
> 在仰望。[12]

像夜莺一样，墨涅塔也安慰那些她看不见的人，并且也不知道是否有人在望着她。然而，墨涅塔的这种疏离感并没有一直维持下去；事实上，她（像古瓮一样）对济慈说了话，而且也听他说话，并给予他引导。但是，全无视觉的眼睛那透空的外观告诉我们，济慈依然关注艺术对观众的冷漠问题，就像他在《夜莺颂》中所做的那样，

---

① 原文为"the dark secret chambers of her skull"（头颅里的几间黑暗密室），指的是墨涅塔头脑里藏有很多隐秘的历史和神话。余光中译文为"深邃的心房"，因文德勒强调墨涅塔的智性而非感性，故这里依原文直译，改为"颅内的黑暗密室"。

② 原文为"...Who comforts those she sees not"，余光中译文为"安慰万物"，因文德勒强调墨涅塔在安慰那些她看不见的人，所以这里依原文译为"安慰那些她看不见的人"。

在《瓮》中也有所涉及。

济慈对提坦族的描绘总体上以《失乐园》为依据，但墨涅塔的脸，正如我在前文所说，跟弥尔顿只有一带而过的联系。这点联系可能要归于斯佩里从《失乐园》第十卷中引出的那段话，在那段话中，亚当认识到死去可能"不是我想的那样，一击即溃 / 丧失知觉，而是无尽的痛苦"（809—810）。不过，济慈并没有在《失乐园》中标记过这段话。而且亚当看到的是世世代代持续承受这种痛苦，先是他自己，接着是他的子孙后代，"在我身上，也在我之外，痛苦如此绵延 / 直至永远"（812—813）。从外在形式上看，历史上世世代代反复遭受厄运的观念，和墨涅塔美丽但饱受摧残的脸并没有太大的相似性。也许米迦勒①给予亚当的启示，是"那些场景 / 一幕幕仍生动醉人地"穿过墨涅塔的头颅这一画面来源，而"痛苦"一词也确实把亚当的悲伤和墨涅塔的"痛苦如变电"连在了一起。但是，如果我们想通过斯宾塞以外的任何源头来理解墨涅塔的话，我们最该关注的不是弥尔顿，而是《恩底弥翁》和《无情的妖女》中那个更年轻的济慈，以及他对莎士比亚和伯顿的阅读；我将从后者开始讲，把《恩底弥翁》留到最后去讲。

在《忧郁的解剖》第二卷中，济慈在伯顿谈论表现的边界的那段话的结尾做了标记：

> 因此，提曼特斯在伊菲革涅亚将被献祭的那幅画作②中，描绘了卡尔卡斯的哀悼、尤利西斯的悲伤、墨涅拉俄斯的极度悲痛，他竭力调动所有艺术技法来表达各种情感，但同时却用面纱遮住了那被献祭的少女的父亲——阿伽门农的脸，让观者自己去想象阿伽门农的表情；因为真正强烈的激情和悲痛，像

---

① 在《失乐园》第十一卷中，亚当和夏娃要被逐出伊甸园，上帝派天使米迦勒向亚当启示人类的未来图景。

② 指提曼特斯的《伊菲革涅亚的牺牲》，莱辛在《拉奥孔》中也对这幅画做过论述。

阿伽门农此刻这样的，是任何艺术手段都无法表现的。

济慈接受了这一挑战：要揭示"真正强烈的激情和悲痛"，就是要把执行和见证这场祭祀的那个人的脸暴露出来，以此奏响激情和悲伤的最强音。

墨涅塔苍白的脸色，"越过了百合和白雪"，这一非弥尔顿式的观察取自另一源头，济慈曾用三条下画线重点标记过它。经由这个源头——莎士比亚的《维纳斯与阿多尼斯》——墨涅塔和《忧郁颂》又联系在了一起，维纳斯这样囚禁她那不情愿的情人的酥手：

> 现在她轻轻地执起他的手
> 一朵百合花被囚禁在雪的监牢里

《覆亡》中的绝对禁欲主义使得济慈采用了莎士比亚对两种与情欲相关的"白色"的区分，并将它用于诊断墨涅塔脸色的苍白程度，刻画不断加剧的冰冷感：墨涅塔的脸色越过贞洁的百合之白，变成带有生理性寒意的白雪之白。创造墨涅塔这张脸时，济慈或许记起了他在伯顿的《忧郁的解剖》中标记过的另一段话，那段话引自德莱顿的《约翰王》，是玛蒂尔达写给约翰王的信：

> 现在的我已不是你上次见到的模样。
> 那份宠爱消失得很快，已不知去向；
> 那燃遍百合山谷的玫瑰红晕，
> 如今已苍白失色，满目疤痕。

在谈及如何治疗"爱之忧郁"的那部分内容中，伯顿写下了这段话，以说明即便是世上最美丽的女子，也很快会衰败。墨涅塔，因其苍白，且因其与百合相比照，跟《无情的妖女》中那额角戴着百合、苍白地游荡的骑士，以及"苍白的国王和王子／死一般苍白的武士"
也有所联系。不过，这些男性受害者并不美丽；"在幽暗中，他们挨
饿的嘴大张着／发出可怕的警告"。墨涅塔是由这些苍白的受害者
和眼神狂野的仙境女郎融合而成的，但这一复合形象在成为斯宾塞
风格的提坦女神并承担起亲权时遭遇了"去性化"。

　　墨涅塔和《两位贵亲戚》①里的女神狄安娜②也很相像。在济慈
标记过的一段话中，艾米利亚向月神狄安娜祈祷：

> 哦，神圣、朦胧、冰冷而恒久的女王
>
> 弃却欢闹的神明，您沉思默想。
>
> 甜蜜又孤独，洁白、童贞、纯净
>
> 如风中飘雪……
>
> 神圣的银色的女主，请倾听我的祈求。
>
> ——《两位贵亲戚》第五幕第一场，137—140，145

跟月亮的联系确证了墨涅塔是狄安娜的后裔，从而也是济慈自己的
辛西娅（斯宾塞的提坦女神曾与之竞争月神之位）的后裔。不过
《恩底弥翁》中表现母性焦虑和苦难的片段，对墨涅塔有着更早的预
示：尼俄伯③（"极度灰暗的死色吞噬着／她慈母的脸颊"，第一卷，
342—343）；西布莉（"面色惨白"，"黑色衣裙围着／她的尊贵身
躯"，第二卷，641—642）。她们都是孤零零的（"凄凉、孤独的尼俄
伯！"和"母亲西布莉！独个——独个——"），与诗中成双成对的
情侣形成对比。

　　在《恩底弥翁》中，辛西娅在偶然瞥见恩底弥翁之前也曾"独

---

① 《两位贵亲戚》为莎士比亚戏剧。

② 狄安娜，罗马神话中的月神，对应希腊神话中的阿尔忒弥斯，也是"贞洁女神"之一。

③ 尼俄伯，希腊神话中的底比斯王后，生有六子六女，以此夸耀，后子女全被杀害，尼
俄伯深感悲伤，化为山岩，流泪不止。

守贞洁"；诗中讲述了她堕入情欲，而他（恩底弥翁）升入奥林波斯
缥缈之境的故事。不过，墨涅塔的脸表明，如果济慈想忠于他最初
的誓言——（用恩底弥翁的话来说）"我确实／在婴儿期就和光明的
事物结下了良缘"——他最后只得把月亮女神送回她原初的贞洁和
孤独之中。光不允许脸上蒙面纱，也不允许遁逃进虚无缥缈之中，
而是要求深入探索知识。

　　我现在来谈谈《恩底弥翁》中预示着墨涅塔的两个主要形象。
第一个是男性形象格劳克斯，（根据伦普里尔的说法）阿波罗赋予他
预言天赋，而阿波罗又是墨涅塔的"养子"，因此这种预言天赋让他
和墨涅塔产生了联系。在这首诗中，因格劳克斯渴念失去的斯库拉，
喀耳刻诅咒他一千年活在老年期，经历一个承受着"爱之忧郁"的
老年期。他必须一直"枯萎、下垂、消瘦"，受"疲惫的守望""积
年的痛苦""长久的囚禁和呻吟"折磨。喀耳刻用尖刻的戏谑口吻诅
咒他：

> 噢不——它不该消瘦，消瘦，消瘦
> 挨过短短的微不足道的千年……
> 　　　　　……即便那时
> 你也不会在老年人的路上行走；
> 而是活着枯萎、瘫痪，仍然要呼吸
> 一千个年头。
> 　　——《恩底弥翁》第三卷，578—579，595—598

格劳克斯被判处如此旷日持久的磨难，丝毫不得缓解，这与墨涅塔
的命运何其相似；而他那件裹尸布一样的蓝色斗篷，就像他阅读的
书本，象征着知识（既有自然知识，又有预言知识），为墨涅塔因受
苦而获得的浩瀚知识勾画出了一幅底稿：

> 有如最大的裹尸布般宽敞，
> 一件蓝斗篷裹着他的老骨头，
> 野心勃勃的巫术发出的低吼
> 在斗篷上织满符号：海洋的千姿
> 都被黑白分明地织了进去；晴朗时，
> 暴雨时，喁喁低语，可怖的轰鸣，
> 流沙，急转的漩涡，荒芜的海滨
> 在那织物上都有了表象：织成
> 海岬间飞掠、潜游、睡眠的体形。
> ——《恩底弥翁》第三卷，196—204

济慈坚持把知识和受苦结合在一起，不过在《恩底弥翁》中的辛西娅身上，多数时候并非如此。她主要以月神——太阳神阿波罗的姐姐的形象出现，赐予人间理想化的祝福，即给死者以生命，给动物以梦境，给一切以欢欣，给"可怜、隐忍的牡蛎"以安慰：

> 你到处降福，你用银色的嘴唇
> 把死的东西吻活。在你的光辉里
> 牛群安睡着，梦见神圣的土地：
> 千千万万座山峦上升，又上升，
> 切盼得到你眼睛圣洁的加恩；
> 但是你的祝福并没有忽略过
> 一个僻静的藏身处，渺小的场所，
> 那地方能接受欢乐：巢中的鹡鸰
> 把你的美貌纳入宁静的视角，
> 透过一张常春藤遮阴的绿叶
> 不时地窥探你一眼；你是慰藉，
> 抚慰着可怜、隐忍的牡蛎，它睡在

含珠的壳居里。

——《恩底弥翁》第三卷，56—68①

但即使是辛西娅的恩慈，也因她对恩底弥翁的爱蒙上了阴影，她日渐黯淡、亏损，而恩底弥翁也和她一样悲伤。叙述者向辛西娅呼唤道：

> 唉，为了那同病者
>
> 你痛苦忧伤：那个人脸色憔悴
>
> 你为他而脸色憔悴：他为你流泪
>
> 你为此而流泪。你在哪里喟叹？……
>
> ……那是她，但请看！
>
> 变之巨，痛之深，哀至极！
>
> 她触到淡云就消失；她的美质
>
> 在蓝色海洋上凋谢。

——《恩底弥翁》第三卷，74—77，79—82

如果，正如我所想，这是济慈为墨涅塔画的第一张草图——永生的月亮女神因守望爱情而亏损，后来随着恩底弥翁把爱转移到印度少女身上，她渐渐隐没（反过来，印度少女也因月亮升起而消失）——那么，我们从中可以看到一组济慈认为必须连贯在一起的意象，尽管他的想象还无法完全驾驭它们。这组意象包括月亮、亏损、黯淡、苍白、女性、爱之忧郁、眼睛射出的慈爱光芒（如他在《恩底弥翁》中所形容的，"你的眼睑很美"）、美丽的脸、光明、银色光辉，以及具有预言意味地写到的，给"可怜、隐忍的牡蛎"的慰藉——想必这是济慈对"耐心"这个词的最不寻常的用法，在他

---

① 文德勒原文标为56—69行，多数了一行，此处加以更正。

的作品中，这个词往往是跟细心的、关怀备至的守望联系在一起的。辛西娅被小心翼翼地挡在知识的大门之外，然而，当格劳克斯的智性和天文知识与辛西娅苍白而忧郁的银色光辉结合在一起，再融合进西布莉和尼俄伯的母性焦虑时，我们可以说，这种综合形成了墨涅塔的面容。恩底弥翁对"云雾缭绕的幻境"和"幻想的海中／狰狞的浪涌"的拒斥无法长久持续。他的诉求——"决不，虚幻的声音／决不可能再把我骗进／那纷纭的奇景"，将被《夜莺颂》证明是一种掩饰，而事实上，《恩底弥翁》本身的情节发展也与此不符。然而，恩底弥翁的预言——"从来不曾存在过这样一个凡人，他的胃口／超出了常规／却没有挨饿致死"——却得到了实现，它不是在恩底弥翁身上实现的，而是在墨涅塔趋向死亡的过程中实现的，只是墨涅塔的死亡，比恩底弥翁所预言的简单死亡更复杂。

鉴于月亮盈亏的特点，月神在神话中象征变化；在《覆亡》中，济慈把月神奉为他的女神，"变化"也就成了他的敬拜对象。但他在这里把"变化"看作一场悲剧性的大戏。济慈喜欢把艺术视为动态的，而不是静态的（从《瓮》可知，即便是静态的事物，我们的心灵也会赋予它起源和结局的动态想象）；因此，墨涅塔头脑中上演的艺术的模型便是具象性悲剧，或者（我们可以说）是莎士比亚式的。因此，《覆亡》没有写成弥尔顿式的或但丁式的诗歌，而是一部向莎士比亚致敬的作品。这个莎士比亚，不是已写出众多戏剧作品的莎士比亚，而是剧本完成之前的莎士比亚，是那处于创作状态的莎士比亚的头脑。[13] 在墨涅塔这一形象身上，济慈肯定的是艺术的智性和思维模式，而不是智性的命题性质。这种智性不是命题式的，因为它是展示出来的。艺术作品需要阐明的概念（我们可以这么叫它）或想法，并不是以命题形式出现在作者的脑海；它是以戏剧性或具象性的形式出现的，但这并不意味着它就不具有概念性或智性。正是内在的悲剧使墨涅塔星辰般的眼睛充满了光亮：她也与光明的事物结下了良缘并献身于智慧的启迪。也许济慈剥夺墨涅塔的全部感官太过残忍，但他以此传递的想法是极为坚定的（主要是传递给自己，而不是他的假定读者）——艺术创作过程要求想象的深度内转，为了实现这种内转，至少得暂时摒弃感官。其实他的观点甚至比这更激烈：人们感到，墨涅塔从不是一个纯然感官性的存在，她和感官之间的关系并不是循环往复的（好像经历一段时间的想象内转之后，她会恢复外在感知似的），墨涅塔和感官之间是平行关系。[14]墨涅塔只亏不盈，她的头脑并不会怀旧地想起某个拥有原始健康的时期；第一部《海披里安》中的那种对比性力量已消失殆尽。垮台已发生，复位不会实现。只有不断增加的意识重负，以及把它转化为内在戏剧的努力。负担时刻在加重，每段新经历，都增加了必须融合进悲剧的元素的数量和复杂程度，若不是头脑中的戏剧产生出一种副产品，让她的脸发出光芒来，那张死气沉沉的脸透出的气息将是叫人绝望的（一些评论家正是这么认为的）。济慈曾因她的面纱感到恐惧：知识的匮乏便是光的缺失。随着知识揭去面纱，四射的光芒会带来神圣的安慰，那光芒像瓮上的牧歌一样冰冷，但极其迷人：济慈被锚定在原地，无从逃离。

　　墨涅塔的力量主要是记忆的力量：阿波罗是她"亲爱的养子"，正如瓮是寂静和缓慢的时间的养子。她是"至高祭司欧米伽 / 身披重重授职之袍"，当史蒂文斯在《纽黑文的平常夜》中写下这句话时，一定想起了济慈称墨涅塔为"没落世家黯淡的嫡传①"（288）。作为孕育所有时间和空间的唯一容器，她的大脑取消了颂歌中时间艺术和空间艺术的高下之争。《忧郁颂》和《覆亡》都允许探险英雄去感受和品尝（葡萄、透明的果汁），而作为对比，女神则安坐在崇高的精神纯净之中。威力似乎留给了无感官、无伴侣的女神，那位处于从属地位的英雄不过是她的战利品或年轻学徒。女神给予他富

---

① 原文为"Omega"，即欧米伽，第二十四个（也是最后一个）希腊字母"Ω"，这里史蒂文斯和济慈都用了"欧米伽"，因余光中译为"嫡传"，使这层联系变得模糊了。

有哲理的启迪:"能见神所见,并深入万物,/ 灵巧毫不逊肉眼,能知 / 物之体积与形状。"正因为如此,墨涅塔的族群记忆中蕴含的哲理力量,其包罗万象之程度,和眼睛对于感官世界里形形色色事物的感受力是完全对等的。不过,诗人的深度视觉让他患上了墨涅塔的病:"日复一日,我感到自己越来越 / 瘦削,越来越像鬼。"(395—396)。海披里安对他的提坦弟兄们的覆亡所做的反应是忧心忡忡,墨涅塔和济慈也是如此:他们承担起"哲思的头脑",便承担起了焦虑的重负——与坚毅的忍耐、复仇的欲望、俄刻阿诺斯的乐观,或克吕墨涅的欢欣相比,这份重负才是本书的重点所在。在《秋颂》中,济慈将从他在这里找到的解决方案——一场象征性的献祭,一种永恒的焦虑悲愁,为了向负重的记忆、悲剧的威力致敬,完全脱离感官经验——转向身体存在的真正意义上的献祭。感官的力量将在那首颂歌中得到恢复,肉体性的孕育也同样得到恢复;身体存在的最终摧毁将是由一种自愿的仪式必然性所发动的自毁,而不是像提坦族那样,因造反的后辈把长辈踩到脚下而覆亡。在第一部《海披里安》里,济慈将"变化"呈现为按部就班的叙事,并且直奔线性厄运而去;他一直无法描述奥林波斯神族的崛起所带来的积极变化;当他试图颂扬阿波罗时,他的创造力枯竭了。同样,《海披里安的覆亡》也没能创造出一场表现仁慈的变化的戏剧,来抗衡显现在墨涅塔脸上的内在的大悲剧。但在《秋颂》中,变化具有了多样性:一些事物陨落,另一些事物或兴起,或消失,或壮大,或改变其物质形式,或保持稳定的供应。在《秋颂》中,济慈并不是只审视两种相对的运动——提坦神族的覆亡和奥林波斯神族的兴起——而是把他的目光转向了潜藏在自然世界里的无限运动。摒弃局限于墨涅塔头颅之内的艺术、思想之诗,济慈把他的感性视野——经由像北极星一样永恒清醒的意识提纯——转向九月温彻斯特的草地;摒弃但丁式的、弥尔顿式的训诫教诲和痛苦的宗教智慧启蒙模式,摒弃斯宾塞《无常篇》中的王朝寓言叙事,济慈再次满怀感激地投向他最为相契的形式——颂歌，以及他与生俱来的感性语言。正如我们将看到的，对济慈来说，奇迹就是感官的语言如今变成了智性秩序和伦理反思潜在的、用之不竭的载体。

在描写墨涅塔的脸时，济慈再次提出了"情感误置"问题，早先萨图恩曾在狂怒中发出质疑：为什么潘神继续让大地丰产，对提坦族的覆亡漠不关心。在墨涅塔脸上射出的光芒里，济慈看到了与月亮的光华相同的品质，给素不相识的人们送去安慰。然而，墨涅塔透空的光辉所显示的冷漠却跟她给予诗人的那份关怀相抵牾。这里，有一些问题不甚明了：艺术是否有以其悲剧性光芒来启迪观众的意图？自然（就墨涅塔是自然女神赫卡特-狄安娜-辛西娅而言）是否罔顾我们在宇宙中的存在而兀自漫射着光彩？如果（像济慈现在开始期望的），依照自然界各种生命的相互关系，对它们加以恰当地组合和部署，它们便能给诗人提供灵动而华丽的思想语言，那么他定能得出一些结论，阐明我们与自然的关系，并阐明我们创造的作品在何种程度上可与有机的丰产、生灵的歌唱和星辰之光等"自然的"艺术相媲美。[15]

当济慈写到夜莺只为自己的爱歌唱，对倾听她的"黑夜"毫不关心时，他就怀疑过自然是冷漠的；这里他以月亮冷漠的光芒（即便也抚慰人）延续了那份怀疑。此外，正如我前面所说，墨涅塔对悲剧的创造，看起来也完全不依赖自然和感官。那曾被称作"创造性想象的自主性"的东西——想象独立于自然——在墨涅塔身上得到了体现，就像当济慈描写墨涅塔视而不见的眼睛时，他也严正拒绝了"情感误置"。

然而，这首诗并没有把它所表达的智性洞见给敷演出来。墨涅塔的行动表明她不是一个冷漠的存在，她既不是以自我为中心的悲剧艺术家，也不是毫无同情心的自然界的月亮：当最后诗人跪在她脚下恳求时，她最为接近的象征形式是"仁爱"。此外，尽管她像"无常"一样，理论上不依赖于时间和空间（时间和空间都被囊括在她的头颅之内），但史诗框架所要求的过去时叙事给这个"遭遗弃的神灵"在已逝王朝的时间里安排了固定位置。然而，当济慈试图再现墨涅塔的受苦和创造的永久性时，各种穿插进来的片段却使用了其他时态：

我乃见脸色苍白，
非人间哀伤之憔悴，其灿素
乃千古大病却又不会死（*kills*）；
其素暂恒在变易（*works* a constant change），非死之乐
所能了结（*Can put* no end）；向死行进 ① （deathwards *progressing*），
而永不抵达，那脸色……

（她的眼睛）如月色清柔，
安慰（*comforts*）万物，却不知（*knows*）是谁举目
在仰望（*are* upward *cast*）……

我也
急于探看她空寂的心头
秘藏了什么，有什么大悲剧
正在她深邃的心房上演（Was *acting*），
竟然在她冰唇上施加（*could give*）
怎重的负担，在她星眸中
注入（*fill*）如此的光芒，使她语音
勾起（*touch* her voice）如此哀伤。

---

① 该句余光中译作"以死为终站"，此处文德勒重在阐释史诗中时态的变化，故直译为"向死行进"。

前两个例子谈到"千古大病"和"月色清柔"时使用了一般现在时，"行进"和"上演"使用了进行时（尽管前面带有"was"，使之成为过去进行时），最后和情态动词"能"（could）一起出现的"施加""注入""勾起"等词也很有欺骗性①，所有这些凑在一起，去除了历史永不复返的幻觉，并流露出一个强烈的愿望：希望写作能让墨涅塔在我们眼前永久存在。毕竟，她所掌管的是持续在场的"变化"，这位女神理应被赋予这样的人格化特征。

在《秋颂》中，济慈将再次提出自然的创造与他自己的艺术之间的关系问题、"情感误置"问题，以及艺术对人根本上的无动于衷问题。他还将寻找一种不仅适用于自然之不朽，而且适用于自然之永恒变化的语言。他还将再次敬拜一位掌管持续变化的女神，不过他为女神找到了一个比"月亮"更好的象征意象（月亮虽有盈亏，但没有在墨涅塔身上得到体现，如我所说，墨涅塔处于永恒的亏损之中）。当济慈决定崇拜一个季节时，他找到了一项"柏拉图式的绝对理念"，就概念本身而言，它既是短暂的，又是永恒的，能悖谬地将自身的瞬息即逝包含在自身的永恒之中。而且，与"无常"（一种概念性的、非自然的形式）不同，"秋天"拥有完整的感官存在。

墨涅塔是月神，也是死亡女神，正如狄安娜的冥界化身是赫卡特，又常与普罗塞嫔混同。事实上，可能是因为普罗塞嫔[16]这层关系，济慈的思绪从贞洁的墨涅塔转到了丰产的、母亲般慈爱的刻瑞斯身上——尽管让他想起刻瑞斯向来是不用费什么事的。丢下他的死亡女神，济慈选择对生命女神进行膜拜。他摒弃阴云密布的"忧郁"和衰败亏损的墨涅塔这两个孤苦之神，选择了"秋天"，一位与太阳神阿波罗关系亲密的女神。我们无法想象，"忧郁"女神或墨涅塔会成为任何人的挚友。而济慈所创造的真正的生之愿景，能不包含爱和友情吗？这样的愿景也不能只局限在人造物品——瓮

---

① 意思是，乍看容易误认为是一般现在时。

（即便瓮是一位朋友）、圣殿或神龛中。怀着一种巨大的解脱感，我们看到济慈从器物和各种纪念堂退回到了自然风景里。但他不再逃进幽境那种受到保护的避难所，也不再把人类排除在外；《秋颂》里的风景向整个大地慷慨地铺展开去，直至地平线和天空；在这个如此丰盛地呈现在眼前的、由人类的整个农业世界组成的神龛里，我们看到"无常"女神以她四种季节形式中的一种形式出场了。济慈现存的第一首诗是对斯宾塞的模仿之作，凭着斯宾塞式的"秋天"形象，他返回了他的文学源头。

七

把和平的恩泽赐予人类的丰收:《秋颂》

把和平的恩泽赐予人类的丰收，
以及至尊的神明为宽慰自己的仁心
而采取的一切行动。
　　　　——《海披里安》第一卷，110—112

当我担忧自己会太早逝去，
笔还未拾尽丰盛的心田，
厚叠的诗卷，按字母排序，
还未像谷仓将熟麦储满。
　　　　——《当我担忧》，1—4

神圣的季节更替不应受到打乱。
　　　　——《海披里安》第一卷，293

　　　　成熟的时辰来到，
随之而来的是光，而光，
刚一脱离母体，便毫不迟疑地
点化整个庞大的物质，使之获得生命。
就在那个时刻，我们的双亲，
苍天和大地，变得分明。
　　　　——《海披里安》第二卷，194—199

（神祇）给我们这片天空①
披上壮丽的华服——他们的仁爱
同我们自己的谷物女神②握手；我们
所有的感官都充盈着精神的甘饴，
像蜂巢中饱食的蜜蜂。
　　　　——《恩底弥翁》第三卷，36—40

---

① 原文为"极少有神祇给我们这片天空……"，文德勒的引文省去了否定词，意思便相反了。
② 即罗马神话中的刻瑞斯。

松鼠的粮仓已满
　　收获已完。
　　——《无情的妖女》，7—8

生命由其本身固有的精髓滋养，
而我们像一窝鹅鹕受到哺育。
　　——《恩底弥翁》第一卷，814—815

当太阳最后一次抖动他秋天的金发，
晒黑的收割者双臂抱满庄稼。
　　——《恩底弥翁》第一卷，440—441

说吧，顽固的地球，告诉我哪里，哦哪里
有一种东西能象征她的金发？
不是那夕阳下低垂的燕麦束。
　　——《恩底弥翁》第一卷，608—610

我们心头像成熟麦穗一样的金色希望①。
　　——《恩底弥翁》第三卷，8

　　最美丽的三位，今天
　　哪位将与我一同
驾车越过金秋的整片田野上空？
　　——《阿波罗致三美惠》，4—6

阿波罗再一次成为金色的主题！
　　——《海披里安》第三卷，28

诗歌的太阳已落。
　　——《恩底弥翁》第二卷，729

---

① 原文的完整句为"把我们心头像成熟麦穗一样的金色希望烧焦"，这里文德勒也是断章
　摘句。

一场丰收，收割的是高尚的情感。
————《致科斯丘什库》，2

啊，幸福
成熟的稻捆！你们在残株上凋零，
永远无法归仓。
————《恩底弥翁》第三卷，272—274

把所有最轻最柔的云召来
铺上太阳的紫榻。
————《恩底弥翁》第一卷，364—365

我们在大地上聆听：
空中渐渐消逝的曲调，
它迷住夜晚的耳朵，何其美妙，
从您，伟大的诗神那里，吟游诗人们获得神圣的诞生。
————《阿波罗颂》，44—47

漫长的一天可以是短暂的一年。
————1817 年 9 月 4 日，《书信集》第一卷，151

哦，但愿这些欢乐在我死之前成熟。
————《睡与诗》，269

它是如此清楚
就像最真实的事物；
就像一年有四季。
————《睡与诗》，293—295

但愿灰白荒芜的冬天，不会看到它
半途而废：我只希望当我写完，
壮阔的秋天，连同天地间
遍染的金色光芒，环绕在我身边。
————《恩底弥翁》第一卷，54—57

那伟大的神祇①，因大地已经熟透，
让自己的神性漫溢，消逝
进音乐里。
　　　　　——《恩底弥翁》第一卷，142—144

---

① 这里指太阳神阿波罗。

谁不经常看见你伴着谷仓?
在田野里也可以找到①
你。

——《秋颂》，12—14

---

① 为对应原诗行数，以查良铮译本为基础做修改。

秋　颂①

雾气洋溢、果实圆熟的秋，

　　你和成熟的太阳成为友伴；

你们密谋用累累的珠球

　　缀满茅屋檐下的葡萄藤蔓；

使屋前的老树背负着苹果，

　　让熟味透进果实的心中，

　　　　使葫芦胀大，鼓起了榛子壳，

　　好塞进甜核；又为了蜜蜂

一次一次开放过迟的花朵，

使它们以为日子将永远暖和，

　　　　因为夏季早填满它们粘巢。

谁不经常看见你伴着谷仓？

　　在田野里也可以把你找到，

你有时随意坐在打麦场上，

　　让发丝随着簸谷的风轻飘；

有时候，为罂粟花香所沉迷，

　　你倒卧在收割一半的田垄，

　　　　让镰刀歇在下一畦的花旁；

或者，像拾穗人越过小溪，

　　你昂首背着谷袋，投下倒影，

---

① 本篇《秋颂》翻译选用查良铮译本，此为通行译本。为与文德勒的阐释相对应，部分引诗在查本的基础上做了适当修改，对差异明显的改动已加注说明。

　　或者就在榨果架下坐几点钟,

　　　　你耐心瞧着徐徐滴下的酒浆。

呵,春日的歌哪里去了? 但不要

　　想这些吧,你也有你的音乐——

当波状的云把将逝的一天映照,

　　以胭红抹上残梗散碎的田野,

这时啊,河柳下的一群小飞虫①

　　就同奏哀音,它们忽而飞高,

　　　　忽而下落,随着微风的起灭;

篱下的蟋蟀在歌唱;在园中

　　红胸的知更鸟就群起呼哨;

　　而群羊在山圈里高声咩叫;

　　　　丛飞的燕子在天空呢喃不歇。[1]

---

① 小飞虫原文为 "gnats",屠岸译作 "蚊蚋"。

当我们讲到《秋颂》的时候，脑子里已经装着其他颂歌（以及《海披里安的覆亡》这一插曲）。济慈必须再次找到一位女性神灵来崇拜，我们会问，她是否会是赛吉那样的古典女神，"名声"①"雄心"和"诗歌"那样的寓言式动机，童贞的新娘那样的艺术品，"忧郁"女神那样的寓言式情感，墨涅塔那样的悲剧性缪斯，或是夜莺那样的自然意象。他还必须找到一种构成性修辞：会像《忧郁颂》那样进行道德说教式的劝诫，还是会像《怠惰颂》那样呈现一种无结果、无结论的对立统一？会像《赛吉颂》那样选择复制②，还是会像《夜莺颂》那样选择重述？会像《希腊古瓮颂》那样使用命题式、发问式的语言，还是会像《海披里安的覆亡》那样使用幻想性语言，以"我乃见……"来组织诗歌？他将用第一人称进行自白式抒情（"我的心在痛"），还是会用第二人称跟自己交谈（"不呵！不要到忘川去"），或者用叙事性语言（"一天早晨，我看见面前有三个形体"）？他将以看见幻象开头（如《怠惰颂》和《赛吉颂》），还是会以称呼某一器物或某一自然界生灵的呼语开头（如《希腊古瓮颂》和《夜莺颂》）？他已写过音乐、视觉艺术、内在"幻想"的"运作着的大脑"③，以及激烈的悲剧，能否找到一种方式来书写他自己的艺术——诗歌？他是否会再次使用"进入"和"退出"模式——狂喜之后踏上回归"故我"之途？是否会像《忧郁颂》那样，再次激励自己出发，来一次坚韧不拔的、英雄主义的探险？历经"忧郁"女神和墨涅塔两个死亡幻象后，他将如何再次把死亡融入诗中？他是否能把神话的、寓言的、命题的和隐喻的内容组合在一起，创造出比从前更天衣无缝的结合体？他将找到什么样的语言来体现

---

① 《怠惰颂》里的三个寓言式动机是"爱情""雄心"和"诗歌"，"名声"（fame）是"雄心"（ambition）所追求的目标，所以有时文德勒用"名声"来代替"雄心"，这里"名声"和"雄心"重复了，丢了"爱情"，应是笔误。
② 文德勒认为复制（reduplication）是《赛吉颂》的构成性修辞手法，诗人通过内在的幻想，复制了历史上缺失的对赛吉的崇拜。这是一种模仿性修辞。
③ 指《赛吉颂》。

"真"与"美"不可区分这个迄今为止他只能宣告、未能敷演的真理？

在他描写秋季的十四行诗《当我担忧》中，济慈曾把自己丰产的大脑比作粮田；在对这一象征做了十八个月的深思后（济慈的思绪从未远离刻瑞斯），为了写作他最好的颂歌《秋颂》，济慈再次回到了这里。悖谬的是，在这首十四行诗中，济慈本人既是粮田也是收割者和拾穗者。由于构思诗歌的行为与大自然结出果实的过程相似，他的书便成了收纳谷物的谷仓。丰产的大脑恰似一片成熟的粮田；写作便是从这块田地上收割粮食；写完自己命定要写的所有诗作，便是从那丰产的大脑中获取全部收成；而把自己的诗编成书，就好比储存财富。济慈担心自己短寿，无法将青春时期的收割行动延续到底，于是他写下这首十四行诗，以表担忧：

> 当我担忧自己会太早逝去，
> 笔还未拾尽丰盛的心田，
> 厚叠的诗卷，按字母顺序，
> 还未像谷仓将熟麦储满。[①]

在这首十四行诗中，这个象征所隐含的意义讲得不够清楚：济慈从未正视过这样的情况——高高的一沓书使田野荒芜，最后的收获消失，丰产的大脑被洗劫一空。《秋颂》延用了这个隐喻，诗人来到"收获"的献祭现场，并且没有移开视线。这首诗包含了济慈对创造和艺术最深刻的反思，主要因为它是从前辈们的和济慈自己的众多诗作中衍生出来的。

除《当我担忧》外，影响《秋颂》的主要作品包括：莎士比亚

---

① 余光中译。

十四行诗《一年中的那个时节》①和《多像是过冬天》②；斯宾塞的《无常篇》；弥尔顿的《沉思者》，以及《失乐园》中的夏娃和伊甸园；华兹华斯的《永生的暗示》；柯勒律治的《午夜霜》；济慈的《无情的妖女》，以及他描写人生四季的十四行诗③和讴歌大地的诗篇④。从这些诗作和其他一些作品中[2]，济慈借来几股线，混纺进《秋颂》里。这些线包括：诗人对自身的消亡的恐惧（在他的思想里这种消亡是与性相关的，我们可以从《无情的妖女》中看得很清楚）；自然的创造与诗歌的命名之间的关系（这是弥尔顿对"创世纪"故事进行重写时所关注的问题）；无常与开端、成长之间的关系；"世间一切同等美丽"的论断（借自《沉思者》和《午夜霜》）；世界是中性的，是我们的心灵把自身的各种心绪投射到它身上的观念（《多像是过冬天》）；以及人类生命的四季和大地的四季之间永恒对等的观念——济慈反复从莎士比亚作品中发现这一点并加以标记。

九月中旬济慈曾在温切斯特附近散步，他记述了这件事，接着便创作了这首颂歌。在那份记述中，济慈为秋天做了辩护，认为秋天贞洁的温暖胜过传统意义上的春天之美，春天激发人的情欲，然而却是阴冷的：

> 现在这季节真美——空气宜人，带着一种温和的清爽。说真的，不开玩笑，这种气候是贞洁的——是狄安娜的天空——我从未像现在这样喜欢收割后的茬田——对，它比春天冷飕飕的绿要好。不知怎的，收割后的田野看起来很温暖——就像某些图画看起来很温暖一样——星期天散步时，这个场景深深地

---

① 莎士比亚十四行诗第七十三首。
② 莎士比亚十四行诗第九十七首。
③ 济慈的十四行诗《人生四季》。
④ 济慈《蚱蜢与蟋蟀》，首句为"大地的歌咏从不沉寂"。

触动了我，以至于我写起了诗来……
———《书信集》第二卷，167

济慈在写《秋颂》时，一定想到了《午夜霜》的最后几行，这几行
声称，那些不是城里长大的，其灵魂受到了大自然的滋养，对他们
来说，最凌厉的季节和最温暖的季节同样美丽：

> 因此所有的季节对你都是甜蜜，
> 无论是夏季给大地穿上绿衣，
> 还是雪天，红胸知更鸟歌唱，
> 栖息在生苔的苹果树秃枝上，
> 附近的茅草屋顶在阳光下解冻，
> 冒着烟；无论是屋檐的水滴
> 滴落，只在劲风暂歇时听见
> 声响，还是严霜行使秘密圣职，
> 把檐水凝成一条条沉默的冰柱，
> 挂在檐下，对着寂静的月寂静地闪。

济慈从这首诗中借用了"知更鸟""生苔的苹果树"①"茅草屋顶"
"屋檐"这些词，而柯勒律治的"屋檐的滴水"又是借自弥尔顿的
《沉思者》。跟《午夜霜》一样，《沉思者》也声称，如果能明智地思
考问题，那么，夜晚、阴影、风暴和下雨至少跟绚丽迷人的白昼和
阳光一样美；的确，对沉思者而言，阴郁的天气，或者至少是一处
遮阴的树丛，比通常意义上的怡人景色要更美一些。对季节变化或
气候变化（变得阴暗或凌厉）做出何种反应才算恰当，这一讨论构

---

① 《秋颂》中有"To bend with apples the moss'd cottage-trees"，查良铮译文为"使屋前的
老树背负着苹果"，省去了"长了青苔的（moss'd）"这个修饰词。

成了济慈这首诗的核心问题，而济慈本人采取的是一种抵偿性立场①，这是他从弥尔顿、华兹华斯（通过《永生的暗示》）和柯勒律治那里继承来的：

> 呵，春日的歌哪里去了？但不要
>   想这些吧，你也有你的音乐——

因此，从归类上来说，《秋颂》属于那些为忧郁、苦难或至少是不愉快的变化做价值辩护的诗歌，属于那些以大自然为中心隐喻的诗歌。

之前在有关大地的诗歌（"四个季节把一年的时间填满"）和有关人生季节的十四行诗（"大地的歌咏从不沉寂"）中，济慈就已介入过这场论争。在这些诗篇中，他断言音乐是大自然中的永久存在，冬天，"炉边的蟋蟀"（这个意象来自《沉思者》）几乎分毫不差地接续了蚱蜢的夏日歌声；他还以季节为隐喻，论证了必死性是人类本性的一个组成部分："（人）也有冬季，苍白而面目扭曲，/ 不然他会忘记自己只是一介凡夫。"然而，济慈为冬天做的理论上的辩护，以及自然界的音乐永不停歇这一伴随观点，都是以自然的周期性为基础的。然而，这一隐喻有其错误之处：人类的生命会抵达终点，而季节却不会；人类的音乐终将结束。在济慈的十四行诗中，济慈本人的恐惧禁止他写到谷穗拾完后的死亡景象，以及春天抚慰人心的周期性回归；允许在《当我担忧》中出现的最后景象是一片丰产的田野，谷物正在成熟，最多也只是写到收割了一半、谷穗还没有全部拾光的田野。

尽管有些粗略，但我们应该可以这么说：《当我担忧》为《秋

---

① 之所以叫"抵偿性立场"，是因为通常人们爱春天多于秋天，爱风和日丽多于爱阴雨连绵。

颂》的收获景象画了第一张草图；《人生四季》使自然之秋与人类之
秋的类比变得明确；《蚱蜢与蟋蟀》中的蟋蟀引发了《秋颂》结尾处
小动物们的合唱；《午夜霜》给《秋颂》的第一诗节和第三诗节提供
了一些意象（村舍、屋檐、树木和知更鸟）；当济慈论证秋天具有对
抗春天的抵偿性价值时，脑海里一定想起了《沉思者》《永生的暗
示》《午夜霜》。列完以上这些，我们还是遗漏了其他几首影响《秋
颂》的诗歌，尤其是莎士比亚的三首十四行诗（《一年中的那个时
节》《当我细数报时的钟声》①《多像是过冬天》），弥尔顿《失乐
园》中有关"创世纪"的内容，以及斯宾塞的《无常篇》。《一年中
的那个时节》的前两个诗节，各假定了一个对自然的朽坏负有责任
的罪魁祸首（"寒冷""黑夜"）；而第三诗节扭转局面，提出了一个
理智的观点，宣告自然本身是它自己的消耗者，正如它也是自身的
滋养者一样；并不存在什么罪魁祸首，蓬勃生命的耀眼火焰同时也
是夺走生命的死亡之火：

> 在我身上你或许会看见余烬，
> 它在青春的寒灰里奄奄一息，
> 在惨淡灵床上早晚总要断魂，
> 给那滋养过它的烈焰所销毁。②

济慈把这种对生命的宽恕铭记于心，让他的"秋天"成为一种主动
的力量，在收获中心甘情愿地自我消解；她在扬谷，同时被扬的也
正是她自己，她的头发是麦子的穗须，被扬谷的风吹得软绵绵的。
在思考"收获"形象的各种可能性时，济慈可能曾想起莎士比亚十
四行诗第十二首中的诗句，他曾在信中引用过这首诗（《书信集》第

---

① 莎士比亚十四行诗第十二首。
② 梁宗岱译。

一卷，188—189），这些诗句这样描写成熟的谷物："夏日的青翠被一束一束捆绑，/ 装上停尸床。"在这里，济慈效仿了莎士比亚，拒绝举办收获感恩庆典，但同时他也不愿把收获表现为植被衰朽成"粗糙的白须"。《多像是过冬天》对济慈想象"秋天"起到了至关重要的作用：毋庸置疑，莎士比亚所描写的秋天是丰饶的，但在这个丰饶的季节身上诗人投射了一份荒寒，把秋天塑造成这样一个形象——一颗居丧的心灵思念着已逝的情郎：

> 与君别离后，多像是过冬天，
> 你是时光流转中唯一的欢乐！
> 我觉得好冷，日子好黑暗！
> 好一派岁暮荒寒的景色！
> 这离别其实是在夏天；
> 凸了肚皮的丰盛的秋季
> 承受着春天纵乐的负担，
> 像丈夫死后遗在腹内的子息：
> 不过对于我，这子孙的繁衍
> 只是生一个无父孤儿的指望；
> 因为夏天的欢乐都在你的身畔，
> 你一去，鸟儿都停了歌唱：
> > 即使歌唱，也是无精打采，
> > 使得树叶变色，生怕冬天要来。[①]

济慈诗歌中的很多细节来自这首诗：《当我担忧》中的"丰产的头脑"来自"丰盛的秋季"，而"丰产的头脑"又成为《秋颂》的内核；"怀孕"和"硕果累累"的意象让人联想到《秋颂》的第一诗

———————————

① 梁实秋译。

节；在一首有关秋天的诗中写到三个季节，这一点济慈也学来了
（不过莎士比亚是从秋天回溯到夏天再到冬天，而济慈则从秋天回溯
到夏天再到春天，他止住了脚步，没有回到冬天）；最后，济慈还借
用了莎士比亚的"孤儿"意象，以及莎士比亚用来结束全诗的渐渐
变弱的鸟鸣声。

　　这首颂歌还参照了弥尔顿和他笔下的夏娃形象。夏娃是一个天
然的生育女神：亚当对夏娃微笑，"就像朱庇特／对着朱诺微笑，当
他使云层受孕，／云层洒下五月的繁花"（《失乐园》第四卷，500—
502）。《秋颂》开篇太阳令大地受孕的神话，即大地和太阳密谋，使
花儿萌发的神话，正是在弥尔顿的影响下写成的。[3] 在《失乐园》
有关"创世纪"的内容中，即使是魔鬼的长矛，也难逃被弥尔顿的
果实之网捕获的命运：

> （他们①出现）
>
> *密密匝匝，像刻瑞斯的一片稻田*
>
> *成熟了等待收割，一簇簇垂须谷穗*
>
> *摇曳着，向着风吹动的方向*
>
> *弯垂；多虑的庄稼汉站着发愁，*
>
> *生怕打谷场上发现，那带给他希望的禾捆*
>
> *只落下秕糠。*
>
> ——《失乐园》第四卷，980—985
>
> （斜体表示济慈曾做过标记）

弥尔顿诗中把谷穗摇得东倒西歪的那阵风，可能对《秋颂》中小飞
虫随着微风的起灭忽而飞高、忽而下落的画面有所贡献。在弥尔顿
看来，农业代表的是人类的自然工作，正像顺应季节的节律而凋萎

---

① 　这里的"他们"指的是天使军团，当撒旦想要在伊甸园为害时，他们执着长矛将撒旦围困。

是人类本质的一个方面一样。根据弥尔顿的说法，伊甸园中周围环境的变化，"是为了变化的乐趣，而不是必须如此"（《失乐园》第五卷，629），同时也是为了提供"令人愉悦的枯荣盛衰"（《失乐园》第六卷，6）。弥尔顿这里只是在说黑夜和晨曦的交替，但济慈似乎把这种"令人愉悦的枯荣盛衰"的想法延伸进了季节的变化之中，似乎没有这种变化，我们会变得更贫乏。（史蒂文斯继承了这个想法，他写道："成熟的果实难道会永不掉落吗？"）在弥尔顿的伊甸园里，亚当和夏娃在他们的晨祷中提到了早晨的"雾气和水汽"，它们刚升起时，"暗幽幽、灰蒙蒙，／直到太阳出来，把你们毛茸茸的衣裙染成金色"（《失乐园》第五卷，185—186），我们意识到，这里的太阳是《秋颂》中的"画家太阳"的近亲，它透过云层，给残梗散碎的田野抹上一片胭红，使它们看起来很温暖。济慈还从弥尔顿《失乐园》有关"创世纪"的诗行里找来了丛生的葡萄藤蔓、胀大的葫芦和果实累累的枝条。

> 丛生的葡萄藤蔓蓬勃生长，胀大的葫芦
> 匍匐前进……
> 　　　　最后
> 高壮的树木拔地而起，跳舞一般伸展枝丫
> 枝头挂满累累果实。
> 　　　　——《失乐园》第七卷，320—324

当夏娃料理花园，在弥尔顿眼里，她就像还未生下普罗塞嫔的刻瑞斯；她说，在花园种下种种植物后，她必须照料它们，因为：

> 　　　　我们在白天
> 修剪繁枝，或砍伐，或支架，或捆扎
> 只一两个晚上它们便又嘲弄似地肆意生长

几乎要变成蛮荒。

——《失乐园》第九卷,209—212

（斜体表示济慈曾做过标记）

在伊甸园里,我们看到的是驯化后的自然,而不是野生的自然;是农业和园艺,而不是怠惰。即使在亚当堕落之后,米迦勒也还来劝告他要节制,这样他的生命历程就会与植物生命的理想模式相似,能在适当的季节收获果实:

愿你如此生活;直到像一枚熟透的果子

落进母亲的怀抱;或者安然接受

采摘,而非被强力摘除;因为瓜熟必然蒂落。

——《失乐园》第十一卷,535—537

《秋颂》中写到的不是第一选项——成熟的果实掉落进大地的怀抱——而是第二选项,瓜熟蒂落安然接受采摘。(《秋颂》里的燕子原本是"被采集的"[gathered],而不是现在看到的"聚集的"[gathering]。)在写到"自然而然的"结局(掉落或被采摘)之前,弥尔顿列举了一长串疾病,就像我引用的其他段落一样,济慈在他的《失乐园》副本中对这一段话也做了标记。我们可以这么说,墨涅塔把(提坦神族)覆亡后的命运具体化为疾病,而"秋天"则把它具体化为温而成熟的收获,即太阳和大地的子孙们"瓜熟而蒂落"。如若不然,太阳本身将无用而贫瘠;只有在大地速朽的果实里,太阳才找到自身的意义:

虽然地球,

比起天堂来,要小得多,

而且不发光,但它却可获得实利

> 甚至比太阳更繁盛，太阳空自照耀
> 它的热能对自己并不起效，
> 只让地球结满硕果；是地球首先接受他的
> 光线，其他地方，光线的活力无从施展。
> ——《失乐园》第八卷，91—97
> （斜体表示济慈曾做过标记）

虽然伊甸园里有农业，但自然并没有被改造得花里胡哨：

> 那些无愧于乐园的花卉，不似花坛里的花
> 要用园艺技巧栽培，还要打上珍奇的彩结
> 它们全凭自然恩泽的慷慨浇灌。
> ——《失乐园》第四卷，241—243

《赛吉颂》里的风景，也受弥尔顿的伊甸园影响；但是在早期颂歌中，济慈不愿安排缺少"幻想"和"园艺"的花床、不含珍奇的花坛。然而《秋颂》中却没有了缠着花环的棚架，其形式仅仅由功能及功能所顺带的美构成。虽然从创造力方面讲，园丁"幻想"和"秋天"有些相似；但济慈感到，他赋予园丁"幻想"的那种不受约束的、不断培育新鲜花卉（以及不明所指的"铃铛"和"星斗"）[4]的能力在这里已经没什么必要：大地本身已足够美丽。济慈的"季节"就像弥尔顿的"幻想"（它被设想为女性的才能），忠实于感官感知的准确性。

> 所有外部事物，
> 都由警觉的五官来呈现，
> 幻想用它们构成想象和幻影。
> ——《失乐园》第五卷，103—105

《秋颂》里的所有想象和幻影，都来自济慈前往圣克劳斯途中所见，以及他一生中用五种警觉的感官采集的"外部事物"。在这首颂歌中五种感官协同发挥作用并非出于巧合：在草稿中济慈特意划去榛子壳"白色的"内核，把它改成"甜"核，这样一来，那在这首诗中变得温和的坚韧之舌，便不会毫无作为了。弥尔顿所创造的天堂的精神如此全面地注入《秋颂》中，弥尔顿笔下殷勤顾育果实的夏娃形象如此丝丝入扣地融进济慈的"秋天"里（济慈的"秋天"部分是斯宾塞的"季节"，部分是夏娃，部分是刻瑞斯），以至于当我们在《失乐园》中发现那种给予济慈信心的美学时丝毫不会感到惊讶，这种美学便是，通过描述大地，可以实现对其他事物的描述：

> *……然而，倘若大地*
> *只是天堂的影子，而其中的事物*
> *彼此相似，远超尘世所想呢？*
> ——《失乐园》第五卷，574—576[1]
> （斜体表示济慈曾做过标记）

这首颂歌的精神主旨有可能取自《失乐园》中另一段济慈不曾忘记的文字，那是一段描写上帝创造鸟类的文字。

> *（在上帝造出鸟类之后）*
> *有的鸟儿散漫地展翅高空，有的更聪明些*
> *通晓季候，组成楔形方阵，一同*
> *辟路前行。*
> ——《失乐园》第七卷，425—427

---

[1]　文德勒误写行数，在此更正。

济慈，就像弥尔顿的鸟类和他自己的燕子，"通晓季候"，他模仿鸟类，想要建立某种社会；当颂歌最后各种小动物合奏它们的曲调时，早期颂歌（《怠惰颂》《赛吉颂》《夜莺颂》）中那种孤立感便不复存在了。

最后，济慈的《秋颂》像《海拔里安的覆亡》一样，也主要来源于斯宾塞的《无常篇》。在《无常篇》里，可怕而美丽的提坦女神（由于她的王朝的败落）是"变化"的古典象征，她向自然夫人和聚集在一起的奥林波斯诸神展示了一场由季节、月份和钟点表演的假面剧。各月份以带有喜剧色彩的形式按照黄道十二宫的顺序（从三月一直到二月）[①] 出场；这是一种周期性的秩序，它将整个宇宙带进"喜剧结尾"，植物的生育能力由此得到更新：

> 那大地所生所养的万物，
>
> 无论一时多么繁盛美丽，
>
> 我们很快见它凋萎死去，
>
> 重返大地，零落成泥：
>
> 然而从朽坏和命定的衰败里，
>
> 我们看见新生命蓬勃涌出，
>
> 寒冬里跃出另一片旖旎。

这段文字只谈及植物的朽烂和再生。而斯宾塞想要他的诗章不仅包含自然的朽烂，还包含暴力所致的肉体死亡，他首先表现的是遭人类屠杀的野兽：

---

① 在最初的罗马历法里，每年分为十个月，以"Martius"（March）作为一年之始。公元前713年，罗马历法中增加了两个月，命名为一月和二月，于是最初的罗马历里的第一个月"Martius"便往后推，成了三月，所以这里斯宾塞安排假面剧时，三月第一个出场，二月最后一个出场。

> 我们天天看到动物惨遭杀戮
>
> 它们是人类的附庸，受人类操控。

在随后由季节和月份表演的假面剧中，斯宾塞从植物朽烂和复活的周期性循环转向人类的农事活动对该周期的干预。假面剧中的一些角色带着各自合用的农具出场：秋天带着镰刀，三月带着铁锹，六月带着犁铧，七月带着长柄镰刀和弯曲的小镰刀，九月带着弯刀，十月带着装好犁头的犁铧，一月带着修剪树枝的利斧，二月带着犁和修剪工具。这些工具把松土地，收割大地的出产，阻断腐烂和自我繁殖的自然循环过程，促成了人类种植、收割和囤粮进仓的农事循环。济慈的想象更为集中，他把所有斯宾塞的农业假面形象浓缩进一个季节——"秋天"里，她不像斯宾塞诗歌中的"秋神"是一个男性形象，而是一位源自异教神话但又充满斯宾塞印记的谷物女神。斯宾塞的男性"秋神"是这样出场的：

> 仿佛为他的大好收成而欢喜，
>
> 浑身披挂着累累果实……
>
> 他的头上一顶花环盘绕
>
> 用林林种种的谷穗编织；
>
> 他的手中紧握一把镰刀，
>
> 用以收割大地所献的丰饶。
>
> （斜体由文德勒添加）

济慈把这个"秋神"形象和其他假面形象的一些细节融合起来：春天戴着"鲜花／全是新发的蓓蕾和刚开的花苞"；三月向大地播撒种子，"让丰产的希望充盈她的子宫"；八月"带领着一位可爱的姑娘走向前／姑娘的手臂像百合一样白／一大把谷穗握在她的手心"

（斯宾塞这里把童贞的普罗塞嫔形象和阿斯特莱雅①联系在了一起）。
济慈刻意抑制了斯宾塞笔下的"秋神"的各种特征——九月"沉甸
甸地装满了／丰收的喜悦"；十月沉醉于即将发酵的葡萄汁、酒缸里
新酿的酒，以及丰收的橄榄榨出的油。济慈的"秋天"形象是自相
矛盾的，人人都能找到她，她四处活动，却又留在原地，在赋予
"秋天"这些特征时，济慈借用了斯宾塞对伟大的"自然夫人"的
描写：

> 伟大的"自然"，久经沧桑却青葱依然；
>
> 活动不歇，却不曾离开她的地盘；
>
> 无人得见其真面，万类皆感其存在。

斯宾塞兼容并蓄，以半寓言半神话的形式塑造了这么多生动的神话
形象，形成一个如此丰富的宝库，既包含概念性奥秘，又有情感深
度，以至于济慈再也找不到比这更具包容性的、能用来表达《秋颂》
的自然冲动和古典冲动的象征符号了。（我们将看到，《秋颂》里的
基督教冲动另有其源头。）

花这么长的篇幅来讨论《秋颂》受到哪些诗歌影响，表面上看
起来离题，实则不然。因为我们能从颂歌中读到什么，有赖于细细
咂摸诗中的语词所负载的意义；而语词在诗中的意义正是由这首颂
歌最切近的语境创造的。我将在本章结束时再回到这首颂歌的语言
问题上来；现在是时候去谈颂歌本身了，首先要确定它的各种结构
性运动，人们常常用笼统的术语来描述这些运动，我认为以前的评
论分析得还不够细致。[5] 这首颂歌与前几首不同，它同时展现了几
个重要的组织性运动，它们无声地相互影响着。

第一个运动是时间上的。在颂歌开头，我们看到大地上正在成

---

① 阿斯特莱雅，处女座的守护神、圣洁之神。

熟的果实;接下来(以倒叙的方式)我们看到成为果实之前的花;
然后是蜜蜂采蜜,即第一次收获。在第二诗节中,我们看到第二次
收获,收获的是谷物和水果(苹果汁来自水果的丰收)。最后在第三
诗节中,我们来到了残梗散碎的田野。从含苞待放的花朵到光秃秃
的田野,动作连贯,但也有一些附带的怪异之处,那些怪异之处我
们将回头再讨论。

第二个组织性运动表现在空间方面。这首诗发端于一片洋溢的
薄雾和一枚催万物成熟的太阳,这是概览或全景,直至结尾,颂歌
才又回到这种全景画面里来。这首诗的主体部分,蕴含着一张缜密
的地形图,起点是人类的住所——茅屋和缀满茅檐的葡萄藤蔓,在
由许多同心圆构成的空间布局中,这是第一层也是最中心的一层。
走出茅屋,我们来到苹果园、长着葫芦和榛树的菜园,以及蜂箱旁
(通常在茅屋旁的树下),这些全是最靠近居所的周边环境。在下一
诗节中,我们走出主体建筑,来到附属建筑,谷仓、打麦场、放置
榨果架的小屋,以及长满谷物和罂粟的田野。我们还了解到,拾穗
者必须跨过一条小溪才能从田野走至谷仓。(济慈此时已充分意识到
通过仔细"部署"细节能获得什么,在评注《失乐园》时他曾谈到
这一点。)在第三诗节中,我们看到或推想出更远的野外空间。我们
可以望向地平线,看到波状的云[6],我们可以在思想中越过残梗散
碎的田野(以及田野中蜿蜒的小溪),到达河流(农场的一道自然边
界),到达放牧羊群的山圈[7](另一道自然边界),到达树篱(种植
在农场与农场之间,因为河流和山丘没能把两个农场完全分隔开),
最后到达一小片荒地(也许是农场的一个偏远角落)。对周边环境做
了这样一番平面上的精心安排后,最后一行突然增加了一个方
向——我们举目望向天空,望向农场上方的"边界",于是这首诗拥
有了三维空间。

时间上经历了从开花、结果到榨取苹果汁,以及残梗散碎的田
野的发展过程,视觉空间上经历了从中心的茅屋到周边的农场和头

顶的天空的扩展过程，除这两者外，这首诗似乎还描摹出了（虽然若隐若现）一天中的时间变迁，从黎明的薄雾，到令收割者昏昏欲睡的中午的热浪，再到日落。

在意象使用方面也存在着运动。关于是哪类意象在赋予前两节诗歌以活力，学界说法不一（第一诗节的重点落在动感意象上，第二诗节的重点落在视觉意象上），不过大家都同意，在最后一节中，主要的接收感官是耳朵，而非眼睛。

最后，也是最引人入胜的一点是，大家都注意到，"秋天"的形象，在第一诗节和第三诗节中充其量只是影影绰绰的存在，在第二诗节中却十分醒目。这种凸显和紧接着的抹除，也许构成了这首诗最美的运动，无可回避，我们必须给它一个解释。

这五大效果的编排——时间上的花开和收获，空间上从茅屋到地平线的扩展，典型的一天的时序，意象的变化，以及人格化的"季节"① 形象的消失——完成得自然而然，没有一丝强扭的痕迹，也没有做任何宣告。这首诗从季节性时间、大地的空间、一天内的发展变化、意象和"居民"分布等各个方面神不知鬼不觉地向前推进。谈到"居民"分布，如果说第二诗节里"居住"的是寓言式形象，那么差不多可以这么说，第一诗节里"居住"的是果实，第三诗节里"居住"的是众多小动物。每一个大的运动中，都包含着令人困惑的"子运动"，在对这首颂歌进行任何可能的"解读"之前，必须先看看这些子运动。从某种意义上说，到目前为止，我所说的几乎没有什么是"真的"，如果我们所说的"真"是指在诗句中得到充分支撑的话。例如，我前面曾说，诗歌一开头，我们看到的是大地上正在成熟的果实，如果我们想一想第一诗节展示得最为充分的是什么，那么这句话差不多是"真的"。然而，诗歌开头，我们首先"看见"的其实是一位女神和一位男神（我很快会进行详述）；然而，

———————
① 特指"秋天"。

这也并非严格意义上的事实，因为叙述者真正想要讲的是"季节"的意图，我们不仅被告知她和她的弥尔顿式情人"太阳"的私情，还了解到了她的"密谋"，正如杰弗里·哈特曼让我们明白的那样，这些意图尚未完成，仍然只是猜测。[8] 而在另一层意义上，我们其实什么也没看到；这首诗给予读者的位置是很奇怪的。诗人对他的读者毫不在意，我们只能抛下自己的身份，代入诗人的角色。这首诗歌的声音里不包含社会维度，不像汤姆逊那样，令人舒服地假设存在着一种共享的社会语言，也没有像拉丁祈祷文那样的公共语言。如果我们看到了什么，那也是通过济慈的眼睛看到的，而不是通过我们自己的眼睛。诗人和"秋天"的对话是如此私密，以至于当诗人对她说"但不要 / 想这些吧"时，除了他自己和他的女神，再无其他人在场。正是从这首诗中，史蒂文斯了解到"内心情人"的存在，在最炽烈的幽会中，"在它生机勃勃的边界之内，在心灵中"[①]。跟史蒂文斯一样，济慈也曾"居住在晚风中，/ 在那儿，两厢厮守，就已足够"[②]。《赛吉颂》所用的那种面向公众的措辞与诗人所宣称的"只唱给女神柔软的海螺状耳朵听"的承诺并不符。而《秋颂》是私密的，它在诗人和"季节"之间流动，我们只是被吸收进这场流动之中。

　　来谈谈我的一些粗浅看法，每一种看法都是临时性的，只照亮颂歌某一时刻的某一方面。正如我前面所说，在这首颂歌的五大运动中，每一种运动都包含着令人困惑的子运动。在第一诗节中，令人困惑的反常现象是：从时间上看，蜜蜂采蜜应是第一次收获，在诗中却出现得较晚。另外，在这最早的收获中，蜜蜂采了花蜜，而风景却没有遭到破坏：蜜蜂并不采摘花朵，只是吮吸花蜜，并以蜂蜜的形式储存进粮仓里，即蜂房的"粘巢"（clammy cells）[9] 里。

---

① 史蒂文斯《内心情人的最高独白》。
② 同上。

这是一种伊甸园式的收获方式，一种发生在夏季的收获。不仅对景观没有造成明显的破坏，相反，鉴于天堂特有的丰产方式，大地将会以自己的意志源源不断地产出越来越多的果实。蜜蜂代表的是我们，只是它生活在人类堕落之前的梦里，认为"日子将永远暖和"。（我们可以顺便留意一下，在第一诗节济慈对天堂主题的改写中，那鸣唱春歌赞美真爱的人间天堂里的鸟儿没有出现，但在后来对"春日歌声"的顾念中他又记起了它们。）在不按时序出现的对鲜花的收获中（因为诗中先写到果实再写到它），我们可以看到一股怀旧的潜流在起作用，当颂歌在时间上稳步向前推进时，这股潜流做着反向的运动，直至把我们带进莎士比亚式的回望中，在最后一节的开头它让我们听见了春日甜美的歌声，在写到秋天成年的羊群时它又回望了春日的羊羔；还在一日将尽时唤醒了玫瑰色的花影。这股逆时间而动的怀旧潜流我们暂且说到这里，现在继续往下谈。

第一诗节中另有一个竞争性的子运动，它告诉我们为什么要把蜜蜂和漫溢的蜂巢放到诗节最后去写。济慈用来描写"秋天"的行动的那些动词，如果任其发展，许多动作都会抵达一个自然的终点：负载结束于超载，弯曲结束于断裂，注入结束于溢出，胀大结束于爆裂，丰盈结束于裂开。[10] 如果果实成熟时不及时收获，按照自然进程它们将继续前行，进入过度成熟、果皮爆裂、腐烂和死亡的阶段。不止一位诗人曾在想象中让济慈诗歌的第一诗节继续向前发展，而不去中断它——让苹果从树上掉落，"摔伤自己，并离开自己"①，或者让葫芦胀大，布满条纹并爆裂：

> 花期已逝。我们从此是果实。
>
> 两只金葫芦，在我们的藤上涨满，

①　劳伦斯《死亡之舟》。

进入秋气，溅上霜花，老来肥壮，
怪诞地变形。我们悬挂着——
像生疣的南瓜，烙着条纹和色斑。
笑哈哈的天空，将俯视我们两个
被蚀骨的冬雨，淘洗成空空的壳。
　　　——史蒂文斯，《我叔叔的单片眼镜》①

　　济慈想让《秋颂》不仅仅是一首描写自然的诗，而是要写发生在特定季节的所有事情，于是他将人类对自然过程的干预作为重点，这一过程由蜜蜂、人类和一位女神来完成，然而，济慈也必须警示我们那条他未选择的路——如果把自然交给自然本身，她将走向怎样的终点。他所使用的负载、压弯、注入、胀大和鼓起等动词②让我们有不堪承受之感，我们需要通过一个自然结束的行动来缓解这种感受，济慈给了我们这个机会：夏季早已让蜂巢"漫溢"。漫溢的杯子不仅是一个象征丰收的神圣意象，也是到达终点时唯一令人满意的选择。如此一来，一条漫长的成熟之路，结束在由漫溢的蜂蜜所象征的边界的爆裂中；然而，其他的成熟之路（水果的和蔬菜的）却无法以自然方式抵达终点，因为人们收获了成熟的苹果、葡萄、榛子和葫芦，打断了它们的生长进程。没有种子落回大地（这是另一条未选择的路，济慈曾在信中提到过这条路，他躺在那里，醒着，"听着雨声，有一种像麦粒被淹没和腐烂的感觉"——《书信集》第一卷，273）。《秋颂》没有涉及循环往复的过程——任万物自生自灭，引向下一个春天下一批果实。这里没有果实落地而亡。这首诗的核心主题不是单纯的自然过程，而是自然过程和人类收获行为的互动，这一主题把它和农事诗的传统联系在了一起。

---

① 王敖译。
② 这动词对应的英原文分别是"load""bend""fill""swell""plump"，查良铮分别译为"缀满""背负""透进""胀大""鼓起"。

是时候看一下第一诗节的开头了，它引入了这首诗的神话框架。济慈所采用的神话的直接源头是《失乐园》，但间接地来自"天神使大地女神受孕，让她结出果实来"的古典神话。天空和大地相拥，用史蒂文斯的话说，"欢愉的产物随之诞生"。不过，在济慈的版本里，天神成了太阳神阿波罗，大地女神成了"秋天"，他委婉地称他们之间的关系为"知交"。她和他密谋，她雾气洋溢、果实圆熟，他负责催熟；他的呼吸温暖，她的呼吸滋润。济慈允许性爱的"低级感官"进入他的诗歌，充分确认了所有"丰产"的性起源，不管是自然的丰产还是艺术的丰产，概莫能外，济慈还用一种"平和而健康的精神"来取代《无情的妖女》和《忧郁颂》中那些狂热的性爱，至少在自然和神话的秩序中是如此。

稍稍引用了一下太阳神的典故后，济慈就把他移出了风景。鉴于济慈总是喜欢把阿波罗与太阳、收获相联系，他在这里消失得这么快便需要我们做出解释了。之前，阿波罗曾对美惠三女神喊道："哪位将与我一同 / 驾车越过金秋的整片田野上空？"（《阿波罗致三美惠》）我们原本也许会期待他和"季节"一起驾车穿行整首诗，但他却消失了。尽管从逻辑上看这一诗节里的所有活动都受动词短语"跟他密谋如何如何……"统领，但实际上这些活动其实是"季节"独自完成的，季节一旦受孕，便会独自产出果实来。（虽然从形式上看是猜测性的，但我们得到的印象是一连串的行动。）济慈让秋天独自工作，肯定是受到夏娃的园艺工作影响；但我认为，他这时候也想到了莎士比亚笔下的"秋天"形象，那位有孕在身的遗孀："凸了肚皮的丰盛的秋季 / 承受着春天纵乐的负担，/ 像丈夫死后遗在腹内的子息。"但在莎士比亚那里，这一发明——那使人受孕的丈夫之死——是从青年男子的缺席逆推出来的，而济慈笔下太阳虚拟的消失必须找到另一种解释。在第一诗节里，太阳所参与的活动似乎主要是祝福，因为季节和太阳密谋后的第一组动词是实践活动和精神活动的结合——"装载和祝福"①，而跟在这对动词之后的其他动词都是单个出现的，都只有实践意义，"季节"着手干起她的活来：压弯、塞进等。我们或许有理由把"祝福"看作是太阳的工作，他在赐予性祝福之后（否则他将只能"空自照耀"）便撤退了，不再活跃地存在。济慈很想在第二诗节中重新插入太阳，但他勇敢地抵制住了这种诱惑，为保持阿波罗的隐蔽性，他删掉了一行美丽的诗句（"而明亮的阳光斜射进空旷的谷仓"）。即便到了结尾处，太阳变得活跃了，也依然隐藏在波状云层后面，我将会再次谈到这点。

当神圣的"季节"在第二诗节中出现时她是无伴的（田野里没有其他收割者，谷仓里没有其他打麦人），这首颂歌的某种悲情正来自这里，尽管要到"秋天"在榨果架下"守夜"时这种悲情才变得十分明显。然而，从某种意义上说，"秋天"又不是孤单的：跟斯宾塞的"自然夫人"一样，她大大方方地展现在所有观看者面前。"你若寻找，便能找见。"②济慈的口吻里回荡着基督教的声音。正如哈特曼提醒我们的，这完全不是一个遥远的女神只被偶然看见的问题[11]；在这里，"谁不曾看见你"比"谁可曾看见你"问得更恰当，而关于她易于接近的恰当评论是："常常地，不管谁去田野里寻找，就能找到 / 你。"秋天的孤独仅仅在于她不同于她的追随者们；她的孤独是本体论意义上的，而非社交层面的。在第二诗节中，她不再是初见时那个活跃的、目标明确的创造者；现在，她再次被看到，已是收割者，诗人用表示惯常状态的现在时展现她，把她安放在各种标志性场景中，而这些场景是可以无限增多的。

跟第一诗节（包含果实和蜜蜂）一样，第二诗节也分成两个不

---

① 原文为"to load and bless with fruit the vines"，查良铮译为"用累累的珠球 / 缀满……葡萄藤蔓"，直译应为"装载和祝福葡萄藤蔓"。
② 《圣经·马太福音》（和合本）第七章第八节："因为凡祈求的，就得着；寻找的，就寻见；叩门的，就给他开门。"

对等的部分，第一部分谈谷物的收获，第二部分谈水果的收获。我们都了解隐藏在这两种秋季收成下的基本惯例，通常它们会带来面包和酒，然而，诗人这里为什么选择了苹果汁（我们看到它刚刚榨出，尚未发酵成苹果酒），而没有选择葡萄酒来作为这首颂歌里的饮品呢（尤其是第一诗节还写到了葡萄藤蔓上的葡萄）？这一点我们也需要做出解释。虽然英国不是一个酿酒大国，但颂歌并没有明确的地点限制，把葡萄酒写进诗中，应该也是顺理成章的。我们当然会想到济慈自身特有的节制，那是他从弥尔顿《快活的人》中继承来的，弥尔顿拒绝把维纳斯和巴克斯当作快乐源泉；在济慈看来，这是对"巴克斯及其同伙"的拒绝。济慈写这首秋日颂歌的起因是要对温和的空气和狄安娜的天空进行赞美，我们无法想象把酒和醉纳入丰收景象之中，虽然我们在"罂粟花的香气"中（一个让嗅觉这一"低等感官"出现在诗中的短语）看到了被压抑者的回归。

为什么要以这样的形式来呈现收获的场景，这是一个经常提出的问题，我们也必须加以追问。在这首诗中我们看到一个不打麦的打麦人、不收割的收割者、不拾穗的拾穗人、不转动榨果架的苹果汁酿造者。虽然济慈决定表现农业收获的过程，而不是自然过程，但他还是不忍心向我们展示"季节"如何破坏她自己通过一系列活动而结出的果实。取而代之的是，他向我们展示了"秋天"如何不知不觉地成熟，随后又不知不觉地通过收获来把自己掏空。她先是随意地坐着，像一个女孩，任风吹拂[12]；接着，人们看到她昏昏欲睡，满足于更为圆熟的感官愉悦，不由自主地沉醉于罂粟花香（济慈这里用了"fume"① 这个非宗教词语，来代替他惯常使用的礼拜用词"incense"，"fume"一词立刻让人联想起花香、蒸发出来的酒香和熏香袅袅升起的烟雾）[13]；第三个场景，"秋天"满载而归，小

---

① 在《秋颂》中，济慈写到"罂粟花香"，用的是"fume"，而不是他《赛吉颂》中用的"incense"。

心翼翼地顶着满篮的谷穗;最后,她耐心地坐着,守着长夜数着钟点,瞧着"最后的果汁徐徐滴落"。在这一节中,最初收获的鲜花再次出现,与谷物密不可分地缠绕在一起,组成一幅男性和女性一起达到性成熟的图景。"秋天"顺从地接受了自身的湮灭,但并没有去促进这个过程。扬谷的风吹拂着谷物,其实扬走的是她的发丝;果汁徐徐滴落,其实滴落的是她的生命之血。然而这些"停滞的收获状态"并不能解释为什么济慈要打乱谷物收获的正常顺序。我们原本期望的是(在这首细心安排的诗中)先收割,再拾穗,后打谷,而济慈呈现的却是先打谷,再收割,后拾穗,我相信,济慈之所以发明出这个顺序来,是为了表明,要描绘一场并非出于主动的、充满悲情的收获何其难。虽然收获的原型形象是收割,但最有活力的、可以单独拎出来的收获形象却是打谷的形象,"星星被摔打着,从它们的谷壳里摔出了灵魂"①,随后,正如叶芝和布莱克所知道的那样,即将发生的事情是,在储藏愤怒的葡萄的地方,人们踩踏葡萄以酿造葡萄酒。济慈不想展现任何毁灭性灾变,因此,在打谷的场景中,"季节"远不是挥舞着连枷的形象,她只是完全被动地坐着,在蜕变成谷粒的过程中,自愿地被柔和的风"筛扬"着。在收获谷物的系列场景中,拾穗必定是最后一个出现的,也是最引人怜悯的,在济慈的脑海里拾穗是和路得相联系的:路得站在异邦的谷田里,流着泪。然而,济慈不愿意屈从于拾穗者形象中那种固有的悲情(济慈的老年人摇晃着"最后几根悲伤的白发"和莎士比亚的"黄叶,或落尽,或稀疏"都间接表达了这种悲情),他允许自己把拾穗者表现为一个小心翼翼的纳贡者,在前往谷仓的路上,她平稳而灵巧,而不是远在异邦,受着思乡之苦。在这一诗节所捕捉的动作中,打谷者坐着,收割者打盹,拾穗者平衡着脑袋满载而归,而榨苹果汁的人彻夜守望着。斯宾塞斯式的"储存"逐渐让位于使果实解体

---

① 布莱克诗句,叶芝曾引用。

的储存方式：先是完好无损的谷物随风飘扬着柔发；接着是收割了一半罂粟和谷物的田垄；再接着，在想象中，装在拾穗者越来越重的篮子里（倒是没有停尸架）的镰刀取代了田垄[14]；而最后，所有这一切都消失了，取而代之的是被碾碎的、再也无法辨识的苹果，消逝进一滴滴精华之中。

在这逐渐缩减直至消亡的过程中，心灵在反抗，并生发出对春天的强烈怀念。鉴于迄今为止诗人们一直以花果意象作为春天的标志，此时为了表达那份对春的渴念，自然而然地提出的问题应该是"春日的花哪里去了？"（济慈在第一次大出血后两周，曾把春花称作"我们春天的朴素花卉"，《书信集》第二卷，260）。"春日的歌哪里去了？"这个问题表面上看起来不太合逻辑，但我们可以找到许多理由来解释它何以存在，济慈这时候有可能想到了莎士比亚的"秋天的树"以及树上"荒废的唱诗班"，他也有可能把拾穗者和路得、夜莺联系起来了，又或者他想要用音乐来结束全诗。所有这些都可能唤起诗人对春日歌声的回想，第一诗节中没有写到"爱之鸟鸣"（济慈的夜莺之歌也属此列），尽管按照惯例，在任何尘世天堂的画面里，鸟鸣都应拥有一席之地。在最后一个诗节起首的"提问和回应"中，季节本身似乎也在重复诗人提出的问题。诗人问："春日的歌哪里去了？"季节叹息着回应："啊，它们哪里去了？"①（似乎她的这种应答仅仅是他猜想出来的，于是他回答她："但不要 / 想这些吧，你也有你的音乐。"在他做出这个回答之前，我们不知道他做过那个猜想，因为我们可能会认为他只是在改写自己提出的问题，是他的心灵在与自身对话。）这首诗是这样设计的，诗人被"季节"的悲伤所打动，而又正是诗人提出的问题，无意中造成了"季节"的悲伤；他一心想打消她的疑虑，以"你也有你的音乐"抚慰她的缺失，而

---

① 原文为"Ay, where are they?"，这句诗看似是对上一句的重复，显得多余，查良铮省去未译。而文德勒认为两句之间是一种对答关系。

不是抚慰自己的缺失。在这里，即在这首颂歌的核心辩论和交流中，它具有了最强的自反性（因此，正如布里奇斯所看到的，鉴于整首诗的呈现美学，它在这里几乎失去了平衡）。我还会回头再谈这首颂歌的自反性问题，但在这里，我们必须谈一谈尾节的主要意图，和前面两节一样，它也明显分为两个部分（不同的是，较短的部分在前，较长的部分在后，这是一种颠倒过来的比例，而它本身就是一个交错配列式的收尾）。在第一诗节中我们主要看到了果实（最后瞥了一眼蜜蜂和迟开的花），在第二诗节中我们主要看到了收获谷物（附带了一个简短的、收获苹果汁的终场画面），而在这里，我们的关注焦点落在各种小动物所演奏的音乐上（只是在开头诗人简略地描写了风景）。

这里的风景描写开启了本节整体上的句法平衡："当这样，然后那样，而现在，又有另一番景象。"在这里，风景是作为动因和效果出现的："当波状的云行将逝的一天映照，／以胭红抹上残梗散碎的田野。"当然，波状的云并不是"胭红"的真正动因：被云层遮没的落日，才是胭红色的真正来源；而太阳眼下的工作"映照"（bloom），在语音上呼应了他在诗歌开头所做的工作"祝福"（bless）。太阳，生命的创造者，此刻不能再发挥他的内在催熟功能；他现在只能当一名画家，只带来外观效果，它映照这将逝的一天，使残梗散碎的田野看起来温暖，就像某些画面看起来很温暖那样，把太阳当作画家来看，是济慈从他记述秋日散步的那封信中借来的（太阳此刻从他的调色板上取用了"胭红色"）。济慈抑制住了从莎士比亚和查特顿那里借用意象的冲动：他早先的写法是"当金色的云彩把将逝的柔和一日照亮"，虽然这么写能"再一次成为金色主题"，从而留住阿波罗的灵韵，但显得因袭守旧，有假造仿冒之嫌，不免扫人兴致。太阳衰落时，依然保持着他最强大时那份神秘感；开始时薄雾遮蔽了他，结束时云层遮蔽他，自始至终他都被轻轻地移出了可见的风景，尽管早期的太阳内隐于他的圆熟之中，而晚期的太阳，如果说是外显的话，是映照在他那将逝的容颜里。

在这片刻光阴里，当太阳转瞬即逝的余晖温暖着残梗散碎的田野，飞虫、羊羔和蟋蟀发出声响；最后，以"而此时"①打头，引入一句附加句，以红胸知更鸟的呼哨声和燕子的呢喃声结束了全诗。在这由各种小动物组成的诗节中，最不显眼却又最具结构意义的元素是那不动声色的中心，在那个中心，可以看到和听到一切。那位倾听者，在第一诗节里观赏了由"秋天"的意图发出的形形色色的动作，在第二诗节里，他来到户外，在各种迹象中寻找"秋天"，而这第三节里，他扎根于一地，留心谛听从哪些方向传来他那小小社会的各种声音。他听到小飞虫在河边柳树下同奏哀音，羊羔在山圈中咩叫，红胸知更鸟在荒地里呼哨，燕子在空中呢喃。倾听者并不曾从河边漫游到山丘，到篱下，到荒地；相反，是这些声音向他聚拢过来，形成一种向心的"子运动"，这种向心的运动与这一诗节强有力的离心运动形成了对抗，离心运动表现在对农场的外围边界的设立中：河流、山丘、篱笆、荒地，层层向外。

在对各种小动物的描写中，济慈审视了自己对结尾的社会性场景的感受。一开始对小飞虫的描述，体现的是纯粹的悲情：那些"小小的"飞虫，那些朝生暮死的昆虫，组成一个"哀号"唱诗班，当它们悲悼时，它们唱的是一曲孩童的哀歌；它们如此无助，任反复无常的空气冲击，"忽而飞高 / 忽而下落，随着微风起灭"[15]。接下来的一段话，也让人深感悲怆，羊群被称作"成年羊羔"（这就相当于在某些语境中我们把人类称作"成年的婴孩"）。诗人还用了一个与"羊羔"这个称谓相匹配的动词，模仿"成年羊羔"这个短语的构造，通过极速缩小的方式，羊群被说成是在"高声咩叫"；基于前面已提到"羊羔"，这里用"咩叫"就会让我们想到小羊寻找羊妈

① 原文为"and now"，这个时间状语查良铮省去未译。

妈的场景，其效果就好比把人类的言语称作"高声地咿咿呀呀"。修饰词（"成年的"和"高声地"）试图拔高核心名词和核心动词（"羊羔"和"咩叫"），以产生"成年羊"在发出成年的叫声的效果，然而，这些核心词仍然是核心句子里最基本的描述性词汇，它们孩子气的意味并不会丧失。

然而，在这两段关于飞虫和羊羔的柔情描述之后，济慈突然振作起来，以巨大的意志力止住了悲情。（事实上，早在创造羊羔形象时他就已朝着斯多葛式的冷静努力了，只不过在调子上，羊羔的出场是披着悲怆的外衣的。）当济慈不再那么锋芒毕露时，他认识到，音乐终究是音乐，即便不是夜莺之歌，于是他说蟋蟀在"歌唱"，而且这里的蟋蟀也只是普通的篱下蟋蟀，他没有使用悲怆的形容词或副词来修饰它们。"歌唱"这个动词完全不同于"悲悼"和"咩叫"，对济慈而言，它是一个真正和音乐相匹配的动词。在坚定勇气，并启用"歌唱"这个表示敬意的动词后，说话者不再回望，他和他的话语都聚焦到了眼前："而现在"，红胸知更鸟和燕子加入了合唱。结尾处的动词既不表悲情也不表敬意，而是追求音响效果的精确性：红胸知更鸟呼哨，燕子呢喃[16]。然而，完全摒弃悲情和完全屈服于悲情一样，都是不真实的，所以诗人允许在这两个出色的中性动词的修饰语中添加一丝若隐若现的悲怆意味（而这主要由读者来添加，而非作者）。红胸知更鸟被说成是"用柔和的高音呼哨"①，虽然这可以单单看作是一种音乐方面的注释说明，但上下文却强烈要求我们把这个修饰语和那种令我们联想到童声的柔和高音联系起来（如"稚气的高音"）；而燕子（用在它身上的语词修饰最简单）相互扎堆，"聚集"在一起，究竟是为了夜间的对唱还是迁徙，这一点诗人故意没有言明，但诗中季节的稳定推进能让我们想到冬天。

我们已经快速扫了一眼这首颂歌的几个来源，以及构成这首诗

---

① 原文为"with treble soft"，查良铮译作"群起呼哨"。

的几大主要运动和它们的子运动[17]，如果我们想要对整首诗做主题性解读，我们就必须思考一些更广的议题，如排序、布局、神话、基调和逻辑等。我认为我们没有理由忽视我们所拥有的信息，我会从整首诗的缘起意象"残梗散碎的田野"开始讲。在我看来，整首诗都是由残梗散碎的田野触发的；它的基调中纵然含有很强的庆祝意味，但我想只有当我们把它听作是从匮乏中发出的音符，我们才能读懂它。[18] 情况大概是这样的，尽管这首诗多少有些被迫地赞美了茬田，就像济慈信中所表明的（"对，它比春天冷飕飕的绿要好"），但在看到光秃秃的田野时，济慈的第一个想象性举动是补偿，这种举动跟激发他写作《赛吉颂》的动机相类似。诗人希望填补空白的风景，重新添上那些被夺走的内容，让"居民"重新居住其中。于是，就像"秋天"女神一样，他开始用茅屋、葡萄藤蔓、苹果园、菜园、榛子树、蜂箱和缀满鲜花的草地来"装载"这个秋天空荡荡的空间。大地和太阳之间的弥尔顿式联姻，更给这一场景增添了一对乐善好施的伴侣，即便我们只是感觉到他们，而无从看见他们。[19] 这种补偿行动真正是对自我的掏空。倾泻在书页上的秋日馈赠，代表了一种幻想，即幻想通过秘密反抗死神，重新造出那已遭废弃的风景。

如果济慈无法通过补救性幻想复活那"凸了肚皮的丰盛的秋季"，那么他的想象力将尝试做出另一种回应，他竭力否认谷物之神离去后茬田会变成一片冰冷的空白。第二诗节所展现的幻想具有神佑性质：诗人会制造出一个体贴的、增益的和关爱的形象，虽然大地结出的果实短暂易逝，但这位女神会一直在风景中徘徊。（济慈在信中提到的"狄安娜的天空"，或许唤醒了一种愿望，使济慈把一位女神请进全景图中，并且，正如我们从十四行诗《致荷马》中所了解到的，济慈把狄安娜看作是"三重赫卡特"，"主宰人间、天庭和地狱的女王"，这个女神拥有荷马所拥有的、每个诗人都渴望在黑暗的岸边找到的三重视觉。如我前面所说，第二诗节里的女神也让人想起斯宾塞的"自然夫人"和弥尔顿的夏娃；而刻瑞斯、波莫娜①和普罗塞嫔似乎也存在于济慈的想象中。）那随意坐在打麦场上，或倒卧在罂粟花丛中的女孩，是被劫走之前的普罗塞嫔（弥尔顿的夏娃也是普罗塞嫔，"她自己便是一朵被采摘的花"）；拾穗者和坐在榨果架旁的守望者更为沉重、更为忧心忡忡，她们更像失去女儿后悲伤的刻瑞斯。不管确切的对应关系如何，这个在各种场景中变换样貌的女性形象和各种古典女神之间有着显而易见的相似性。但反过来讲，女神们并不会不收割田垄、不挑担子，也不榨苹果汁；尽管这首诗中的动作也有中断，但的确是出没在各个场景中的那个形象收割了一半田垄，是她的镰刀在她睡着时，放过了下一行麦子。而女神们顶多只是手持一把象征性的镰刀，或一动不动地挎着一只丰收的篮子；她们不做工，不会在劳动过程中睡着，也不会顶着沉甸甸的脑袋走路。那么，如我前面所说，从行动上看，这位各个场景中的女性，更接近弥尔顿的夏娃。但夏娃只做园艺和采集工作；她从来不曾被描绘成一个收割者，从不曾拥有决定谷物生死存续的权力（她从事砍伐和修剪，只是为了增强植物的生命力，并不是要结束它们的生命），夏娃也不曾被描绘成用外力改变她所采集的任何物品的实质的形象（就像用榨果架压榨苹果）。济慈笔下活动在各个场景中的这位女性是斯宾塞式的，是人类堕落之后的一位女性，一个看起来神圣的人类形象，或者说，是一个承担了人类劳作和必死命运的神性形象。

如果说济慈的诗写的不是自生自灭的自然过程，而是人类的收获如何打断这一过程，那么，这个形象的出现，让我们感受到了济慈最深层的信念——自然本身会同意（即使略带不情愿）让人们收获她的美丽和富足，她不愿被人类遗弃而交由风、天气和自然的命运处置。然而，她想要被收割的意志遭遇了她的认知，这种认知在

① 波莫娜，罗马神话中的果树女神、果神星。

打谷的场景中得到了体现，知道那被筛被扬的是她自己；于是，她的镰刀停在了半途。通过让他的形象从睡梦中苏醒过来；通过让她满载而归，跨过小溪；通过安排她紧挨榨果架而坐，守望最后几滴果汁滴落，安排她坐在她自己的受难里，济慈让她成为她自己意愿之死的参与者和见证人。她的生命——她的一片片粮田，她的苹果——是经由她自己的行动，转化为"储藏物"的，并将以转化后的"髓质"形式——谷物和苹果汁——填满她的谷仓和瓶瓶罐罐。然而，在这个过程中，原初的形态消失了——田野上不再有谷物和罂粟，残梗散碎的田野一望无际。女神的形式已消失，体变①已完成。那些罂粟花，没有发生体变，它们成为绝对的祭品。

　　诗人做出了最克己的选择，我们没有看到通常会出现的收获平衡项——那装满粮食的"富足的谷仓"。即使是《无情的妖女》，也允许谷仓存在——"松鼠的粮仓已满，/ 收获已完"；这是一种鸟儿岑寂、芦苇凋零时的丰饶。当收获完成，通常有两种运动可供描写收获场面的诗人们选择。一种是欢庆丰收的活动——运货车运入一捆捆庄稼，感恩的歌声响起，在欢宴中人们因美酒而沉醉。另一种是周期性地返回到春天，因为它违背了死亡法则，（对人类而言）往往显得像魔法一般："春天在最遥远的地方 / 在完成收获的最后一刻回到你们身边。"《暴风雨》中没有残梗散碎的田野。然而，济慈既不会采用宴会庆典，也不会借用斯宾塞式的、死而复生的阿多尼斯花园。他写出了一种不同类型的"后收获"结局。女性形象从各种场景中消失，便杜绝了所有欢庆丰收的仪式。当她离开，风景中再无非凡之物——或者说他一开始是这么认为的。眼睛看到的只是一抹余晖，它是外在的，映照着柔和的、将逝的一天；当眼睛捕捉这一幕时，风景中似乎再无什么内在的生命力。

---

① "体变"（transubstantiation）：原是一种神学概念，指面饼和葡萄酒经祝圣后成为主耶稣的圣体和圣血；后被借用于文学批评之中，用"体变"类比某种超越感官的本质转化。

济慈最初选择的两个填充风景的修复行动,无论是用果实还是用形象,都耗尽了它们自身,前者在漫溢的粘巢中耗尽自身(漫溢的粘巢是"富足的谷仓"的雏形,不过这里故意没有用美好的意象,否则就会颠覆不为"储藏"而欢庆的意图),后者在守灵中耗尽自身,坐在榨果架旁,看榨果架榨干"季节"的生命之血。由于诗人既拒绝传统的丰收喜庆仪式,又拒绝魔法般的大地回春,于是在这里,他的第三次努力,只能在他已经两度移开视线的、光秃秃的风景中寻找可写之物,这时的风景,鲜花、谷物、水果,以及它们的精神主宰植被女神都已遭到砍伐、脱粒成谷、压榨成汁。或者,更确切地说,这是植被女神通过自我献祭,在可能的范围内将其早期的生长形式体变为髓质"储藏物"后留下的风景:那些无法完成体变的永远逝去了,比如罂粟花。我想,把这种通过自我献祭而完成的体变和消逝当作济慈对诗人工作的寓言来看,并非天方夜谭。诗歌里的"储藏物",在任何可见形式上,都与它的源头——那些生机勃勃的生命并不相像;而并非所有生机勃勃的生命都可以体变成果仁和果汁加以储存。那些未完成转化的,生命落回大地,进入无尽的生物循环。耶稣的寓言劝告,让麦粒死去,回归大地;济慈的寓言则劝告,把生命从自然界带走,转化成"储藏物"。然而,济慈却向通过处死而完成的体变(那镰刀和那榨果架,除了是痛苦的行刑器具外还能是什么呢?)索要一个结果,他要的不是谷仓里的面包和酒,更不是圣饼和圣杯,而是更进一步的体变,这便是他最后一节的主题。

一旦那雕塑般的女性形象消失,眼前景象,便如同被瓮抢走居民后的小镇一样荒凉;那处于事物中心的缺席者,又把我们带进了"快乐"神殿中的"忧郁"神龛。女神的缩减和"储藏物"的增多成正比,这么说吧,就像葡萄已被咬破,或苹果汁已渗完。动机已转化为产品,能量已转化为髓质,生命已转化为艺术。在"春日的歌哪里去了"这一提喻式发问之后出现的慰藉,必然是音乐性的,然而，济慈通过刻意引入小飞虫（在风中哀鸣，弱小而无助，尽管风只是轻轻地吹），把成年羊群婴孩化（叫作"咩叫"的羊羔），以及赋予红胸知更鸟以"柔和的高音"，暗示了献祭结束后秋天的音乐是由"孤儿唱诗班"演奏的。早些时候，在《无情的妖女》中他曾说过，在荒凉之地没有鸟儿歌唱，他是从莎士比亚那里学到这种夸张手法的，而在这里他想起的是莎士比亚的一首十四行诗（在这首诗里，莎士比亚撤回了他自己的夸张说法），从莎士比亚这首诗中济慈借来了"孤儿"群像和那降了音调的鸟儿的歌声：

> 不过对于我，这子孙的繁衍
> 只是生一个孤儿的指望；
> 因为夏天的欢乐都在你的身畔，
> 你一去，鸟儿都停了歌唱：
> 即使歌唱，也是无精打采，
> 使得树叶变色，生怕冬天要来。

如果说《秋颂》最后一个诗节中的小动物们是一群孤儿，那么它们是在为死去的母亲悲悼。当"孤儿唱诗班"的声音以向心运动的方式向倾听者聚拢过来时，它们象征性地挨在了一起，表明它们任人摆布、缺乏安全感。在谈到他自己和他的孤儿手足时，华兹华斯曾这么说："我们遭到了遗弃，尽可能地聚在一起。"顺着这首诗的一种思路，我们将在最后几行中听到孤儿们虚弱的声音，周围的风把它们吹得很无助，但是，"尽管内心消沉，尽管世间寒凉……"[①]，它们还是在一日将尽的柔和时分发出了柔和的生命之音。如果我们顺着这首诗的另一种思路，一种更为中性的、拒绝悲情的思路，那么我们听到的音乐便是由"季节"唱诗班演奏的了。

---

① 引自济慈《恩底弥翁》。

如果我们现在停下来，问一些最大的主题性问题，那些由颂歌的整体所引发的、只有当我们将这首诗的多个层面融合在一起形成一个视角时才能回答的问题，我们便不可避免地要进行一些比较了。在济慈的许多诗歌里，当他在世界的中心发现一种缺失时，那种缺失都会激发他做出一些反应，而那些反应都有别于他在这里所做的反应。《无情的妖女》接纳了虚空，济慈没有任何要去弥补那种缺失的想法。因为他一方面以骑士的身份，无奈地被妖女迷住，另一方面以他作为叙述者的第二重身份而言，他自己的意志对结局是无能为力的。[20] 在《赛吉颂》中，济慈走向了另一极端，他通过模仿性虚构，热情满怀地做起了修复工作，一旦他那以点对点对应的方式修建起来的神龛落成，整首诗便结束了，尽管诗人还只能通过展望来填满神龛的中心——希望赛吉能来到幽境，希望幽境里的窗户大开，希望温暖的爱神会从窗户进来。在《夜莺颂》中，艺术可以通过艺术家如影随形的歌声和听众的遐想暂时填补虚空，但如果要把它作为永久的方法来填补匆匆消逝的生活的虚空，那它也是捉襟见肘的。《希腊古瓮颂》第一次默认艺术是死的，承认瓮上的人们既无法离开瓮（像《怠惰颂》中那样），也无法返回他们的小镇。并且，《瓮》要求交替观看艺术的生命性和死寂性，而不是同时观看：在这首诗的虚构世界里，没有什么东西能逃出"是／非""活／死"的命题二元性，也没有什么东西能逃出"美"和"真"的概念二元性。

和《赛吉颂》一样，《秋颂》一开始也试图通过模仿来修复；与《赛吉颂》不同的是，它没有预先说明它要修复的是何种匮乏，它把那作为诗歌缘起的残梗散碎的田野隐藏了起来，直到最后一节才揭示出来。而茬田是缘起这一事实，能够解释前两个诗节那种怪异的非叙述性，这种非叙述性使得第一诗节成为哈特曼意义上的"猜测"，使得第二诗节成为日常生活的列举。唯一的"现在"是回荡在茬田上空的歌声里的"现在"。尽管如此，我们还是认出来了，第一诗节中的"秋天"形象是《赛吉颂》中的"幻想"的直系后裔；两位都通过创造去开花、去结果，两位都用想象力去弥补实际上的匮乏。

　　然而《秋颂》，一旦放弃以植被和神佑的丰饶来修复匮乏，首先便会退守到一种寻求平衡的努力里去。当田野上空那片胭红绽开，怀旧的音符唱响，在句法上延音，小动物们便以自己的声音在空中自成了一个世界。如果那纪念性的微光一直被允许挂在田野上空，贯穿整个诗节——也就是说，如果句法框架只是简单的"当这个发生时，那个随之发生"——我们可能会说，那种赋予想象以活力的丧失感仍然没有被抹去，尽管诗人尽了最大努力去做客观呈现。但情况并非如此，在这首颂歌的最后，丧失和对丧失的补偿（无论是通过成熟的果实来补偿，还是通过在场景中安置形象来补偿，或者是以胭红的晚霞来补偿），都在主观性的湮灭和对事物本身的纯粹沉浸中被遗忘了：

　　　　……而现在，以柔和的高音①

　　红胸的知更鸟群起呼哨；

　　聚集的燕子在天空呢喃不歇。

从句法结构上看，这些声音和早先那抹笼住孤儿歌声的温暖余晖是脱离的。最后一行中望向天空的目光（燕子"在天空"，而不是"从天空"呢喃）已经将它从土地的全景图和它失去的财富中超拔出来，并且洗净了自我指涉的悲情和对过往的怀念。这首颂歌已经摆脱它的情境，自由地飘浮在空中，平稳地结束于歌声里，完满具足。

　　前两个诗节表现出来的那种想要恢复生机的希望，诗人已放弃。诗性描写虽然具有非凡的模仿能力，能够欺骗人们的眼睛②，然而，

---

① 这一句查良铮未译。
② 原文为"trompe l'oeil"，法语词，意为欺骗眼睛，通常译作"错视画法"，即立体感强、十分逼真的画法。

不管这种虚构多么抚慰人心,它也只是虚构。济慈意识到,一首诗不是一幅"图画";它既不能"重现"残梗散碎的田野,也无法生产出先前的季节曾拥有过的丰饶物产;它不是瓮,也不是雕饰图。诗歌也不是魔咒,它不能让"童贞的新娘"、遭忽视的异教女神、辞世的母亲,或那肥沃大地的生命的象征刻瑞斯转世重生。一首完成的诗仅仅是一条声音的细线,随着支配它的种种韵律上升、下降,济慈似乎执意要把图画和形体抛到脑后了,他选择声音(让人想起《夜莺颂》里的抽象艺术)作为他最后的凭靠。诗歌中的音乐虽然看似拥有人类言谈的全部表现力,但实际上它不是普通的言语,而是随着那支配它的格律规则的升降而起起落落的声音。面对残梗散碎的田野,诗人以光彩照人的幻象几次否认匮乏,在那之后,他平息进起伏不定的话语中。这是一种可根据需要扩展或收缩的话语,最小可缩减为用"使葫芦胀大"或"蟋蟀在歌唱"这样的短语做最简短的记录,最大可扩展为描写蜜蜂、睡着的收割者,以及小飞虫唱诗班的一段段小叙事。正是由于这个原因,济慈的诗性表达中"最完美的"一个词是"啁啾"①,在最后一个诗节里,他一直在寻找这个词(依次尝试了"歌曲""音乐""哭号""哀悼""咩叫""唱歌""呼哨"等词,甚至,或许还应加上"抹上"和"映照")[21],"啁啾"这个动词让人想到一种保持中立的振动所发出的声音,它起起伏伏,但只在最小的音域范围内起伏。

我认为,济慈这种对人类基本规范的回归,比他所做的修复性和模仿性虚构能提供给我们更多慰藉,把田野重新填满的扩张性想象被搁置了起来,取而代之的是对真实的清醒领受。不过,这首诗作为一个整体,除自反性层面的意义外,还有其他层面的意义,就自反性而言,它确认了一点,即一个诗人面对他所知道的一切创造,开花和结果,面对消失、剥夺、嬗变和灭绝,除了发出微弱的、有

---

① 原文为"twitter",查良铮译为"呢喃"。

节奏的上下起伏之音，别无他法。

从神话学角度来看，这首诗讲述了母亲从丰产到死亡的故事，换个角度看，也是孩子从出生到长大成人的故事。在这首诗中，除开头的"性事"外，母亲是一位贞洁的单亲妈妈（如果说她还算不上基督教神话中的"童贞圣母"①的话）。如果我们比照"三重赫卡特"来解读"季节"，应该也不会显得过于异想天开：在颂歌开头"秋天"是富有创造性的天界女神，中间她"道成肉身"，成了大地上的女神，结尾她被解除了形体，成了冥府的女神。最后一个诗节中出现的"孤儿们"和在冥府中渴念母亲的普罗塞娴相差无几。[22] 这首诗十分忠实地记录了母亲的存在的每一阶段，从她赋予万物以生命的积极能量，到她完成生育后的放松和疲惫，再到她渐趋衰落，走进耐心的守灵夜。这首诗放过了我们，没有让我们看到母亲脸色"灿素／乃千古大病却又不会死"的样貌，但母亲向死而去的发展方向在第二诗节中得到了暗示，在第三诗节中得到了证实，在那柔和的将逝之日，悲痛的孩子们守候着她，正如她自己守候着榨果架榨出最后几滴果汁一样。当诗人守望在临终的榻前时，他在前两个诗节中曾表现过的对女神的爱，似乎正滑向怜悯和哀伤，尽管正是她的死亡促使他用诗句去召唤她复活的。一时之间，决心动摇了，艺术退却了，而且济慈忘记了自己独立不倚的诗歌能量，他感到自己就像一只被风吹得东倒西歪的小飞虫，像一只羊羔，尽管已经长大，却还在为寻找母羊"咩咩地"叫着。在这个神话构架中，这首诗充分承认每个成年人体内都住着一个孩子，也信任母亲去世时婴儿在夜间啼哭的那份情感。意志的伟大努力要求，不愿把悲痛转化为哀号、悲悼或"咩叫"，而是要把它转化为可以恰如其分地称为歌声的东西，这份意志力，同时也是从童年上升到成年的努力，也是承担起俄耳甫斯之声的音乐客观性的努力。离开那向临终病榻聚拢的向

---

① 指圣母玛利亚。

下的群体，转而加入那飞向天空的群体，既提升了视线的高度，也扩展了视野的广度。

然而，当人们抬高视线，从俗世的蹂躏中超拔出来，并且以去除了悲伤的歌声高唱时，依然还得传达某种形而上的感受，去谈论存在和死亡的意义。正如我前面所说，济慈借用了莎士比亚的思想，宽宥了自然界的恶行，他也像莎士比亚一样，认为生命"被那滋养它的东西所消耗"。我认为，莎士比亚停止把寒冷和黑夜表现为某种外在的力量，也教会了济慈不要继续对"秋天"进行人格化表现。通过让小动物们（由于秋天在这里只是掌管植被和收获的女神，这些小动物似乎并不由她代理，也与她的死亡无涉）支配最后一个诗节，济慈允许这一天无外在缘由地逝去，仅仅终结于它自身的解体。最重要的是，济慈学习了生命"被那滋养它的东西所消耗"的想法，使他的诗不单单写自然过程，也不单单写植物性的"季节"，在他的诗里，收获（人类消费果实的方式）和滋养（大地结出果实的方式）紧密地联系在了一起。[23]而一旦这个伟大的悖论被演绎出来——尽管难免带着些不情愿——济慈将找到那种能配得上那张"早晚要送我们断魂的灵床"的音乐。

然而，这首颂歌用以演绎"生命的滋养和消耗"的悖论的那份悠然与空旷，和莎士比亚用极度浓缩的警句传达出来的那种生命意识截然不同。最重要的是，济慈悬置了时间，扩大了空间，使得人们再不能把生命看作是逼仄的、匆促的、突然中断的，或不完整的。它劝导我们这样想，在生命最终消逝不见之前，它已被渐渐稀释进拾走的落穗、渗出的汁液和鸟儿的呢喃里。在这首颂歌中，我们追随了多重韵律，这些韵律如此富有季节性又如此富有人性，以至于最后那不可见的唱诗班似乎暗示生命参与了第三重境界的韵律，这重审美的境界比开篇的自然植被境界和中间的人类农事境界更为神秘，这一重境界在前二者之上，又独立于它们，在"以太"的震颤之中，是九霄的复调。原先济慈曾把"聚集的"燕子写作"被聚在一起的"燕子；然而即便在这个最终时刻济慈也拒绝完成时态，将这个修饰语改为了"正在聚集的"，让结束全诗的最后一个动作保持自发性，不由外力所致。他或许很想让他最后的唱诗班完全由长翅膀的动物——弱版的夜莺——组成；但正如他在七月的一封信中所说，他最近一直在换羽，但已不再希望获得一双新翅膀，而是想获得一双耐心的尘世之腿（《书信集》第二卷，128）。在他那群有翅的生灵中（最后一行原本是以"而新的一群依然……"开始的），济慈引入了真正与农事相关的一群——那些成年的羊羔，它们耐心的尘世之腿把最后的合唱拴在了大地上。这些羊羔不是感伤闹剧中的宠物羊①——济慈曾担心自己会成为其中一只——而是真正的农事牧歌里的羊羔[24]，它们的存在使得这首诗的声音被高扬到天上，但依然留心着大地上的山圈（济慈或许会意识到"山圈"和"高扬"两个词中所包含的大地和天空的唱和）②。

正如第二诗节中"收获"的形象几乎难以察觉地从大地的果实中升起，最后一节里的声音也是如此，它们无形地升起，在残梗散碎的田野之上，与轻风同行，形成有机生命的叹息，而轻风则是无机世界象征性的呼吸。如果说这首颂歌表达了一种"意识形态"，那么它表达的不仅仅是哈特曼所说的西方乐园式的意识形态[25]，还是一种有关农事的意识形态，它领悟了人类因长期生活在自然之中而发展出来的多种节奏之间的和谐。植物的生长和人类的收获相结合，形成一种新型女神，一种我们人人都能接近的女神，因为她是劳动中的我们自己，同时也是蓬勃生长的万物的女神。如果没有弥尔顿的夏娃和基督教的"道成肉身说"，济慈的女神或许是无法创造出来的：她具有如此明显的人性，从事着创造生命的工作，耐心地守着灵，并最终转变成不同于她的人体形式的髓质。然而，这位女神身

---

① 《怠惰颂》中写到济慈不愿意成为感伤闹剧中的宠物羊。
② 由于"bourn"和"borne"读音相似，文德勒认为"山圈"（hilly bourn）和"高扬"（borne aloft）构成了天与地的唱和关系。

上还表现出了一种对基督教"道成肉身"神话和基督的牺牲受难的反驳。并非某种外在必然性使她诞生：在济慈的宇宙里，不存在一个受到冒犯、要求人们赎罪的上帝。这位女神只是她自己的化身，她化身在果实和住所之中，济慈之所以有这种想法，仅仅是因为他如此确信人和自然之间存在着神圣的姻亲关系，"真实事物"和人的各种感官之间存在着互通的精神问候。贯穿全诗的道成肉身、成长和自我牺牲的韵律完全是自我生成的，没有债务来推动，没有外在力量来激发，也没有教义提出要求。这首诗代表着基督教有关神性的神话已被彻底世俗化，神性已化身为人的形象，这种世俗化一定程度上是由华兹华斯对弥尔顿宗教意象的世俗化所促成的，但它更进一步达成了自然、人类和神性之间的非强制性结合，华兹华斯在《序曲》中也曾做此设想，只不过他没有把这种设想完全表达出来。在济慈的颂歌中，神灵、大地和人类劳动的结合已成为"寻常日子里的自然产物"，而这正是华兹华斯所希望的。

《秋颂》的构成性修辞是列举，用以表现"丰饶"。在济慈所列的三张清单——花和果实组成的清单、女神的各种幻影组成的清单，以及秋日的歌声组成的清单——中我们看到，"季节"的每一个阶段都受到她自己的复数存在的祝福。济慈需要整个自然世界来作为他的隐喻，包括大地、植被、居住在大地上的生物、建筑，以及天空。就像太阳给"季节"注入生命一样，济慈暗示，诗人也拥有强力，可通过触碰万物，使万物拥有生命，只不过他所用的魔杖是"幻想"；他也能运用创造性能量，以运作着的大脑去填充世界的荒芜，并给予祝福。同样确定的是，在献祭性的自我牺牲中，他用他的笔收集了他那丰饶的大脑所构思出来的东西；随着存在进入艺术，存在便失去了"自然"形态，从"弯垂的燕麦"变成了谷粒，从苹果变成了渗出的果汁，然而并没有丧失生命的真实起源。诗歌之美并非生活之美的翻版，它们怎么可能一样呢？诗歌毕竟是由声音轻盈的复调构成的。再现的逼真性像是一个"戈尔迪乌姆之结"①，从《赛吉颂》到《夜莺颂》再到《希腊古瓮颂》，一直让济慈困惑不已，现在这个结终于被劈断了。逼真性（或再现之"真"）作为诗歌艺术的一个标准，遭到了摒弃。另外两个标准悄然代之：第一个，济慈认为，诗歌应该源于生活（就像果汁和谷粒来源于苹果和庄稼一样）；第二个标准是"适当"，就像飞虫和蟋蟀的歌声适于秋天，正如夜莺的歌声适于春天一样。

对"丰饶"的修辞表述，是济慈赋予"季节"的象征形式，在这种表述中，济慈强烈要求他的诗歌具有不同于音乐和雕塑的感性力量，去满足每一种感官，无论是高级的还是低级的，他放松审查，解除了《怠惰颂》（体现在罪恶感中）和《忧郁颂》（体现在告诫中）中的道德重压。"丰饶"呈现为多种多样的句法形式，从最简单的并列和重复（"雾气洋溢，果实圆熟"，"装载和祝福"，"更多，/还有更多"）到最广泛的分布，这一点在女神幻影的频繁闪现中看得最清楚，她被发现时或坐或睡，有时她越过小溪，有时守候在榨果架旁。（这些场景不是选择项，而是累加项，因为看上去似乎没有什么地方会找不到女神。）当一种又一种乐器加入唱诗班，我们再次看到"丰饶"：小飞虫、成年的羊羔、篱下的蟋蟀、红胸知更鸟，还有丛飞的燕子。鉴于名词的丰富性，我们也看到了丰富的动词——哀悼、咩叫、歌唱、呼哨和呢喃。济慈不仅以列清单的方式来表现"丰饶"，他还提供了充足的（看上去似乎是偶然的）细节，我们了解到树木是"长满苔藓的"，蜂巢是"黏糊糊的"，花朵是"缠绕的"，羊羔是"成年的"，虽然所有这些细节都是功能性的，但当我们读到时，也顺带获得了某种感官愉悦。我们还遇到这样的情形，个体的

---

① "戈尔迪乌姆之结"，出自古希腊传说。在小亚细亚的北部城市戈尔迪乌姆的卫城上，矗立着宙斯神庙，神庙里有一辆献给宙斯的战车，车上打着一个绳结。此结捆住了所有能工巧匠，几百年过去一直无人能解。公元前 334 年，亚历山大大帝率军至此，一剑劈断了绳结。后世以"戈尔迪乌姆之结"来比喻难以解决的复杂问题，一旦找到方法，它带来的束缚又会变得毫无意义。

"丰饶"后跟着整体性的"丰饶"："用苹果压弯屋前布满青苔的老树 / 让熟味透进所有果实的中心。"我们也看到了重复所带来的"丰饶"："果实圆熟"，"用果实装载和祝福…… / 让熟味透进所有果实的中心"；"簸谷的风"，"微风"；"迟开的花"和"缠绕的花"；飘扬的"柔"发，"柔和的"将逝的一天，以及"柔和的高音"；柔和的"将逝"的一天和风的"起灭"；那"山圈"和"高扬"①的小飞虫；春日的"歌"和"唱歌"的篱下蟋蟀；以及那些令人愉快的不定式动词——"去装载""去压弯""去胀大""去让它们发芽"。随着济慈增扩他的清单（他似乎从不匆忙，缓缓拉长布局、填充细节），例子的倍增带来赏心悦目的比例变化，形成一种恣意挥洒的魅力，使"丰饶"显出一种铺张浪费之感——这里一整枝花，那里一个花环，别处还有孤零零的一朵，一个例子写得冗长细腻（如蜜蜂），而另一个则写得很简洁凝练（如葫芦）。尽管描写了很多东西，"丰饶"始终保持着花样翻新和布局上的生动可人，它的创造性从不衰减。

在诗歌最后，济慈是他自己的音乐的听众。这里的音乐并不像夜莺的歌声，被用来分散诗人对死亡的关注；诗人一边专注地倾听着，一边注视着这个万物朽坏的、光秃秃的世界的全景，仿佛仍有什么可供人观看似的；他知道这一天正在逝去。此时的美包含了多恩所说的"缺失、黑暗、死亡——种种无生命的东西"②，济慈把它们全都当作美的内在组成部分。济慈也在这些东西中获得了重生，只不过他发现这些组成部分与音乐共存，是一种含糊不清的、不太和谐的复调，但依然可算是音乐。在这首诗中济慈扮演了众多角色：借助他的女神和小动物们，他先后成了创造者、被创造的事物、收获者、探寻者、发现者、歌者，以及他自己的音乐的倾听者。这些

① 文德勒把"山圈"（hilly bourn）和"高扬"（borne aloft）归为重复，是指 bourn 和 borne 读音上的相似性。
② 引自约翰·多恩《圣露西节的夜祷》。

角色使他能在诗中展示壮观的运动：繁盛、衰落、视野的逐渐扩大、悲伤和平静，所有这些运动共存于《秋颂》中。在这首最丰富的颂歌中，生命（以及生命的四季）和艺术（以及艺术的丰产、拾穗、转化和歌声）似乎是毗连的，甚至是无法区分的。

　　脱离《秋颂》的结构去研究其语言几乎是不可能的，因为它的结构是由语言积极地构建而成的，而这首颂歌里的语言比任何早期颂歌的语言都更少装饰性，更加出于"必要"。其他颂歌往往给出标记和信号，或是议论性的，或是命题式的，告诉人们它们将采用何种方式来表达；而《秋颂》，如前所述，把暗指发挥到了极致，几乎没有以命题或概念的形式宣布过什么，它尽可能地使象征接近于模仿性呈现。我们必须用济慈的头脑来阅读这首诗——"太阳"等于"阿波罗"，"谷物"等于"希望"，"雾气"（如在谈及"黑暗甬道"的那封信中，《书信集》第一卷，281）招致"神秘"，"落日总能让我心境平和"（《书信集》第一卷，186）；弥漫在傍晚空气中将逝的一天的色调从"吟游诗人之神"阿波罗那里得到了他们神圣的诞生；蜂巢等于"精神的甘饴"；神明通过把和平的恩泽赐给人类的收获而宽恕了自己的仁爱之心。对济慈来说，可以肯定的一点是，所有这些暗指都用进了这首诗里。这首诗的伦理基础是他在《海披里安》里发现的——"神圣的季节更替不应受到打扰"，即使诸神也不可以打扰它。早在《恩底弥翁》中，他就已认识到将人生简化为衰退轨迹这一模式的局限：他认为看待生命更正确的方式是，"生命由其本身固有的精髓滋养，/ 而我们像一窝鹈鹕受到哺育"[1]。当"秋天"母亲把大地的果实和她的生命之血交给我们，她枯竭了自身；但这首颂歌表现这一过程的方式又完全不同于《恩底弥翁》，它从基督教肖像学中有关鹈鹕的记述出发，把它修正为一种从感官到审美的和

---

[1] 　鹈鹕会啄伤自己的身体以自己的血肉喂养雏鸟，因而常被比作基督。

谐体变。再举个例子,在《秋颂》中没有什么比小飞虫更有机的存
在了;但如果我们以济慈的头脑来阅读,就会回想起这些小飞虫极
有可能来自一封信,在这封信中他说:"我们身处迷雾之中——我们
现在处于那种状态——我们感到'神秘的重负'。"这些小飞虫来自
这样一段话,在这段话中济慈再次思考了"感觉"和"思想"之间
的关系,他说,如果我们(像他一样)有着变化无常的性情,那么
"感觉"就会使我们晕眩地上下波动,失去控制;但如果"感觉"有
"知识"相伴,我们就会有翅膀来平衡我们的起起落落:

> 在我看来,有知识和无知识的强烈感受的区别在于:后一
> 种情况下,我们直直地坠入万丈深渊,又被风吹上来,因为没
> 有翅膀,我们心中感到光膀子生物的全部恐惧;而在前一种情
> 况下,我们羽翼丰满,当我们穿过同样的空气、同样的空间时,
> 心中无所畏惧。
> ——《书信集》第一卷,277

"直直地坠入万丈深渊,又被风吹上来,因为没有翅膀,我们心中感
到……恐惧"这样的夸张闹剧在这首颂歌中变得缓和、纯净了:"忽
而飞高, / 忽而下落,随着微风的起灭。"小飞虫处于"知识"的安
全(它们有翅膀)和"感觉"的无助(风比它们更强大)之间。恐
惧缓和成了顺从;在拥有知识的过程中,年少的无畏已经被告知界
限。然而,如果没有读到这段话,我们会有信心对这些小飞虫做寓
言式解读吗?尽可能以济慈的头脑去读,就是按照原本应该的样子
去解读这首诗,就好像这首诗不是用"英语"写的,而是用"诗语"
写成的——所谓"诗语",就是每个诗人自己创造出来的新语言。沿
着这条思路往下看,我们发现《秋颂》是所有颂歌中唯一一首没有
用到"再见"一词的诗,然而,出于某种原因,我们也可以把这首
诗看作一声长长的"再见",它是济慈写给感官世界的一篇离别辞。

如果我们再一次用济慈的头脑来解读，并回顾一下他写给他弟弟的那封信的结尾，我们便可找到做出这种解读的正当依据：

> 现在我把目光投向西方，
>
> 此刻光线正为那里披上衣裳；
>
> 为何要转向西边？只为说声"再见"！

对济慈而言，转向西方是为了望向阿波罗和他的戴桂冠的同伴们，为了致敬金色的里拉琴，并道一声"再见"，这种简略象征在这首颂歌中随处可见。它使诗歌具有极强的暗示性；当这种象征意义与"连缀"原则（它或许可以和列举法一起被看作是这首颂歌的两种构成性修辞）结合在一起时，诗歌便能不动声色地做出连续"陈述"，不需要真正陈述，也不需要使用命题形式。这首颂歌中的所有形式（无论是句法、语法、修辞，还是描述）都是象征性的，都具有形式意义。济慈不需要再说"神圣的季节更替不应受到打扰"，因为这首诗顺畅地连缀起了季节各个阶段的流转变化，已帮他表达出相同的意思。"时间无声无息的脚步"（莎士比亚《皆大欢喜》第五幕第三场；济慈曾标记这句话）已得到再现。至于燕子是否在迁徙，以及它们的迁徙是否意味着它们在诗歌结尾"来到了温暖的南方"（哈特曼），这些问题我们也只能引用济慈写下的有关燕子的准谚语来回答——"它们都像十月的燕子一样消失了"（《书信集》第一卷，154），我们看到济慈是把十月的燕子看作消逝的生命。虽然这种联想和任何"语境阅读"一样存在危险，但是有济慈提供的语境在那里却忽视它，似乎又是愚蠢的。

我前面说过，这首颂歌中的语言，主要与一条条意义上相连的"词链"相关——如实践性动词装载、压弯、填充、胀大、鼓起、开花和漫溢形成一条词链；习惯性状态动词坐着、卧着、昏昏欲睡、保持平稳、瞧着形成另一条；哀鸣、咩叫、歌唱、呼哨和呢喃（表声音的词）又是一条；水果、藤蔓、苹果、葫芦、榛子壳和花（表造物的词）又是一条；打麦场、簸谷、收割、镰刀、拾穗、榨果架和收集（表收获的词）又是一条；雾气、黏糊糊、渗出物、云层（表天地之间潮气的词）又是一条；将逝、悲叹、哀悼、起灭（表死亡的词）又是一条。我们通常把这样的一组组词称为"意象丛"，但济慈的"意象丛"不是通常意义上的装饰性"意象"，而是思想的载体。这些词汇链把诗歌组织得如此紧密，以至于诗中几乎没有哪个词不与其他词紧紧绑在一起，几乎没有一道罅隙没被填满。这首诗由双重平行结构"列举"和"连缀"组织起来，它的句法存在于一个充满重复的网络之中——不是一种句法形式，而是几种句法相呼应，且又与其他措辞方式相呼应。有 X 的地方，就会出现 Y；从句法上看，诗中似乎没有什么事物是孤独无依的。如果秋天是雾气洋溢的季节，它也将是果实圆熟的季节。或者，如果我们看到一个更大的所有格单位"Y 的 X"（雾气洋溢、果实圆熟的秋），那么下一行也会出现一个"Y 的 X"式的所有格单位来与之配对，如"催熟的太阳的友伴"[①]。没有必要强调整首诗句法上的这种平行结构是如何由诗中紧密配合的各种声音间的平行模式来加强的，在这里济慈比以往任何时候都更仔细地"掂量每个和弦 / 发出的重音"[②]。他的耳朵从未如此忙碌，他的注意力从未如此集中，他的里拉琴从未被如此仔细地调试。他在这里既是"声音和音节的守财奴"，又是二者的败家子。这首诗在句法上把平行结构用到极致，由此创造出了一种根本性的、宏伟的简洁，这种简洁统一起了这首诗的语义多样性。尽管在最后一节中，我们听到五支歌和几种不同的小插曲，但是从句法上看，它们都是以几乎完全相同的核心句来表现的：

---

① 原文为 "close bosom-friend of the maturing sun"，查良铮译为"你和成熟的太阳成为友伴"，为显示文德勒所阐释的"Y 的 X"句式，这里采用直译。
② 引自济慈《如果英诗必须受韵式限制》。

小飞虫哀鸣

羊羔咩叫

蟋蟀歌唱

红胸知更鸟呼哨

燕子呢喃

当然，从句法上看，所有颂歌都使用了一些平行结构，但《秋颂》是唯一一首使用多重平行构造来组织每一节诗的颂歌：第一诗节里的不定式，第二诗节里"秋天"的各种景象（它们都是动词"找到"的宾语），以及第三诗节中那些描写歌声的"核心句"。在这种句法简洁的整体设计中，措辞的变化具有拟态作用，如用于描写"奔跑的藤蔓"的长而俏皮的句子，又如描写起起落落的飞虫时所做的插叙，都有类似作用。在整首诗中，平行结构中所有事物精准的列队行进形成一种象征性形式，代表着秩序、尺度和必然性；而句子内部的变化则代表着多重性、多变性和殊异性。在平行结构中，所有小动物都受自身的存在驱使而在夜间发声，然而一个是哀鸣，一个是咩叫，一个是歌唱，一个是呼哨，还有一个是呢喃。在平行结构中，所有植物因"季节"的驱动而生长；然而，一个是果实累累的藤蔓，一个是被苹果压弯的树，一个是胀大的葫芦，一个是鼓起的榛子壳，还有一个是含苞待放的花。轮廓不同，动词不同，但生长的原则贯穿每一事物。没有哪首早期颂歌如此完美地兼顾到同一性和多样性。[26]

我们当然也看到了《秋颂》和其他颂歌在语言方面的联系。如我所说，"秋天"在某种程度上是《赛吉颂》中的斯宾塞斯式"幻想"的后裔，但在《赛吉颂》中，与"幻想"无穷无尽的发明相比，自然显得很贫困，而在《秋颂》中，无法想象还有什么可以比大自然本身更丰饶。然而，在写完这首颂歌后，济慈曾写信给他弟弟，说拜伦"描写他所见——我描写我所想象——我所做的是最艰难的工作。你应看到其中的巨大差别"（《书信集》第二卷，200）。这句话紧跟着颂歌而写，应该是提醒我们，如果仅仅把这首诗看作是模仿性的，那将是多大的错误。保罗·德·曼让我们看到，叶芝的诗歌在表面看起来最自然的地方最具有寓意，他也坚持认为（也许强调得有点过了头），济慈在《我能做什么来驱散》中对美洲的"自然主义"描写其实是一幅自画像，意在表现自己陷入困境的饥渴心灵。[27] 济慈的"季节"是"幻想"园丁的翻版，只要手指一碰就能让万物开花，尤其是（经由阿波罗之手）那残梗散碎的田野便焕发生机，当我们提醒自己注意这一点时，我们便把这首颂歌和其他有关诗歌的思考联系了起来。但是，如果我们继续将这首颂歌与济慈的其他诗歌进行比较，我们会震惊地发现，这里显然缺乏"礼拜用语"，这种语言在《赛吉颂》和《忧郁颂》中使用得最多。在这里，清醒的天上宗教不愿借用尘世宗教的语言来表达自身。只有小飞虫"唱诗班"与赛吉的"修女唱诗班"遥相呼应；至于玫瑰色圣殿和至尊神龛，哀歌或安魂曲，香炉或祭坛，男祭司和女祭司，都杳无踪迹；而说话者既不是虔诚的信徒，也不是幽深密室的朝拜者，更不是白唇的先知。"灵魂"——《赛吉颂》中的核心人物赛吉、《怠惰颂》中交替出现的"闲怠的心灵"和做梦的草坪、《夜莺颂》倾吐心曲的夜莺、《希腊古瓮颂》中与感性的耳朵相对应的"精神"、《忧郁颂》中挂在云霄的战利品——在这里也都不见了，不管是作为一个词和还是一个实体。我们可以说，"秋天"完完全全是身体；当她不是作为身体存在时，她是谷物和苹果汁，是完成体变后的身体。她不是一个把和平的恩泽赐给人类的收获的女神；她是收获者，也是被收获者。在《忧郁颂》中济慈已经发现，精神的体验可以用身体的语汇来表达，比如，要表达强烈地体验快乐，就说，用坚韧的舌头咬破葡萄，让精细的味蕾细细品尝。那首颂歌里的某一刻，济慈确信，当他描述舌头、咬破的葡萄和精细的味蕾时，他是在书写智识和情感的历史。不是命题而是图像，才是表达哲学思想的语言，

《秋颂》正是在这种信条的指引下写成的。

《赛吉颂》和两篇《海披里安》中认为必不可少的崇高感，在《秋颂》的语言中并没有得到体现。在这里，没有未被踩踏的区域，没有高山，没有裹着"羽毛"的山野峭壁，诗人也没有登上充满危险的祭坛。这首诗的发生场所，直至最后，都是在水平面上的。没有什么难以攀登的顶峰，埃尔金大理石雕已在收割一半的田垄上昏昏欲睡。农事词汇早已在济慈的作品中出现过（尤其是在《恩底弥翁》中），只不过在那首诗中，每当济慈希望语言承载精神意义时，他都往往会做易懂的类比，比如，他这样写宗教威灵：

> 他们的仁爱
> 同我们自己的谷物女神握手；我们
> 所有的感官都充盈着精神的甘饴，
> 像蜂巢中饱食的蜜蜂。
> ——《恩底弥翁》第三卷，37—40

在这段话中，有一种感官和精神的自在融合，诗人摆脱了思想的严肃性，这是济慈创作《秋颂》之前发现的写作可能性。在《希腊古瓮颂》中，济慈把感官与精神生硬地剥离，拒绝感官和精神甘饴之间的肤浅混合；但事实证明，这种禁欲式的剥离过于刻意，正如那种混合过于轻率一样。《秋颂》以感官来言说精神，但不是通过象征和解释，而是通过把各种感官元素相连接。在这种连接中（无论是通过列举、平行结构，还是通过具体意象的选择），蕴藏着精神性的意义。

正是因为他选择了以事物及事物之间的连接作为精神的载体，依靠字面意义和句法结构来获取象征意义，所以济慈在这里可以保持沉默，从神话学角度讲，他在这首诗中没有提及刻瑞斯、普罗塞嫔、弗罗拉、波莫娜、阿卡狄、奥林波斯诸神、巴克斯和阿波罗。

在其他颂歌中，古典世界都得到清清楚楚的呈现，而且济慈还曾在
《赛吉颂》中夸口说，如果弥尔顿已把古典众神驱逐出英国诗歌，
他将让他们重返，他说："我更为正统，不能让一位异教女神遭到这
样的忽视。"（《书信集》第二卷，106）《秋颂》弃却了诸神，至少没
有提到他们的名字。作为弥尔顿的遗产（即便是从对比的意义上
讲），对济慈来说，这些神灵代表着他与弥尔顿之间自我毁灭式的纠
缠。他尝试着把《秋颂》写成一首自觉表现"英格兰性"的诗歌，
里面自然不能包含希腊名字。它也不能包含古典的艺术品和艺术家：
这首诗没有提到瓮、菲迪亚斯、荷马或希腊的形状。同样，它也拒
绝欧洲的"罗曼司"母题：没有普罗旺斯情歌，没有诗歌恶魔，没
有荒凉的仙境，也没有精灵。历史和人类社会形态也被排除在外：
没有帝王、村夫和路得。虽然莎士比亚、斯宾塞、弥尔顿和华兹华
斯在这里仍然是伟大的主宰，但济慈没有呼应得那么明显，典故也
用得并不直白（不如其他作品对《哈姆雷特》、弥尔顿的作品，或
《远游》的引用那么显而易见）。

　　正如济慈决定不使用神话、历史和文学典故一样，他也决定不
再使用第一人称代词，不再内省——我们或许可以说，这首诗中没
有英雄，（他在《忧郁颂》中颂扬过的那种英雄）。他也放弃了自然
空间和人类的建筑空间：没有幽境或圣殿；没有一间庇护所敞开着
窗，面向一片风景（对济慈来说，这是必不可少的，无论在生活中
还是艺术中）。我们不曾进入《秋颂》中心的村舍——这首诗从它的
茅草屋檐向外发展。如果我们说村舍外的薄雾和丰饶的田野，实际
上是从《夜莺颂》里的"浪花"和"险恶的大海"嬗变而来的，听
起来也许像奇谈怪论，但我认为这种说法是正确的。济慈已经意识
到，只存在一个宽广的空间，不存在两个；他不会再拿"妖女的洞
府"和"冰冷冷的山边"做对比①，也不会再拿大地的果实和天赐

————————
① 见济慈《无情的妖女》。

仙露做对比。追溯《无情的妖女》和《秋颂》之间的联系，我们会发现无情的妖女是"收割者"的前身：当妖女完成她的工作之后，芦苇枯萎了，鸟儿岑寂了，情郎面颊上的玫红色凋谢了，松鼠的粮仓已装满，收获已完成。在《秋颂》里，通过把胭红抹在大地的脸容上，给凄冷的山丘重新注入温暖，让鸟儿再次歌唱，济慈解除了他在《无情的妖女》里施下的魔咒，在被洗劫一空的风景中恢复了歌声的内在生命力。同时，通过赋予女性的"季节"以人类的维度，他撤销了过去曾赋予众多女神的各种改头换面的神话学维度——从"低于人类的"（美杜莎）到"高于人类的"（"忧郁"和墨涅塔）。通过让他的女神成为新娘、母亲和濒死的大地之灵，他走得更远了，比他塑造新娘赛吉和瓮、诗歌精灵、瓮上童贞的少女、难以捉摸的仙灵夜莺、纯粹悲剧性的墨涅塔，以及拥有简单双重性的"忧郁"女神时走得更远。

不言而喻，由于济慈在《秋颂》的语言方面所做的首要努力是以感性事物表现思想和情感，因此他压制了所有抽象的寓言式语言——温暖的爱神、名声、诗歌精灵、青春、美、幻影、冰冷的牧歌、忧郁、痛苦的快乐、欣慰、喜悦。这些抽象词汇在其他颂歌中如此不可或缺，以至于对济慈来说，牺牲它们就像牺牲神话一样损失重大。我们可以说，寓言和神话一直是两个哺育济慈写作的符号系统——斯宾塞式的和弥尔顿式的。如我所说，《秋颂》沉默的、不加命名的、具体实在的象征系统，直接源自莎士比亚"锤炼奇喻的强烈表现力"，济慈认为通过这种手法，能"不经意间说出美妙的事物"（《书信集》第一卷，188）①。通过研究莎士比亚十四行诗中的意象，济慈看到"意图"可以不必言明，他不必再像在《当我担忧》中那样，把他的笔和拾穗者、丰收的谷仓和高高堆起的书本、感情和饱满成熟的谷物，做一一对应的比照。直到七月（这首诗写于九

---

① 见 1817 年 11 月 22 日济慈写给雷诺兹的信。

月），他仍觉得有必要以自身作类比："这些谷物长得多美呀，仿佛昨天才刚刚成熟，但它们终究要拿到市场去出售；既然如此，我又何必自矜自怜呢？……"（《书信集》第二卷，129）① 为成熟的谷物创造的奇喻是济慈创造的所有奇喻中最丰富的一个，它一直占据济慈的脑海。路得站在异邦的谷田，这是济慈作品中唯一一次把谷物写成是异邦的，而这也标志着他的天职赋予了他极大的痛苦，当时汤姆刚去世，他只能以这种方式看待谷田，并把想象中的仙境写成一片荒凉，这是他的使命向他提出的要求。在经历弟弟去世带来的剧痛之后，自然和艺术对他来说，似乎都起不到安慰作用了。

如果我强调《秋颂》的语言禁欲主义，强调它心甘情愿地牺牲了神话、寓言、历史、文学典故和个人指涉，那是因为它通常被盛赞为语言的宝库。我们只有看清哪些是其他颂歌共有而它却不具备的，哪些是它独有的，我们才能更好地判断宝库之所在。

济慈领悟了莎士比亚精心锤炼奇喻的方法，这并不是说他以前没有做过这方面的尝试。这里仅举两例证明他曾经做过：《赛吉颂》里的神殿和《夜莺颂》中关于酒的谐谑曲。但是，和莎士比亚不同，济慈提供了一些补充说明（他以"在我心中 / 未经践踏的地方"来确定神殿的位置，或者使用否定句，以"不用和酒神坐文豹的车驾"来解释他当时是在谈论酒）。济慈在《秋颂》中的表现十分勇敢，他把莎士比亚的做法推到了极致，完全让别出心裁的奇喻自我表达。这样，在最后的禁欲主义中，他放弃了"真理"的命题式语言，从前他认为这类语言对解释、辩护和进行哲理化思考都是必不可少的。对于一个以"思想"和"真理"为目标的诗人而言，这是最危险的禁欲主义。它意味着命题式语言不是说出真理的唯一语言；它也意味着"感觉"和"思想"不是两样东西，而是一样，前提是能把感觉表达得清楚明白；"美"和"真"也不是两样东西，而是一样，前

---

① 见 1819 年 7 月 11 日济慈写给雷诺兹的信，这封信接下去的内容已散佚。

提是能把"美"安排得非常"真"。

我们已经部分地看到了《秋颂》的语言是什么——连缀的事物、连缀的幻影、连缀的行动、连缀的句法,不过所有这些都不是任意关联在一起的,它们是通过最精微的设计连起来的。我们也已经看到了《秋颂》的语言不是什么:它不是神话式的、敬拜式的、寓言式的,不是滥觞于罗曼司的,不是历史的、"文学"的、内省的,也不是命题式的。不过,我们还是意识到这首诗中有神话(在太阳和"季节"的密谋中,在诗歌中间部分"收获"这个形象的丰饶之中),我们也感到这是一首用于敬拜的赞美诗(尽管重点落在描写上),我们也从诗中提取到了寓言意义,我们还感受到其中包含深刻的文学典故,我们把它当作一首抒情的内省诗来读,我们认为诗中的单一命题——"你也有你的音乐"——内部隐含着其他许多命题。这么多诗人声称放弃的东西,却又在这首诗中明白无误地存在着,当我们试图解释这一点时,在一定意义上我们是被驱使着去让诗中的那些微妙暗示变得明确,我着手对这首诗进行描述时做的正是这样的工作。我们点明了诗中的天空之神和大地女神,并把"知交"和"密谋"这两个委婉词放到神话层面做了解读;我们揭示了这一诗节以"漫溢"作结的潜藏逻辑;我们提请人们注意收获中的静止状态;我们指出了我们期望看见的那些东西(如庆祝丰收的盛宴和葡萄酒)的缺失;我们有意揭示出时间的无声消逝和空间的徐缓扩展;我们把这首颂歌放入它的各种"亚文类"之中(礼拜赞美诗、农事牧歌、离别辞、田园挽歌);我们看到了它模仿莎士比亚十四行诗用奇喻表达情感的方式;我们甚至看到了它对十四行诗的形式怀有不绝如缕的敬意。

但在做完这一切之后,我们仍需要让这首颂歌再一次退回它自己的浅浮雕中去。它从来没有宣告或强调过什么流逝、扩展或焦点的变化。它也从不会给人以丝毫强调或宣告的迹象。我们几乎察觉不到,先是一种感官反应被激活,接着另一种感官被激活,前一种便放松了下来。前几首颂歌每次只对一种感官进行严格的、受控的考察,这种做法取得了成效:当《秋颂》开场的时候,我们已准备好放纵从《忧郁颂》中习得的触觉和味觉;在颂歌的中间部分,我们调用所有在《怠惰颂》和《希腊古瓮颂》中学过的对古典形象的视觉安排;随着颂歌接近尾声,我们唤醒在《夜莺颂》里练就的那双灵敏耳朵。早期颂歌中那些坚韧的行动在这里以较温和的形式重现:《赛吉颂》《忧郁颂》《海披里安的覆亡》中强烈的宗教誓愿已经调节成一种日常的爱;济慈的追寻之旅——古瓮上的青年孤注一掷的追求,诗人渴望长出一双翅膀去追随《怠惰颂》中的寓言式形体和《夜莺颂》中的夜莺,以及《忧郁颂》草稿中写到的主人公在暴风雨中的航行——弱化为在田野中一次次找到"秋天"女神;"喜悦"葡萄的爆裂放慢了速度,变成了蜂巢里蜂蜜漫溢、榨果架上苹果汁缓缓渗出;《希腊古瓮颂》中的"永远"也受到限制,换作温和的用词,如描写田野探寻有所回报时用了"有时"和"经常",描写散布四野的小动物时用了"现在"。

在所有这些减轻、减弱和变柔的变化中,我们感到济慈变得不那么好斗了。他天性中的斗志和热情给他的早期颂歌注入了鲜活的能量;然而,经过蜕变,他用一双耐心的尘世之腿代替了翅膀,放慢了脚步;通过重新成为蛹,他观望、等待,并记下透过两个视野有限的窗口所看见的风景。一年前,当他登临本·尼维斯山,"因迷雾而眼瞎"时,曾陷入绝望:

> 我俯瞰深渊,只见雾气茫茫
> 　遮蔽了山谷;我知这景象恰似
> 人们心中地狱的境况:我仰望,
> 　上面也是云蒸雾绕,人们说起
> 天堂也无外乎是这般模样,

> 在我脚下，大地雾锁烟迷。
>
> 就算人们看自己，也同样朦胧！……
>
> ……我目之所及
>
> 只有迷雾和巉岩，不仅在此山巅，
>
> 在思想和精神的天地里——亦然。
>
> ——《给我上一课吧，缪斯》①，3—14

现在，在黎明的薄雾和日落的云霭之间，阿波罗仍然处于遮蔽状态；但诗人盛怒已消。

如果这首诗歌的语言最适合通过与其他颂歌进行比较来理解——与其他颂歌丰富的"语言"种类、更具"想象力"的视野、更高的音调、更具雄心的音域相比，这里用的是一种禁欲的、收敛的，语调上更为柔和且保持着奇妙的一致性的语言——那么，我们最好把这首颂歌看作是济慈记录思想、感受和语言的一系列实验的终点，只有把它和同类作品放在一起品读，我们才能把它的轻重浓淡看个究竟。而到那时我们也就可以把它和其他颂歌区分开来做单独审视。一旦它自身的表达方式得到承认，它的亲密语调和细腻进展不是被看作对比性的而是看作独立的，我们就可以问：在这种表现无动于衷的变化和沉思式赞美的特殊语言中，除了每个诗节所诉诸的感官、每个诗节所假定的"主题"（果实、收获的形象、音乐），以及"焦距"的（扩大、缩小）这些明显的不同，还有什么能把一个诗节和另一诗节区别开来？我们现在要谈到这首诗的核心问题了：济慈在这里"想象"了什么？（他曾说："我描写我所想象。"）他首先想象的是约翰·贝利所说的驯养事务，但我更愿意称之为驯养与野生、农业与自然之间的不可分割性，因为野生（尤其是诗歌结尾

---

① 本诗另一标题为《写于本·尼维斯山巅》。1818 年 8 月 2 日，济慈在苏格兰旅行途中登临本·尼维斯山山顶，写下此诗。

处的唱诗班）是驯养的背景，而农业是自然的对应项。"所有的果实"和"迟开的花朵"所指模糊，而正是这种模糊性把一开始人类料理的村舍花园扩展到了户外的自然世界里去，甚至如我所说，超越了园丁"幻想"的领地。在第二诗节中，风和扬谷的动作相交织，就像自然生长的罂粟和人类栽种的谷物相混杂，就像人造的镰刀躺在自然的田垄旁，就像我们看见满载而归的身影时也看到了小溪；最后，一架借助外力工作的榨果架与果汁自然而"自愿地"渗出的动作（不是喷出，不是不情不愿的）相并置。

在第三诗节中，云（通过挪用动作）被想象成画家（人类），小飞虫们组成了唱诗班（人类），而风，起起灭灭，也好似有生命的存在；蟋蟀有歌声，红胸知更鸟有悦耳的"高音"，燕子被说成是在"采集"①（这是对农事词汇最微妙的挪用）。艺术（体现在涂抹色彩、歌声、高音和合唱中），自然，耕作和驯养（羊羔），在这里全都被"想象"成不可分割的联合行动。如果它们不是以这样的方式被"想象"出来的，我们应该会把它读作汤姆逊式的景色描写；而我们知道我们没有那么读。

济慈的"想象"经受得起对其作品各个细微部分进行深入探究。当他"想象"什么是成熟的时候，他首先想象的是那些承载成熟的事物（葡萄藤蔓、果树）。在这里，果实是一种装饰、一种增益、一种祝福，是葡萄藤蔓被葡萄装载和祝福，是树被苹果压弯。成熟在这里是一种拥有、一种慰藉、一种受欢迎的重负。接着，成熟是充满，一直被填充进果实的中心；令济慈产生共情的是，那一直渴望被充满的虚空，现在感受到了何为充盈，并且一直充盈到了最中心。接着，成熟是果实轮廓的扩大（葫芦的膨胀）；接着是内部长出新东西，类似腺体肿胀——因长出一颗甜核而鼓起，或许差不多可以把

---

① 原文为"gathering"，出自《秋颂》中的最后一行"And gathering swallows twitter in the skies"，查良铮取其"聚集"之意，译作"丛飞的"，而文德勒结合这个词的另一层意义"采集"，指出这个词具有农事意味。

它称作果实的青春期；接着，是简单的多发性（"更多，还有更多迟开的花"）；接着，是目的性（"为蜜蜂而开的花"）；接着，是产量超出了容积，蜂蜜溢出了蜂巢。以上是对成熟的所有可能定义的想象。正是在这个意义上，我们可以说，济慈已经开始"哲理思索"。他通过为他所领会到的每一种有关成熟的解析关系找到适当的动词名词合成体以及适当的句法关系，进行哲理思索。这一诗节所做的精微的辨析和识别工作让我们看到，相较于《夜莺颂》以重述修辞营造相对简单的"强度"的做法，《秋颂》做得更高明。

在诗人对"收获"形象的描写中，我们可以看到同样细致的分析。她首先由她的属性（迷雾和果实）来定义，其次由她的性关系（作为太阳的知交和同谋）来定义，接着由她的功能（"装载和祝福"，以及其他）来定义。这些都是界定神灵的常规方式，这里缺少的是依照谱系的定义（"秋天"和古瓮一样，是一位新娘，在这里她是"太阳"的新娘，而不是"寂静"的新娘，但她不是任何人的孩子，不管是养子还是其他意义上的孩子，因为她就像斯宾塞的"自然夫人"一样，是大地母亲）。所有季节都没有父母，只有先行者（季节之间互为先行者）；这里提到了"秋天"的两位先行者"夏天"和"春天"，这样就建立起了"秋天"和它的先行者们之间的联系。所有季节也都没有后嗣，它们只有后继者，同样的，季节之间互为后继者。在这首颂歌中唯一隐去的是"冬天"。我们也许会纳闷，济慈没有提到冬天，是由于痛苦还是审慎呢。在十四行诗《人生四季》中他并没有回避冬天，我认为他现在也不是出于畏怯，尤其是他已公开提到死亡（在写风的起灭和一日将逝时都有提及）①，表明他愿意把所有的终结都拿出来审视。我认为他已经意识到，像维特根斯坦那样（我们用罗伯特·洛威尔的表述方式）："死亡不是生命中的

---

① 《秋颂》写到"风的起灭"时原文为"the light wind lives or dies"，写到"一日将逝"时原文为"the soft-dying day"，都用到了"死亡"（die）这个词。

事件，我们无法活着经历死亡。"我们既无法描述冬天，也无法"想象"冬天。

跟开头一样，济慈将以"季节"的另一重属性来结束他对这一形象的分析：除了迷雾，季节还拥有音乐（即便算不上旋律）。[28]然而，在开始和结束之间，济慈还对这一形象做了第二次哲理分析，这次不是通过她的功能，而是通过安置她的形体来实现的。在第一个场景中，"收获"的形体和她所处的场地之间可以说是均衡的关系；秋天随意地坐在打麦场上，发丝随风轻轻飘扬。在这里，各种力量是均衡的，透出一种平静、安宁和稳定的气息。在第二个场景中，自然的力量一度大于耕作的力量；当"收获"昏昏欲睡、搁下镰刀时，那收割一半的田垄、罂粟的花香、被割倒的麦捆和田里的花儿，短暂地占据了主导；不过随后，当"收获"站起身来，占据主导地位，平衡又发生了决定性的变化，相对于那条被跨越的小溪，那满载而归的头颅和它保持住的平稳大获全胜。最后，"收获"端坐着，像雕像一般耐心，她的工具榨果架刚刚完成榨压苹果的工作。大自然对"收获"的抗拒得到了应有的呈现，诗歌展现了大自然从坚强有力（花香）到百般阻挠（小溪）再到令人怜惜（渗出最后几滴果汁的那份缓慢）的变化过程；然而，所有抗拒都是徒劳的。在漫不经心的休息之后，打谷会完成；午睡醒来后，另一半田垄会被收割，最后一篮谷穗会被挎过小溪；最后渗出的果汁也将被当作从夏日提纯出来的精髓"关进玻璃瓶的四壁中去"①。[29]当农业取得胜利，耕作便意味着自然的终结，是谷田、罂粟、苹果，一切的终结；"秋天"穿过田野、越过小溪的最后步伐，结束了想象出来的"收获"和抵抗相抗衡的历史。

关于"秋天"的音乐，我前面已经说得够多了，足以表明它也是完完全全被"想象"出来的，同时也表明了，面对耕种对自然的

---

① 引自莎士比亚十四行诗第五首。

破坏，音乐对各种态度做了多么好的分析。这是一首有关自然、文明，以及随之而来的不满和祝福的诗。如果说这首颂歌从华兹华斯那里继承了具有弥补功能的日落修辞，那么它并没有一并继承华兹华斯答案，华兹华斯认为，我们成年后运用隐喻的能力是对我们丧失最初的感觉强度的一种回报。就我们所见，济慈并没有感到成年后感觉强度的减弱，情况恰恰相反。他这里的悲伤是献给变化和死亡的，既是隐喻层面的，也是实际层面的，他是为田垄被收割、苹果被压碎、罂粟花消失这些无从改变的确定结果而悲伤。他宣告——无声地，以诗歌的先后顺序来宣告——只有在收获之后，残梗散碎的田野上才会有歌声出现。每收割一畦庄稼，都有柔和的高音发出；每簸扬一束稻谷，都有哀伤的合唱响起。要有歌唱，必须先有什么被收割、被压榨；要有收割和压榨，必须先有什么成熟、发芽。通过最全面的审视，济慈从丰产和牺牲的角度衡量了自己的艺术及其代价，认识到园丁"幻想"、挥动镰刀的"秋天"、《秋颂》结尾处的"幽灵歌手们"都是"三重赫卡特"显灵，即少女、母亲和悲惨的缪斯。在《忧郁颂》中，济慈始终没有写到音乐（它是济慈唯一一首没有音乐的颂歌，即便《怠惰颂》里也有鸫鸟的歌声），因为在那首诗中，他把自己的灵魂变成了云霄的战利品。在《秋颂》里，济慈释放了受难的灵魂，使它成为经典的精神形式，一个歌唱的生灵，他以自然本身发出的旋律替代了《怠惰颂》中的鸫鸟、《赛吉颂》里的童贞唱诗班、《夜莺颂》里的鸟、《希腊古瓮颂》里的风笛和鼓铙，这里的音乐是由感官的耳朵听到的，但同时又（作为"你的音乐"[1]）归属于一位女神，一位为夜莺而悲悼的女神。

"季节"这位神灵，是济慈的寓言式形象中第一个毫不费力地把"稍纵即逝"的观念纳入自身的存在。《夜莺颂》和《忧郁颂》，如我前面所说，是通过事后归因的方式，将"稍纵即逝"的特征归于一

---

[1] 对应《秋颂》中的诗句"你也有你的音乐"。

些形体的（青春、美、爱情、喜悦、欣慰、快乐），就它们的名称所代表的意义而言，"稍纵即逝"并非它们本身固有的内在属性。是济慈的天才让他发现了这么一个宽广而自然的象征——"季节"，如果它不是这么的转瞬即逝，它便无法成为它本身。当他为季节唱赞歌时，他是在崇拜一种美，一种"容纳自身的终结的美"。在《忧郁颂》中，他第一次设想这种可能性，在那里表现为一个行动：品尝葡萄，事实上就是摧毁葡萄。然而，人们不能把一个行动当作神灵来崇拜。济慈一直在寻找一位神灵，能够恰如其分地象征他对生活真相的认知，这种寻找一路引导着他，从"诗歌""声名"和"爱情"出发，途经永恒的"灵魂"（赛吉）、音乐艺术、雕塑艺术，接着来到一个悖谬的形象（"忧郁"女神的悲欣交集），再来到一个代表无常的形象墨涅塔。然而，墨涅塔的变化完完全全是悲剧性的，向着永不到来的死亡单向发展。而且，由于墨涅塔不事劳作，仅仅是一个异教的女祭司和先知，对济慈而言，这个形象终究也还是无法充分表达他的想法。在最后一首颂歌中，济慈驻足于"变化"，但与墨涅塔的戏剧不同，这一次的变化慈悲地走向终点。白昼逝去，四季终焉，视野终结在天空和地平线的交界处，果实终结在缓缓渗出的果汁里。结束并不完全是悲剧性的。若风光凋零，也有视野的开阔；若眸中荒芜，也有记忆留存，成为艺术之源。"秋天"的变化发生在起点（夏末的花开）和终点（"秋天"的最后几天）之间。从这个意义上讲，这首颂歌延续了《希腊古瓮颂》中表现得十分明显的生命进程感——回望从前，以小镇为原点，展望未来，以祭坛为终点。一支游行队伍，偶然在一件艺术品上，凝固成美丽的静止画面——用这样一个隐喻来对生命（一段限定的长度）和艺术（一件自足的产品）进行哲学分析，是合情合理的。然而，表现游行场面的《瓮》如此高雅得体，无法概括济慈的生命意识：在最后的分析中，他把诗人看作劳动者，一个从事社会性生产的人。那曾经装饰传说的绿叶已经从瓮上浮出，成了真实的树叶，人物已从瓮上分离出来，走进了田野，瓮上的祭坛变成了打麦场，而那献祭的小母牛经历了翻天覆地的变化，成了谷物和苹果。在夏末和秋尽之间，济慈创造了一个美、劳作和滋养的世界，这似乎是唯一可能的宜居世界。

济慈的最后一首颂歌远离了对悲剧性戏剧艺术的沉思，正是这种沉思使墨涅塔的头颅变成内在的环球剧场的。济慈的莎士比亚式野心，以及他在《奥托大帝》中对历史剧的尝试，曾使他把历史和记忆作为墨涅塔全知全能的戏剧艺术的两大原则。然而，《海披里安的覆亡》是自相矛盾的，它在史诗叙事框架内呈现了戏剧美学，由于济慈既崇拜弥尔顿，又崇拜莎士比亚，他便把这两种文类混杂在了一起。因为受到但丁的影响，《海披里安的覆亡》本身，在某种程度上稍稍偏离了斯宾塞和弥尔顿，实际上它没有形成自己始终如一的美学：对诗人角色进行引导的教诲性内容、墨涅塔的永恒剧场里上演的抒情幻象，以及提坦神族的史诗性历史，这几种风格没能在济慈的文字中找到一片共同的审美场域，也未在济慈的书信中寻得统一的理论基础。

我们可以对照两部《海披里安》的不稳定性来看《秋颂》的一致性，在这里济慈已十分确定他的艺术是什么，以及他的艺术能做什么。如果我们理一下这首颂歌中所蕴含的有关创造的理解，我们首先看到的是济慈的极度解脱，甚至可以说是幸福。他告诉自己，如果他能以"季节"的工作方式为榜样，那么创造的工作是无止境的：总有更多的树枝需要祝福，更多的蜂巢需要填满，更多的花朵需要催开。灵感——太阳神阿波罗——的准则是永恒；共谋——大地的接受能力——的准则是永不衰竭。在这首诗中，这两种准则体现为"真实的事物"和"问候的精神"；而这两者在这里都被确认为是永恒的，并且是巨大的解脱之源；而神秘，与其说是来阻断它们的，不如说是来滋养它们的。知识的增长不是通过努力奋斗而得来，而是当诗人处于他的消极感受力之中时得来的，当诗人"满足于悠

闲地／观看薄雾"①,不想透过障云迷雾,急切地一睹阿波罗的真容
时他才能获得真知。济慈把迷雾当作神秘来包容,便为怠惰做了开
解,并为它重新取名为"花的敞开":在这首颂歌中,这位"精神上
的乡居者"(《书信集》第一卷,255)给自己充裕的时间,允许自己
"在智识和智识所驾驭的万千材料之间进行无数次合成和分解,去达
到那种精细的、颤动的、如蜗牛触角般敏感的美的感知力"②(《书
信集》第一卷,265)。

　　将"怠惰"重命名为"感受力",使济慈能够(正如他用明喻
"花"和"蜜蜂"所表明的[《书信集》第一卷,232])将"阴柔气
质"(或"慵懒",或"昏昏欲睡")融入自身,摒弃过于坚韧、过
于阳刚的英雄形象——他在《忧郁颂》中所赞美的自我形象和艺术
形象。其结果是,擅长接纳的创造力的性基础得到愉快的认可,而
"思想"(阿波罗)和"感觉"(大地)被设想为一对难分难解的黄金
伴侣。他们通过合谋产生出生机勃勃的气息,这种气息里既包含创
造性的精神,也包含感官性的吐息;而实物——葡萄、苹果——的
生产过程,既是装载(发生在物质世界里),也是祝福(作为神圣理
念的体现)。在这首颂歌里,艺术不是某种单独供奉起来的独特物品
(一只鸟、一只瓮、一座神龛);家常的葫芦和苹果一样,都是天堂
里的存在。文类之间也不存在任何等级差别;受到圣歌礼赞的女神
已经来到劳动者和昆虫中间;崇高艺术和民间艺术不知不觉结合在
了一起。"秋天",这个季节艺术家,虽然在她从事"现身赋形"工
作和收获工作时,偶尔是孤独的,但她并非孤家寡人;促使她去工
作的原始冲动来自她和阿波罗的结合;她的观众也走到户外,去田
野里找她,并且找到了她(一种在路得和夜莺之间无法想象的"找
到",尽管在那首诗里夜莺的歌声"找到了"路得)。济慈给抒情艺

_____

① 见济慈《人生四季》。
② 引自济慈写给画家海登的书信。

术献上了他的敬意，在这里，它结合了音乐艺术和造型艺术两种艺术的表现力（小动物们的合唱和雕像般的女神），并且还涵盖了艺术的装饰性（对大地的装扮）、浓缩性（把夏天提纯进蜂蜜里）和飘忽不定（体现在最后的合唱里）。这是一门双性合体的艺术：从理念和祝福方面看，它是一门男性艺术；从创造性生产、工作和沉思方面看，它是一门女性艺术。它造福世界，并为自己的创造感到快乐。它也是它自己果实的收割者，并且是一位有着毁灭意识的收割者。它不仅（像罗伯特·弗罗斯特那样）采摘苹果，还把它们碾碎。它不仅（像莎士比亚那样）抬进成捆的庄稼，还打下谷粒。对于这些过程所引向的储存它不是很感兴趣（事实上诗人对储存也没有兴趣，这里除蜜蜂的粘巢外再无其他富足的储存所，也没有充盈的谷仓），它更感兴趣的是体变的过程，在这个过程中，果实和收获者都被解除了形体。一个诗人不会回头去读他自己过去的诗作，也不会去过去的诗篇中寻找自己；新获的知识已经把他放进一种新的无知状态（《书信集》第一卷，288），他将再次忙于合成和分解。

《秋颂》告诉我们，有一种抒情音乐适合于每个时辰、每个季节；大地的精神问候生发出无尽的抒情曲调，她通过梦境从某种具有"物质性的崇高"的事物中获取色彩。夜莺的音乐艺术和瓮的雕刻艺术都成功地融入了语言的抒情艺术之中，如果《秋颂》值得信赖，那么这种抒情艺术可以比瓮本身更瑰丽地铺叙一个有关刻瑞斯的如花的故事，同时它能以听得见的呼吸的旋律，与自然界的音乐相媲美。抒情诗——济慈的至高愉悦——毫无负罪感地接纳了五种感官，并取悦这些感官，不是简单粗暴地取悦（他在《忧郁颂》中曾错误地以为可以通过"饱餐痛饮"去取悦），而是以"精神的甘饴"去取悦它们。

济慈困惑的头脑取得了一个伟大的发现：通过赋予思想的抽象代数以自然的、可感的地理图景，抒情诗就能够被人理解。在每一个由经过部署的事物组成的方程式中，我们都能读出一种类推出来的"意义"：虽然没有两个读者会以完全相同的方式阐述其中蕴含的思想，但济慈所做的部署工作（且让我们以"秋天"女神的一系列动作为例：她漫不经心地坐着、倒卧、稳住脑袋、越过小溪、耐心地守望着）已十分严格地控制了抒情方程式中可能包含的意义的区间（漫不经心之后是昏昏欲睡，接着是清醒、警觉的照料，最后以"数着钟点"耐心地守望结束）。济慈的抒情诗观念顾及了种种情况：做梦（"密谋"），在完成体变的过程中嗑药、沉醉（在收割过程中沉迷于"罂粟花香"），不愿以智性的创造性工作破坏感性的美丽表象（"饶过一畦"），走向谷仓的意志（以负重但稳稳地跨越小溪来象征）。灵魂清醒的创痛在慢慢消逝的过程中被净化为对髓质的守灵，这一点也得到了应有的关注。诗人合法的雄心也没有遭到否认：去装扮整个世界，并使远道而来的人们能在他的谷仓中找到他；不费吹灰之力便可接近艺术，这一点也被视为理所当然，因为每个寻找女神的人都能找到她。济慈的艺术从来都不是与世隔绝的；夜莺倾泻她的心怀，任何人都可聆听；古瓮上的形体最终被证明不需要传说来为他们做出解释。在给乔治寄回旋诗时，济慈曾这么说："（这些诗）会自己解释自己，正如所有诗歌都不该有任何评论。"（《书信集》第二卷，21）这首诗最重要的一个发现是，从梦到醒的过渡时刻，不是虚空的，而是储存和表达的时刻；没有镰刀和榨果架，就没有谷物和渗出的果汁，也不会有动因去倾听秋天的各种声音。这首诗没有向内走（去神龛，去幽境，或去密室的至深处）；而是向外走，去大地上周游。它既将自我置于世界中心，观望着、倾听着，又把这同一个自我消融进音乐里。这首诗有时是前瞻的（在它的密谋中），有时是怀旧的；它可以让自己思考眼下的感性瞬间，也可以思考它自己随后的声音轨迹。它可以记住春日的歌声，也可以忘记温暖的日子终将结束。它可以随时间而自然流转，也可以像思想中的小飞虫一样起起落落。它是模仿性的；它是辩证的（体现在交互轮唱中）；它的上升和下降是寓言式的（在描述日子和季节时）；它是道德训诫式的（不干扰神圣的季节），在此，不干扰季节体现在诗歌流动的节奏、连缀和咬合中；它是命题式的（以其代数学的方式）；而最重要的是，它是多重的。

这首颂歌的多重性还体现在它给予了"抒情自我"多重角色（崇拜者、欣赏者、画家、安慰者和挽歌作者）；不过，诗中最重要的多重性是复调效果的多重性：每种效果都指向略微不同的——甚至是互相矛盾的——方向，而这些效果却又能够同时并存。诗中存在着这么多向量——那几个"组织性运动"，每一个都持续到诗歌结尾，济慈对抒情诗的深度的伟大发现就在这里——以至于人们在对这些运动相互作用的结果进行总结时，只要给予各项运动不同的权重，就会从这首诗中读出不同的感受来。有时是衰落的向量占主导，有时是扩张的，有时是创造的，有时是牺牲的，有时是富足的，有时是必然的。如对这首诗的组织进行绝对精简，这首诗看上去将会像几何定理般纯粹；它的象征有多奢华，它的"证明"就有多朴素。济慈所执迷的、视作唯一的生命的那些抽象概念，在这里，如他所愿，都是从"物质性的崇高"中获得自身的生命的。其他颂歌的创痛和挣扎都没有被遗忘（我们几乎不知道该把"秋天"叫作怠惰、诗歌、赛吉、欢乐、忧郁，还是墨涅塔）。通过与其他颂歌呼应，济慈表达了对那些颂歌的敬意和纪念，他以最微弱的方式暗示其他颂歌的主题、修辞型式、构成性修辞和它们的女神，以及它们对感官和思想的探索——我们在这里看到一朵怀旧的云，在那里看到一颗葡萄、一个希腊形体、一个问题和一个命题、一阵昏睡、一首歌、一个从事创造的园丁"幻想"、一次寻找神灵的探险、一缕花香、对俗世场景的一种复制、一对相拥的情侣。这首诗的道别是如此这般的诚挚，以至于无需大声说出。

在早期的一首十四行诗中，济慈被旷野的黑暗雾气围困，他希望有一天浓雾消散，可以看到"黄昏的秋阳／对着安静的麦捆微笑"（《诗集》，89）。显然，他现在明白了，留住麦捆，或看到没有云层遮蔽的太阳，都是不可能的。从这个意义上讲，《秋颂》是悲剧性的，但它又不同于其他颂歌的悲剧性。《海披里安的覆亡》重访了之前所有颂歌里的所有悲剧性场景，尤其是《夜莺颂》和《忧郁颂》里的。当"必然的悲剧"[①]无法将自身与欲望的流动区分开来时，是髓质本身的萃取天赋在发挥作用，如果《秋颂》结构上严整的完美没有引导我们看清这一点的话，或许我们可以这么说：济慈所有悲剧性的、阴郁的、内疚的和灼热的往事都在《海披里安的覆亡》中倾倒干净了，留下了清澈明朗的、牧歌式的中间地带，作为最后这首颂歌的广袤舞台。

---

① 奥登把古希腊悲剧叫作"必然的悲剧"，意为非如此不可。

结　语

如果他彻底
审视所有魔法的深度，详细阐释
一切运动、形状和声音的意义；
如果他探究一切外形和实体
直抵它们的象征性本质；
他将不会死。
　　　　——《恩底弥翁》第三卷，696—701

我曾热爱一切事物中美的原则。
　　　　——《书信集》第二卷，263

幸好我能把这些牌敛起来，并重新理顺。
　　　　——《书信集》第二卷，323

约翰·济慈的颂歌，整体观之，构成了一个蕴含着无穷尽的内部勾连的系统。把任何一首颂歌当作观察点，都能揭示济慈在其他颂歌中的"作者选择"；只有把它们归为一个序列，读者才能明白济慈为何决定在一首诗中使用什么、抑制什么或丢弃什么。他的选择并非随意，但如果不考虑每首颂歌是如何从先前颂歌的基础上发展而来的，就会显得是随意的。按照我在这里所做的排序——《怠惰颂》《赛吉颂》《夜莺颂》《希腊古瓮颂》《忧郁颂》《秋颂》——它们讲述了一个连贯的故事：济慈打算像弥尔顿一样，致力于诗歌的热情而非愉悦。历经《海披里安的覆亡》中那寂静的、没有歌声的、炼狱般的肃穆后，济慈在《秋颂》中重获了斯宾塞式的奢华，不过这份奢华既是感官上的，也是精神上的（《秋颂》本身是一首有关献祭和自我牺牲的诗，因此，尽管如此奢华，它却又是禁欲的）。

济慈说："一个复杂的头脑，是富有想象力的，同时又会留心自己的果实。"（《书信集》第一卷，186）在这些颂歌中，济慈的复杂头脑在留心琢磨一些复杂问题：对于没有宗教信仰的人，应该以什么为"救赎系统"？是否存在着某种值得人类心灵崇拜的对象或过程？现代诗人跟古典神话和寓言式语言有着怎样的关系？把人描述为感官和精神的二元冲突正确吗？艺术源于自然，还是艺术与自然相对立？诗歌是受野心激发，还是要在悠闲的遐想中构思出来？艺术是一个完全概念性的过程，还是必须体现在某种媒介中？抽象艺术是否优于具象艺术？不同媒介的艺术是否有等级之分，如果有，诗歌处于什么等级？审美行为是我们在一个更美好的世界里"失去自我"的行为，还是我们努力去表征和再现我们身处其中的整个世界的行为？面对一件艺术作品，是否有可能兼顾其"媒介"和"信息"？审美情感可以是混杂的，也可以是纯粹的，如果是这样，哪一种属于更高的形式？什么是审美节制，它与审美强度和情感强度是怎样的关系？艺术家或艺术作品是人类的恩人吗？

在济慈创作这些颂歌时，这些问题和其他一些普遍性问题一直困扰着他。同时，他也在这些伟大的诗篇中思考了一些更为私密的问题。这些问题与他对女性的看法有关，她们是新娘、难以捉摸的幻想物、受人敬拜的女神、需要拯救的无助生灵、耐心的母亲和缪斯。这些私密问题还与他对性的感受有关——"疯狂追逐"和浪漫爱情的不相容；向往一个童贞的新娘；人类激情的悖谬性质使他既腻烦又焦渴；悲剧的必然性，即必须咬破激情的葡萄才能品尝到快乐，而忧郁又存于快乐的至深处；钟情的女郎的愤怒所带来的恐怖；把头脑比作子宫，并断言有可能在大脑这个子宫内部完成创造性"孕育"。

济慈写作颂歌时，这些关乎宗教、哲学、美学和性的问题与语言表达问题交织在一起，翻腾在他的脑海中。显然，语言和修辞方面的试验贯穿了济慈所有颂歌的创作；他曾在结构相对松散的《恩底弥翁》中恣意挥洒过（但用力不均）他的语言才华，这时候他开始更有意识地、更仔细地使用它。我们看到他在颂歌中反复思考各种抒情结构的价值高低，从最简单的到最复杂的；我们发现他不仅一次专注于一个象征（一只鸟、一只瓮），而且一次专注于一种修辞，把它作为一首诗的主导手段。他还为整组颂歌选择了一种支配性修辞"呼告"，一种用于表达对某物的敬意，的修辞。我们看到济慈的能力不断增长，最终学会更有效地协调主题、象征、修辞、句法和措辞的语域之间的关系。

从哲学层面讲，当济慈的颂歌系列接近尾声时，他得出的最引人深思的结论是，认为艺术既绝对依赖自然，又绝对牺牲自然。鉴于自然中有太多"不称心之事"，济慈（在《夜莺颂》中）感受到了像音乐这样的非自然的抽象艺术的强大吸引力，但对"真"和"完成"的渴望不允许他最终以抽象或虚幻作为他的艺术形式。他勇敢地试着去想（在《希腊古瓮颂》中），也许艺术的标准应该是逼真，艺术应包含牺牲和性追求，即死亡本能和爱本能。济慈的选择体现了他的伦理决定，他没有选择私密艺术，如建造赛吉的神龛那样，是一种内在的精神性建造，或如夜莺的歌唱那样，是爱理不搭、转瞬即逝的自我表达；而是选择了一种公共的、社会性的艺术，这种艺术"乐于交流"，带给人慰藉（它体现在媒介中，并最终成为人类的朋友，如那只瓮）。面对夜莺的歌声、古瓮和墨涅塔头脑中的戏剧，济慈给自己的角色不是创造者，而是受众，于是他向自己提了一个问题：对受众而言，作为诗人的他该是何等模样？他决定不再做怠惰的梦想家，甚至不再做赛吉的幽境里那位活跃的"内在"艺术家，不做无视周遭的、自我表现的夜莺，而要像那位古瓮雕刻家一样，在身后留下一件传世的艺术品。但他自己的艺术不可能像视觉艺术那样具象；因此，除逼真外，还得找到其他标准来指引他。

正是在这种情况下，济慈思考起了"救赎系统"，他把这个世界当作"修炼灵魂的山谷"，他的这一想法和他的美学探索琴瑟相和。"灵魂修炼"理论认为，通过遭遇和认识"痛苦而烦恼的世界"，并将其融入逐渐形成的身份之中，"智性"会体变为"灵魂"。这种通过劳作和痛苦，完成从智性到灵魂的"自我体变"的想法，成了济慈美学的新基础。与此平行的一个过程是，自然体变为艺术。最终的成品虽然有赖于最初的基础，但二者并不相像：没有"智性"作为基础，无法形成身份，但最终的身份"看上去"与原初空无一物的"智性"极为不同。济慈以人类自然生活中最古老的行动——收割——来象征文明的意义，它既是基督教式的又是古典的，且与农业相关。身份和艺术都是以自然为基础建构起来的，但无论在外观上还是实质上，从劳作和痛苦中得来的成果（谷粒、苹果汁）都与其自然基础（庄稼、水果）截然不同。济慈把自然形式的湮灭视作精神形式或审美形式得以构建的前提，他极为冷峻地忠于自己的技巧意识，那是创造所必不可少的；但他同时也是英语文学中最伟大的自然歌者，认为没有自然基础，便不可能有艺术和身份。他毫不吝惜地表达对自然和智性的仰慕，但更令他赞赏的是，耕作以"谷仓"为指归，灵魂以身份为方向。[1] 人们总能"在（她的）谷仓里"

看见他的"收割缪斯",而最终她自己也被完全收纳进了"谷仓"里:当她不在场时,四处唱响着她的赞美诗。

　　济慈对女性和性体验的最后结论同样是经过认真思考的。他最初偏爱的是年轻女子、童贞女和新娘,后来更偏向"成熟"、严厉的女神,如"忧郁"女神和墨涅塔。但在《秋颂》中,我们看到季节①呈现出了女性的所有阶段——一开始是新娘,接着是丰产女神、漫不经心的做梦者、疲惫的劳动者、耐心的守夜人,最后成为一位垂死的母亲,接受着孩子们的哀悼。男性性欲问题带来的焦渴和腻烦,已在一定限度内得到解决,不仅因为济慈认识到"喜悦"葡萄必须咬破,还因为在《秋颂》中他摒弃了从前那"激情之后必然跟着萧瑟"的节律;而今,他选择了平稳上升和平稳下降的节律,与之相伴随的是扩张和醚化的节律。在最后的颂歌中,他以博大胸怀接纳了所有感官,这证明"性罪感"已经消失,这种"性罪感"曾让济慈描画出疯狂追逐不情愿的少女的场景②。弥尔顿曾在圣诞节这样谈论大地——"这不是她跟太阳,那精力充沛的情夫／纵情逸乐的季节"③——在济慈这里,大地与她的"知交"太阳进行着秋日的"密谋",丝毫没有罪恶感,从弥尔顿到济慈的嬗变表明,济慈现在构想的是这样一种性关系——天与地既是爱人,又是"知交"(他在范妮·布劳恩那里找到了这种关系,她是第一位被允许进入他思想深处的女子,也是第一位他愿意寄赠诗集的女子)。从哲学角度、美学角度、语言学角度,以及私密意义上看,这些颂歌环环相扣,不断对前作提出的"解决方案"表达不满,讲述了一个高度浓缩的故事,展现了济慈作为一个男人和一个诗人坚韧不拔的完善过程。这些颂歌彼此相继,似乎是在证明谢林④为艺术过程开出的处

---

① 指"秋天"女神。
② 《希腊古瓮颂》里的场景。
③ 见弥尔顿《圣诞清晨颂》。
④ 弗里德里希·谢林(F. W. J. Schelling, 1775—1854),德国唯心主义哲学家,与康德、费希特、黑格尔并称"德国古典哲学四大家"。

方："艺术要成为艺术，必须先退出自然，只有在最后的完满中它才能再回到自然。"[2]

艺术史学家亨利·福西永警告我们，结构形式，即我从颂歌中提炼出来的这种结构形式，"并不是它们本身的图样，也不是它们自身赤裸的具象。形式的生命在某个空间中发展，而这个空间并非抽象的几何框架……形式以某种特定的材料呈现其实质……没有得到支撑的形式不是形式，而支撑物本身就是形式"[3]。我希望我的读者们能运用其心智，在我从颂歌中提炼出各种语言的、修辞的、诗歌构造的或主题的形式之后，又将它们放回它们原本在诗中所属的原始材料矩阵中去，正如福西永所正确指出的，它本身就是一种形式。在《知识考古学》中，福柯说："无论采用何种技巧，评论的唯一功用是最终说出文本深处默默表述过的东西。"

> 一个总在变化但从未能躲开的吊诡是，它（评论）必须第一次说出那早已被说过的，又必须永不厌倦地去复述那从未被说出的。评论的无尽涟漪乃是由戴着面具的重复之梦从内部搅起的：在远方，也许除了出发时已经存在的东西，再无其他，仅仅是吟诵而已。通过赋予话语应有的地位，评论消除其偶然因素：它允许我们说文本之外的东西，但必须以谈论文本本身为条件，并在某些意义上是对文本的最终确定。开放的多样性、偶然性，都被评论原则从有可能说点什么转移到了重复的次数、形式、面具和环境之上。新颖性不在于说了什么，而在于它的重复出现。[4]

因此，评论的尽头是把诗篇重新吟诵一遍，但此时已能体会到，为了让这个文本生产出来，作者已从所有可能的语言事件中做出多重选择。如果读者放下这本书时相信，济慈的结构形式是有意义的，他的修辞是承载着独立内涵的，他诗中的神灵不是随意选择的，以及最为重要的是，他对艺术的沉思是系统性的，并且不断变得复杂的，那我就满足了。

在 1940 年的诺顿演讲中，斯特拉文斯基谈到音乐创作时说：

> 一步一步、一环一环地，艺术家终将被赋予发现作品的能力。正是这一连串的发现，以及每一个单独的发现，引发了情感……这种情感总是紧紧跟随着创造性过程的每个阶段。
>
> 所有的创造在其源头处都是以胃口为前提的，而这种胃口是因预先品尝到某种发现而产生的。与这种对创造行动的预先品尝相伴而行的是，对一个已然拥有但尚未明了的未知实体的直觉把握，除非持续运用警觉的技法，否则这个实体不会显现为明确的形式。[5]

我想揭示的正是济慈创作这一系列颂歌时所经历的这样的发现过程。通过仔细思考他"持续运用的警觉技法"，并具体指出每首诗中所蕴含的对下一首诗的"发现的预先品尝"，我希望能使这些伟大的诗篇更容易理解，它们"永远温暖，依旧值得欣赏"。

原注释

引　言

1. 《牧歌的变奏》，载《诗艺》，纽约：万神殿出版社，1958 年，第 307 页。

2. 《诗歌与抽象思维》，载《诗艺》，第 81 页。

3. 保罗·瓦莱里：《赞美精湛技艺》，见《美学》，纽约：万神殿出版社，1965 年，第 195 页。

4. 我在《史蒂文斯与济慈的〈秋颂〉》一文中探讨了史蒂文斯和济慈之间的一些关联，载《华莱士·史蒂文斯：一场庆典》（弗兰克·多格特、罗伯特·布特尔主编，普林斯顿：普林斯顿大学出版社，1980 年，第 171—195 页。）

5. 《关于〈阿多尼斯〉》，载《诗艺》，第 11—12 页。

6. 吉莉安·比尔：《济慈颂歌中的美学论辩》，载于《现代语言评论》第 64 期，1969 年，第 742—748 页。另见约瑟夫·凯斯特纳有关《夜莺颂》和《希腊古瓮颂》与时间艺术和空间艺术的关系的论述，参阅《济慈：空间的慰藉》，载于《伊利诺伊季刊》第 35 期，1972 年，第 59—64 页。

7. 瓦莱里：《诗艺》，第 148 页（"是制作的意图，需要我所说的内容"），以及第 192 页。

8. 参阅济慈《〈海披里安〉中的幽灵象征与作者自我》和《诗歌与意识形态：论济慈的〈秋颂〉》，见《阅读的命运》，芝加哥：芝加哥大学出版社，1975 年，第 57—73 页、第 124—146 页。

9. 《艺术的创造》，见《美学》，第 132 页。

10. （里昂·沃尔多夫）在一篇于 1980 年的现代语言协会（MLA）会议上宣读的、未发表的论文《济慈颂歌中的想象和成长过程》中谈到了这个观点，他还在其他几篇即将收录进一本济慈论著的文章里也谈到了相同观点。

11. 《济慈：一种解读》，见《四十年文集》，芝加哥：斯瓦洛出版社，1968 年，第 264 页。

一　婆娑的树影，迷离的光线：《怠惰颂》

1. ［斯蒂林格的注释］正文（包括标题和题词）采用布朗抄本（CB）。第 11 行 ye：从 you 转换而来，见 CB。

2. 《神圣的瓮》第 313—335 页："真正重要的是最初构思的时间，而非写作时间。"（第 314 页）关于《怠惰颂》在济慈颂歌中的排序，评论界看法不一，有的认为是第一首、有的认为是第二首，有的认为是最后一首。跟霍洛维（《绘图镜》第 41 页）和布莱克斯通一样，我认为它是第一首，因为它是最早构思的（如《书信集》第二卷第 78—79 页所述，大约在 1819 年 3 月 19 日前后），是其他颂歌的"种子"（布莱克斯通语），并且是用"最简单、最直接"（霍洛维）的语言写成的。它的韵律似乎表明它写于《赛吉颂》之后，甚至有可能在《夜莺颂》之后（虽然也不排除这种可能性：济慈先发明十行诗节再来写的《怠惰颂》，但对这首诗不满意，写作《夜莺颂》时使用了略有不同的诗节，把其中一行缩短了，写作《希腊古瓮颂》时重新启用了常规的十行诗节）。

可以确定的是，相比于后续那些只有单一呼格焦点①的颂歌，这首诗焦点较乱（先是对过去的叙述，随后是内省遐想，还有对瓮上人物的呼告穿插其间）。结合书信来看，同样可以确定的是，这首诗的懒散状态先于创作其他颂歌时那种积极参与状态。从逻辑上看，这首诗的"僵局"结构——陷于劝诱与拒绝之间——先于驱动其他颂歌的种种积极努力：构建、求爱、发问、探险和追寻。霍洛维说："济慈的情绪……在这首诗中是没有发展的。"（霍洛维，第 42 页）我认为这种说法并不正确。相反，第五诗节中济慈的"草地灵魂"那难以抑制的激动、萌发和歌唱，与第二诗节中迟钝的感官、减缓的脉搏、倦怠的心神大相径庭，而第五诗节中想拥有一双翅膀去追随那些形体的那份渴望，与结尾处的违抗也截然相反。正如 W. J. 贝特所说："一开始只是渲染一种消极情绪，后来受反复无常的自我劝诱干扰，逐渐暴露出一种矛盾的态度。"（《约翰·济慈传》，第 528 页）我也不同意沃尔特·埃弗特的观点，他认为这首诗与济慈谈及其"写作缘由"的那封信中所说的相符，诗人的萎靡"属于身体压倒心智的罕见情形"（《书信集》第二卷，第 79 页），并且也与他所谓的"济慈对外部世界做出反应时避免概念化思考的惯常做法"（埃夫特：《济慈诗歌中的美学与神话》，第 306 页）相一致。的确，济慈希望能够抵制概念化，特别是当他的眼睛被板球击中，身体处于康复期，处于他所谓的"虚弱的……动物纤维"状态中时；然而，这首颂歌描述的是，他发现"避免概念化思考"有多么困难，因为那些智性概念——爱情、雄心和诗歌——不会放过他，而他也无力把它们赶走。在这里概念依然简单而直接（借用霍洛维的用语），这仅仅说明，济慈还要走很远的路，才能抵达像《秋颂》中所表现出来的丰富概念化。

---

① 单一呼格焦点（a single vocative focus）：单一的呼唤对象，如夜莺、古瓮等。

3. 《济慈诗选》，第 655 页。

4. "如果我考虑诗歌的名声，我会有一种负罪感，但我又不得不这么做，不然就会受苦。"济慈在汤姆的病榻前写下这句话（《书信集》第一卷，第 369 页）。"诗歌的名声"（fame of poetry），罗林斯印得没错，然而，我怀疑这里的"的（of）"是个笔误，它应该是"或（or）"。

5. 杰弗里·哈特曼：《虚假的主题和温柔的心灵》，见《超越形式主义》，纽黑文：耶鲁大学出版社，1970 年，第 283—297 页。

二 不成调的韵律：《赛吉颂》

1. ［斯蒂林格的注释］正文（包括标题）来自 1820 年出版的济慈作品集。异文和其他读法来自济慈的手稿（D），他于 1819 年 2 月 14 日至 5 月 3 日写给乔治和乔治亚娜·济慈的信件（L），以及布朗抄本（CB）和伍德豪斯抄本（W^2）。标题 Ode to：在 D 中为 Ode To（Ode 为后来添加）。第 4 行 into：在 L 中，从 to 改为 into。第 5 行 dreamt：在 W^2 中，dreamt 为 dream'd。第 6 行 awaken'd：在 L 中为 awaked。第 9 行 couched：在 L 中，原为 clcouched。第 10 行 roof：在 D、L、W^2，以及 CB 的最初版本中均为 fan，后济慈在 CB 中将它改为 roof。第 13 行 'Mid：在 D 中插写在 In 上方；在 W^2 中为 Near。第 14 行 silver‐white：在 D 的页边注有 freckle pink（但正文中 silver‐white 未删）；在 L 中为 freckle‐pink；在 W^2 中为 freckled、pink。第 14 行 Tyrian：在 D、L、CB 和 W^2 中均为 Syrian。第 15 行 calm：在 CB 中为 soft。第 17 行 bade：在 D、L、W^2 中均为 bid。第 20 行 eye：在 D 中添加了 dawning，后改为 eye。第 22 行 O happy：在书信中，O 后添加了 p，后改为 happy。第 23 行 "true!"：在 L 中为

"～?"。第 24 行 latest：在 L 中为 lastest。第 26 行 Phoebe's：在 D 中依次修改为：（a）Night's〈wide〉full，（b）Night's orb'd，（c）Phoebe's。第 28 行 hast：在 L 中为 hadst。第 30 行 delicious：在 D、CB 和 W² 中为 melodious。第 32—34 行 No and no：在 D 中八处均为 No〈t〉and no〈t〉。第 36 行 brightest：在 D、L、CB 和 W² 中为 Bloomiest。第 42 行 among：在 D 中插写在 above 上方。第 43 行 by my：在 CB 中，原为 by，后由济慈改为 by my。第 43 行 own：在 D 中插写在 clear 上方。第 44 行 So：在 D、L、CB 和 W² 中均为 O。第 45—46 行 Thy Altar heap'd with flowers，在 D 中，垂直书写于页边，并标有写进第 45 行后的插写符号，后该行和插写符均被删去。第 47 行 From：在 D 中插写在 Thy 上方。第 57 行 hill'd：在 L 中插写在 charmd 上方。第 57 行 to sleep：在 CB 中，从 asleep 改为 to sleep。第 62 行 feign：在 L 中插写在 frame 上方。第 63 行 breeding…breed：在 D 中依次修改如下：（a）plucks a thousand flower and never plucks，（b）plucking flowers will never pluck，（c）breeding flowers will〈never〉breed pluck（在第三个版本中，never 被错误地删去，原本应删的是 pluck）。第 63—64 行：在 D 中写有 So bower'd Goddess will I worship thee。第 67 行 the…Love：在 D 中，从 warm Love glide 改为 the warm Love；在 W² 中为 Love。

2. 赛吉是"被恢复"，而不是"被复活"；她是被遗忘了，而不是死了；开篇的场景表明她是永生不死的。她并非如里昂·沃尔多夫所说，是"垂死的不朽者"或"不朽但也在消逝"（论《〈赛吉颂〉中的无常主题》，载于《美国现代语言协会会刊》，1977 年，第 412 页）。赛吉，如济慈所言，是遭到了"忽视"。不过，沃尔多夫从精神分析角度提出了深刻的洞见，他将这首颂歌解读为一种"拯救幻想"（第 410 页），认为它是"对无可挽回的损失的一种抵抗"（第 415 页）和最终"适应"（第 417 页）。他在结论中最后强调了意志和决心，这一点比那些只强调反讽和空洞中心的解读更贴近这首诗的本质。荷马·布朗曾撰写长文（载于《变音符号》第 6 期，1976 年，第 49—56 页）探讨这首颂歌，有些地方写得天花乱坠，他遵循哈罗德·布鲁姆在《误读之图》（第 153页）中提出的观点，认为"弥尔顿笔下那个以'骗子艺术家'形象出现在夏娃耳边的撒旦，化身成了济慈颂歌中的'园丁幻想'和叙述者"（第 54 页）。布朗过分激烈地主张，"所有神祇——包括艺术、这首颂歌中的赛吉，以及各种文化——的必死性，才是济慈的关注点"。（第 56 页）然而，这首诗是一首"恢复"之诗（尽管有一定的限制）。正如布朗所说，这是一首有关替代的诗，但是，它不是围绕着德里达式的缺席做无穷尽的替代和覆盖：这首诗的基调并非如此。莱斯利·布里斯曼（《济慈、弥尔顿与人们可能"非常自然地假设的"事物》，载于《弥尔顿与浪漫派》第 6 期，1975 年，第 4—7 页）认为，济慈是在创造一个"反神话"，以对抗自然的衰败，这种"反神话"断言"灵性可更新如初，就像植物和季节一样"（第 4 页）。

3. 我并非没有意识到这首诗在践行其"恢复"主张时的力不从心，也并非没有注意到它在通往最终圣殿的道路上所遭遇的种种讽刺（最近由斯佩里和弗莱讨论过）。但这些路途中的困难——在结尾场景的虚空中达到高潮——并没有削弱整首诗的激昂基调。布鲁姆虽未忽略那些讽刺，但他仍然提到这首诗的"狂喜高潮"，并认为敞开的窗户强调了"想象力对心灵情感的开放性"（《先知派诗人》，第 395、397 页）。我们不应忘记，对于济慈而言，讲述自身生活的真相是至关重要的，尤其是在他珍视真实感的时刻；《赛吉颂》背后的真相之一是，他尚未与范妮·布劳恩共筑爱巢。他仍然对范妮怀有希望和渴念，这一点可从诗歌最后的祈求中明显看出；因此，认为诗中摇摆不定的因素多于希望，是有悖于这首诗的情感走向的，诗人的希望依然炽热，且未被击败。

4. 评论界花了大量精力对赛吉的寓意进行辨识。她被认为是"人类爱情的灵魂"（G. 威尔逊·奈特：《星光穹顶》，第 302 页）；被爱拯救的心灵（贝特：《约翰·济慈传》，第 490 页）；富有远见的想象力（珀金斯：《追求永恒》，第 222 页及以下）；恋爱中的人类灵魂（布鲁姆：《先知派诗人》，第 390 页）；存在的纯粹意识（弗莱：《英语颂歌中的诗人使命》，第 226 页）；"诗魂女神、缪斯"（斯佩里：《诗人济慈》，第 254 页）；"象征忧郁之爱的蛾女神"（加罗德：《济慈》，第 98—99 页）；"努力成为灵魂的智慧'火花'……理解人类痛苦经历的爱情女神……受成长与衰老不可避免且残酷过程支配的人性化身"（《赛吉颂》，收录于缪尔编：《约翰·济慈》，第 84、86 页）；"爱情本身，诗意的蝴蝶—蛾理念"（琼斯：《约翰·济慈的真理之梦》，第 206 页）；等等。若要就这首诗写论文，做这样的辨识或许是必要的；但需要指出的是，济慈反反复复对象征性寓言进行抵制；这种抵制将他引向神话。神话富有暗示性，而象征性寓言则是直白的。神话具有流动性，盘桓在不确定性之中；象征性寓言凝固于单一姿态之中。神话源自叙事，即便轻描淡写，也带着叙事的光环；寓言则源于概念化，缺乏故事的丰富性。这里与赛吉相关的概念的流动性，正是源自她的神话起源；这首颂歌标志着济慈对他在《怠惰颂》中用过的、类似"名为爱的美丽少女"的语言风格的抵制。

5. 我在《莱昂内尔·特里林与〈永生的暗示〉》中详细讨论了这种创伤与治愈的艺术。（载于《杂烩》[①] 第 41 期，1978 年，第 66—86 页。）

6. 尽管评论家们已指出这段文字源自弥尔顿，但他们没有看到，济慈只引用了那些与接受度较高的异教神相关的段落，也没有意识

---

① 《杂烩》（*Salmagundi*）创刊于 1969 年，发表各种题材的文学作品，也常刊登专题讨论和作家访谈。

到济慈的"反弥尔顿"意图——继弥尔顿将这些异教神判为伪神，认为他们不适合成为基督教诗人的写作素材后，济慈试图将他们重新引入英国诗歌之中。

7. 阿洛特（第 87 页）和斯佩里（第 254 页，在阿洛特之后）都曾提到，济慈写诗时想起了弥尔顿对异教神祇的排斥，但他们并未意识到，济慈将这种排斥视为诗歌的损失，也未看出他正在挑战弥尔顿式的真理划分。道格拉斯·布什认为，济慈借用弥尔顿的诗句仅仅是"因为它们符合他为赛吉提供适当仪式的想法"，这种猜想难免过于轻视济慈的愤慨了——他为人们觉得"希腊美丽的神话"可有可无而感到愤慨。参见《济慈和阿诺德的弥尔顿》，载于《弥尔顿研究》第 11 期，1978 年，第 103 页。

8. 事实上，她是"奥林波斯山黯淡的神族"中唯一一个尚未衰落的神祇；她依然被恰当地称作"最明亮的"。因此，似乎济慈的意图并非如阿洛特所言（参见缪尔，第 84、86 页），要将她描绘为饱经忧患、尝尽悲伤的形象。

9. 我将这一表述归功于勒莫恩学院的帕特里克·基恩教授。

10. 因此，我无法认同弗莱的看法，他认为这对情侣代表了"双性同体，且至少有一部分表现的是日光下的创世场景，那种更贞洁的诗人，尤其是柯林斯曾试图用委婉的方式来表现的场景"（《诗人的使命》，第 223 页）。丘比特和赛吉无论是在神话中还是在济慈的诗中，都没有进行任何"创造"；他们是性欲的象征，而不是生殖的象征。（济慈明显偏离了弥尔顿在《科姆斯》中设想的丘比特与赛吉结合生下双胞胎的情节。）此外，如果"原始场景"（primal scene）这个词带有弗洛伊德所描述的孩子目睹这一场景时所产生的震惊与不安，那么把这首诗中的森林场景称作"原始场景"（弗莱，第 225 页）就不合理了。济慈并非以孩子目睹父母行为的视角来看待这一场景的；这个场景是济慈自身欲望的投射，因此不能像弗莱那样——追随布鲁姆的观点——把他称为"作为窥视者的诗人"(第 225 页)。如果弗莱的意思是丘比特和赛吉的形象是从亚当和夏娃衍生而来的,那么也就没有理由把这一场景称作"双性同体"了,至少不是这个词通常所表达的意思。

11. 他在 1819 年 7 月的一封信中提到了自己的"半羽脑"[1](《书信集》第二卷,第 130 页)。

12. 这种"幽境—崇拜—崇拜—幽境"的交错结构模式(我称之为颂歌的"镜像结构"),在我看来已足够清晰,足以对弗莱提出的"圆形结构"提出质疑,他说:"整首诗是一座神龛,隐匿着、被温柔地包裹着。它是一枚贝壳,像心灵一样圆润。"(《诗人的使命》,第 227 页)

13. 荷马·布朗指出,这些诗句包含着对弥尔顿("盲目且盲信")的大胆质疑。不过,他认为赛吉这一形象过于排外地与济慈本人融为一体了,并将济慈的颂歌与那些传统的"崇拜他者的颂歌"相对比。然而,济慈并不是在写一首献给自己的赞美诗;赛吉至少部分地代表了范妮·布劳恩。参见布朗:《创造与毁灭:济慈的新教赞美诗〈赛吉颂〉》,《变音符号》第 6 期,1976 年,第 49—56 页。

14. 里昂·沃尔多夫在一篇于 1980 年现代语言协会(MLA)会议上宣读的论文(《济慈颂歌中的想象与成长过程》)中也指出,济慈笔下的神祇都是女性。他从精神分析的角度论证,所有这些神祇都是试图恢复母性形象的(不可能实现的)努力。

15. 劳伦斯·克雷默在《诸神的回归:从济慈到里尔克》一文(载于《浪漫主义研究》第 17 期,1978 年秋,第 483—500 页)中,将这首颂歌置于"神显诗"的传统中,并把"神显诗"界定为

---

① 济慈用"半羽脑"(half-fledged brain)来形容他自己思想尚未完全成熟、创作时常感到困惑的状态。

"神灵回归事件发生于其中的文类"（第484页）。他还十分有趣地探讨了赛吉命名的"谜题仪式"（第494页），以及随后对赛吉名字的隐匿。

16. 斯佩里发表过同样的看法（第259页）；不过他的另一看法却是错误的，他说："花蕾……，绽放成思想，带着'愉悦的痛苦'。"（第257页）花蕾并非如此，只有以陡坡上的树木的形式出现的思想才是如此。幻想并不痛苦；思想才痛苦。济慈允许这首诗中的尘世乐园里开出花朵，但不允许结出果实，如此他便把他的园丁囿于单一季节——春天里了。

三　风弦琴的莽歌：《夜莺颂》

1. ［斯蒂林格的注释］正文（包括标题）来源于1820年出版的济慈作品集。其他异文和读法来自济慈的手稿（D）、伍德豪斯抄本的第二个版本（W²）、迪尔克抄本（CWD）、乔治·济慈抄本（GK），以及《美术年鉴》中发表的版本。标题中的 a：在 D、W²、CWD、GK 和《美术年鉴》中为 the。第1行之前：在 D 中写有 Small，winged Dryad（详见文本注释）。第1行 My：在 D 中被删除，未替换为其他内容。第1行 drowsy：在 D 中插写在 painful 上方。第1行 pains：在 D 中插写在 falls 下方。第4行 past：在 D 中插写在 hence 上方。第11行 hath：在 D、W²、CWD、GK 和《美术年鉴》中为 has。第12行 Cool'd a long：原为 Cooling an，后改为 Cool'd a long，见 D。第14行 Dance：在 D 中，Dance 前添加有 And。第16行 true, the：在 D、W²、CWD、GK 和《美术年鉴》中为 true and。第16行 blushful：在 GK 中为 blissful。第17行 beaded：在 D 中改为 cluster'd。第20行 away：在 W²、CWD、GK 和《美术年鉴》中未出现。第22

行 hast：在 CWD 中为 have。第 24 行 other：在 CWD 和 GK 中为 other's；在 W² 中，other's 被改为 other。第 26 行 spectre：在 D 中，添加在行上方，并在 thin 之前标有连字符。第 26 行 and dies：在 D 中，写在 and old 下方（在同一行中，另有一个 old 插写在 pale 之前，后删除）。第 27 行 sorrow：在 D 中，插写在 grief 上方。第 30 行 new：在 D 中，添加在行上方。第 31 行 to：在 D 中，插写在 with 上方。第 37 行 Cluster'd：在 D 中被删去，未替换为其他内容。第 39 行 heaven：在 D 中，添加在行上方。第 40 行 Through：在 D 中，原为 Sidelong Through 被删除，后删去 Sidelong。第 42 行 soft：在 D 中，原为 soft blooms，后删去 blooms。第 43—44 行：在 D 中，原有 With with，后删除。第 44 行 month：在《美术年鉴》中为 mouth。第 49 行 dewy：在 D、W²、CWD、GK 和《美术年鉴》中均为 sweetest。第 50 行 The：在 D 中，写在 Her 上方（详见文本注释）。第 52 行 been：在 D 中，添加在行上方。第 54 行 quiet：在 D 中为 painless。第 57 行 forth：在 D、W²、CWD、GK 和《美术年鉴》中均为 thus。第 59 行 wouldst：在 D 中为 would。第 59—60 行：在 D 中，原有 But requiem'd，后删除。第 60 行 To：在 D 中，原为 For，后改为 To（实际书写时成了 Fo）；在 W²、CWD、GK 和《美术年鉴》中为 For。第 65 行 song：在 D 中，插写在 voice 上方。第 66 行 for：在 CWD 中为 from。第 69 行 magic：在 D 中，插写在 the wide 上方。第 70 行 perilous：在 D 中，原为 Ruthless，后改为 perilous（详见文本注释）。第 72 行 me back：在 D 中，插写在 me me 上方；第一个被删除的 me 写在 ba 上方。第 72 行 to my…self：在 D 和 W² 中为 unto myself。第 74 行 deceiving：由 deceitful 改写而来，见 D。第 78 行 valley：在 D 中为 vally，后加上's，后又删去。第 79 行 vision, or a：在 D 中为 vision real or。第 80 行 "music：—"：在 D 中为 "～—"；在

W²、CWD、GK 和《美术年鉴》中为"～?"。

2. 珍·哈格斯特罗姆的《姊妹艺术》(芝加哥:芝加哥大学出版社,1958 年)、约翰·霍兰德的《天空的失谐》(普林斯顿:普林斯顿大学出版社,1961 年),詹姆斯·温的《意想不到的雄辩》(纽黑文:耶鲁大学出版社,1981 年),均追溯了长期以来有关各艺术门类之间的关系及其特定价值的论争。济慈常常出入海登的图书馆,对这些论争应该是有所了解的。

3. 尽管《美术年鉴》主要关注绘画和雕塑,但在济慈之前,该杂志并非没有刊登过诗歌。1818 年,《美术年鉴》(第 11 期,第 564 页)曾刊登过一封读者来信,并附上了这位读者写的一首极糟糕的赞美音乐的诗,称音乐"将灵魂提升至高处"。这封信引发了一位编辑的愤怒评论。信的开头是这样的:

先生,绘画、雕塑和建筑被定义为感官的艺术,而诗歌和音乐则是智性的艺术。

编辑在"感官的"一词旁边打上星号,并回复道:

感官的!就好像诗歌没有比绘画或雕塑更腐蚀感官似的……正如雷诺兹所说:"我们的艺术,像所有诉诸想象力的艺术一样,应用于心灵较低层次的功能,这些功能更接近于感官性;但它必须经由感官和幻想,走向理性;因为思维的过程正是如此,我们以感官感知,以幻想综合,再以理性做出区分;如果我们不把艺术带离它的自然和真实属性,那么,我们越是将它从一切粗俗的感官性中净化出来,就越将它降低为纯粹的感官性,从而违背其本质,并将它贬低为非自由艺术;这是每个艺术家都应牢记的……"

我想要指出的是，济慈在这样一本杂志上发表《夜莺颂》，是在将它界定为一首有关美术的诗歌。自古典时代以来，不同艺术门类的感官属性一直备受争议，感官的等级问题也广受讨论，济慈自然无法忽视这类议题。济慈在他的颂歌里不仅探究感官的等级，还探究"理性"（雷诺兹意义上的）的智力区分和发展过程——从"感官"到"幻想"再到"理性"，如雷诺兹描述的那样，不过，雷诺兹描述得过于温文尔雅，具有一定的迷惑性。

4. 朗吉弩斯和昆体良提到过这种区别（参阅詹姆斯·温，第32—33页）。相关段落如下："音符……尽管它们本身毫无意义，却常常能对听众施加奇妙的魔力"（《论崇高》第39章）；"乐器的声音尽管不包含语义，但它仍能在听众心中激发出各种各样的情感"（《修辞术》第9章）。

5. 哈特曼认为，济慈通过将诗意的狂热与结核病的发热等同起来，与弟弟汤姆形成了身份上的对立认同。参阅哈特曼：《济慈〈海披里安〉中的幽灵象征与作者自我》（见《阅读的命运》，芝加哥：芝加哥大学出版社，1975年，第57—73页）。

6. 罗伯特·品斯基在《诗歌的境况》（普林斯顿：普林斯顿大学出版社，1976年，第51页）中引了这一段落，作为现实主义描写的案例。实际上，恰恰相反（因为济慈这里是"瞎眼的"）；这是一个纯粹依靠想象力构思和文学典故来写作的案例。

7. 关于起源的进一步探讨，请参阅我早期的文章《济慈颂歌的经验起源》，载于《浪漫主义研究》第12期，1973年，第591—606页。

8. 另见《伊莎贝拉》第41节第1—2行："幽灵哀叹说'再会！'——就消失不见，/给无边黑暗留下轻微的骚动。"[①]济慈在他的莎士比亚副本中做了许多与这首颂歌有关的标记，除了我已经引用的

---

① 屠岸译。

《哈姆雷特》中的几个段落（均添加了下画线、侧边标记或勾选标记）外，他还给以下诗句添加了下画线：
《安东尼与克利奥帕特拉》（第二幕第七场、第四幕第十三场）：

> 直到征服一切的酒浆把我们的感官
> 浸泡进柔和而甜美的忘川。
>
> 这是不是一种罪过，
> 在死神降临之前
> 就冲进它的秘密居所？

《麦克白》（第五幕第四场）：

> 抹去刻写在大脑中的烦恼；
> 并用某种甜蜜的忘药，
> 洗净胸中块垒。

有人注意到济慈还对《一报还一报》中克劳迪奥关于死亡的演讲（济慈也用下画线做了标记）有所引用。我在这里使用的济慈版莎士比亚（他拥有两版）并不是卡罗琳·斯珀津提到的那一版，而是现存于霍顿图书馆济慈收藏中的七卷本戏剧集：威廉·莎士比亚，《戏剧作品集》（七卷本），奇斯威克出版社，1814 年出版。济慈去世后，这套书传给了约瑟夫·塞文。

9. 斯佩里提到了"这些诗的抛物线形状"（第 244 页），这一提法虽然适用于《夜莺颂》，但没有考虑到各颂歌之间的差异性，而这种差异是巨大的，我希望能在后文加以说明。

10. 在这首 1818 年 7 月写于苏格兰的、很少被引用的诗（《缓步穿过寂静的平原是一种喜悦》）中，济慈首次暗示了这种思想：

回归故我的返乡之旅能带给人力量、家的温暖和洞察力（而非失望和幻灭）。与《夜莺颂》相关的诗句如下：

> 一会儿工夫，稍走几步，越出忧虑之界，
>
> 离开甜蜜与苦涩的俗世——离开，而无知无觉
>
> 一会儿工夫，稍走几步，因为逗留太久
>
> 会让人忘记凡尘之路，无法踏上返途……
>
> 不，不，不会那么恐怖——因为人在缆绳所及之处
>
> 感受到温柔的锚在拉扯，并因那股力而欣喜……
>
> 然而，锚得再牢固，也应留有祈祷的空间
>
> 愿人不会在荒凉、光秃的群山之中丧失理智；
>
> 愿他跋涉一程又一程，找到某个伟大的诞生地，
>
> 并保持好眼力，向外看得分明，向内观得清晰。

《夜莺颂》依旧渴望"失明"和一段"离开甜蜜与苦涩的俗世"的旅程。而在《希腊古瓮颂》中，济慈将睁开双眼。

11. 早先，这行诗曾写作"青春苍白、瘦削、衰老"（而最初济慈写的是"青春变得衰老"）。青春变老在寓言意义上的不可能性使他做了这些修改，这些修改本身就证明了"青春"在这里是寓言性的，而非自然意义上的。自然意义上的青春当然会衰老，但寓言中的青春则不会。然而这里，寓言意义上的"青春"也受时间影响，因此在某种程度上它并非完全纯粹的象征。

12. 《潘神赞歌》中的若干诗节，读起来像是这些"完满"主题的范本，并且它也表现出了某种相似的拼接上的不连贯性。作为济慈的第一首颂歌，它或许应该被写进这本书中。然而，它与后来的颂歌并无联系，无论是主题上（它整体上是关于自然的，而非诗歌的），还是叙述上（后来的颂歌中的叙述者是诗人），抑或是形式上（它倾向于使用亨特式的对句，而非启发后来的

颂歌写作的十四行诗）。当然，它从成熟的田园诗风格到"贫瘠荒原上枯寂的凋零之音"，再到空灵境界的过渡，无疑使它成为《秋颂》的一个重要的主题来源。

13. 《书信集》第二卷，第260页（写于1820年2月14日和16日）。

14. 最初，济慈在这首颂歌的倒数第二节写的是 fairy land（仙境），后来才将其改为更具斯宾塞浪漫风格的 faery land①。之所以会有第一种拼写，可能是因为他从提泰尼亚的幽境中借用了花卉。

15. 济慈在一封信中写到，医生看诊收费，"并不比写了诗悬挂起来，任由评论市场的苍蝇吹来嗅去、产卵腐蚀更糟"（《书信集》第一卷，第70页）；罗林斯引用了《奥赛罗》第四幕第二场第66—67行，"就像夏天的苍蝇在屠宰场上，/ 被风吹拂时反而更活跃"。《奥赛罗》中的这段文字（和这首颂歌一样，将"苍蝇"和"吹"连接起来），似乎比斯宾塞《仙后》（第一卷，第二十三节）中描写牧羊人驱赶蚊蚋的段落更有可能是"苍蝇"这一意象的来源。道格拉斯·布什曾在其编辑的《济慈选集：诗歌与书信》（波士顿：霍顿·米夫林出版社，1959年）中引用了《仙后》中的段落。

16. 此处引用的内容，我要感谢艾琳·哈里斯未出版的波士顿大学博士论文《莎士比亚对济慈颂歌的影响》（1978年）。

17. 一些读者已习惯了窗边有人的写作安排；济慈早期颂歌中的窗户的确都与人（《怠惰颂》中的他自己，《赛吉颂》的赛吉和爱神）密切相关，因此这首颂歌窗边无人，就尤为惹人注意了。

18. 有关"弗洛拉崇拜"的浮雕最先出现在《致李·亨特先生》中。

19. 我认为没有理由像约翰·贝利那样将 viewless（莎士比亚、弥尔顿和华兹华斯曾在济慈所熟知的段落中使用该词，意为"不可

———————————

① faery 是 fairy 的一种古体写法。

见的")解释为"盲目的"(《暗示的亲密性》,载于《泰晤士报文学增刊》,1982年5月7日,第500页)。贝利问:"翅膀怎么会不可见呢?"但实际上,是诗歌(poesy)不可见,因为它的作用在于共情的倾听与自我投射。

20. "头戴新月的亚斯她录 / 既是天后,也是生命之母, / 再也不能在圣烛的光辉里端坐如故。"

21. 作为一首午夜诗,该诗与多恩的《夜祷》、叶芝的《拜占庭》同属一类,在这些诗歌中,午夜象征着感官肉体死亡的时刻。

22. "世代"一词出自《远游》(第四卷,第760—762行),在颂歌前面部分济慈描述青春渐逝时已对其中的诗句有所暗示。原文为:"人会衰老、萎缩、凋零; / 无数世代的人类 / 离去,不留一丝他们曾经驻足的痕迹。"在将夜莺视为音乐家时,济慈可能想起了鲍西霞在《威尼斯商人》(第五幕第一场,第106行)中所说的话——夜莺"不过是个比鹪鹩好不了多少的音乐家"。在霍顿图书馆收藏的七卷本莎士比亚《戏剧作品集》中,济慈给这段文字添加了下画线。

23. 最初出现在《致雷诺兹的信》中时,那些魔法窗户的四周环绕着精灵和仙女,而危险的海面上点缀着一艘金色的桨帆船;这些精灵,可能是从这段文字联想而来的,也可能由此,诗人把"幻想"(fancy)称作"精灵"(elf)。

> 那些门看起来好似自行开启,
>
> 那些窗户仿佛由精灵和仙女轻轻扣上……
>
> 一只金色的桨帆船,装饰华美!
>
> 驶进城堡的阴影里
>
> 寂然无声地。
>
> ——《亲爱的雷诺兹》第47—48行,第58—60行

24. 虽然《赛吉颂》中的幽境和神龛这些艺术形式是具象性的，但诗人并未允许任何人类（正如我所说，也没有昆虫或果实）栖居其中，因此，诗人并没有直面对人类悲伤进行具象表现的挑战。

四 真理，最好的音乐：《希腊古瓮颂》

1. ［斯蒂林格的注释］正文（包括标题）来自 1820 年出版的济慈作品集。其他异文来自布朗抄本（CB）和《美术年鉴》上发表的版本。标题 Ode on：在《美术年鉴》中为 On。第 1 行 still：在《美术年鉴》中，简化为"～"。第 8 行 men or gods：在《美术年鉴》中为 Gods or Men。第 9 行 mad pursuit：在 CB 和《美术年鉴》中为 love? what dance。第 16 行 can...bare：在《美术年鉴》中为 bid the spring adieu。第 18 行 yet：在 CB 和《美术年鉴》中为 O。第 22 行 ever：在《美术年鉴》中为 never。第 34 行 flanks：在 CB 中为 sides。第 40 行 e'er：在 CB 中，原为 ne'er，后改为 e'er。第 42 行"maidens overwrought,"：在 CB 中为"～，～"。第 47 行 shalt：在 CB 和《美术年鉴》中为 wilt。第 48 行 a：在 CB 中为 as。第 49 行 Beauty...that：在 CB 中为 Beauty is Truth，—Truth Beauty，—that；在《美术年鉴》中为 A Beauty is Truth，Truth Beauty，—That。

2. 我认为现在所有评论家都同意贝特的观点，认为《希腊古瓮颂》是"第二次集中尝试"（《约翰·济慈传》，第 510 页），尽管我们无法确定这两首颂歌创作的准确时间。斯佩里坚持（第 268 页）认为，"要把颂歌作为一种进程来解读，确定其背景具有决定性意义"。

3. 我相信，济慈在这两首颂歌中也涉及了艺术起源的问题。一些理论家把"自然界的音乐"（如鸟鸣）作为人类音乐的起源，认为人类音乐源自"模仿自然"。另一些理论家则从西方历史——如古代世界（对济慈而言，是古希腊世界）——中探寻艺术之源。最近，理论家们开始转向"原始"艺术。在《夜莺颂》和《希腊古瓮颂》中，济慈向两个惯常的艺术"源泉"——自然和古希腊典范——中寻求启示。参阅南希·戈斯利：《菲迪亚斯传说：济慈颂歌中的雕塑与拟人化》（载于《浪漫主义研究》第 21 期，1982 年，第 73—86 页），该文论述了雕塑与神话之间的联系（以及这二者与"意识"之间的对立关系）。

4. 古瓮当然只是几种可选择的视觉艺术中的一种。在写给雷诺兹的书信中，济慈也曾用一幅画来达到类似效果。除了回归艺术源头的愿望之外，济慈还想通过选择单色物体来简化他的论点，将他的观察限制在形状上，而不被"注入现实生活的提香的色彩"所干扰。他选择雕塑而非绘画，因为雕塑（作为"立体"的艺术形式）更接近具象化的"真实"；他选择浅浮雕而不是雕像，因为浅浮雕能提供更多叙事素材；他选择瓮而不是饰带画，因为瓮在轮廓上既没有起点也没有终点，其圆形形状能更好地表现永恒和女性，胜于矩形。（济慈颂歌中的所有崇拜对象都是女性。）

5. 古瓮上的形象并没有任何能让我们辨认出他们是神的标志性特征（如，带翼的脚后跟或一束小麦）；他们也没有参与任何能让我们从历史或神话角度识别他们身份的活动（如，与米诺陶洛斯作战）。

6. 济慈渴望沉浸于纯粹的美与感官享受之中，然而他不可避免地走向了思想、真理和疑问，并因此而感到受挫，华莱士·史蒂文斯在《终极之诗是抽象的》一诗中对此做了回应：

人们总是不断地发问。于是，这便成为

一种分类方式。如此一说，这片宁静的空间

就发生了改变。它不再像我们从前想象的那般蓝。要真正蓝，

就不能有任何疑问⋯⋯

只要我们曾经

哪怕只有一次，置身于中心，固定

"在我们自己的美丽世界中"，而不是像现在这样，

留于边缘，无助茫然，那便足够

完满，因为在中心，即便仅仅是在感知上

在那磅礴的感知中，纯粹地享受，便已足够。

7. 济慈似乎从《失乐园》（第五卷，第 574—576 行）中获得了"更精细的音调"的想法：

⋯⋯然而，倘若大地

只是天堂的影子，而其中的事物

彼此相似，远超尘世所想呢？

斜体表示济慈在其《失乐园》副本中画过下画线，此副本现藏于汉普斯特德的济慈博物馆。

8. 尽管人们通常认为这首颂歌谈论的是激情之短暂，但济慈（通过燃烧的前额和焦渴的舌头）强调，即使在悲伤和厌腻中，感官的狂热依然持续存在着；他的困惑之情比激情短暂之感更为明显。

9. 每位读者都感受到，事实性提问"是怎样的人，或神？"和另一种提问"这些人是谁呵，都去赴祭祀？"在语气上截然不同。后者是对一场正在进行的游行发问——"下面走来的这支队伍属于什么性质"，而不是想要指认某种历史事实。

10. 参见《失乐园》第八卷，第 183—184 行："也不要用困惑的思想 / 来打断*生命的甜蜜*。"（斜体表示济慈曾做过标记）

11. 乍看之下，语气上的"断裂"似乎是呼语（直接性）与命题反思（间接思想）之间的断裂。如果情况确实如此，"艺术"将纯粹停留在感官层面，而反思则会排除呼语所带来的情感涌动。然而，事实并非如此，从描写游行队列的那一节诗中可以清楚看出：呼语不仅出现在对祭司的提问中（属于"感官性"内容的一部分），也出现在对城镇的反思性评论中（"你的街道永远恬静"）。通过这种方式，审美反应中的反思部分被证明与感官回应本身一样"直接"，一样情感充沛。

12. 人们是否能够同时保持对内容和媒介这二者的意识，这是一个有争议的问题——换句话说，我们是否能够在为女主流泪的同时又欣赏变焦镜头。我站在济慈这一边，但反对意见也十分雄辩。即使反复重读一本书，我们也必须做出选择；当我们关注狄更斯如何使用进化词汇，史蒂文斯如何使用定冠词时，作者所希望引发的那种共鸣便无法在我们心中保持下去了。一旦对媒介的理性考量开始介入，作品所构建的虚构世界便会失效。

13. 在这里，济慈重复使用了《夜莺颂》中 fade（用来形容声音逐渐变弱）和《怠惰颂》中的 fade（用来形容幻影消失），并赋予了它第三重意义，指"美人"失去她那光彩照人的眼眸。

14. 我在这里没有看到使用双关语的证据（缀有 / 繁育①过度疲惫的少女）。然而，我认为很有可能《怠惰颂》中的 embroider'd（装饰）和《赛吉颂》中用于形容幻想的 breeding…breed（繁育），共同孕育了《希腊古瓮颂》中的 brede（缀有）一词。

---

① 原文为 brede / breed。

15. 《书信集》第一卷，第 192 页；济慈在批评韦斯特①的艺术作品审美生命力匮乏时，以对比的方式运用了这一短语。

16. 关于感觉的哲学词汇的讨论，请参阅斯佩里，第一章，各处。

17. 令人感动的是，济慈在诗歌结尾描述古瓮的表现力时，用的是"说"（say'st），而不是"展示"（showest）。命题式真理只能用济慈自己使用的媒介——语言——来表述。具象化真理（通过眼睛感知到的）产生出命题式真理（头脑所思考的）。

18. 这个关键问题似乎已得到解决。参阅杰克·斯蒂林格：《济慈颂歌的二十世纪解读》（新泽西州恩格尔伍德悬崖：普伦蒂斯－霍尔出版社，1968 年）第 113—114 页。普遍的共识似乎是：诗歌最后两行是古瓮对人类所说的话。

19. 《希腊古瓮颂》的整体思维是一种二元结构，仿佛占主导地位的"美"与"真"这对主导的二元关系在济慈的头脑中无形地发挥着作用，使得所有事物都以二元形式呈现出来，至少在一开始是如此。新娘唤起了孩童；森林的历史学家胜过诗韵；这些形象是神还是凡人；我们身处坦佩还是阿卡狄；他们是人还是神；哪些是男人，哪些是女人；怎样的追求，怎样的逃躲；怎样的乐器，怎样的狂喜？"听见的"招来"听不见的"，感官之耳与精神之耳相对；青年无法停止歌唱，树木无法变得光秃；恋人永远吻不上，却也不必心酸；她不会老去，但他也不能如愿以偿；他将永远爱，她将永远秀丽。一些配对是对立的（如追求与逃躲、男人与女人），而另一些则是并列的（如乐器与狂喜、停止歌唱与树变秃）。这种二元模式贯穿整首诗，尽管当它将民众与祭司、小牛低鸣与牛身上的装饰品进行对比时，看起来要优雅一些。因此，当这种二元模式被打破时（如，想象小镇所坐落的三个位置时），我们会感到惊讶，甚至几乎强行将这些诗

① 本杰明·韦斯特（Benjamin West, 1738—1820），英国历史画家。

句恢复为二元形态——在这种情况下，我们将"河岸"和"海边"合并为一个整体，仿佛它们之间有一个"和"而非"或"似的，并将包含两个选项的这一行与只包含单一的山地位置的下一行相对照。一行对一行的观念，帮助我们把这个句子读成两个部分：

> 是从哪个傍河傍海的小镇，
> 　或哪个静静的堡寨的山村，

而不是将它听成以下的三个部分：

> 自哪个小镇，建在河岸
> 　　　　海边
> 　还是群山之间，带有和平的堡垒。

如果济慈说"希腊的形状！"他似乎不得不回以"优美的姿态"；如果他说"男人"，便不得不说"少女"；如果他说"森林的枝叶"，就不得不说"被践踏过的青草"①。当他说"美即是真"时，我们感觉到他必须接着说"真即是美"，否则就会打破那几乎无法动摇的模式；同样，"你们所知道的一切"，如果不配上"你们需要知道的一切"，也会显得不完整。这一严格维持的二元模式，几乎呈现出了形式上的强迫症，这并非济慈创作中的自然状态。所有颂歌都是庄严的，辞藻丰富，且喜欢使用法上的平行结构；但《希腊古瓮颂》远远超出了这一常规，暗示了诗人对遐想的一种刻意约束。

---

① 原诗为 With forest branches and the trodden weed，查良铮译作"林木，和践踏过的青草"，文德勒在此处更强调这组词的二元对比结构。

20. 济慈的第一首诗是以斯宾塞风格描写一座被施了魔法的岛屿，然而，即便在这样一首诗中，济慈也发现自己不受诗歌体裁的约束，把狄多的悲伤和"年迈的李尔王……痛苦的哀伤"写进了田园诗；而在他早期写给知更鸟的诗（《停留吧，红胸脯的歌者，停留》）中他也预想了凛冽的风暴和光秃的树林，以及"悲伤与泪水的阴霾"。

五　坚韧的舌头：《忧郁颂》

1. ［斯蒂林格的注释］正文（包括标题）来自 1820 年版济慈作品集。异文和其他读法来自现存的手稿原件（方便起见称之为 D），以及布朗抄本（CB）。标题 Ode on：在 D 中为 On；在 CB 中原为 "Ode，to"，后改为 "Ode，on"。第 1 行之前，在 CB 中，有一节被铅笔划掉的诗：

> Though you should build a bark of dead men's bones,
> 　　And rear a phantom gibbet for a mast,
> Stitch creeds together for a sail, with groans
> 　　To fill it out, bloodstained and aghast;
> Although your rudder be a Dragon's tail,
> 　　Long sever'd, yet still hard with agony,
> 　　　　Your cordage large uprootings from the skull
> Of bald Medusa; certes you would fail
> 　　To find the Melancholy, whether she
> 　　Dreameth in any isle of Lethe dull.

纵然你以森森白骨建孤舟一舲，

竖起一个幽灵绞刑架作桅杆,

把一道道信条缝成帆,以呻吟声

将它撑满,血迹斑斑令人胆寒;

纵然你的舵由龙尾所造,那尾巴

斩断已久,却因剧痛而硬挺依旧,

你的缆索巨大,乃从美杜莎的头颅中

连根拔出;但你仍将失败,无法

找到忧郁女神,不论她是否

在忘川的某个小岛发着无聊的梦。

现存的三节诗在 CB 中的编号为 2—4 节。第 2 行 Wolfs:在 D 中,原为 Henb,后改为 Wolfs。第 6 行 nor the:在 D 中为 or the。第 9 行 drowsily:在 D 中先后改为——(a) heavily,(b) sleepily,(c) drowsily。第 11 行 fall:在 D 中插写在 come 上方。第 12 行 a:在 D 中添加在行上方。第 14 行 hill:在 D 和 CB 中均为 hills。第 15 行 glut:在 D 中插写在 feed 上方。第 16 行 salt:在 D 中,原为 dashing,后改为 salt。第 21 行 dwells with:在 D 和 CB 中均为 lives in。第 27 行 save:在 D 中为 but。第 27 行 him:在 D 中插写在 those 上方。第 29 行 taste:在 D 中添加在行上方。第 29 行 sadness:在 D 中为 anguish。

2. 现藏于汉普斯特德的济慈博物馆。

3. "幽灵"一词将绞刑架和那些瓮上"幽灵"——《怠惰颂》结尾处那些被诗人要求"消失吧……飞入云端去"的"幽灵"[①] 联系起来。云层是幽灵的居所;这样一来,英雄变幽灵的最终命运(悬挂于"云霄",成为忧郁女神的众多战利品之一)和瓮上那些形体的命运就联系起来了。

---

① 屠岸译文为"鬼魂们"。

4. 《忧郁的解剖》第八章第二节第一小节第一段济慈最后给出的忠告曾引发评论：燕卜逊虽然读出了"说教的语气……对乡味忠告的反讽"（第 215 页），但他太容易忘记自己对反讽的感知，认为济慈的忠告是认真的，并像其他评论家（其中包括利维斯）一样发现了"病态"。燕卜逊接着谈论第一诗节，他说"我没有必要坚称引言的病态华丽所构成的反差"。（《朦胧的七种类型》，纽约：新方向出版社，1947 年；根据 1930 年英国版修订，第 215 页）利维斯在《重估》中也认为，这是一首"反常的、使人衰弱的放纵"之诗，展现了"美学最明显的颓废发展——沉迷于对'精致的激情'和'最美好的感官'崇拜之中"（第 60 页）。这便是把诗当作不具有戏剧性的说教来读的结果。然而，一首诗有它自身的戏剧性；从两种谬误演变到真理的平衡便是这首诗的戏剧性。

5. 我的学生杰拉尔德·谢泼德撰写的一篇有关济慈寓言的未发表论文，使我开始注意这些形体之间的相似性。

6. 里昂·沃尔多夫正在一系列尚未发表的文章中追踪这一形象的不同变体。他把瓮也囊括其中，把它看作一种女性形式。

7. 斯蒂林格在注释《忧郁颂》时指出，原始手稿只有三个诗节；布朗抄本中出现了那被删去的一个诗节，而这个版本是晚于原始手稿的。显然，济慈一开始写的是后三个诗节，后来想在前面添加一个诗节作为引入，但最终他又放弃了这一想法。

8. 这位说话者与《无情的妖女》中的武装骑士十分相似；两首诗共享了一整套意象：苍白、痛苦、玫瑰、花环、奇异的食物、岩洞、眼睛、吻和嘴唇。只是《忧郁颂》中没有任何形式的音乐。

9. 济慈将"波浪飞溅的彩虹"（the rainbow of the dashing wave）改为"盐波沙浪的彩虹"（the rainbow of the salt sand-wave），以此将味觉明确地纳入感官享乐的范畴之中。

10. 济慈在他的莎士比亚副本中做了一些标记，我根据济慈博物馆里的图书馆收藏本加以重现：

我光滑湿润的手，若与你的手相触，

在你掌心中会溶解，或近乎融化。

——《维纳斯与阿多尼斯》，第 143—144 行

当他挣扎着要离开，

她用百合的手指，一根根将他锁住。

——《维纳斯与阿多尼斯》，第 237—238 行

现在她轻轻地执起他的手，

一朵百合花被囚禁在雪的监牢里，

或如象牙被束在雪花石膏的带子里：

如此白的朋友环绕着如此白的敌人。

——《维纳斯与阿多尼斯》，第 361—364 行

她的手

（与之相比所有的白色都是墨迹）

书写自己的责备；相比于她柔软的触碰，

小天鹅的绒毛也显粗糙，而感官之灵

则似农夫的手掌一样坚硬。

——《特洛伊罗斯与克瑞西达》第一幕第一场，

第 57—61 行

《忧郁颂》对眼睛的描写也部分借鉴自《维纳斯与阿多尼斯》："看进我的眼眸，那里存有你的美。"（第 119 行）"他贪婪的眼已经吃饱。"（第 399 行）只是济慈并没有对这些句子做特别标记。

11. 这段文字可能让人联想到《哈姆雷特》，哈姆雷特在"爱情的极度狂喜"（第二幕第一场，第 103 行）中抓住奥菲利娅的手，并

深深凝视她的脸：

他抓住我的手腕，紧紧握住……

他如此专注地审视我的脸，

仿佛要将它画下来

——《哈姆雷特》第二幕第一场，第 87、89—90 行

12. 要了解济慈心中"云"和"沉默"之间的联系，可以参考《恩底弥翁》第二卷第 335 行的草稿修订版："顽固的沉默〈如同阴云〉再次重重地垂落。"

13. 尽管如此，值得注意的是，用来拯救"较低"感官的媒介是舌头，这既是说出"母语"（《海披里安的覆亡》第一卷第 15 行）的器官，又是（弥尔顿笔下也是如此）与音乐相连的器官（参见《圣艾格尼丝前夜》第 206 行中的"无舌的夜莺"，以及第 20 行中的"音乐的金舌"）。舌头，可用于品味、接吻和歌唱，是济慈所能利用的最丰富的感觉器官。

14. 彩虹来自一开始那片"哭泣的云"；参见伯顿（《忧郁解剖学》3. 4. 2. 6）："一朵罪恶的黑云依然笼罩着你的灵魂，恐吓着你的良心，但这朵云最后可能会孕育出一道彩虹。"济慈在这段治疗绝望的文字旁做了标记。"牡丹"（peony）在这里显得有些突兀，它可能是出自皮奥娜（Peona）；正如约翰·巴纳德所指出的（《济慈诗歌全集》，第 565 页），她的名字可能来源于伦普里尔对 Paeon 的解释：帕埃翁（Paeon）是一位著名的医生，他治愈了众神在特洛伊战争中所受的伤。由于他，内科医生有时被称作 Paconii，而在医疗过程中起作用的草药被称作 Poeniae herbae。这里，当自杀选项被排除后，诗人把"牡丹"召唤出来治疗忧郁。

六 黑暗的密室：《海披里安的覆亡》

1. ［斯蒂林格的注释］正文（包括标题）来自伍德豪斯抄本（W²）。第 217 行 her：在 W² 中，此词由 the 修改而来。第 236 行 other：在 W² 中此词添加在行上方。第 238 行 lang'rous：在 W² 中，此词先用铅笔写在预留的空白处，随后用墨水重写。第 298 行 what：在 W² 中，原为 was，旁边用铅笔写有"what?"。

2. 当叶芝在《人们随岁月长进》中写下"我已被梦耗尽；／溪流中／一个风化了的，大理石海妖"时，或许想起了坐在无声的溪流边的萨图恩，并做出了正确的推断：当生命变得像石头一样宁静，它便转化为了艺术。在另一首紧密相关的诗作《活生生的美》中他写下"血液的管渠都已封冻"的诗句，也许想起了济慈诗中那寂然无声的小溪和手指冰冷的水泽仙女。《活生生的美》肯定从夜莺歌声之冷漠和瓮上形体的短暂生机中汲取了灵感，因为叶芝对美做了如下批评："那从青铜模具中铸造出来的／美，或是炫目大理石中显现的美，／显现，但当我们离去时重又消失，／它对我们的孤独／比幻影更冷漠。"

3. 杰弗里·哈特曼（《阅读的命运》，第 72 页）指出，从图像学角度看，水泽仙女的姿势含有"莫要亵渎圣地"的警示意味。这一看法言之成理，不过济慈在赋予某地以神圣性时通常会写得更明确。

4. 必须记住，对济慈而言，海披里安和阿波罗实际上是同一个人。尽管伦普里尔在《古典辞典》的"阿波罗"词条下宣称："根据古代作家的不同篇章可以证明，阿波罗、太阳神、福玻斯和海披里安是不同的角色和神祇，虽然它们常被混淆。"但很明显，济慈的做法是将这些角色相混同，而不是将它们区分开来。

5. 我觉得这一细节值得注意：1820 年夏，济慈从李·亨特的家中给范妮·布劳恩写了封信，信中提到过去一周他一直在"标记斯宾塞诗歌中最优美的段落，打算将它们献给你"（《书信集》第二卷，第 302 页）。斯宾塞不仅影响了济慈的早期诗歌，他的影响还贯穿了济慈一生。

6. 请比较这行诗与济慈《查尔斯·布朗的个性》（写作时间略早于颂歌）的起首句的相似性："他乃是一个忧伤之人。"

7. 必须强调的是，萨图恩的雕像是一尊坐像，并且是完整的。说话者不得不询问这座巨大的雕像代表哪位神祇，因为当他站在雕像前时，雕像"大理石的巨膝"挡住了他的视线，使他无法看到雕像的脸。他刚进入这里时，远远望去，看见"其貌博大如云，／脚边有一座沉睡的祭坛"（第 88—89 行）。后来，他将它称作"似高高供在农神的殿上／一尊神"（第 299—300 行）。当萨图恩垮台后，他那永葆青春的特征不复存在，瞬间变老，展示了真实艺术进行模仿时的准确性。墨涅塔说："现场这古像，／雕刻的面目因倾颓而皴蹙，／正是萨图恩。"诗人允许萨图恩的雕像老去，而古瓮上那对青年男女则未获此项许可：可以这么说，即便在偶像形式中，萨图恩也无法保持明眸的光彩。因此，安妮·梅勒对这一段的解读存在错误，她认为（《济慈－雪莱学刊》第 25 期，1976 年，第 73 页）这里描写的形象是墨涅塔，而"在（墨涅塔）身旁倒塌的雕像"是萨图恩。但事实上并没有雕像倒塌。正如墨涅塔在济慈登上台阶后告诉他的那样，"你安全地站在这座雕像的膝盖下"，而且显然，雕像的脸部（济慈看不见的部分）比膝盖更高。关于这座神殿，关键的一点是它完好无损——这是叛乱未能触及的唯一一个地方。逝去王朝的纪念碑比王朝本身更持久，"雕像／比城更持久"①，艺术是历史的遗余。

8. 哈特曼（《阅读的命运》，第 73 页）在谈到《秋颂》时提到了

----

① 原文为 Te buste / Survit à la cité.，法国诗人拉马丁的诗句。

"谷仓已满"，但实际情况是，这首颂歌刻意省略了"满仓"的意象，如我希望证明的那样。

9. 《秋颂》有可能被看作一首只关注"耐心的尘世双腿"的诗，要不是结尾处再次出现了有翅膀的生物（蟋蟀、蚊蚋和飞鸟）。然而，耐人寻味的是，这些有翅膀的生物和不长翅膀的羊群混杂在了一起，后者作为迥异于其他成员的存在，把这首诗牢牢地系于大地。羊群的出现堪称天才手笔：如果最后一节诗中的所有生物都是有翅膀的，济慈所传达的意义将完全不同。

10. 斯图亚特·斯佩里揭示出了《覆亡》对《失乐园》的众多呼应，使得人们不至于夸大这部作品的但丁风格。然而，斯佩里由此过分强调这是一首"罪"之诗了；我倒更赞同哈特曼从"耻"的角度来解读。尽管墨涅塔的确说过诗人比不上那些缺乏想象力却能造福人类的人，但济慈（在我看来是成功地）驳斥了她对诗人的指责。斯佩里将墨涅塔的看法看作这一问题的最后断案，但她终究只是一个工具人，济慈只是借她之口向自己提出了对作家们的"最糟指控"。墨涅塔并不必然是这个问题的最终裁决者，唯有整首诗才是。

11. 《阅读的命运》，第 63 页。

12. 参见柯勒律治《灵薄狱》。

13. 通过将无常女神所呈现的由季节和月份扮演的假面戏剧——一场有关时序循环的喜剧——内化为一种历史的或神话的"崇高悲剧"（high tragedy），济慈使墨涅塔具有了莎士比亚的特质，而非斯宾塞特质。

14. 我认为，济慈让墨涅塔永远固定在想象状态，是在批判《希腊古瓮颂》中的美学反思模式——当我们迷失于瓮上的"生命"世界时，会"忘记"瓮是一件艺术品，只是间歇性地"记起"它是由大理石制成的。感官接受与美学反思的相互交替可能代表济慈年轻时的生活方式，而墨涅塔那不眠不休的想象行为似乎表明后期的济慈承担起了"无休止的意识"的重负。

15. 或许值得一提的是，神庙中没有任何音乐——这也是济慈在构想这座宏伟圣殿时所表现出的严苛的禁欲意图的又一标志。虽然在先前的敬拜仪式中有过音乐，但这些仪式已不复存在；如今只剩下"杂物堆叠"——"长袍、金钳、香炉，与暖炉，/ 腰带、链条，与敬神的珠宝"（第78—80行）。这些祭仪用品在赛吉的神殿里出现过，只不过祭司和童男女唱诗班已消失。通过在《秋颂》中重新引入音乐（即便是以弱化的形式），济慈承认自己在《覆亡》中所展现的幻境过于朴素了。

16. 我认为，值得注意的是，当无常女神在奥林波斯众神面前陈述她的理由时，"地狱诸神"被禁止出现，只有两个醒目的例外——普路同和普罗塞嫔：

> 唯独地狱诸神不得出现；
>
> 既因为他们面容可怖，
>
> 也因为不羁的恶灵令人畏惧；
>
> 然而普路同和普罗塞嫔却都在场。

从这段文字可以看出，无常女神出现的地方，就少不了普路同和普罗塞嫔（他们的传说正是"无常"这一寓言概念的神话体现）。济慈以其对神话的精妙理解，必然会意识到，如果他想要放弃使用寓言形象来表现无常女神，那么神话化的方法就是转向（正如他所做的）谷物神刻瑞斯、普路同、普罗塞嫔，以及季节变化的起源故事。但他略去了普路同的恶意行为，把刻瑞斯和普罗塞嫔处理成同一个季节女神的老年和青年形态，而这位女神本身就是她自身变化的主宰。

七 把和平的恩泽赐予人类的丰收：《秋颂》

1. ［斯蒂林格的注释］正文（包括标题）来自1820年出版的济慈作品集。其他异文来自济慈手稿（D）、济慈于1819年9月21日和22日写给伍德豪斯的信（L）、布朗抄本（CB），以及伍德豪斯抄本 W^2。标题 To Autumn：在 D 和 L 中无标题。第4行 With…vines：在 D、L、CB、W^2 中均为 The Vines with fruit。第6行 fruits：见 D 和 CB（D 中拼写为 furuits）。第6行 ripeness：在 D、CB 中为 sweetness（D 中拼写为 sweeness）。第8行 sweet：在 D、L、W^2 中为 white。第9行 still：在 W^2 中为 yet。第12行 thee，…store：在 D 中，原为"thee? for thy haunts are many"，后改为"thee，oft amid thy store ⟨s⟩?"。第12行 store：在 L、W^2 中为 stores；在 CB 中为 store ⟨s⟩（D 中亦同——见前注）。第13行 abroad：在 D 中，此词插写于 for thee 上方。第15—16行，在 D 中原文为：

> While bright the Sun slants through the husky barn; —
>
> orr on a half reap'd furrow sound asleep
>
> Dos'd with red poppies; while thy reeping hook
>
> Spares form Some ⟨slumbrous⟩ minutes while warn slumpers creep

（上文第一行中的 husky 添加在行上方；第二行 orr on a half reap'd furrow sound asleep 插写在 Or sound asleep in a half reaped field 上方。）第17行 Drows'd：在 D、CB 中为 Dos'd（CB 中拼写为 Dosed）；在 L 中为 Dased；在 W^2 中为 Dazed。第18行 Spares…flowers：在 D 中，此句插写在 Spares for some slumbrous minutes the next swath 上方。第 18 行 swath：在 CB 中原为 sheath，后由济慈更正为 swath。第 18 行 twined：在 CB 中原为 honied，后由济慈更正为 twined。第 20 行 laden：在 CB 中原为 l〈e〉aden，先由伍德豪斯用铅笔修改，后由布朗用墨水笔更正为 laden。第 20 行 a：在 D、CB 中为 the。第 21 行 patient：在 D 中为 patent。第 22 行 oozings：在 D、CB 中为 oozing。第 25 行 While：在 W^2 中为 When。第 25 行 barred…bloom：在 D 中，原为 a gold cloud gilds，后改为 barred clouds bloom。第 26 行 And touch：在 D 中，原为 〈And〉 Touching，后改为 And Touch。第 26 行 with：在 D 中，此词添加在行上方。第 28 行 borne：在 D 中，原为 on the borne，后改为 borne。第 29 行 or dies：在 D、L、W^2 中为 and dies。第 30 行和第 33 行 And：在 D 中，均插写于 The 上方（两行的修改方式相同）。第 31 行 with treble：在 D、CB 中为 again full。第 32—33 行之间原有 And new flock still，后删去，见 D。第 33 行 gathering：在 D、L、W^2 中为 gather'd（在 D 中，Gather'd 由 Gathering 修改而来）。

2. 其他还包括莎士比亚的多首十四行诗，特别是第 12、15 首和第 33 首。尽管诗中也回荡着查特尔顿和汤姆森的声音，但它们所起的作用不是最重要的。

3. 另见第六卷第 280—283 行：

（海洋）以温暖
丰饶的体液软化了她的整个球体，
使伟大的母亲发酵、孕育，
被轻柔的水分充盈。

我从《失乐园》中引用的所有段落，在济慈博物馆的济慈收藏副本中均用竖线在旁边做过标记。如果济慈还特别用下画线强调了某些短语或句子，我会以斜体加以还原。以济慈的眼光读《失乐园》，我们会将它部分地看作是莎士比亚式的人物刻画之诗，但主要是一首繁盛、富丽的景物描写之诗，充满了生长、变化、成熟、令人愉悦的甜美，以及金色的丰饶。虽然荒凉也被注意到了，但它并不侵害"*生之甜蜜*"（第八卷第 184 行，济慈曾做过标记）。济慈在他的莎士比亚作品集中所做的标记也为解读这首颂歌提供了启示；他标记了许多有关秋天的段落，这些段落延缓或否定了丰收中隐含的死亡，其中包括《安东尼与克利奥帕特拉》第五幕第二场第 86—88 行，《暴风雨》第四幕第一场第 60—72 行、114—115 行。他还标记了《仲夏夜之梦》[①] 第二幕第一场第 134—135 行：

> 晒得黝黑的农夫，八月使你们倦怠，
>
> 来吧，从犁沟里出来，欢乐起来。

引自济慈的七卷本莎士比亚《戏剧作品集》，现藏于霍顿图书馆。

4. 然而，可以参考《卡利多尔》第 137 行中的"真实"花卉——"紫色星斗和琥珀色铃铛花"。

5. 约翰·巴纳德在企鹅版《济慈诗歌全集》（第 675 页）的结语部分以一种常见的方式描述了这首诗的运动模式：

> 可以这样看待这些诗节，它们把整个季节贯穿了起来：从收获前的成熟开始，经过收获时节的丰盈，最终以收获后的虚空结束，但尚未进入冬季。同时，这首诗还经历了从触觉到视觉再到听觉的转变；诗歌的焦点则从植物界转向人类的收获活动，最终转向动物、鸟类和昆虫的世界。此外，这

---

① 此处文德勒遗漏了剧名《仲夏夜之梦》，为译者增补。

首诗也被解读为从早晨到傍晚的时间流动。

虽然这种概括大体上是正确的，但如果忽略了反向运动并且不对正反两种运动进行阐释，则显得不够有趣。巴纳德的结论——"成熟、死亡与再生之间的相互关联隐含诗中，贯穿始终"——在我看来是值得怀疑的，因为诗中并没有真正的再生，也没有严格意义上的死亡，除非我们愿意将收割视作死刑处决。谷物并没有死去，它们只是被刈倒；苹果并没有死去，它们只是榨成了汁。诗中也没有任何事物再生。

6. 在"波状的云"① 这一词组中，济慈追忆了早年写给弟弟乔治的信，在这封信中他担心，由于自己的抑郁情绪，他对自然的全部沉思将无法催生出诗歌来：

> 我将再也无法听见阿波罗的歌唱，
> 尽管羽状的云彩②飘浮在紫色的西方，
> 而在两条明亮的河流之间，
> 金色的里拉琴也若隐若现；
> 蜜蜂宁静的低吟浅和
> 再也教不会我一首田园牧歌。

这里，阿波罗"金色的里拉琴"指的是落日。其他地方，济慈还提到过阿波罗"火热的里拉琴"（《子午线之神》，第228行）；他将落日、阿波罗、"戴桂冠的同伴们"（在《阿波罗颂》和十四行诗《致我的弟弟乔治》中均有出现）和环绕落日的云彩联系在一起——这种意象群多次重现——说明我们从《秋颂》的日落场景

---

① 原文为 barred clouds。
② 原文为 feathery clouds。

联想到诗歌是合理的。真正需要指出的是，在写给乔治的信中，太阳在两道明亮的云彩之间清晰可见，而在《秋颂》中，它被遮蔽了。

7. 一些评论者希望将 bourn 理解为"小溪"。（参见巴纳德，第 676 页："几乎可以肯定，济慈的意思是'边界'①，但如果把 bourn 理解为小溪，也是说得通的。"）然而，让羊群从小溪——尤其是山间的小溪——中发出咩咩声，这不太说得通。羊群通常会被赶到无法耕种的田地上去放牧。

8. 哈特曼：《诗歌与意识形态：论济慈的〈秋颂〉》，见《文学理论与结构》，F. 布雷迪、J. 帕尔默、M. 普莱斯合编，纽黑文：耶鲁大学出版社，1973 年，第 312 页；又见《阅读的命运》，芝加哥：芝加哥大学出版社，1975 年，第 124—146 页。

9. "粘稠的"（clammy）一词来自德莱顿翻译的《农事诗》，该译本曾两次使用"粘稠的"来描写蜜蜂和蜂巢，与济慈《秋颂》中的用法相同。

> 诱捕鸟类的树胶和伊德涅亚松脂
> 都制作不出更粘稠的胶质。
> ——第六卷，第 58—59 行

> 那些留守家中的蜜蜂
> 用露珠、粘稠的树胶和水仙叶子
> 为精工细作的蜂巢打下深厚的基础。
> ——第四卷，第 236—238 行

在创作《拉弥亚》的那个夏天，济慈曾阅读德莱顿的作品。约

---

① 原文为 boundary。

翰·阿索斯在其著作《十八世纪诗歌中的自然描写语言》（安娜堡：密歇根大学出版社，1949 年）中引用了一些对蜂蜜的描述方式，如："蜂蜜的粘稠汁液"（引自霍兰德的《普林尼》，1601 年），"那粘稠的、甜美的、蜂蜜般的汁液"（引自马顿的《北安普顿》，1712 年，第 371—372 页）。阿索斯指出，在十八世纪诗歌中，clammy 一词是颇为常见的带"-y"后缀的修饰词，在翻译拉丁文作品时用得尤多（第 395—397 页）。济慈使用这个词是为了提示我们这首颂歌的农事诗传统，只是他没有用"粘稠的"来形容蜂蜜，而是用它来形容蜂巢。

10. 我早年曾对这些动词以及这首颂歌的语言的其他方面做过讨论，请参阅我在《批评论文集》第 16 卷（1966 年，第 457—463 页）中对罗杰·福勒的《语言与风格》一书所做的评论。

11. 哈特曼：《阅读的命运》，第 132 页。

12. 参见莎士比亚的《两个贵亲戚》第四幕第一场，济慈在他的对开本莎士比亚戏剧集中标记了这一段：

> 她所坐的地方，
> 水深及膝；一圈香蒲环绕着
> 她那随意散落的发丝。

13. 和 clammy 一样，fume 一词也是从德莱顿的《维吉尔牧歌集》中借用来的。在第六首牧歌中，两位萨提尔发现西勒努斯躺在地上，"被烟雾熏得昏昏欲睡"。济慈写作《秋颂》时正在阅读德莱顿（参阅布朗的《济慈生平》，见《济慈的文学圈》第二卷第 67 页），在《秋颂》的草稿中他最初写的是，秋天"被红色罂粟熏得昏昏欲睡"，后来改为秋天"被罂粟的烟雾熏得昏昏欲睡（Dos'd）"，必定是受到了德莱顿的醉态描写的影响。后来，他又把 Dos'd 改为 Dased（Dazed），最后确定为 Drows'd。济慈对德莱顿的借鉴清楚地表明，对济慈而言，罂粟是他早期颂歌中出现过的酒和其他麻醉物的异文；同时，罂粟散发的香雾，又使它成为古老崇拜的最后一丝提示。当然，这一典故也再次指明了维吉尔对《秋颂》的影响，这种影响不仅来自《牧歌集》，还来自《农事诗》，而两种影响都是通过德莱顿的翻译传递过来的（参见本篇注释 9 提到的"粘稠的"蜂巢）。济慈还想起了伦普里尔对谷物神刻瑞斯的描述："她一手举着点燃的火炬，另一手举着罂粟花，后者对她来说是神圣的。"伦普里尔版本的刻瑞斯既是女神，又是农业劳动者，济慈笔下的秋天也是如此，不过，伦普里尔的描述有些笨拙："她以农妇的形象出现在牛背上，左臂挎着篮子，手持锄头，有时她乘坐飞龙驾驶的战车。"

14. 当济慈把谷物构想成永久死亡，而不是通过朽烂达到自我更新，我相信他是在追随莎士比亚十四行诗第十二首中的一个段落："夏日的绿苗全都扎成了捆，／飘着粗糙的白须，被抬上担架"，他曾对这几行诗做过评论。不过，济慈不会为谷物举行葬礼，而是让他笔下的种种自然形式消解。

15. 这个细节可能不仅仅来源于阿洛特提到的《昆虫学导论》[①] 一书（见阿洛特《济慈诗选》，第 653 页注释），还可能来源于《无常篇》（第七章，第 22 节），其中有：

> 风儿东游西荡从不停歇
>
> 以其微妙的影响……赋予万物
>
> 生机。哦，生命何其脆弱！
>
> 竟依赖于如此不稳定的东西，

---

① 《昆虫学导论》：由英国昆虫学家威廉·科比（William Kirby）和威廉·斯宾斯（William Spence）合著，出版于 1815 年。

这每时每刻变幻莫测的风。

16. 正如阿洛特所指出的，twitter（呢喃）这个动词和其他一些细节来自汤姆森，而蚊蚋的飞升和降落，则来自 1817 年的《昆虫学导论》，这本书中写到蚊蚋"组成合唱团，时而飞升时而降落"（阿洛特，第 653—654 页，谈到后一个出处时，他引用了 B. L. 伍德拉夫发表在《现代语言札记》上的文章，1953 年 4 月，第 317—320 页）。济慈对素材的选择当然是值得注意的；昆虫学家们接着说，蚊蚋"四季皆可见，它们边唱边舞，聊以自娱"，而汤姆森笔下的燕子则"欢快地啁啾（twitter），直到春天 / 欢迎它们归来"（《四季歌·秋》，第 846—847 行）。然而，济慈并没有做任何娱乐性的或欢快的描写，更不用说春天的邀请了。

17. 在这首诗中很可能还存在其他"运动"和"子运动"：维吉尔·内莫亚努正确地指出，这首诗中的"叠加曲线"还没有被完全描绘出来，例如，他看到"一种'向上'的运动，从未分化的物质性到复杂的生命活力，从植物到动物，从被固定、被确定的状态到相对自主和任意的运动，……沿着进化的阶梯攀升"（第 205、206 页）。在我看来，这后一个观点与济慈的风格不太相符，但它确实是另一位批评家希望捍卫的一种运动模式。我们一致同意的是，诗中有多个叠加的运动，且这首诗的意义"是多层次的，比通常认为的要更为丰富"（第 211 页）。然而，我无法同意内莫亚努的一些观点，正如我的阅读将要表明的那样，我不认为这首诗的句法结构表现出一种"从元素间的鲜活互动转向纯粹机械的序列"（第 208 页）的趋势，也不认为"嗡嗡声和咩咩声"属于"'机械'之音"，也没有看到韵律上存在从"无法还原的好韵律"到"可还原的机械韵律"（第 207、211 页）的转变过程。我也不能像他那样，把最后一节解读为"对民主的机械的晚期阶段的批评"，或者像他那样看待第一诗节：
"茂密的草地、浓郁的花香、嗡嗡作响的昆虫，所有这些构成粘
稠而闷热的氛围，这可能是花园所代表的自然与社会共生关系
那辉煌而慷慨的一面背后所隐藏的不光彩面。"（第 206 页）茂
密、粘稠、嗡嗡作响、浓郁和闷热，这些形容词都不适合用来
描述这首颂歌的第一诗节。这种感知上的错误在济慈批评中普
遍存在，它敦促我们对济慈实际写下的内容保持更为自我克制
的忠实。（所引内容出自《济慈〈秋颂〉中的运动辩证法》，载
于《美国现代语言协会会刊》第 93 期，1978 年，第 205—
214 页。）

18. 参见我的论文《济慈颂歌的经验起点》（载于《浪漫主义研究》
第 12 卷，1973 年夏季号，第 591—606 页）。文中我表明济慈经
常在颂歌中设置一个中心点，然后从这个点向前、向后辐射，
我们最好把这些颂歌理解为是从这个中心点生发开去的，而不
是以线性方式从一个概念进展到下一个概念的。这种从一个核
心出发去构思作品的写作方式当然不是济慈所特有的，但在小
说中会比诗歌中更受人欣赏。

19. 我称之为"仁慈的一对"的二者，将温暖和湿润相融合，密谋
着为大地加载果实，并送上祝福，他们本身当然是永恒的，如
我所说，他们来自弥尔顿笔下"使云层受孕"的朱庇特，以及
"只让地球结满硕果"的太阳。作为永恒的存在，他们不可能像
保罗·弗莱在《英国颂歌中的诗人使命》（纽黑文：耶鲁大学出
版社，1980 年，第 267 页）中令人不快且开玩笑般描述的那样：

> 现在太阳是一位年长的绅士，似乎不管什么情况下，
> 他都是发福的秋天女士的亘古伴侣。他们的确会对我们故
> 弄玄虚，但不管从他们的共谋中孵化出什么来，我们都不
> 会感到惊讶或惊恐。

他们的老把戏在一个场景中展开（如是云云，弗莱特别关注济慈把"eaves"误拼成"eves"，正如他所指出，《牛津英语词典》认可了这一错误拼写）。与下一诗节中即将出现的人物相似，秋天和太阳这对亲密的老友嬉戏其间的这片风景也有点儿像人的身体，然而奇怪的是，这片风景看起来十分老迈：飘着一撮如霜白发，生命的黄昏（也许是子夜）给它镀上了银色；它像一棵弯垂的树，布满苔藓，挂满经验之果。正如第一行中表明血统关系的"of"所暗示的，秋天是从这个白发苍苍、眼神迷糊的形象中诞生出来的，这形象在丰饶而幸福的风景中隐约可见。

与弗莱对这对"永恒伴侣"所做的怪诞变形相匹配，他把蜜蜂描述为"可能填塞得太饱，粘稠到无法发出宇宙之音的生物"，他还运用令人不适的双关语将济慈的秋天称作"更像是连续的（serial），而不是谷物的（cereal）"（第268、269页）。他所做的其他发明（包括"花园中一行行干枯的植物"，第271页），以及他添加的非济慈风格的隐喻（"燕子松散地聚集，在光亮中交错飞翔，像一颗颗黑色的星星"，第271页）在一定程度上将想入非非带进了文学批评，而这与文学批评的功能相悖。除了弗莱，还有谁能在这首诗中看见霜发银白的茅草和年老的绅士呢？如果济慈想要写"黑色的星星"和"一行行干枯的植物"，他不会直接把它们写进诗里吗？顺便提一句，弗莱还认为诗中的收割者是位男性（第269页）。只要此类错误持续存在，审慎的争辩就有必要进行下去。

20. 当然，济慈将他的忧郁骑士放置在了骑士本人在幻象中看到的其他受难者中间，并引入了一个富有同情心的发问者来拉开距离并框定他的形象。然而，没有人会怀疑这是一首有关剥夺与丧失力量的诗歌。

21. 当然，这些词语中的好几个令我们想起前几首颂歌。

22. 艾洛特（见《济慈诗选》，第 655 页脚注）指出，济慈笔下鸟群聚集的场景与《埃涅阿斯纪》第六卷第 309—312 行所描写的冥界场景相似。

23. 通过描写双重过程——植物的生长和农业的收获，济慈避免了墨涅塔的衰退那样的单一的线性发展。在一首诗展现多个同时发生的过程，我认为这是他最了不起的想象性飞跃。

24. 《秋颂》中田园放牧场景的出现将它与《赛吉颂》明显区分开来；《赛吉颂》的幻想景观里有林泽仙女，但没有羊群。《秋颂》中"咩咩"叫的羔羊显然是对《希腊古瓮颂》中"哞哞"叫的小母牛的替代。而《希腊古瓮颂》中的母牛可能与《无常篇》中"四月"所骑的公牛有一定联系："他的角上镶满金色饰钉，／还缀有精美花环。"

25. 哈特曼：《诗歌与意识形态：论济慈的〈秋颂〉》，见《阅读的命运》，第 124—146 页。

26. 将《秋颂》中三个造型优美的场景看作是古瓮上的三个场景在"自然界"的重构，或许并不算异想天开。《忧郁颂》中也有三个"场景"。

27. 关于叶芝，参阅德曼：《华兹华斯与叶芝的象征性景观》（见《捍卫阅读》，鲁本·A. 布劳尔、理查德·波伊尔合编，纽约：德顿出版社，1962 年，第 22—37 页）。关于济慈，参阅德曼为《济慈诗歌精选》撰写的《序言》（纽约：新美洲图书馆，1966 年，第 32 页）。

28. "旋律"（melody）这个词当然与"颂歌"（ode）相关，"颂歌"本身就有"歌曲"之意。济慈没有把这首诗叫作颂歌，也许因为它涉及的音乐太过复杂，无法简单地称之为一首歌或一段旋律。

29. 我们知道这些事情将会发生，是因为我们看到了收割后的茌田；

我们显然未被允许去看见任何未来的季节，不管是花儿重开还是燕子归来。人们的推断不应超出诗歌本身所允许的范围，这一公理常遭违背。

结　语

1. 济慈越来越相信艺术不同于自然，并强调劳动（与"怠惰"或"自发性"相比）是艺术创作的先决条件，在最后一首颂歌中，他更是选择了一件农具——收割者的镰刀——来象征作家对自然的介入，他的这一观点使他成为浪漫主义时期头脑最清醒的作家之一。恩斯特·费舍尔在《艺术的必要性》（伦敦：企鹅出版社，1963 年，安娜·博斯托克译，第 17 页）中引用了马克思有关工人劳动的论述，这些话似乎与济慈有关艺术家的劳动的看法完全契合：

> 我们必须考虑到人类的劳动方式的独一无二性。蜘蛛的操作与织工的相似，蜜蜂建造蜂房的本领使人间的许多建筑师自惭形秽。但是，最蹩脚的建筑师从一开始就比最灵巧的蜜蜂更高明，因为建筑师在用蜂蜡建造蜂房之前已经在自己的头脑中预先构建了一个。通过劳动过程得到的最终成果，在这一过程开始时已然存在于工人的想象中，即已经以"理念形式"存在着。这一过程不只是简单地改变了自然物的形体；同时还外在于自身的自然之中，实现了自身的目的，他必须使自己的意志服从于这一目的。

2. 《论造型艺术与自然的关系》（1807 年），迈克尔·布洛克译，引自赫伯特·里德：《情感的真实声音》，伦敦：费伯出版社，1953

年，第 331 页。

3. 《艺术中的形式生命》，纽约：乔治·维滕博恩出版社，1948 年，第 15 页。

4. 米歇尔·福柯：《知识考古学》，A. M. 谢里丹·史密斯译，纽约：万神殿出版社，1972 年，第 221 页。

5. 《音乐诗学》，马萨诸塞州剑桥市：哈佛大学出版社，1957 年，第 50—51 页。

图　目

译后记

文德勒接受《巴黎评论》采访时，采访者[①]曾问她："有哪些作家是你特别想认识的？"她答："当然是济慈，每个人都会想要认识济慈的。还有莎士比亚。"采访者又问："在你写过的所有书中，你最爱哪本？"她答："济慈那本。"那是 1996 年，文德勒六十三岁，她有关史蒂文斯、赫伯特等人的批评力作均已出版，距离《约翰·济慈的颂歌》（1983）问世也已有十三年之久，足见该书在她心中始终分量未减。

本书共分为七章，文德勒用六章深入解读了济慈的六大颂歌——《怠惰颂》《赛吉颂》《夜莺颂》《希腊古瓮颂》《忧郁颂》和《秋颂》，又在《忧郁颂》和《秋颂》之间插入一章，分析了济慈的叙事长诗《海拔里安的覆亡》。

文德勒的一大贡献在于，她梳理出了六首颂歌的先后关系。这六首颂歌均写于 1819 年 3 月至 9 月期间，但孰先孰后，学界说法不一。文德勒结合济慈的手稿、书信和阅读，通过分析颂歌的主题、意象、结构、语言等，提出了她的排序观点。在每一章的结尾部分，她会写一段承上启下的话，以说明济慈在这首颂歌里完成了哪方面的探索，在哪些方面还心存疑惑，诗歌结构中暗含着怎样的不平衡，接下来的颂歌会有哪些发展和突破。就这样环环相扣，文德勒理出了一条令人信服的发展脉络。

① 采访者为亨利·科尔（Henri Cole）。

鉴于这条脉络主要围绕心灵的自我叩问与超越来展开，我们不妨称之为"一个灵魂的漫游"①。在第一首颂歌《怠惰颂》里，诗人慵懒地躺在草地上，希腊瓶上的三个形体——"爱情""雄心"和"诗歌"——在他面前频频闪现，前来鼓舞他、劝诱他，而诗人的灵魂安于怠惰状态，他驱赶他们，命令他们飞入云端。文德勒把这种劝诱和拒绝相抗衡的结构形容为一盘和棋、一个僵局。在《赛吉颂》里，僵局被打破了，那"安卧在前意识存在的子宫里"的灵魂终于诞生了。他来到一片幽境，看见赛吉和丘比特相拥而卧，慨叹世人已把风华绝代的赛吉女神遗忘，决定为她重建神庙，亲自做她的祭司和唱诗班。文德勒认为，在这首颂歌里，灵魂走向了爱和创造。第三、第四首颂歌——《夜莺颂》和《希腊古瓮颂》——像一对双胞胎接踵而至，它们关注艺术创造，而不是《赛吉颂》里那种头脑内部的创造。文德勒把夜莺的歌声归入音乐艺术，把古瓮上的雕刻归入视觉艺术，并指出音乐艺术超然物外，不担负尘世之苦难，而视觉艺术则承载着真理和生活内容。在《忧郁颂》里，灵魂切实承担起苦难，从艺术探索转向了实际行动：主人公扬帆远航，去冥界寻找"忧郁"女神，途中遍历苦乐，最终成为女神的一件战利品，悬挂于云霄。探险的"雄心"未能带来成功，反而招致了失败，于是文德勒荡开一笔，谈起了《海披里安的覆亡》。《覆亡》是对《海披里安》的改写，描写提坦神族被奥林波斯神族取代后回天乏术的悲惨处境。如果说《忧郁颂》里的失败是抒情性的，那么这里的失败是叙事性的、戏剧性的。文德勒认为，只有插入对《覆亡》的解读，才能看清诗人从《忧郁颂》到《秋颂》的种种转变。《秋颂》标志着灵魂探索的完成，展现了诗人对"失败"主题最为深刻的领悟。在文德勒看来，济慈笔下的秋收并非一个谷物被刈倒、田野被劫掠一空的被动过程，而是一场"秋天"女神的献祭仪式。文德勒动情

---

① 济慈把世界称作"修炼灵魂的山谷"，文德勒在本书中多次引用。

地写道："'秋天'顺从地接受了自身的湮灭……扬谷的风吹拂着谷物，其实扬走的是她的发丝；果汁徐徐滴落，其实滴落的是她的生命之血。"正是在这种自我献祭中，"秋天"女神完成了从物质到精神的"体变"，把"失败"转化成了完满与宁静。百川归海，前面各章所做的铺垫，在《秋颂》中得到了升华；前面各章提出的问题，在《秋颂》中得到了回答。直至此刻，我们才恍然大悟：《秋颂》看起来是全书的最后一章，其实是所有论证的精神起点。正如文德勒在《引言》中所说，她写作此书的初衷，就是为了捍卫《秋颂》的美学成就。

文德勒的解读使本书的七章宛如一部连续剧，前后呼应、层层演进，各部分勾连得如此紧密，以至于读者不禁生疑：这会不会只是出于批评家天马行空的想象？然而细读之下，便不得不为她扎实而严谨的考据功夫所折服。首先，她结合诗歌的版本演变来揭示诗人的创作意图。例如，在解读《忧郁颂》时，文德勒指出，在这首颂歌现有的三个诗节之前，原本还有一个诗节，只是后来被删去了。在那个诗节中，济慈描述了一位青年扬帆出海、前往冥界寻找"忧郁"女神的情节，而这一背景设定对理解整首诗的主题具有重要意义。其次，文德勒从济慈阅读过的书籍中寻找蛛丝马迹，去探析词语的来源和诗歌的深意。例如，她注意到《忧郁颂》描写主人公"咬破葡萄"时用了 burst（爆裂）一词，而济慈在阅读莎士比亚的《李尔王》时曾在 burst 下添加过下画线。文德勒指出，在《李尔王》里，莎士比亚用这个词来表示肉体之死亡，济慈把它挪用进《忧郁颂》中来，暗示了主人公的精神性死亡。最后，文德勒坚持用文本本身的肌理和血肉说话，从字词、音韵、句法、修辞、篇章结构入手来阐明诗歌的丰厚内蕴。例如，她认为《夜莺颂》中的 embalmed（防腐）一词，揭示了夜莺的歌声与墓地之间的隐秘关联。中文译本普遍把这个词译为"温馨""芳香"，模糊了这一层联系。文德勒反复强调，文学批评没有权力赋予文本它自身不曾提供的东西。在结语里，她引用了福柯的话来阐明这一批评主张："它（评论）必须第一次说出那早已被说过的，又必须永不厌倦地去复述那从未被说出的。"

由于文德勒始终紧扣文本解读诗歌，人们常将她的批评方法归入"细读"（close reading）一脉。然而文德勒本人并不认同，她曾表示不太喜欢这个词，因为它隐含着一种外在观察的视角，仿佛批评者手持显微镜，在冷眼审视文本。如果非要给文德勒贴上"细读者"的标签，我们有必要根据她自己的理解来重新定义这一概念。她说："我认为'细读者'应该是那些试图从写作者角度去阅读的人——这是一种来自内部的观看方式，而非外部的审视……我更愿意把'细读者'想象成这样一个人：为了描写一栋建筑，他走进房子内部，观察屋顶如何与墙壁相连，墙壁如何与地面相连，支撑起整个结构的横梁位于何处，让光线透入的窗户安在哪里。"文德勒这种深入文本内部、回到创作现场的诗歌解读法，得益于她在哈佛求学时遇到的两位老师，一位是瑞恰慈（I. A. Richards），另一位是约翰·凯勒赫（John Kelleher），文德勒认为他们的诗歌批评都遵循了语境化的路径。

即便文德勒所做的工作仅限于考据，她也足以跻身杰出的诗歌批评家之列了。然而她并未止步于此，而是常常超越基础工作，以精准而极富想象力的概括，生发出令人惊叹的洞见。在论及《希腊古瓮颂》时，文德勒发前人所未发，指出该诗呈现了三种观看艺术品的模式：第一种是"窥视癖模式"，把瓮上描绘的场景当作他人的故事来旁观；第二种是"自恋模式"，把自己代入艺术品之中，时时感到"于我心有戚戚焉"；第三种则是"超然模式"，将艺术品视为一个独立自足的他者，观看者既保持一种超然的态度，又不失亲近。她还敏锐地发现济慈在《希腊古瓮颂》中描写了两个瓮上并不存在的空间——那被腾空的小镇和那绿色的祭坛。瓮上的人们从小镇出发，前往祭坛，此刻正处于路途之中。小镇是起点，祭坛是终点，文德勒认为，正是通过描写这两个"不在场"的空间，济慈追问了那个最根本的哲学命题——我来自何处，去向何方？文德勒把这誉为济慈借助想象力完成的最伟大的发明，而在笔者看来，这也是文德勒最伟大的解读之一。

在文德勒的写作中，哲思与辞采始终相得益彰。她从六岁开始写诗，一直持续到二十六岁，后来意识到自己真正拥有的是一支批评之笔，才逐渐搁下诗歌创作。然而，诗意从未远离，依旧在她的批评中悄然流淌。例如，在谈及《秋颂》中有关变化与终结的智慧论断时，她写下了这样一段话："白昼逝去，四季终焉，视野终结在天空和地平线的交界处，果实终结在缓缓渗出的果汁里。结束并不完全是悲剧性的。若风光凋零，也有视野的开阔；若眸中荒芜，也有记忆留存，成为艺术之源。"这些闪耀着哲理光芒的解读，本身就是诗。

在分析《秋颂》的结尾时，文德勒注意到两个词组：hilly bourn 和 borne aloft，前者指大地上用于放牧羊群的"山圈"，后者则有"将声音高扬至天上"之意。文德勒认为，济慈之所以把 bourn 和 borne 这两个读音和拼写都极为相似的词放置在相隔一行的位置，是要安排一场天空与大地之间的唱和。我们无法确认济慈是否有意为之，但可以肯定的是，文德勒本人的写作正是这种"天地唱和"的典范。她一方面脚踏实地，在文本的肌理中深耕；另一方面又常能凌空一跃，捕捉那来自天际的旋律。二者结合，展现出了这位当代最出色的诗歌读者所独具的、上天入地般的批评气象。

一部上天入地之作，自然会给阅读它的人带来无数启发和愉悦。然而，阅读是享乐主义的，翻译却是清教主义的，在翻译该书的过程中我深刻体会到了译事之艰辛。文德勒的著作之所以难译，主要有几大原因：一是她写作时旁征博引，颇有"六经注我"之势。她将济慈置于整个英语诗歌史中加以阐释，上起斯宾塞、莎士比亚、弥尔顿，下至叶芝、劳伦斯、史蒂文斯，无不涉猎。面对如此浩如烟海的英语诗歌传统，我常常感到力不从心，仿佛一个略通水性之人突然被丢进了深海。二是文德勒具有多学科背景，且能熟练使用多门语言，因此书中常出现专业术语、拉丁词汇、法语词汇以及中古英语表达，译者往往需要查阅大量文献才能明白其意。为便于读者理解，我在必要处添加了一些注释。此外，文德勒思维缜密，惯于用结构复杂的长句来展开论述，有些句子甚至长达四五行。要真正读懂这些句子已属不易，遑论用中文将其准确还原了。

本书所引的大部分济慈诗歌在国内已有多种名家译本，我选取了广受认可的版本加以引用：《怠惰颂》《赛吉颂》《忧郁颂》我选用了屠岸译本，《夜莺颂》《希腊古瓮颂》《秋颂》选用了查良铮译本，《海披里安的覆亡》选用了余光中译本。当文德勒的解读重点未能在中文译本中得到充分呈现时，我会对一些词句进行改译。改译时，我尽量保留英文原文的字面意义、句式结构和修辞手法，并在脚注中说明改译理由。需要强调的是，改译并非质疑，而是为了更清晰地传达文德勒的阐释逻辑。尽管文德勒的分析极富洞见，但也只是众多解读方式中的一种，我们没有理由据此否定前辈翻译家们所做的努力。相反，通过对照文德勒的解读与现有的中文译本，我们或许能够进一步拓展对济慈诗歌的理解，从而为未来重译济慈颂歌提供新的视角和可能。此外，莎士比亚十四行诗第七十三首、第九十七首我分别采用了梁宗岱和梁实秋两位先生的译本；翻译弥尔顿《失乐园》的引诗时我参考了朱维基先生的译本；翻译斯宾塞《仙后·无常篇》的引诗时我参考了邢怡译本。在此，谨向所有前辈译者致以诚挚的敬意与感谢。

另外，我还要感谢以下师友给予的帮助：感谢我的师弟吴崇彪博士，所有我无法从图书馆和数据库获取的重要文献，都是由他提供的；感谢我的师兄管南异教授，他仔细校阅了本书第一章，并提出了诸多宝贵的修改意见；感谢诗人王敖，当史蒂文斯的玄奥诗句把我难住时，他给予了我及时而有效的帮助；感谢我的爱人董浙教授，他以他的专业所长向我解释了"逆命题""无穷序列"等数学概念；感谢诗人柳向阳，是他把我推荐给负责"大雅"品牌的吴小龙，使我有机会承担本书的翻译工作；感谢本书的责任编辑张洁，她为书稿的整理和完善付出了极大的耐心。尽管得益于这么多助力，书中仍存在不少疏漏与不足，恳请专家和读者不吝指正。

许淑芳

2025 年 6 月

于浙江传媒学院

THE ODES OF JOHN KEATS

by Helen Vendler

Copyright ©1983 by the President and Fellows of Harvard College

Published by arrangement with Harvard University Press

through Bardon-Chinese Media Agency

Simplified Chinese translation copyright © (2025)

by Guangxi People's Publishing House Co.,Ltd.

ALL RIGHTS RESERVED

桂图登字：20-2018-103

图书在版编目（CIP）数据

约翰·济慈的颂歌 /（美）海伦·文德勒著；许淑芳译 . -- 南宁：广西人民出版社，2025. 9. --（文德勒诗歌课）. -- ISBN 978-7-219-11817-7

Ⅰ . I561. 072

中国国家版本馆 CIP 数据核字第 2024LL1457 号

约翰·济慈的颂歌

YUEHAN JICI DE SONGGE

[美]海伦·文德勒 / 著　许淑芳 / 译

出 版 人　唐　勇
策　　划　吴小龙
执行策划　许晓琰
责任编辑　张　洁
责任校对　周月华　文　慧
书籍设计　刘　凛

出版发行　广西人民出版社
社　　址　广西南宁市桂春路 6 号
邮　　编　530021
印　　刷　广西民族印刷包装集团有限公司
开　　本　889mm × 1194mm　1 / 32
印　　张　13.25
字　　数　356 千字
版　　次　2025 年 9 月　第 1 版
印　　次　2025 年 9 月　第 1 次印刷
书　　号　ISBN 978-7-219-11817-7
定　　价　79. 80 元